AF188592

Meinen berühmten Namen, Kyklop? Du sollst ihn erfahren.
Aber vergiss mir auch nicht die Bewirtung, die du verhiessest!
Niemand ist mein Name …

staunen

dort wo mir offen bleibe der mund
unter dem regenbogen
sei der anfang der philosophie
es gebe keinen anderen
der göttlichen fragen heiligste:
na und?

Antonio Cho, Jahrgang 1942
aufgewachsen in Zürich
Psychotherapeut
Schriftsteller
Liebhaber skeptischen Denkens

antonio cho

der anarchomystiker

im bannkreis des raben

roman

 skepsis

Bibliographische Information der Deutschen Nationalbibliothek:
Die Deutsche Nationalbibliothek verzeichnet diese Publikation
in der Deutschen Nationalbibliographie; detaillierte bibliographische
Daten sind im Internet über http://dnb.dnb.de abrufbar.

Reihe: skepsis & leidenschaft / Band 9 / 2. Auflage 2019 bei BoD
© skepsis verlag Zürich 2019
Lektorat: Susanne Cho
Umschlaggestaltung vom Autor, Beratung: Isidro Fernández-Blasco
Bild S. 405, Der gekreuzigte Rabe, Lithographie von
Petra Wildenhahn, Berlin-Oberschöneweide

Herstellung und Verlag:
BoD – Books on Demand, Norderstedt

ISBN 9783746015675

Inhalt

¿ Qué es la vida? Un frenesí.
¿ Qué es la vida? Una ficción,
una sombra, una ilusión,
y el mayor bien es pequeño:
que toda la vida es sueño,
y los sueños, sueños son.

Calderón de la Barca

Traum ist alles, was der Fall ist

Prolog

fade-in

«Töte ihn!», gebietet der Rabe. Bricht in sein Leben ein. Um Mitternacht. Durch die offene Balkontüre. Ungeladen, grusslos, gebieterisch. Auf dem Schreibtisch keine Büste der Pallas Athene, nur ein schwarz gerahmter Monitor neben einer Lautsprechersäule, auf die das dunkle Wesen flattert, sich niederlässt, spricht, schweigt – und weiter nichts.

Der Mann im Lehnstuhl, noch eben dösend, schreckt vom Geflatter auf: «Was willst du?»

«Töte ihn!», gebietet der Rabe. Thront auf der Säule. Sein Gefieder schimmert vom Licht der Tischlampe, vom Flackern des Screens metallisch grün.

«Töte ihn!», singt das Grün mit Roboterstimme, nicht blechern, kein Krächzen, ein xylophonischer Klang, dem ruchlosen Auftrag zum Trotz.

«Nicht jeder Mord hinterlässt eine Blutspur», flüstert der Mann, flüstert es zu sich, kneift die Augen zu, schüttelt den Kopf, das Bild zu vertreiben. Öffnet die Augen. Der Rabe steht da, riesig, unbewegt auf der Lautsprechersäule. Bedrohlich flackert der Bildschirm. Im künstlichen Licht fluktuieren die Farben des Gefieders zwischen Grün und Schwarz und Violettblau. Schweigen. «Was willst du hier?», fragt der Mann.

«Töte ihn!», gebietet der Rabe. Sagt nicht: nimmermehr. Der Mann fragt ihn nicht nach der Wiederkunft der Frau, die alles überstrahlt, der Liebsten, die er verlor, nicht nach der Schwingen Schatten des Schwarzen Kranichs, nicht nach dem Sinn. Töten. Rache. Mörder. – Hirngespinst. Ein Unfall war es, ihr Sturz mehrere hundert Meter in die Tiefe. Ihr Fuss glitt aus auf bröckligem Pfad im Steilhang über dem verfluchten Fels am Pilatus. So der Bericht der Rettungsflugwacht. So der Beginn ständig erneut einbrechender Nacht.

«Töte ihn!», gebietet der Rabe. Sagt nicht: nimmermehr.

Der Mann fragt nicht, ob Hoffnung sei, dass ihm nicht alles Licht entgleitet, nicht auch sein Fuss auf bröckligem Pfad ins Leere tritt. Der Vogel hat nicht angeklopft, ist nicht im trostlosen Dezember gekommen, vielmehr in der ersten heissen Juninacht eines neuen Jahrtausends.

Es flackert der Screen, an seiner Seite der Rabe, mächtig, glänzend, ein metallisch schwarz lackierter Mercedes, statt des Sterns ein bedrohlich zugespitzter Schnabel. Kolkrabe, nicht Krähe. Ein Luftzug vom Fenster her, Frösteln in schwüler Nacht. Draussen blinken die Sterne, blinken schwül, blinken lustlos.

«Was hast du in Zürich verloren? Am Fusse des Üetlibergs? Bin ich verzweifelt? Verzagt?» Der Mann will nicht trauern. «Sag nimmermehr oder verpiss dich! Ich kenne deine Loopings, weiss, wie du auf dem Rücken fliegst, steil zum Himmel steigst, herunterpfeilst, trudelst vor steilen Felsen, vor steilen Hängen.» Es zittert des Mannes Stimme, zittern des Mannes Gedanken.

«Flieg zurück in die Berge. Kehr zurück zu deiner Bande.» Raben, glaubt der Mann, würden in Banden einfallen, wie Menschen, beide sollen klug sein, behaupten Menschen, wenn auch sie ein bisschen klüger, behaupten Philosophen. Unter Raben sind Philosophen seltener. Drei Silben, zwei Begriffe, ein Satz: Töte ihn. Was heisst *töten*? Auf wen bezieht sich *ihn*? Rabosoph.

«Töte ihn!», xylophoniert der Vogel, ohne das Kroo–kroo–kroo eines Kolkraben, doch penetrant und stygisch.

Ein Lied in der Luft, schwebt körperhaft im Raum, eine fein gesponnene, fast durchsichtige Spielkarte, auf deren im Dunkel schimmernden Silberfäden in wechselnden Farben ein hüpfender, singender Text erscheint, sich selber singend mit Falsettstimme:

Hoppe hoppe Reiter, wenn er fällt, dann schreit er.
Fällt er in den Graben, fressen ihn die Raben.
Fällt er in den Sumpf, macht der Reiter plumpf!

Der Mann schwankt. Die Welt verliedert in Spinnennetzklängen. Kinderlieder. Plumpf oder plumps, was soll's. Das Lied kommt nicht vom Raben. Schon ist die Spinnennetzspielkarte im Dunkel verschwunden, erloschen.

«Töte ihn!», gebietet der Rabe.

Was will man von ihm? Warum gerade von ihm? Nur weil er den Forderungen der Welt so oft den Gehorsam verweigert, wider die Vernunft? Der Arroganz des Schicksals weder mit Zuversicht noch mit Verzweiflung huldigt? Soll er Amok laufen? Terror verbreiten? Alle reden vom Terror. Vom Terror derer, die sie gerne vernichten möchten, bevor sie vernichtet werden. Immer herrscht Krieg, noch im tiefsten Frieden.

«Töte ihn!», gebietet der Rabe. Sagt nicht: nevermore.

singt eine schaukelnde Spielkarte in der Zimmerecke neben dem Fenster, ein feingesponnenes Spinnennetz aus
Silberfäden, an Decke und Wände geklebt, farbig schillernd,
bald irisierend, bald goldene, bald silberne Reflexe erzeugend.
Zu erregt der Mann, zu erregt, sich zu wundern über Ton-
fetzen aus Spinnennetzspielkarten, über Bilder, die aus dem
Dunkel auftauchen, erlöschen …

Die Erregung des Mannes steigert sich. Er zittert, fröstelt.
Töte ihn! Morden? Wen? Weshalb? Seine Gedanken werden
zum Strudel, der ihn in eine unbekannte Tiefe zieht. Denkt
er? Denkt *es*? Kein Unterschied. Ja! Er wird es tun, denkt es; er
schaut entschlossen zum Düsternis verbreitenden Vogel hin,
blickt in Feueraugen. Er wird es tun. Das weiss er. Weiss es
voller Leidenschaft. Er wird ihn töten.

Er mag nicht dulden, wie so manche ihm verfallen sind, ihr
Leben einzig auf diesen Lumpen hin gedacht. Es gebührt ihm
nicht, dem Schweinehund! Den betörenden Duft der Leiden-
schaften Blüten weiss der arrogante Schuft nicht zu achten.
Den Sinn, in den sie sich kleiden, reisst er ihnen vom Leibe.
Wirft ihn in den Dreck. Tritt ihn mit Füssen. Ein Dreckskerl.
Ein Verräter, der liquidiert werden muss.

Ja! Dessen ist sich der Mann gewiss, er wird ihn überlisten,
ihn vernichten in der Schwingen Schatten des Schwarzen Kranichs, Kranich, nicht Rabe, der Mann kennt die Hierarchie.
Tod. Scheiss drauf!

Woher die Gewissheit? Wenn er sich täuscht? Tausende Male
hat er sich getäuscht. Auch Täuschungen sind der Fall. Alles

ist der Fall, freilich, Fall um Fall anders, andere Welten, Stern um Stern andere Konstellationen; indessen hat er noch keinen Stern getroffen, der nicht der seine war, seine Welt – freilich, Fall um Fall anders, trotzdem jeder Fall sein Fall.

Lautes Flattern. Der Rabe ist verschwunden. Mit ihm die Farben, der kalte Luftzug. Wieder drückende Schwüle. Der Mann schaltet die Tischlampe aus. Vom Bildschirm mildes Licht. Das Flackern hat aufgehört. Ein schwarzes Federchen klebt am Screen.

Was, wenn der Schweinehund ihm zuvorkommt? Was ist überhaupt ein Schweinehund? Kein Tiertier, denkt der Mann. Kein Schwein, kein Hund, eher ein Menschentier. Nicht zoo-logisch. Nicht moralisch. Reine Form, ästhetisch, unästhe-tisch. Er wird ihn zerschmettern, sobald er seinen Weg kreuzt, … ausser er würde von ihm … Er fürchtet ihn nicht. Er hasst ihn. Das macht ihn zum Feind; blosse Gegner hasst der Mann nicht; vielleicht fürchtet er sie, vielleicht auch nicht. Feinde sind vogelfrei, gegenseitig. Hass ist kein Vorsatz.

Dieser Schweinehund ist noch nicht einmal ein Menschentier. Eine elende Gestalt ist er. Eine Ungestalt. Ein Arschloch ohne Arsch. Der Mann versucht sich das vorzustellen: ein schwarzes Loch. Lichtschlucker. Alles einschlürfend, nichts ausstossend. Kein passendes Bild für etwas, das ist und zugleich nicht ist. Randloses Loch? Alles einschlürfend. Auch ihn? Der Schwin-gen Schatten des Schwarzen Kranichs, dem du, in sein Dunkel geraten, nicht entkommst, denn kaum näherst du dich des Schattens Grenze, ist dir die Grenze wieder voraus. Und doch scheint das Loch einen Rand zu haben, unrasiert, mit feinen Härchen, Lichtteilchen immer noch.

Und es werden kommen hundert gen Mittag an Land
Und werden in den Schatten treten
Und fangen einen jeglichen aus jeglicher Tür

singt aus der Spinnennetzspielkarte, jetzt an die Tischlampe
geheftet, die Seeräuber-Jenny ihren wüsten Traum. Welchen
sollen wir töten? Alle! Doch das singende Spinnennetz hat sich
aufgelöst. Wer sind alle? – Alle!

Es denkt, es stellt vor, es geht durch den Kopf, den er heftig schüttelt, als liesse sich damit das Hirn wieder ordnen. Er
wird ihn töten, dessen ist er sich nun gewiss; ihn zu töten ist
der einzig feste Grund seines Denkens. – Der Xylophon-Rabe
bleibt verschwunden.

Durch die offene Balkontür fernes Grollen. Ein Gewitter im
Anzug. Der Mann steht auf. Tritt auf den Balkon. Geht zurück. Setzt sich. Seine Zukunft: leerer Speicher. Seine Angst:
vergessenes Kennwort.

Unversehens steht Sara vor ihm. Nicht Leonore, Sara! Im
weissen, durchscheinenden Kleid. Hinter einem Schleier sieht
er ihre Brüste, die Wölbung ihres Bauches, das Dunkel ihrer
Schamhaare, ihre Beine. Sie lächelt. Sie streckt ihm die Hand
entgegen, er will sie ergreifen, Sara an sich ziehen ... nein,
nicht, nicht wieder ins Leere fallen.

Der Mann stellt sich vor, dass er gelassen bleibt, das Bild ver-
scheucht. Souverän will er die aufflackernden Flammen des
Begehrens auslöschen: markieren – delete – click – nevermore!
Der Wille sei frei, frei sich zu entscheiden. Sagt man. Was ist
schon ein Entscheid? Eine Kugel schnellt, angestossen von einem gefederten Holzstab, den man anzieht und wieder los-
lässt, durch einen seitlichen Kanal an den oberen Rand eines

schräg gestellten Brettes mit hervorstehenden Nägeln, rollt hinunter, stösst mal an diesen Nagel, mal an jenen, rollt mal links an ihm vorbei, mal rechts und landet am Ende in irgendeinem Fach mit Zahlen, bezeichnet mit höheren oder tieferen Werten. Kinderspielzeug, einst aus massivem, hellem Holz gefertigt – nimmermehr.

Unberechenbare Freiheit und doch berechenbar. Statistik des Zufalls, des Falls vom Himmel zur Hölle. Das Erleben des Mannes kümmert sich nicht um Freiheitsgrade. Seine Lust wechselt die Bahn zum Zorn. Das Brett pulsiert. Die Nägel Schlangen, angstgesteuert, gierig nichtsdestotrotz. Die Kugel Spielball. Die Werte Huren. Die Welt Bordell.

Er wird ihn töten. Liquidieren in der Schwingen Schatten des Schwarzen Kranichs – dass sein Feind, aus anderen Schatten tretend, dasselbe mit ihm vorhat, zieht der Mann nicht in Betracht. Seine Leidenschaft schmilzt Löcher ins Kalkül. Die ganze Scheisswelt wird er sprengen. Im Bombenregen werden Wohnstätten dem Erdboden gleichgemacht. Frauen, Männer, Kinder, Hunde von fallenden Mauern erschlagen. Wo ist sein Zuhause? Der Mann fragt sich das nicht. Dem Erdboden gleichgemacht. Lachen ausgelöscht. Sprengsätze. Panzer. Feuer speiende Drachen fliegen durch die Luft, blasen giftige Gase aus, Wolken, aus denen Tod rieselt, unschuldig weiss wie Pulverschnee. Bis die letzten Seufzer verstummen, die letzten Tränen im Feuersturm verdunsten. Schritt für Schritt und weiter nichts. Er hat die Bombe nicht. Er gebietet über keine Armee.

Der Mann lässt die Jalousien herunter, schaltet seinen Computer aus. Alles verschwindet im Dunkel. Er wird ihn töten. Daran zweifelt er nicht. Er kommt ihm zuvor. Er oder ich. Ein gefährliches Spiel, das weiss er. Der Spieler setzt alles aufs Spiel, will gewinnen, muss gewinnen.

singt der silberne Schein der Spinnennetzfäden, die sich in einer Ecke des Zimmers aufspannen. Ein silberner Dolch, denkt er, schaut auf, lächelt Sara zu, ergreift ihre Hand. Er will nicht. Er muss. Das Donnern verstärkt sich. Es klopft an die Rollläden: die ersten schweren Regentropfen. Schwer lastet die Bürde des Auftrags. Die Vöglein schweigen.

fade-out

1 Vom Vögeln zum Sein

fade-in

— *Gian* —

Ja! Ich weiss,
   woher ich stamme!
Weiss um die Welt im Ei,
   wo das Einzige Asyl gefunden,
weiss um die wässrige Höhle,
aus der ich verstossen …
Als endlich ich sah,

   war alles *nur*
da.
Nein!
   Vor dem Vögeln kein Woher!

Die Schrift an der Wand – nicht mit Blut geschrieben. Gedruckt auf eine weisse Karte. Zwischen banalen Nachrichten von Lehrerinnen und Lehrern an Lehrer und Lehrerinnen, zwischen Zeitplänen, Memoranden. Unauffällig, anonym, herausfordernd anzüglich. Zufällig fiel mein Blick darauf, im Lehrerzimmer, an der Pinnwand. Ein freches Gedicht – könnte von mir sein; aber dann hinge es nicht hier, nicht vor den Augen meiner Lehrerkollegen. Wenn sie überhaupt hinschauen. Ein willkommenes Skandälchen im Schulalltag. Die Provokation scheint übersehen worden zu sein, man hätte davon gesprochen.

Jemand aus dem Kollegium? Unwahrscheinlich. Schüler? Philosophierende Teenager? Spärlich an diesem Gymnasium, trotz unserer Philosophiekurse. Ich löse die Karte vom Kork, stecke sie in meine Jackentasche, verwandle das Gedicht in eine Botschaft an mich, eine Botschaft aus der Fremde.

Einst war ich selber trunken vom hochprozentigen Geist der Frage nach dem Urgrund, damals, als der Urgrund meiner Welt Isa, und Isa durch ihr Verschwinden zu Terpsichore ward, zu meiner tanzenden Muse, zur ewigen Liebe, nicht ausgedacht, einfach der Fall, absurdes Aufscheinen der Liebe Ewigkeit im Verschwinden der Geliebten; aber das fällt vor, widerfährt dir, ohne die Vernunft um Erlaubnis zu fragen – doch bleibt, was ewig mein, mir ewig fremd.

Ihre Ansichtskarte. Abendrot über Manhattan, im Vordergrund die Statue of Liberty, die Fackel hoch erhoben, im Hintergrund das Meer der Hochhäuser, die Fenster hell erleuchtet, alles überragend das Empire State Building.

Von Isa. Kurz nachdem sie sich von unserer Wohngemeinschaft in Hamburg verabschiedet hatte – verabschiedet von mir! Zu eng sei es ihr geworden. Auf der Rückseite der Karte, neben der Adresse, einzig ein grosses Ausrufezeichen mit dickem rotem Filzstift gemalt.

Erschlagen von der roten Ausrufekeule war meine Welt leer, erloschen aller Sinn, verschwunden jedes Ziel. Den unteren Teil der Statue, die zerbrochene Kette zu Füssen der Freiheit, zeigt das Bild nicht, aber ich wusste darum, wusste, dass Isa darum wusste. Zu eng. Der Tote ein Fremder.

Jede Hölle ist Feuer, Feuer des Aufbegehrens. Der Erschlagene erschlägt seinen Tod, womit die Geschichte erst beginnt, indem er aufersteht, der apollinischen Forderung *Erkenne-dich-selbst*, mit der der Unsterbliche den Sterblichen auf seinen

Platz verweist, den Gehorsam verweigert, dem Zeit-Kult die Gefolgschaft aufkündigt, auf der leer gewordenen Bühne der Liebe die Beschwörung der Ewigkeit inszeniert, feierlich den goldenen Zeitpfeil zerbricht, ewige Liebe als ewigen Ungehorsam schwört, die Muse weiter tanzen lässt, zeitlos, ungefragt. Hybris, so die Anklage, mit der die Unsterblichen den Nimbus des Göttlichen vor dem Anspruch, selber Schöpfer sein zu wollen, zu schützen versuchen. Vergeblich. Widerstand die Losung, wider besseres Wissen. Beschwörung der Ewigkeit: Keine Frau, die ich je geliebt habe, verschwindet, jede tanzt weiter, tanzt ihren Tanz im ewigen Augenblick. Göttinnen der Unterwelt. Tief im Hintergrund tanzt Meret, tanzt den Totentanz, von *mir* verlassen, sie, die mich über alles liebte, ihrem Leib tat ich Gewalt an, da sie mich gebar.

Mittagspause. Wieder im Lehrerzimmer. Alle Stühle um den grossen Tisch besetzt. Etwas abseits Charlène, die Musiklehrerin, vor der Pinnwand. «Na, hast du schon gegessen?», frage ich. Sie verneint. «Los, worauf warten wir.»

Mit Charlènes jelly-rotem Citroën C1 quer durch die Stadt zu einem selbst um die Mittagszeit noch gemütlichen Gasthof.

Damals, vor beinahe einem Vierteljahrhundert, war es ein Citroën 2CV, ein schwarz-weinrotes Charleston-Modell. Nach der Beerdigung Saras, deren beste Freundin sie war, hatte sie mich damit zum selben Gasthof gefahren.

Charlène bestellt einen Frühlingssalat und ein Glas Pinot Grigio, ich das Beefsteak Tartar und einen Dreier Chianti Classico. «Alles wie damals», stelle ich fest, «ich bestelle Tartar und Chianti, du Salat und Pinot Grigio.» Forschend schaut sie mir in die Augen: «Le goût de la tristesse?»

Eigenartig unser Zusammensein in diesem Gasthof, ihre unvermittelte Frage nach der Traurigkeit, nachdem zwischen uns jahrelang nichts als belanglose Worte gewechselt wurden, wenn wir uns kurz begegneten in den Korridoren des

Schulhauses, im Lehrerzimmer. Unser letztes Beisammensein in diesem Gasthof vor vierzehn Jahren, nach Saras Tod. Kaum ein Wort brachte ich während jenes Essens heraus. Ob sie das gekränkt hatte? Sie spürte ja meine Verzweiflung, war selber betroffen vom unerwarteten Tod ihrer Freundin. Es muss etwas anderes sein.

Le goût de la tristesse. Sara. Tot. Tristesse. Mein Schmerz über ihren jähen Tod Dauerton im Hintergrund, bald leiser, kaum zu hören, bald aufdringlicher, bald kaum zu ertragen, ihr Tod Verrat, Raub, der Fall des Würfels unannehmbar, unverzeihbar. Zerbrochen die Zeitpfeile. Was je der Fall, nur mehr Haufen von Sandkörnern in der Wüste, in die der Wind bläst, Augenblicke, Korn für Korn einzig, Haufen singulärer Fälle in uniformen Wanderdünen. Ewige Liebe als ewiger Ungehorsam. Alle meine Geliebten Terpsichore, in der Vielfalt der Gestalten jede die Einzige. Doch verdammt, die einzige Sara tot.

Nach längerem Schweigen ziehe ich die Karte hervor. «Hast du das vermisst an der Wand?» «Mir war sofort klar, dass du sie abgehängt hast.» «Eine Botschaft an mich?» «An dich.» «Von dir verfasst?» «Nein. Ich habe sie im Musikzimmer am Boden gefunden. Sie muss Michael, dem Schüler, den ich gerade unterrichtet hatte, aus dem Notenheft gefallen sein.» «Warum hast du sie ihm nicht zurückgegeben?» «Wäre die Karte nicht von ihm, was hätte er dann von mir gedacht. Hätte er sie absichtlich fallen lassen, hätte ich mich auf ein anzügliches Spiel eingelassen. Du weisst ja, Unterrichtende können nie vorsichtig genug sein.» «Ein anstössiger Philosoph, dein Schüler. Wie originell seine Seinslehre als Lehre vom Vögeln.»

«Michael ist Maturand. Es geht das Gerücht, er sei Mitglied eines philosophischen Zirkels, doch er scheint niemandem darüber Auskunft zu geben. Beim Lesen der Zeilen habe ich an dich gedacht und, ohne viel zu denken, die Karte ans Brett gehängt.» «Das glaube ich dir nicht, die Botschaft war ganz bewusst an mich gerichtet.»

Charlène schweigt, schaut auf ihren Teller, dann in meine Augen. «Als ich die Karte gelesen hatte, wollte ich sie Michael in der nächsten Musiklektion zurückgeben, doch plötzlich kam mir die Idee, die Karte als Signal an dich zu benutzen; das Schweigen zwischen uns war für mich kaum mehr zu ertragen.» «Warum dieses Schweigen», sage ich, «du gehörtest doch zur Familie, warst Saras engste Freundin.» «Vielleicht ist das der Grund. Und meine Angst, die Stelle zu verlieren, die du mir damals vermittelt hattest.» «Verstehe ich nicht. Du hast beste Zeugnisse vorgelegt, warum sollte man dich an unserem Gymnasium entlassen? Das ist doch irrational.» «Irrational sind auch Gerüchte. Saras Tod, ich, du, Seraina. Gerüchte genügen.» «Gerüchte?» «Man kann nie wissen … Auch vor dir hatte ich Angst, habe sie noch immer.» «Vor mir?», frage ich, «warum vor mir?» «Das kann ich dir jetzt nicht erklären, ich muss heute Nachmittag wieder unterrichten, du wohl auch.» «Wir könnten am Abend nochmals zusammensitzen, komm zu mir», schlage ich vor, «ich koche uns etwas. Du hast meine Wohnung beim Triemli noch nie gesehen, mich gemieden nach Saras Tod.» «Auch du hast nie einen Schritt auf mich zu gemacht. Manchmal hatte ich den Eindruck, du würdest mich ablehnen.» Ich lege meine Hand auf ihren Arm. «Und dann eine waghalsige Aktion, den Bann zu brechen.»

Nach Schulschluss fahren wir in Charlènes Citroën zu mir. Charlène findet sofort Gefallen an meiner Wohnung. «Ruhig, wenn auch klein», sage ich, «sie ist mir bald zu eng geworden. Als sich Gelegenheit bot, habe ich zusätzlich die Wohnung meiner Nachbarin auf der gleichen Etage zur Untermiete genommen. Esther, die Nachbarin, ist Ethnologin; nach Abschluss des Masters betrieb sie im Amazonasgebiet Feldstudien, nun hat sie an einer nordamerikanischen Universität ein Postgraduatestudium begonnen.»

Ich schliesse die Balkontüre; die Luft draussen ist ungewöhnlich heiss, voller Saharastaub. Wir gehen in die Küche. Ich hole italienische Baby-Artischocken und zeige auf einen Sack Pappardelle. «Die hat mir ein Bekannter aus der Toskana mitgebracht.» «Ich liebe Pasta mit Artischocken.» Schon landen die Artischocken auf dem Rüstbrett, geviertelt werfe ich sie in Zitronenwasser. Im heissen Olivenöl entfalten Knoblauch, Petersilie und Pfefferminzblätter verführerische Düfte. Zischend landen die Artischocken in der Pfanne, während die Nudeln schon fast gar sind. Ich giesse Weisswein und Bouillon dazu. Dann einen Schuss Zitronensaft, Salz und Pfeffer, bevor das Ganze mit den Nudeln vermählt wird.

Charlène begutachtet die Etikette der Weinflasche. «Côte du Rhône, Appellation Gigondas AOC.» «Von dem habe ich immer einen Vorrat zu Hause. Musik?» Charlène will keine Musik zum Essen. «Geniessen wir unsere italienische Artischocken-Pasta.» «Und den französischen Rhônewein … Santé!»

Zum Abschluss des Mahls bringe ich auf einem Holzbrett Käse und Baguette. Wir machen es uns im Wohnzimmer bequem. Käse, Brot, Wein, kleine Teller und bauchige Gläser vor uns auf einem niedrigen Tisch. Die späte Sonne schickt ihr Licht, alles leuchtet, sogar der dunkle Granit der Tischplatte. Durch die Fenster eröffnet sich ein weiter Blick auf die bewaldeten Hänge des Üetlibergs.

Wir essen, trinken, schweigen. «Warum befürchtest du Gerüchte?», frage ich. «Du kennst meine Geschichte, mein Leben mit Seraina. Die Leute sind neugierig und geschwätzig.» «Dein Misstrauen gegenüber der ehrenwerten Gesellschaft unseres Gymnasiums kann ich nachvollziehen. Zwar gibt sich das Kollegium gern aufgeschlossen, doch darauf ist kein Verlass, zumal der Rektor vor der Arroganz der Eltern der Schüler immer wieder einknickt. Aber deine Angst vor mir ist mir nach wie vor ein Rätsel. Offenbarst du mir dein Geheimnis?» «Lass mir Zeit.»

Die Sonne ist untergegangen. «Setzen wir uns doch auf den Balkon», schlage ich vor, «die Luft hat etwas abgekühlt, nun ist es angenehm hier draussen.» Charlène stützt sich auf die Balkonbrüstung, schaut zum Üetliberg. Inzwischen schneide ich eine Melone auf und stelle die Platte mit den Schnitzen auf den Balkontisch. «Ich habe noch einen Grünen Veltliner aus dem niederösterreichischen Kamptal im Kühlschrank, magst du?» Sie mag.

Die Nase über dem Glas bemerkt sie: «Der Wein riecht wie Brioche.» Sie nimmt einen Schluck. «Wunderbar.» Wir geniessen die Nachspeise und das angenehme Klima auf dem Balkon. «Ich weiss jetzt zwar, was dich bewogen hat, Michaels Karte an die Pinnwand zu hängen, allerdings fasziniert mich auch der Text.» «Wir wissen nicht, ob er den Text geschrieben hat.» «Ist auch unwichtig. Erinnerst du dich an unsere Philosophiespiele, damals, mit Sara und anderen. Jemand formulierte einen Gedanken und alle assoziierten, was ihnen gerade einfiel, je unsinniger, desto amüsanter.» «Das spiele ich noch immer mit Seraina. Sie nennt es unser *Philosophinnen-Scrabble*. Wir könnten es doch wieder zu dritt spielen. Es wäre schön, wenn ihr euch auch kennenlerntet.»

«Woran nur erinnern mich die Verse deines Schülers? Warte mal.» Ich gehe ins Wohnzimmer zum Bücherregal, suche. «Ich hab's gefunden. Aristophanes, … hier: *Die Vögel*. Gegen Ende der ersten Szene erklärt der Chorführer der Vögel den Zuschauern die Entstehung der Vögel. Lies.» Ich gebe ihr das abgegriffene Bändchen. Sie liest vor.

In der Zeiten Beginn war Tartaros, Nacht und des Erebos
Dunkel und Chaos;
Luft, Himmel und Erde war nicht; da gebar und brütet'
in Erebos' Schoße,
Dem weiten, die schattenbeflügelte Nacht das
uranfängliche Windei;

Und diesem entkroch in der Zeit Umlauf der verlangen-
entzündende Eros,
An den Schultern von goldenen Flügeln umstrahlt und be-
hend wie die wirbelnde Windsbraut.
Mit dem Chaos, dem mächtigen Vogel, gepaart, hat der in
des Tartaros Tiefen
Uns ausgeheckt und heraufgeführt zu dem Lichte des Tages,
die Vögel.
Noch war das Geschlecht der Unsterblichen nicht, bis er
alles in Liebe vermischte.
Wie sich eins mit dem andern dann paarte, da ward der
Okeanos, Himmel und Erde,
Die unsterblichen, seligen Götter all! Und so sind wir er-
wiesenermaßen
Weit älter, als alle Unsterblichen sind!

«Siehst du», rufe ich, «hier findet sich der Ursprung, die *arché*, nach der zu fragen einst manchen Philosophen zum heiligen Kult geworden, der Ursprung des Seins aus dem Vögeln und das uranfängliche Windei der gevögelten Nacht.» «Die arché, der Ursprung», beginnt Charlène unser altvertrautes Spiel, «wird zur Arche Noah, einem Schiff voller Eier.» «Sie kreuzt im Meer des Alles-und-Nichts, in dem kein Horizont zu ent-decken.» «Ich wusste, dass dir Michaels Sujet gefallen würde. Deine philosophischen Geschichten hatten schon damals die-sen Klang.»

Charlène blättert im Buch. Ein Zettel fällt zu Boden, sie hebt ihn auf, liest. «Aha, Altgriechisch! Das Spiel bekommt Tiefe. Hast du dir aber Mühe gegeben, das so fein säuberlich aufzuschreiben.» «Es ist ein Zitat aus den Zitaten von Zitaten des Fragmentes *Über die Natur* von Parmenides dem Eleer.»

το γαρ αὐτω νοειν ἐστιν τε και εἰναι

Charlène liest laut: «to gar auto noein estin te kai einai.» Dann stutzt sie. «Was soll denn das: *Denn meinen Nu erleben, ist dasselbe, wie dass es meinen Nu gibt?* Soll das eine Übersetzung sein? *Noein* meint doch *denken*. Aber was heisst *mein Nu?*»

«*Der Nu* ist eine alte Substantivierung des Adverbs *nun*, das Wort besagt so viel wie *das Jetzt* oder *der Augenblick*, nur gefällt es mir besser, vor allem in der Art, wie es manche deutschen Mystiker des Mittelalters gebrauchten.

> *Nehme ich ein Stück von der Zeit, so ist es weder der heutige noch der gestrige Tag, nehme ich aber den Nu, so umfasst er alle Zeit.*

Darum sage ich gerne Nu, wenn ich sagen will, dass Augenblick und Ewigkeit dasselbe seien. Bei den Mystikern geht es natürlich um Gott: *Die Ewigkeit Gottes ist ein ewiges Nun.* Aber der Satz ist noch schöner ohne Gott.» Charlène lacht. «Wie kommt der Nu in deine Übersetzung des Parmenides-Zitates?»

«Es passt zum Spiel, freie Assoziation, kein Übersetzungsversuch, nach meinem Belieben gemixter alter Geist, so wie ich zum Kochen auch mal einen alten Whisky nehme. Übrigens wird die deutsche Übersetzung häufig mit *denn dasselbe ist Denken und Sein* wiedergegeben. Ich würde mich aber eher der Übersetzung anschliessen, *denn dass man es denkt, ist dasselbe, wie dass es ist*, da Parmenides *noein* in Parallele mit einfachen Verben des Sagens braucht. In meinem Übermut hatte ich damals Lust, eine mir besser zusagende Umdichtung unter das Parmenides-Zitat zu schreiben.» «Warum Nu für denken? Also doch Denken!» «Façon de parler … Aber *denken*, um in der deutschen Sprache zu bleiben, ist eine vorbelastete Vokabel.» «Belastet womit?» «Manche Philosophen lieben es, damit herumzuspielen; damit lassen sich ganze Regale füllen, wie du siehst», sage ich, auf die Bücherwand im Wohnzimmer weisend, «jetzt sehe ich uns wieder, wie wir einst, gemeinsam mit Sara, nächtelang diskutierten, feierten,

Musik machten, du mit deiner Viola.»

«Der Gedanke an Sara macht mich traurig. Niemandem war ich je so nahe wie ihr, auch nicht Seraina. Ist Trauer die Sehnsucht, die weiss, dass ihr Erfüllung verwehrt bleibt?»

«Vielleicht. Aber ich will jetzt nicht trauern, … eigentlich wollte ich dir nur meine Umdichtung erläutern, nach der du gefragt hast. Es ging mir nicht um eine Auslegung des altgriechischen Philosophen Parmenides. Wer weiss schon, was er denken würde über das, was die vielen Obergescheiten aus den Knochenresten, die sie zu Spuren seines Blühens erklären, alles heraustüfteln. Aber sein Bild der unbewegten Kugel für die Totalität des Seins hat mich schon als Jugendlicher fasziniert und beschäftigt; ob ich das mit der Kugel richtig verstanden habe, bleibe dahingestellt. Keine Bewegung, kein Gestern-Heute-Morgen.» «Und so hast du für ihn umgedichtet: *Denn meinen Nu erleben, ist dasselbe, wie dass es meinen Nu gibt.* Womit du ihn sagen lässt, es gebe nur den Augenblick.»

«Im Unterschied zu den Mystikern oder den Buddhisten rede ich nicht nur vom Nu, vom Augenblick, sondern von *meinem* Nu, vom Nu als *meinem Erleben, meinem* Augenblick. Das Erleben meines Augenblicks ist alles, was es gibt.» «Und was ist mit dem, was ich vor zwanzig Jahren oder als Kind erlebt habe?» «Das erinnerst du stets im Augenblick.» «Und Musik?» «Was als Schwingung aufgefasst wird, lässt sich auch als Spiel von Teilchen auffassen. Augenblicke sind ultraflüchtige Teilchen. Sie gehen auseinander hervor, verschwinden ineinander. Jeder Augenblick so einzigartig wie nichtig. In Form von Erinnerungen beinhaltet er alle anderen Augenblicke, um im nächsten Augenblick selber Erinnerung zu sein, eine Monade der Meinigkeit, die alle anderen Monaden, die auch meine sind, in sich enthält und stets selber eine andere ist, so ist sie, kaum ist sie mein, auch schon fremd.»

«Jetzt ist das Meine plötzlich fremd», sagt Charlène irritiert. «Ja, die Meinigkeit von allem ist eine Göttin mit zwei

Gesichtern, gleich dem römischen Gott Janus, ihr eines Antlitz ist das Meinsein von allem, ihr anderes das Fremdsein, doch beide Gesichter gehören zur Meinigkeit.» «Wie bei Kippfiguren. Ich sehe eine weisse Vase auf einem schwarzen Hintergrund, dann jedoch plötzlich zwei schwarze Köpfe im Profil. In einem anderen Bild sehe ich eine junge Frau, schaue ich anders hin, sehe ich eine alte Frau …» «Ah, die junge/alte Frau habe ich in einem Buch …» Ich suche im Regal, zeige ihr das Bild: «Die Meinigkeit ein Kippbild! Geniale Idee! Kaum erlebe ich Meinsein, kippt es ins Fremdsein, doch beides ist zugleich der Fall, das Meine ist fremd, das Fremde ist mein. Kippbilder wie Sand am Meer.»

«Deine verrückte Monade, die zugleich stets eine andere ist», fährt Charlène fort, «kommt mir vor wie eine russische Matrjoschka, über die immer wieder eine neue Schale wächst, die sich aufbläht bis ins Unendliche, da jede Schale, kaum gibt es sie, schon von der nächsten umhüllt wird.» «Das wurde ja alles schon tausendmal gesagt, in zahllosen Varianten, aber mein Akzent liegt auf dem *Mein*, jeder Augenblick ist *mein* Augenblick, jede Erinnerung *meine* Erinnerung. Das Sein von allem, was es gibt, ist Meinigkeit. Meinigkeit ist das Sein des Seienden, Meinsein/Fremdsein zugleich. So variiere ich den Satz vom Nu, vom Augenblick: *Denn dass etwas ist, ist dasselbe, wie dass es meinigt.*»

«Création à la Gian Caspari.» «Ich erfinde gerne Begriffe, aber auch deine Matrjoschka gefällt mir. Meinigkeit ist Bauchsein, der unendlich schwangere Nu, jeder Nu geht schwanger mit dem nächsten, der bereits schon schwanger mit dem nächsten geht.»

Ich setze mich an den Schreibtisch, kritzle mit einem Bleistift auf die Rückseite eines aufgerissenen Couverts. Charlène schaut mir über die Schulter, ich sage: «So ist unser Spiel. Plötzlich gerät das Assoziieren ausser Kontrolle. Ich erinnere Verse, doch kaum tauchen sie auf, sind sie anders als zuvor.»

Im Anfang ist das Vögeln,
und das Vögeln ist mein,
und das Meine ist Vögeln.
Im Anfang ist es mein.
Alle Dinge sind durch es gemacht,
und ohne es ist nichts gemacht,
was gemacht ist.
In ihm ist meine Ewigkeit,
und meine Ewigkeit ist mein Licht.
Und das Licht scheint in meinen Augenblick,
und in meinen Augenblick fallen die Bomben.

So ist das Vögeln für die Katz.

«Warum diese Wortwahl?» «Ich habe nach einem Verb für *logos* gesucht. Dann ist mir das Gedicht von Michael in den Sinn gekommen. Wir haben unser Spiel mit der Frage nach dem Ursprung begonnen, wo ich kein Ding sehe, sondern Geschehen.»

«Sagt man auf deutsch *es* vögelt?» «Wie man sagt: es regnet, es war einmal, es wird sein, sage ich: es vögelt. Das alte deutsche Wort *vögeln* gefällt mir besser als alle anderen Worte, die man dafür verwendet, das Flattern und Fliegen um die Frage nach dem Sinn meines Augenblicks, nach dem Ei des verschwundenen Augenblicks, aus dem er geschlüpft, nach dem Ineinanderfliessen, Auseinanderfliessen.

Vögel fliegen, manche vögeln im Flug, wie die Mauersegler oder die Alpensegler. Ruhig fliegt das Weibchen geradeaus, plötzlich vibrieren die ausgestreckten Flügel, das folgende

Männchen steigert sein Tempo, schwebt schräg von oben auf die Vogelfrau, verkrallt sich im Rückengefieder, seine Flügel in V-Stellung. Sie vögeln eilig, wenige Sekunden, denn sie verlieren dabei an Höhe und Geschwindigkeit, dann gilt es wieder zu flattern, damit der Vogelmann nicht abrutscht. Sinngebung ist Spiel, für manche euphorisch oder tragisch mit Sieg oder Niederlage verbunden, für andere Zocken, nimmst du es nicht allzu ernst, bleibt es ein Spiel der Lust.»

Charlène zieht mich an der Hand vom Stuhl, ich lege meinen Arm um ihre Taille, wie im Tanz dreht sie sich heraus, wir lassen uns aufs Sofa fallen, umarmen uns, küssen uns, dann steht sie wieder auf, tanzt durchs Zimmer.

«Im Bösen haust Glück, im Guten Unglück», singe ich, treffe die Töne schlecht, «was ist das Gute eigentlich mehr als ein anderes Wort für das, was ich begehre, und das Böse für das, was ich verabscheue.» Während Charlène weiter durchs Zimmer tanzt, deklamiere ich: «Das Gute / das Böse, das Schöne / das Hässliche, alles Facetten der Meinigkeit. Das Gute, das Schöne, wohin sich mein Herz erhebt, sind nur andere Worte für meine Gier, für mein Lechzen nach Befriedigung, das Erhabene ein anderes Wort für den Ausblick von den Gipfeln meiner Lust. Die Pein meiner Angst regiert meinen Abscheu, meinen abgrundtiefen Hass. Stets mein / stets fremd. Doch schlecht sind nicht die vögelnden, mordenden Menschen, nicht die Viren, Bakterien, die ihre Leiber beherrschen, … es sind die Sterne, das ewige Vögeln der Protonen, die sich nicht mögen, doch unter dem Druck rasender Leidenschaft sich so sehr nähern, dass ihre Leiber begierig sich auffressen, Heimat sich auflöst in Wahrscheinlichkeit, dass sie nicht wissen, wer sie sind, wo sie sind, wie stark sie sind, und aus ihrem beschädigten Leibsein Licht und Wärme strahlt.»

«Warum gerade die Sterne?», wundert sich Charlène, «wer bespringt da wen?» «Du weisst ja um das heisse Treiben im Plasma der Sonnen, so heiss, dass selbst Wesen, die sich lieber meiden möchten, miteinander verschmelzen, wodurch alles noch hitziger wird ... Heureka! Hier ist die arché! Ist der Urknall die Konsequenz des mathematischen Standardmodells der Physik, so ist das Urvögeln die Konsequenz der anarchomystischen Perspektive der Meinigkeit, nicht Explosion, sondern Fusion.»

«Was vereinigt sich, wo noch nichts ist?» «Meinsein/Fremdsein verschmelzen zum Kippbild der Meinigkeit.» «Und zuvor?» «Sinnlos zu fragen, denn die Frage selbst ist immer schon Meinigkeit.» «Was ist die anarchomystische Perspektive? Davon habe ich noch nie gehört.» «Es geht um die Leidenschaft, die Welt zu meiner Welt zu erklären. Aber warum ich das Anarchomystik nenne, ist eine längere Geschichte, die ich dir gerne ein anderes Mal erzähle.»

Charlène bettet ihren Kopf in meinen Schoss, ich streichle ihr Haar, ihre Wange, das Kleid über ihrer Brust. Wir sind uns nah / sind uns fern. «Das Sein ein Dessert, schnell genossen, der Teller leer.» «Tu veux dire un désert», wendet sie ein. «Ja, auch Wüste, Sandkörner über Sandkörner, trotzdem ein Nichts. Mal bin ich traurig / mal zufrieden, auf und ab, mal lache ich vor Glück / mal schreie ich vor Schmerz, so hat sich die Welt erschaffen, und sie sah, was sie gemacht hatte, und siehe da, es war verstörend gleichgültig.» «Gleich – gültig.»

Wieder Schweigen. Zeit zum Aufbruch. Ein letztes Glas Wein. Beim Abschied fragt Charlène: «Was, wenn mich jemand beobachtet hat, wie ich die Karte von Michael an die Pinnwand gehängt habe?»

fade-out

2 Con alcune licenza

Gians Côte du Rhône ist wirklich gut. Zwar haben wir beim Abendessen schon Wein getrunken, aber seiner ist besser. Heute fragte mich Gian, ob ich Lust habe, mit ihm in den Johanniter zu gehen. Beim Essen kam er auf die Frage zu sprechen, die noch offen sei zwischen uns, aber da es mir zu laut war unter den vielen Touristen im Lokal, beschlossen wir, das Gespräch bei ihm zu Hause fortzusetzen.

Bei einem Glas Wein machen wir es uns gemütlich.

Plötzlich geht Gian zum Schreibtisch, stöbert im Papierkorb, fischt eine Karte heraus. «Da! Ich habe sie unbesehen weggeworfen, kaum habe ich das rote Couvert aufgerissen, das Bild darin auch nur mit einem Blick gestreift. Der Umschlag ist ohne Absender, die Handschrift aber habe ich sofort erkannt», sagt er und reicht mir eine Fotokarte.

Das Bild zeigt einen Gandhara Buddha mit langgezogenen Lotosblütenohren, wohlproportionierten Augenlidern, das bewegt gewellte Haar in einem Haarknoten gefasst. Auf der Rückseite ein kurzer Text in schwungvoller Handschrift:

Noch immer geliebter Chaot!
Bin im Oktober in der Schweiz. Würde dich gerne treffen.
Du auch? Schreib mir. Big hug
Isa

374, Lily Street, San Francisco, CA 94102-5608

»Isa? Deine erste Liebe. Spinnst du. In den Abfall. Lies!»
«Nein, ich will nicht.» «Glaube ich nicht, dann hättest du die
Karte nicht aus dem Papierkorb gefischt. Hat sie die Foto selber aufgenommen?» Er schaut sich das Bild genauer an: «Ich
glaube schon.»

Er habe die Figur bei seinem Besuch im Asian Art Museum in San Francisco gesehen, auf der USA-Reise mit Sara. Er
stelle sich vor, wie der Kreis über der Nasenwurzel, das dritte
Auge des Buddha, tief in die göttliche Welt schaue, doch wenn
er das nachvollziehe, erlebe er nur grenzenlose Ödnis. Damals
jedoch habe ihn diese Buddhafigur in Bann gezogen, auch
Sara habe sie begeistert.

«Sara!» Er lässt die Karte sinken, schaut aus dem Fenster.
Weint er? Ich habe ihn noch nie weinen sehen; mir ist, als
würde das nicht zu ihm passen. Aber ich sehe, wie sein Körper
bebt.

«Sie kann mir nicht mehr schreiben, sie kann ich nicht
mehr treffen.» Er schlägt die Fäuste zusammen, «alles Erinnerung, verflucht ewige Erinnerung», setzt sich wieder, stützt die
Ellbogen auf die Knie und hält sich beide Fäuste an den Kopf.

«Sara», sagt er, als ich mich neben ihn setze, ihm mit der
Hand über sein Haar streichle.

«Isa will dich wiedersehen.» «Ich beantworte diese Karte
nicht.»

Lange schweigen wir. Dann sage ich: «Sara und ich standen
uns sehr nahe. Sie erzählte mir viel, auch über euer Leben in
der Wohngemeinschaft in Hamburg, als sie noch mit Ludwig
zusammen war und du mit Isa, auch von ihrer Freundschaft
mit Isa und ihrer schmerzlichen Enttäuschung, als Isa euch
verliess.» «Natürlich blieb mir nicht verborgen, wie eng eure Beziehung war, obwohl Sara nie davon sprach und ich sie
auch nie danach gefragt habe. Wo habt ihr euch eigentlich
kennengelernt?» «Sara besuchte ein Konzert, in dem ich spielte, Hindemiths Schwanendreher, seine Sonate für Bratsche

und Klavier, zum Schluss spielte ich eine seiner Sonaten für Bratsche solo.

Nach dem Konzert wartete sie auf mich, um mir zu sagen, wie begeistert sie von meinem Spiel sei. Ich war überrascht, so persönlich angesprochen zu werden, aber ich freute mich über ihre Begeisterung und liess mich gerne auf ein Glas Wein einladen in die nahe gelegene Bar.

So begann meine Freundschaft mit Sara und mit dir. Eure Wohnung war für mich wie ein zweites Zuhause. Du weisst ja, wie häufig ich bei euch zu Gast war, wie oft wir bis weit über Mitternacht hinaus Gespräche führten, die nicht selten in hitzige Debatten mündeten.» «Ja», Gian wird wieder lebhaft, «wie wir einander vorlasen, Gedichte schrieben, du deine Viola spieltest, wir unser Philosophiespiel trieben, zuweilen in Tratsch und Klatsch schwelgten.» «Ich hielt mich mit Bratschenunterricht und gelegentlichen Konzertauftritten über Wasser, die aber wenig einbrachten, bis du mir an deinem Gymnasium eine Anstellung vermitteln konntest.»

Nur war meine Beziehung zu Sara enger als die zu Gian. Nach aussen erschienen wir wie zwei Schwestern, Sara die ältere und ich die um acht Jahre jüngere. Allerdings waren wir mehr als Schwestern, denn wir erlebten eine starke erotische Anziehung zueinander, die wir nach aussen jedoch zu verbergen suchten.

«Gian, … vielleicht bin ich jetzt imstande, deine Frage zu beantworten, warum ich nach dem Tod von Sara Angst vor dir hatte, dir ausgewichen bin und froh war, dass auch du nicht auf mich zugekommen bist. Sara und ich waren nicht nur Freundinnen, … wir waren Geliebte.» «Erzähl, es macht Sara lebendig.»

«Sara ergriff die Initiative. Bei unserer ersten Begegnung lud sie mich ein, unser Gespräch über die Musik von Paul Hindemith doch bei ihr zu Hause fortzusetzen. So besuchte ich sie zwei Tage darauf am frühen Nachmittag in eurer

Wohnung. Du warst in der Schule. Ich hatte meine Viola mitgebracht, weil ich ihr den vierten Satz aus Hindemiths zweiter *Solo-Sonate für Bratsche* nochmals vorspielen wollte, den furiosen Ausbruch, über den wir gesprochen hatten. Sara war fasziniert und wollte nach meinem Spiel noch mehr wissen über Hindemiths freie Tonalität, aber auch, was bei ihm anders klinge als in der atonalen Musik, die ihr immer fremd geblieben sei. Ich sagte ihr, dass ich gewisse seiner Stücke gerne spiele, dass ich ihn mir aber nicht als Lehrer gewünscht hätte, denn mit seinen Unterweisungen im Tonsatz müsse er ein unerträglicher Diktator gewesen sein. Trotzdem liebe ich Hindemith, auch wenn mich seine späten Stücke etwas langweilen.

Während ich erzählte, legte sie einen Arm über meine Schultern. Ich liess es nicht nur geschehen, sondern spürte mein Verlangen nach dieser Nähe, das unvermittelt da war, ohne dass ich zuvor je an so etwas gedacht hätte. Sara streichelte mit ihren Händen mein Gesicht, fuhr mit einem Finger über meine Lippen, dann mit ihrer Zunge, ich erwiderte ihr Spiel, weiterspielend entkleideten wir uns, liebkosten uns. Saras Körper, meine Haut an ihrer Haut, ihre grossen, festen Brüste, ihre Zunge über den Lippen meiner Vulva, ihr Finger um meine Klitoris kreisend, in meine Vagina eindringend, spielende Finger, ihre, meine; trunken von ihrem Duft, von ihren Säften fühlte ich mich euphorisch.»

Ich schweige. Gians Erektion spannt den Stoff seiner Hose. Ich drücke seine Hand. «Sara», sagt er leise.

«In der Folge ereignete es sich nur selten, ergab sich aus einer besonderen Stimmung, ohne Vorsatz, jedes Mal ein einmaliges, ausserordentliches Erlebnis. Damit begann unsere Freundschaft, auch meine Freundschaft zu dir, nur dass wir unsere leidenschaftlichen Begegnungen auch vor dir verborgen hielten, denn ich hatte Angst, und Sara schien diese Angst zu verstehen. Sie meinte zwar, ihre Beziehung zu dir wäre dadurch nicht gestört; sie befürchtete im Gegenteil, dass in dir das Begehren entstehen könnte, auch daran teilzuhaben, was wir beide nicht wollten.»

«Sara kannte mich, mehr als ich sie», sagt Gian. Wieder drücke ich seine Hand, sage leise: «Nun weisst du es.» «Es war der Beginn auch unserer Freundschaft, der vielen gemeinsamen Abende bei uns.»

«Mit Saras Tod war alles zertrümmert», sage ich, «ein lähmender böser Zauber liess die Welt verschwinden, in der wir noch eben gelebt, geliebt, über so manches gesprochen, so manches verschwiegen hatten. Wenn wir beide uns in der Schule über den Weg liefen, wechselten wir kaum mehr als ein paar Worte, verhielten uns aber so, als hätte unsere Gemeinschaft nie existiert, in der eisigen Leere, die Sara hinterlassen hatte, fror alles ein. Erst meine spätere Beziehung zu Seraina löste meine Starre. Aber die Angst vor dir blieb, als wäre ich deine Rivalin.» «Warst du das?», fragt Gian. «Eigentlich nicht, denn du gehörtest auch zu meinem Leben, aber die Beziehung zwischen Sara und mir war Leidenschaft. Manchmal hatte ich das Gefühl mit ihr zu verschmelzen.» «Mit ihr verschmelzen», wiederholt Gian leise, «jetzt, wo du die Schranke deiner Angst überschritten hast, bist du für mich ein Teil von Sara.» Meine Hand streichelt über den vorgewölbten Stoff seiner Hose, immer höher, um sich langsam darunter zu schieben, bis sie den harten, warmen Penis umschliesst, ihn festhält; ich lege mich neben ihn, netze mit der Zunge seine Lippen, dringe tief in seinen Mund ein. Umkreisen unserer Zungen in einem langsamen Tanz, carezzando — Gleiten seiner Hand unter meine Bluse — Liebkosen meiner Brüste — Öffnen der Knöpfe, der Reissverschlüsse, con alcune licenza — schnelles Atmen, Ineinanderfliessen, Durcheinanderwirbeln, Abstreifen der Kleider, allegro con fuoco — mit den Lippen seinen Penis umkosen — mit dem Spiel seiner Finger den Ton des Begehrens steigern, crescendo — Streichen über die Haut meiner Schenkel, Wölbungen, Spalten, vor und zurück, Viola sein

— zarter Bogenstrich über meine Schamlippen, die äusseren, die inneren, die Klitoris, Eindringen der Finger in meine Vagina, a punto d'arco — Tanzen der Zunge um die sich vorwölbende Klitoris — Eindringen in die weit geöffnete Höhle, Aufnehmen des harten Penis — mein Leib, sein Leib, ein einziges Instrument, Vibrieren, Schwingen zu unserer Musik, ondeggiando, lauter und lauter und leise, ganz leise, diminuendo, Fliessen, Zerfliessen.

Gian braut zwei Espressi. Wir schauen uns in die Augen. «Sara», flüstert er. «Sara», antworte ich.

Ich mache mich bereit zu gehen. Morgen ist Schule. Heute hat sich die Welt erneut verändert. Ich nehme seine Hand, er küsst meine, dann sage ich: «Schreibe Isa, ich weiss, dass du musst.»

Beim Hinuntergehen stelle ich fest: Die Angst ist weg, die alte Vertrautheit mit Gian wieder da – nach so langen Jahren. Auf der Strasse vor dem Haus am Döltschiweg blendet mich der Scheinwerfer eines Autos, dann beleuchtet er die Birke gegenüber; für einen Augenblick vermeine ich im Lichtkegel einen grossen schwarzen Vogel regungslos auf einem Ast wahrzunehmen, kaum schaue ich genauer hin, sind Baum und Vogel im Dunkel verschwunden, die Lichtkegel der Autoscheinwerfer nur noch von weitem zu sehen, blass. Ein lautes Flattern lässt mich zusammenfahren. Dann ist es wieder still.

Was, schon neun Uhr! Ich starre auf den Wecker. So tief habe ich schon lange nicht mehr geschlafen. Bilder tanzen durch meinen Kopf. Was für ein Abend. Oder war es ein Traum? Ich weiss nicht, wo ich stehe. Sara? Gian? Die Angst vor ihm verschwunden. Hat mein Traum mich von ihr befreit? So intensiv habe ich noch nie geträumt. Meine Brust ist weit. Ich fühle mich leicht. Zufrieden stehe ich auf, dusche, mache mir einen Espresso, mehr brauche ich frühmorgens nicht. Welch ein Traum. Die Erinnerung erscheint mir ein wenig diffus, doch sie lässt mich vibrieren. Vor dem Weggehen werfe ich die gebrauchte Wäsche in den Korb. In meinem Slip bemerke ich einen weisslichen Fleck, er fühlt sich brüchig an, riecht nach Fisch.

Die Welt ein weisser Fleck in meinem Slip, spröde anzufühlen. Der Traum riecht nach Fisch. Leben riecht nach Fisch.

fade-out

3 Von der Lehre zur Leere

fade-in

— *Gian* —

Das Heulen einer Sirene weckt mich auf, die Alarmanlage eines Autos, vielleicht ein Einbruch, wahrscheinlicher ein Defekt. Draussen beginnt es zu dämmern. Bin ich im Fauteuil eingeschlafen? Habe mich später schlaftrunken aufs Bett gelegt, völlig angekleidet, ohne Erinnerung, als wäre ich in Trance gefallen? Ohne Erinnerung gibt es mich nicht.

An der Frühstücksbar bereite ich mir einen Espresso, setze mich wieder ins Wohnzimmer, das sich nach und nach im Licht des erwachenden Tages belebt. Während ich, im Sessel zurückgelehnt, den Kaffee in kleinen Schlücken trinke, tauchen Bilder auf. Zwei Frauen, die sich lieben, Sara und Charlène. Da verdunkelt sich der Raum, ein Schatten fährt über die Fenster. Der schwarze Kranich mit ausgebreiteten Flügeln. Ich habe zu viel getrunken, Druck im Kopf, Schwindel. Habe ich geträumt? Alles nah / alles fern, die zärtlichen Hände, das Bersten der Sterne, wirklich, doch nie zu fassen, obwohl die Ferne nah, nah das Spiel – nach der Erlösung die Stille.

Da, die zerknitterte Karte. Ich versuche sie auf dem Sofa glatt zu streichen, auf dessen dunklem Bezug weisse Flecken. Erregende Erinnerung …, dann ein quälender Gedanke: Warum habe ich Charlène mit dem Auto nach Winterthur fahren lassen. Ich hätte sie auf den Zug bringen müssen, ein Taxi rufen, wir hatten viel getrunken. – Sara/Charlène.

Die Karte: Gandhara Buddha, Isas kurze Botschaft: noch immer geliebter Chaot!

Noch immer geliebt? Aus der Ferne. Isa, die Blackbox, ich sehe, was reingeht, was rauskommt; was in ihr vorgeht, sehe ich nicht. Wer ist Chaot? Sie wohl nicht, ist sie doch bald nach ihrem Hippie-Zwischenspiel in die amerikanische Kunstszene eingetaucht, Zen-Buddhistin geworden. Anhänger des Zen sind keine Chaoten, vielmehr erleuchtet, gelassen, leer, offen. Weiss ich zur Genüge, weil ich schon kurz vor Abschluss des Gymnasiums begann, mich mit der zen-buddhistischen Lehre auseinanderzusetzen. Damals, während einiger Einkehrtage in einem Zisterzienserkloster im freiburgischen Hauterive, bin ich dem sechs Jahre älteren Jens van den Broek begegnet, der mich in langen nächtlichen Gesprächen mit den Grundzügen dieser Weltanschauung vertraut gemacht hat.

Jahre nach dieser klösterlichen Begegnung, aber durch sie angeregt, hatte ich in einer kleinen, exklusiven Meditationsgruppe selbst eine längere Zen-Schulung absolviert, bis ich in Streit mit meinem Zen-Meister geriet. Das heisst, nur ich stritt, nicht mein ehrwürdiger Lehrer, den ich stets mit Rōshi ansprach, ein liebenswürdiger alter Sensei, der zur Betreuung einiger Schüler regelmässig eine weite Reise auf sich nahm. Die Meditationsgruppe, eine private Initiative langjähriger Zen-Praktiker, die ihren früheren Lehrer dafür gewonnen hatten, gelegentlich ihren gemeinsamen Zazen-Sitzungen beizuwohnen, war ein Privileg, in dessen Genuss ich durch die Fürsprache meines einstigen Deutschlehrers, mit dem ich mich später angefreundet hatte, gekommen war.

Man mochte mich gut in diesem Kreis, ich war ein ernsthafter, begeisterter Schüler. Bis zu meiner Erleuchtung. Eine streitbare Erleuchtung. Erleuchtungen sind zwar ein Ziel der Zen-Praxis. Doch mein ehrwürdiger Lehrer enttäuschte mich. Er stritt nicht, jedenfalls nicht mit offenem Visier, obwohl meine Kritik Grundsätzliches betraf, unerbittlich, heftig war, als ich ihm nach einer Meditationssitzung diese blitzartige Eingebung kundtat.

«Heute habe ich in der Meditation eine Erleuchtung der anderen Art erfahren», richtete ich das Wort an den Meister, der eben den Gong zur Beendigung der Meditationssitzung geschlagen hatte. «Der anderen Art?» «Der anderen Art, weil diese Erleuchtung den Weg zu ihr und damit ihr eigenes Licht zerstört hat. Ein grell aufflammendes, dann erlöschendes Licht, in dem ich erkannte, dass alle unsere Zen-Übungen, unser Meditieren, ja die ganze Buddha-Lehre selbst die Schleier der Maya sind, die wir durch sie zu lüften suchen.»

Der Meister lächelte: «Könnte Täuschung nicht eher das sein, was dem Suchenden als Erleuchtung vorkommt?» «Das ist eine Totschlagfrage», entgegnete ich, «alles kann Täuschung sein, und damit ist man fein raus.» «Trinken wir eine Tasse Tee.» «Womit dann die Vorstellung zu Ende wäre.» «Nein, nur wir zwei wollen zusammensitzen und ich werde hören.»

Die anderen Teilnehmer verhielten sich diskret, mischten sich nicht ein, obwohl ich Neugier in ihren Blicken las. Mein unüblich aggressiver Ton war ihnen bestimmt nicht entgangen. Wir begaben uns in einen Nebenraum, wo jeweils Tee bereitstand; dort forderte der Meister mich mit einer leichten Handbewegung auf, ihm meine blitzartige Erleuchtung zu offenbaren, ich kam mir vor wie einst als Kind im Beichtstuhl.

«Das will ich berichten», sagte ich, «ich sitze auf meinem Kissen, mein linker Fuss auf dem rechten Oberschenkel, mein rechter Fuss auf dem linken Oberschenkel, die Knie auf dem Boden, meine Beine sind nicht zwei und nicht eins, ohne Erwartung sitze ich da, denke nicht gut, nicht schlecht, urteile nicht richtig, nicht falsch, will nichts, auch nicht Buddha werden, leer, nicht Ich, nur sich selbst empfangendes Samadhi wie in anderen Sitzungen schon so oft. Plötzlich in der Stille, ohne Denken, ohne erzeugt zu werden, erschien das Empfangene als Weite ohne Horizont, erschien als Nebel; im Nebel tanzte ein Drache; ohne Worte wurde mir klar: Das ist die grosse Lüge. Der Drache spie Feuer, das Feuer war Buddha-Dharma, die höchste Wahrheit, die allumfassende, immer gültige Lehre des Lebens, die auch beinhaltet, lebenslang zu lernen; doch zugleich wusste ich, dass Buddha-Dharma die höchste Lüge war, weil die Ablehnung des Dharmas nicht zu diesem Lernen gehört; … und der Nebel zerriss wie ein Vorhang; hinter dem Vorhang sah ich einen leuchtenden Hügel voller Zwerge, es waren Zen-Meister, ein brennender Ameisenhaufen voller Rōshis und Oshōs; dann spannte sich langsam ein Regenbogen über die ganze Szene, und der Regenbogen wollte, dass man seinen Namen dachte; ich hiess ihn, ohne zu überlegen, *Meinsein.* Das war die blitzartige Erleuchtung: Das Allumspannende, das Eine ist das Meinsein. Damit erlosch die Vision. Ich war, ich bin erschüttert und fühle mich doch leicht und weit, denn in grosser Klarheit sehe ich plötzlich, wie die Zen-Meister die Lehre des Buddha, die sie tradieren und interpretieren, missverstehen. Vielleicht wie Buddha selber auch. Sie haben die Lehre empfangen und doch selbst gebaut, da jeder Buddha ist.»

«Der Schüler hat einen Regenbogen gesehen, in dem ihm Meinsein erschienen ist», griff der Meister den Faden auf, «wie er sicher weiss, sind die Farben des Regenbogens Symbole der Maya, wie der Schleier und das Spinnennetz. In seiner Vision zeigt sich Meinsein als das trügerische Farbenspiel der Illusion des Ich. Er hat den Buddha-Geist im Rücken gehabt und gesehen, wie sich sein Licht in den Wassertropfen des Vergänglichen bricht; kaum sind die Wassertropfen verdunstet, ist der Regenbogen erloschen. So ist das Meinsein ein Trugbild seines ichverhafteten Schauens. Hätte er sich umgedreht, dann hätte er sich vereinigt mit dem wahren Licht der Buddha-Lehre.» Das war des Meisters Deutung; sie verärgerte mich noch mehr.

«Ehrwürdiger Meister, er hat nichts verstanden, weil er nicht wirklich leer ist, sondern durch und durch gefangen in den Vorurteilen der Buddha-Tradition. Auch ich habe darin manche mir noch immer wertvollen Perspektiven gefunden, die Un-Zweiheit der Welt ohne Aufteilung in Aussenwelt und Innenwelt, die Verneinung der Existenz eines Ich, die der Meister jetzt angesprochen hat, wie auch die Abkehr vom Glauben an die Wirklichkeiten von Zeit und Raum, weil nur der zeit- und raumlose Augenblick zählt, der ist und zugleich nicht ist, der hier ist und zugleich überall ist. Ich schätze Zen, zugleich muss ich es verwerfen, weil mir aufgegangen ist, dass weder Zen-Schüler noch Meister wirklich verstehen, dass Zen ein Selbstbetrug ist.»

«Was ist Zen?», fragte der Meister.

«Zen anerkennt keine Zweiheit und, wie seine Lehrer und ihre Schriften oft hervorheben, keine Einteilung in Gut und Böse. Doch schon die Vermeidung des Urteils über Richtig und Falsch gerät unter die Räder der Praxis. Zen versteht sich als Praxis, das ist sein Elend. Praxis ist angewandte Ethik, Anleitung zum richtigen Tun. Auch wenn es tausendmal geleugnet wird, in der Zen-Praxis weiss immer jemand, was für mich richtig und gut ist, bereits in den Ritualen der Meditationspraxis und ihren Anweisungen für die richtige Zazen-Haltung, durch die allein man schon den richtigen Geisteszustand habe und die Ausdruck meiner Buddha-Natur sei, lebt Anmassung; die Lehren sind überhaupt voller anmassender Wertungen. Das Dhammapada verweist, wie die heiligen Schriften anderer Religionen, auf die Wurzel eines Moralismus, der die Ich-Verneinung zum Selbstbetrug macht.»

Der Meister schwieg. Ich schaute ihm in die Augen und fuhr fort: «Obwohl es in dieser Lehre gar kein Ich gibt, hat alle Übung die Überwindung des kleinen Ich, des Egoismus, oder wie immer das umschrieben wird, zum Ziel. Sittlichkeit und Selbstbezähmung stehen auf dem Programm. *Besser als tausende von Kriegern in einer Schlacht zu besiegen, ist es, einzig nur dein Selbst zu besiegen*, predigt Buddha. Doch die

Konzentration auf die Überwindung der eigenen Begierden, Sorgen und Ängste ist der stärkste Ichbezug, den es in der Praxis gibt. Und der grosse Trick ist das Heilsversprechen, durch ein richtiges Leben schliesslich dem Kreislauf der Wiedergeburten zu entkommen.

Wie manche westlichen Lehren verkennt auch Zen, dass die vermeintliche Ich-Sucht nichts mit einem übersteigerten Ego zu tun hat, sondern eine Wir-Sucht ist, in Tat und Wahrheit eine Spielart des Wir-Hungers und Wir-Durstes. Das Streben nach Macht, Geltung, Ruhm, all die Bemühungen Aufmerksamkeit auf sich zu lenken, aber auch die Lust der Unterwerfung hat die Sicherung der Zugehörigkeit zum Wir als Ziel. Es sind die tausend Schicksale der Angst nicht dazuzugehören. Ein wirklich Entsagender müsste darum so konsequent zum Einsiedler werden, dass ihn der Sonnenwind des Nirwana als emeritierte Schuppe vom Kopf des Buddha weht und er vertrocknend und verdunstend durchs Sein-und-Nichtsein schwebt, leidlos, glücklos, alles los.

So spricht diese Praxis den dahinterstehenden Weisheiten Hohn. Was wurde aus der Verneinung von Zeit und Raum gemacht? Das Gerede von der Vergänglichkeit aller Dinge, ohne zu bedenken, was man da erzählt. Buddhisten wissen um die einzige Wirklichkeit des Augenblicks, dass in ihm alles ist und zugleich nicht ist, weil stets schon wieder ein anderer Augenblick Wirklichkeit ist, und was machen sie daraus: die verachtenswerte Welt des blossen Scheins, die sie verstossen haben aus dem grossen Konzert der Wirklichkeiten.

Das zentrale Problem des Zen ist seine Abwertung der Täuschung, ein Problem, das auch manche berühmten griechischen Philosophen umtrieb. Erleuchtung sieht Zen in der Nicht-Täuschung. Eine solche trage ich hier vor.»

Ich schaute dem Meister in die Augen, hielt inne in meinem Redefluss, erwartete zumindest eine wohlwollend spöttische Bemerkung. Er schwieg. So fuhr ich fort: «Gerade wenn wir vom Augenblick ausgehen, müssen wir erkennen, dass Vielheit nicht bloss vermeintlich ist, sondern die einzige Wirklichkeit. Für jeden Augenblick gilt: Kaum ist er, ist er schon nicht mehr. Aber das sind keine Trugbilder, sondern Wirklichkeiten meines Erlebens. Zu jedem Augenblick gehören die Erinnerungen an die anderen, die stets in ihm aufgehoben sind, so wie auch die Vorwegnahme neuer Augenblicke. *Der* Augenblick ist das lebendige Vielsein zahlloser Augenblicke, aus einer zeitlosen Perspektive gesehen, ewiger Augenblick, das absolut Eine, wenn man will, aber nur als Vielheit wirklich.»

Der Meister schwieg noch immer, hielt den Kopf leicht gesenkt, schaute scheinbar gelassen auf den Teekrug, überliess das Sprechen mir. «Warum ist Zazen, diese Sitzerei gegen die Wand, Lüge? Weil die angestrebte Leere nicht weniger wäre als das Erlöschen jeder Leidenschaft; denn all unser Streben ist Suchen nach Wegen wie alles Denken, Sprechen, Zeichengeben. Und Wegfindung ist immer mit Wollen verbunden, mit einer Zielsetzung. Dass der Weg das Ziel sei, ist Schein-Tiefsinn, denn die Befriedigung des Wanderns, die Genugtuung, den Weg zu gehen, ist auch ein Wollen. Die wirkliche Leere, wenn sie denn gelänge, wäre die Ertötung des Lebens. Darum ist das Sitzen gegen die Wand Lüge, weil nur Suizid jede Wegfindung beendet; aber das Ziel der Leere ist Suizid ohne Suizid. Bin ich Buddha, wie Zen mich lehrt, muss ich Buddha töten, weil ich ihm dergestalt ja begegne.

Eine Stelle aus den Überlieferungen von Lin-ji I-hsüan kann ich, ehrwürdiger Meister, auswendig zitieren, weil sie mich beeindruckt hat: *Wenn ihr einen Buddha trefft, tötet den Buddha. Wenn ihr auf einen Patriarchen stößt, tötet den Patriarchen. Begegnet ihr einem Arhat, tötet auch diesen. Trefft ihr eure Eltern, tötet sie. Desgleichen mit euren Verwandten. Nur so werdet ihr Befreiung erfahren. Wenn ihr durch nichts mehr gebunden seid, werdet ihr alles frei durchdringen.* Das erinnert an Wittgenstein, der vor noch nicht einmal hundert Jahren am

Schluss seines *Tractatus logico-philosophicus* schrieb, dass der, welcher seine Sätze verstehe, sie am Ende als unsinnig erkenne, wenn er durch sie auf ihnen über sie hinausgestiegen sei, das heisse, er müsse die Leiter wegwerfen, nachdem er auf ihr hinaufgestiegen sei, diese Sätze überwinden, dann sehe er die Welt richtig.

Heute ist *Loslassen*, die Devise des Zen, Mode geworden. Doch das Zen-Ideal, mich nur willenlos durchströmen zu lassen von der reinen selbstwaltenden Natur, ist kitschiges Gerede. Es blendet die Tatsache aus, dass *alles* Natur ist, auch meine Wegsuche; mein Wille Ziele zu erreichen; meine Fähigkeit nicht so schnell loszulassen; selbst meine fixen Ideen.»

Herausfordernd schaute ich zum Meister. Er goss Tee nach, mir und sich. Wir tranken. Er schwieg. Sass da, wartete.

«Mit der Verneinung des Ich, der ich zwar zustimme, hat der Buddhismus jedoch das Kind mit dem Bade ausgeschüttet, weil er verhindert, zwischen Ich und Meinsein zu unterscheiden. Die Verneinung des Ich steht auch im Zen lediglich im Dienst der Interessen der Gesellschaft, der Sittlichkeit, wie die Ethik der anderen Religionen. Zwar haben christliche Philosophen zum selben Zweck den freien Willen erfunden und damit konsequenterweise das Ich aufgewertet zum Subjekt, das man zur Verantwortung ziehen und bestrafen kann, eine probate Drohung, um die Ordnung des Grossen Wir zusammenzuhalten, genauso wie die buddhistische Drohung, ohne Überwindung der Geistesgifte, ohne Loslassen aller Bindungen, Begierden und Wünsche im Samsara gefangen zu bleiben.

So wie die praktische Philosophie des Westens ist auch die Zen-Praxis in Tat und Wahrheit eine Anstalt zur Förderung der sittlichen Anstrengungen ihrer Adepten, geködert mit dem Versprechen im Hier-und-Jetzt Ruhe und Frieden zu finden, teilzuhaben an einer Aura höherer Weisheit. Das bedeutet in meiner Vision der Feuer speiende Drache, die

Schulen der Lüge, des Selbstbetrugs; die einen üben diskursiven Gehorsam, die anderen mystischen, hier wie dort von Meistern angeleitet, überwacht. Die Methoden des Unterrichtens mögen sich unterscheiden, in ihren Intentionen sind beides Anstalten der spirituellen Bravheit, die Macht des Grossen Wir stabilisierende Ideologien, hier das Zelebrieren des Verzichts auf alle Ansprüche, motiviert durch die Geltung der Heiligkeit.

Buddhisten können nicht umgehen mit ihrer Ichlosigkeit, weil sie wie die westlichen angeblichen Subjekt-Überwinder – wie auch ihr mit eurer Antwort auf meine Vision gerade gezeigt habt – mit dem Ich auch das Meinsein entsorgt haben.»

Endlich sprach der Meister: «Das behauptete Meinsein ist der Widerschein der Ich-Illusion.»

Er sagte nur diesen einen Satz, ohne auf meine übrigen Ausführungen einzugehen. In Kurzform das, was er mir am Anfang schon entgegnet hatte. Ich anerkenne, dass er den zentralen Punkt meines Anliegens erfasste und ihn mit einem Satz vernichtete. Das wollte ich ihm nicht durchgehen lassen.

«Ihr versteht nicht, ehrwürdiger Meister, ihr wollt nicht verstehen, weil ihr nicht leer seid, sondern gefangen im Käfig der Buddhalehre. Meinsein ist grundlegender als die Leerformel des Ich-Subjekts. Meinsein hat kein Innen und kein Aussen, es ist die Ewigkeit jeden Augenblicks, in der alles aufgehoben ist, aber nicht Nirwana, nicht das Erlöschen der Leidenschaften, des Anhaftens an Lust und Wegfindung. Meinsein ist ebenso Vielsein, wie es zugleich das allem Vielen gemeinsame Band ist, ohne Ausschluss, ohne Grenzen. Meinsein ist die Leidenschaft des Seins. Aber ich werde es nie Buddha-Natur, nie Buddha-Dharma nennen.

Ich habe meinen Meister geschätzt, ja verehrt, und ich danke ihm für all seine Bemühungen, aber ich werde mir nie mehr einen Meister suchen, ja ich will nicht einmal mein eigener sein.»

Das war mein Schlusswort, dann schwieg ich. Nach längerer Pause erhob sich der Meister, verneigte sich gegen mich, sagte: «Auch ich danke, Gian Caspari Rōshi, dass ich an ihrer Erleuchtung Anteil nehmen durfte. Vielleicht hat Gian Caspari den Buddha getötet.» So verliess der ehrwürdige Meister den Raum. In meiner Erinnerung taucht weniger Ärger auf als Mitleid. Der Meister hatte mich Rōshi genannt. Ob er gekränkt war? Meine Rede war unangebracht. Aber wie sollte ich mich wehren gegen jahrtausendealte Zumutungen. Mich ehrfürchtig schweigend davonschleichen? Vielleicht hat Gian Caspari den Buddha getötet. – Warum nur vielleicht?

Von dieser Begebenheit hatte ich Isa erzählt, damals bei unserem Intermezzo, als wir uns unverhofft in Paris wieder begegnet waren, und kommentiert, dass ich das vielgeübte *Loslassen* wörtlich genommen, es auf den *Weg zur Erleuchtung und zum Nirwana* angewandt hätte. Welche Befreiung, beinahe wieder Zen. Weil ich den Spott darüber nicht lassen konnte und sie auch inhaltlich mir nicht zustimmte, meinte Isa, das sei nicht gerade die feine Art. Sie nannte mich Chaot, nicht Rōshi. Geschieht mir recht, da ich meinem braven Meister meine Befreiung so unversehens um die Ohren geschlagen habe. Dennoch fühle ich mich traurig. Oder deswegen? Vielleicht bin ich Buddha begegnet und habe ihn getötet.

Bei meinem Satz *Meinsein ist die Leidenschaft des Seins* musste ich an Schopenhauer denken. Inzwischen hat sich der Gedanke des Meinseins allerdings zur Meinigkeit, dem Kippbild von Meinsein/Fremdsein, entfaltet. Ob *Meinigkeit* seinem Begriff *Willen* entspricht? Irgendwie schon; wenn er vom Wollen sagt, es sei das einzige uns *unmittelbar* Bekannte und nicht wie alles Übrige bloss in der Vorstellung Gegebene, so gilt das inniger noch von der Meinigkeit als Mutter der Erfahrung überhaupt. Irgendwie aber auch nicht, denn wenn er sagt, wir müssten die Natur verstehen lernen aus uns selbst, nicht umgekehrt uns selbst aus der Natur, so besteht der Verdacht, dass der Philosoph, zumindest im Sprachgebrauch, noch immer trennt zwischen einem Uns-selbst und einer Natur, was ich verwerfe.

Noch ein anderer Unterschied fällt mir auf, wenn ich an meinen Abschied vom Zen denke. Schopenhauers Wertschätzung der altindischen und buddhistischen Weisheiten verführte ihn dazu, die Erlösung vom Übel der Welt in der Verneinung des Willens zu sehen. Schade. Die Perspektive meiner Anarchomystik ist eine völlig andere. Meinigkeit lässt sich so wenig verneinen wie das Sein des Seienden. Doch statt von Sein, wäre es treffender, von leidenschaftlicher Meinigkeit zu sprechen. Leidenschaft im Spiel der Anarchomystik ist nicht einfach Wille, schon gar kein metaphysischer Wille. Leidenschaft lässt sich nicht verneinen, sie ist einfach der Fall. Leidenschaft ist Feuersbrunst, nicht nur Flamme als Oxydation, mehr noch Kernspaltung, Kernfusion …, ziellos, sinnlos der Fall – ihr Sinn einzig das Sich-Ereignen.

Die Sonne ist längst aufgegangen. Die Dämmerung vom Tag überstrahlt. Draussen lautes Vogelgezwitscher. Das Rauschen der fahrenden Autos. Das Geheul der Sirene verklungen. Ist da ein Flügelschlag zu hören? Ich erhebe mich aus dem Fauteuil, lasse auf dem Balkon den Sonnenstoren herunter, schliesse die Fenster, denn es wird wieder heiss werden, bereite mir noch einen Espresso und begebe mich damit zum Schreibtisch, wo ich Isas Karte in den Pendenzenbehälter lege.

fade-out

4 Mit Kitsch bewerfen

fade-in

— *Gian* —

«Schreibe Isa, ich weiss, dass du musst.» Es schreibt.

Isa

Welche Überraschung, nach Jahren des Schweigens wieder von dir zu hören. Deine Aufnahme des Gandhara Buddha erinnert mich an meine letzte Amerikareise mit Sara, auf der wir das Asian Art Museum in San Francisco besichtigt haben. Wir waren beide beeindruckt von der Statue.

Dass du Chaot schreibst, könnte liebevoll gemeint sein – auf deine Art.

Isa, die Blackbox. Am Anfang war unsere Begegnung an der Matura-Abschlussparty in der Wohnung meines besten Freundes Ludwig, am Rande des Zürcher Hochschulquartiers. Die Mutter, mit der Ludwig dort allein lebte, für einige Tage in Basel bei ihrem Freund. Noch gab es im Gymnasium keine gemischten Klassen, Ludwig hatte einige ihm bekannte Mädchen eingeladen, sie gebeten, ihre Freundinnen mitzubringen.

Im grossen Wohnzimmer wurde getanzt, Rock 'n' Roll, Charleston, im leicht verdunkelten Musikzimmer Jazz, die Firehouse Five Plus Two Dixieland-Jazz-Band, in den Ecken wurde geschmust. Wolfi schwärmte von einem Mädchen, mit dem er getanzt hatte, ihren langen, kastanienbraunen Haaren. Dieses Mädchen fordert mich zum Tanzen auf, eine aus der fünften Klasse des Mädchengymnasiums. Isa!

Ausgelassenes Tanzen, wild. Wir setzen uns jedoch bald in ein anderes Zimmer, wo sich ein Grüppchen französische Chansons anhört: Edith Piaf, Georges Brassens, der es verrückt findet, für Ideen zu sterben, Jacques Brel, immer wieder Brel. Es drängt uns ins Freie.

Wir spazieren zur Seilbahn Rigiblick, fahren zur Endstation, schlendern zum Resiweiher, setzen uns auf die Holzbank vor dem backsteinernen Türmchen – solche Details fallen mir ein, plötzlich.

Plötzlich fallen sie ein, Höllenvögel vom Himmel, einer, zwei, drei, vier, fünf, sechs …, ein Geschwader, Flügel an Flügel, lautlos, lassen ihre Eier fallen, tonlos, schwarz-weiss, Tonnen über Tonnen auf das Strickhofareal, auf die angrenzenden Strassen, In der Hub, Frohburgstrasse, Häuser bersten, brennen, Mauern fallen, tonlos, schwarz-weiss, kaum Vorfrühling, 1945. Abermals sollte Clarion die absolute Lufthoheit der vereinigten Vogelscharen über das Böse demonstrieren, auch in den kleinen Städten den Feind demoralisieren, Primärziele, Sekundärziele, bei schlechtem Wetter Ausweichziele bombardieren. Abermals treffen die Spieler das falsche Tor, das vorgegebene Ziel ist Pforzheim, am Nordrand des Schwarzwaldes, nicht die Zürcher Landwirtschaftsschule unterhalb des Resiweihers. Schlecht ist einzig das Wetter.

Krieg, ernsthaftes Spiel. Brutalität, geleitet von Spielregeln des Guten, von ernsthaften Leuten verfasst. Ein amerikanisches Kriegsgericht unter dem Vorsitz von Colonel James Stewart, dem Filmstar. Für den leidenschaftlichen Eifer der gerechten Krieger keine rote Karte. Wozu auch. Im vernebelten Sumpf des Bösen gute Ausweichziele. Meine Erinnerung aus dem Geschichtsunterricht, das Bild meines Geschichtsheftes vor Augen, in das ich die Ereignisse fein säuberlich eingeschrieben und mit eingeklebten Bildern illustriert habe.

Erinnerungen. Erinnerungen. Erinnerungen. Was war zuvor, was kommt danach? Es gibt Spielregeln, Gewohnheiten sie zu beachten, Gewohnheiten sie zu umgehen. That's history.

The winner takes it all
The loser standing small
Beside the victory
That's her destiny

höre ich, sehe ich eine silbern glänzende Spinnennetzkarte über der Tischlampe schwebend singen, tanzend zum Song, dem besten der ABBA, finde ich noch heute.

Metamorphosen. Häuser verwandeln sich in Schutthaufen, Lebewesen in Leichen, Heimat in Fremde. Desaster, der Stern zerbricht, Erinnerung ist alles, ein jeder Augenblick schon wieder verblasst, wieder versunken, wieder Abend, wieder Nacht, wieder Erinnerung, wieder Metamorphosen.

Es ist warm und windstill. Das schwache Rauschen des nächtlichen Stadtverkehrs. Der Himmel erhellt von den Lichtern der Stadt, die Sterne nur mit Mühe erkennbar. Zwischen Baumgeäst über einem dunklen Wolkenband der dampfende Mond. Wir schweigen – irgendwann sage ich: «Wolfi hat von dir geschwärmt.» «Wolfi?», fragt Isa. «Mein Freund und unser Gastgeber, mit dem du getanzt hast heute Abend.» «Ach, du meinst Ludwig.» «Wir nennen ihn Wolfi, seines Nachnamens *von Wolff* wegen.» «Jedenfalls ist dir aufgefallen, dass er mit mir getanzt hat.» «Vor allem, wie er von dir geschwärmt hat, von einer traumhaften Erscheinung.» «Na und? Traumhaft ist nur Traum.»

Ich wende mich ihr zu, schaue sie von der Seite lange an, lege meinen Arm um ihre Schulter, ziehe sie an mich: «Traum ohne Nur.» Isa lehnt ihren Kopf an meine Schulter: «Warum hast *du* mich nicht zum Tanzen geholt?» Die Frage verunsichert mich. «Du bist mir zuvorgekommen.» «Manchmal kann ich nicht warten.»

Ich neige mich nach vorne, schaue ihr in die Augen, haselnussbraun. Isa steckt einen Finger in ihren Mund, fährt damit über meine Lippen, in meinen Mund. In einer Haarsträhne schimmert ein Licht, nach dem ich greife, es zu mir ziehe, bis ich ihren Atem spüre, ihn mit meinem umfange, durchdringe, unsere Lippen alles umschliessen, unsere Zungen in einem Käfig eingeschlossen ohne Ausweg – der Weg ins Gefängnis beginnt als Abenteuer, die Wanderung der Hände über die zarte Haut der Mädchenbrust, die liebkosend suchende Hand des Mädchens auf meiner Haut unter den Kleidern, das Pochen des Bluts im anschwellenden Penis, das feuchte Tor …, die Bilder verschwimmen, verlöschen. Filmriss. Nein, kein Gefängnis. Welch unsinnige Gedankenverbindung.

Es schreibt weiter.

Du liebst das Meditieren, ich weiss – du pflegst dabei deine eigene, asiatisch inspirierte Form. Magst du's auch westlicher mit Themen, Bildern, Action? Ein nicht alltägliches Meditationsthema: Stell dir vor, du hast jemanden ermordet, erzählst es allen, doch niemand glaubt dir, niemand, jetzt nicht und niemals. Wäre das der wahrhaft perfekte Mord? Male dir aus, der von dir Ermordete wäre ein Maler, der ein Bild von dir am Malen war, dein Abbild, das du plötzlich zerstören musstest und auch seinen Schöpfer. Male dir aus, wie das ist, wenn dir niemand deine Tat glauben will.

Ich vollbringe sie, denkt es, aber schreibt es nicht.

… des solt du gewis sin …

flimmert die Schrift auf einem Spinnennetz vor meinen Augen.

… die Tat – morden, nicht meditieren …

Heftig schüttle ich den Kopf, mein fieberndes Hirn. Es schreibt weiter.

Mal bist du nah, mal fern. Fern zumeist. Wie geht es
dir wirklich, du verschollene Liebespein, versunken ins
Nichts, wieder auferstehend, ungefragt?

Kitsch! Lust, die ferne Isa mit Kitsch zu bewerfen, mit ana-
chronistischem Fake, den Splittern des zerbrochenen Zeitpfeils, dem lärmigen Schwirren im Kopf, den billigen Triggern
schwülstiger Bilder vom Fliessband. Soll sie mich doch für ein
kitschiges Arschloch halten. Wer ist Isa, wer bin ich, DJ meiner Fiebergedanken, der sie mischt, der sie verzerrt, ein Sound
direkt aus dem Himmel, direkt aus der Hölle, ein Sound, der
mir durch Mark und Bein geht, der mir ganz nahe kommt,
der mir völlig fremd ist, fremd dem braven Deutschlehrer
Caspari, kein Motherfucker, brav aus lauterster Faulheit.

> … Wes er mit mir pflæge,
> niemer niemen
> bevinde daz, wan er und ich,
> und ein kleinez vogellîn:
> tandaradei,
> daz mac wol getriuwe sîn …

ruckelt der Vogelweiden-Minnesang auf einer Spinnennetzspielkarte vor des Deutschlehrers fiebrigen Augen vorbei, gelb,
grün, rot. Träume sind Lüfte, Stürme, Gleiten, Steigen, Fallen.
Fliegen will ich, den Vögeln gleich. Bis zum Absturz und wenn
es sein muss, über den Absturz hinaus! Was ist der Mensch?
Unsinn. Wer ist Isa?

Isa! Zwischen deinen Schenkeln ist der Ursprung der Welt,
fleischig, feucht und warm. Danach Verflachung, Unheilsge-
schichte. Bilder, Kunst. Du kennst sie besser als ich. Du bist
die Expertin. Gustave Courbet muss ich dir nicht vorstellen,
L'Origine du monde, das Tor zwischen den Schenkeln der
Frau. Hier ist das Land der Sehnsucht und der Träume, aus

denen sich Kultur gestaltet – freudianisches Klischee –, der
glitschige Ursprung des Seins, fleischig, blutig geboren aus
sich selbst. – Und vor der Geburt? Gier …

Ich will das nicht schreiben, ich mache mich lächerlich. Es
schreibt weiter.

Das blutig zum Sein Gekommene kann gut sein, böse, gleich-
gültig, Heil und Unheil – immer lüstern, so oder so. Der
Ursprung dieser Welt, ein Anfang aus Begier, entgegen aller
Schwere sich aufblähend, immer schneller und schneller und
schneller, Weltgeschichten.

… und dieser Anfang ist kein Wort
… kein Logos …

flimmert die Schrift einer schwebenden Spinnennetzkarte
vor meinen Augen. Es schreibt weiter.

Am Anfang waren deine Augen, haselnussbraun, dieser
Blick, den zu beschreiben ich nicht fähig bin, aus Träumen
verlangender Glanz. Am Anfang war dein Schauen und dein
Schauen war meine Welt. Ergiesst sich am Anfang der Tag
in die Nacht und legt sich danach die Nacht auf den Tag?
Der gemächlich endlos rollende Ball: Yin in Yang geschmiegt,
in deinen Bildern ausgedrückt. – Der noch immer geliebte
Chaot fragt: Kennst du auch Zweifel an der Harmonie und
Erhabenheit? Verschlingt das Weisse nicht das Schwarze
oder das Schwarze das Weisse? Mal Licht, mal Finsternis
– Epochen? Augenblicke? In jede finstere Höhle will die Ver-
nunft stossen, Unwissenheit, Aberglauben zu bumsen, statt
sie zärtlich zu vögeln, nur Kritik, kein Spiel der Liebe, viel-
mehr ein Projekt.

Der Mythos von der Metamorphose des Mythos zum Logos
fällt mir ein. Der Logos ein Vogel. Oder hat er einen? Der
Mythos ein Ei. Oder legt er eines? Was war zuvor, was kommt

danach? Die Philosophie hat den Götterglauben nicht überwunden, nur umgeformt, abstrahiert zur Frage nach der
Wahrheit, die man nie kennen kann, dem koketten Spiel mit
dem philosophischen *Deus absconditus*. Es schreibt weiter.

Kaum erschauert man im hohen Mittag ob des Lichtes
Fülle, breitet sich die Nacht über den Tag, der in ihrem
dunklen Leib versinkt. Denk nicht nur an die Schrecken der
Finsternis; ich weiss, auch du kennst die Milde des Dunkels,
die Wohltat, dem fordernden Licht zu entkommen. Aber im
Gefängnis der eventummauerten Angstkultur ist alle Nacht
geächtet.

... laborierende Vernunft ... Laborvernunft ...
... Potemkinsche Algorithmenwelt ...

hell leuchtend die Spinnennetzschrift. Es schreibt fort.

Nur manchmal heben sich Licht und Schall in wundervollen
Interferenzen selber auf – die Dunkellampe des Daniel Dü-
sentrieb.

Wie manches Licht hat Finsternis gebracht, Licht des Glau-
bens, Licht der Wissenschaft. Was heisst wissen?

Erinnerst du dich an jenen warmen, jungen Sommerabend,
an unser stoppeliges Nest im Maisfeld, dem endlich das
Feuer unserer Liebe zum Sein gekommen ist? Teenager waren
wir noch, so jung zwar nicht, doch wenig erfahren. Begierig
haben wir uns gegenseitig die Kleider abgestreift. Noch spät
in der Nacht haben diese Flammen ins Dunkel geleuchtet.
Der Ursprung aller Dinge im Blick der Liebenden. Der Le-
benden – bevor der Würgeengel das Pochen zum Schweigen
bringt.

… Das ist der Mond über Soho, das ist der verdammte
Fühlst-du-mein-Herz-schlagen-Text …
Wenn die Liebe anhebt und der Mond noch wächst …

höre ich den *Anstatt-dass-Song* aus Brechts Dreigroschenoper,
sehe ich die Worte blassgelb auf dem Spinnennetz, das oben in der
Ecke des Zimmers hängt. Es schreibt weiter.

> *Was ist Liebe? Geheimnis, enigmatischer Code – aus diesem*
> *Blick jedenfalls. Sie durchflammt die Perspektive unserer*
> *Welt – bis zum Erlöschen. Wie jung wir da sind. Deine zarte*
> *Haut. Dein Tau. Dein Haar wie deine Augen. Spuren mei-*
> *ner Erinnerung.*

… die Liebe dauert oder dauert nicht,
an dem oder jenem Ort …

das Duett von Macheath und Polly, noch eine
Spinnennetzkarte, rot leuchtend. Ich schreibe weiter.

> *Damals wurden wir im Biologieunterricht mit der Evolu-*
> *tionstheorie vertraut gemacht. Immerhin. Die Lust des*
> *Vögelns: arterhaltende Funktion. Falls es denn Kinderchen*
> *gibt. Falls die Kinderchen genug zum Überleben haben.*
> *Nicht zu vergessen – durch Mutation, Selektion – der wahn-*
> *sinnsgeile Bordcomputer, den manche Vertreter der Spezies*
> *stolzer im Schädel herumtragen als der Pfau sein Rad überm*
> *Arsch. Nun schaut er nicht nur hin, riecht, tastet, greift zu,*
> *frisst, brüllt, greift an oder rennt weg, sondern bildet theore-*
> *tische Modelle, Modelle der Modelle, baut und zerstört*
> *Welten durch Siege und Kollateralschäden seiner Logikspiele.*
> *Webt grosse und kleine Erzählungen. Das tierische Besprin-*
> *gen kultiviert er in Versen des Verlangens, in Kamasutra,*
> *Tantra und Ars amandi, Vögeln um des Vögelns willen. Zärt-*
> *liche Brutalität.*

Was ist die Liebe? Aus dieser Warte jedenfalls nicht mehr
unser süsses Geheimnis. Naturwissenschaftliches Forschen
will nicht Geheimnisse wahren, sondern Erklärungen liefern.
Die Welt, diese mathematisch strukturierten Erinnerungen,
in Gehirnen aller Art parkieren, in Maschinen, weit zuver-
lässiger noch. Doch wäre es leichtfertiges Gerede, sich darüber
zu beklagen; denn die Lichter drohen wieder auszugehen,
die neue Kultur immer häufiger verboten. Nur Geld und
Schwachsinn vögeln weiter, bis ihre Bettstatt bricht. Die
Früchte ihrer Leiber reifen als Spalierobst; wer weiss, ob sie,
zum Schutz gegen die libertäre Fäulnis mit Zensur gespritzt,
je geniessbar sind.

Wir haben uns aus den Augen verloren. Ewigkeiten.
Unversehens sind wir uns wieder begegnet, begegnet als
andere. Andere, selbst in unseren fernen Erinnerungen.
Anekdoten, verblasst wie alte Fotos in papierener Vordigi-
talität; aber dort knüpft unser Erleben nicht an. Dass und
wie sich unsere Wege erneut kreuzten, damals beim Eingang
zum Louvre, Zufall. Eine verrückte Begegnung, anders als
vordem; nie zuvor haben wir so wild gevögelt, keine Kinder
mehr. Schon ist alles wieder anders. Erinnerung – jetzt,
lebendig in diesem Augenblick, jeder Augenblick anders.

… es war so schön in diesem halben Jahr …

singt es aus einer Ecke, die *Zuhälterballade*, das Duett von
Macheath und Jenny lässt mich versinken, nein, kein halbes
Jahr, ein Wochenende nur.

Warum schreibe ich dir diesen Brief und nicht vielmehr
keinen? Wo ich so gerne – Fake! – schweigen würde. Und
erst noch mit der Feder auf farbiges Papier, statt einfach ein
E-Mail zu tippen. Nun, du hast den immer noch geliebten
Chaoten kurz und bündig aufgefordert dir zu schreiben –
das hast du nun davon.

Lüge. Charlène hat mich gepusht. Mein *Satori* (welch ein Unsinn!) erfahre ich noch immer zwischen der Weiber Schenkel; doch das wild bepflanzte Tor zwischen diesen Schenkeln führt gar nicht zurück zum Ursprung, ist eher noch ein Ausfalltor, heutzutage kaum noch bepflanzt, nurmehr nackte Pforte, ein hâl türlîn zum Fluchtweg aus den Alltagsmauern, ein fleischig schleimiger Tunnel aus der Festung der fremden Heimat. Welche Wirklichkeit ist kein Trugbild, kein Fake? Kein Krieg? Doch will ich das kitschige Klischee vom glitschigen, schamduftenden Ursprung/Ziel stehen lassen in der ganzen widersprüchlich geilen Schönheit verlogener/wahrhaftiger Kulte.

Ich schliesse. Schweigen wäre schon mal mystischer. Wenn ich könnte.

Will ich diesen perseverierenden Brief wirklich absenden? Was soll Isa damit anfangen? Schon schreibt sich der Gruss darunter:

Von Ewigkeit zu Ewigkeit,
Chaot Gian

Zürich, 30. Mai 2001

Schreib mir, wann du in Zürich ankommst, oder ruf mich an, meine Handynummer ist noch immer dieselbe.

Die Briefbögen falten sich, schlüpfen in ein gleichfarbiges Couvert. Es wird zugeklebt, adressiert, frankiert mit einer Reihe Sondermarken. *Air Mail.*

fade-out

5 Wille ist Wind

Der Brief verlässt das Haus, übergeben den Vögeln, die mich
schreiend umschwirren, älter als die unsterblichen Götter,
Kinder des uranfänglichen Windeis, der Schwingen Schatten
des Schwarzen Kranichs entflohen. Und zwischen den Vögeln
schwebend singt die Schrift auf der Spielkarte:

> Wenn ich ein Vöglein wär'
> Und auch zwei Flüglein hätt',
> Flög' ich zu dir,
> Weil's aber nicht kann sein,
> Bleib' ich allhier.

Die Spinnennetzspielkarte schwindet, ihr blasses Licht erlischt, ihr Nebel verflüchtigt sich. Ich kehre in meine Wohnung zurück. Ewig hier, ewig in meinem Augenblick, ohne
Entrinnen. Warum etwas sei und nicht vielmehr nichts? Sowas
von abgedroschen. Die Welt ist alles, was mein Fall ist, was
mich aufgeilt, was mich nervt, langweilt, befremdet. Das
faszinierend erschreckende Geheimnis meines Augenblicks:
Simultaneität der Leben zeugenden Vögel des Himmels, des
Ursprungs der Welt, wie Courbet ihn gemalt hat / der tod-
bringenden Vögel im Film von Alfred Hitchcock; himmlische
Orgasmen / Einbrüche unfassbaren Horrors; Zusammen-
schwingen, Durcheinanderschwingen, Ineinanderschwingen

von Meinsein/Fremdsein, differenzlose Differenz, zugleich mein/fremd, Kippfiguren.

Vögel und ihre Eier, Requisiten mancher Schöpfungsgeschichten. Eine chinesische Variante: Das Universum ein Ei, die Erde der Dotter, schwebend eingebettet im Feuchten. Eine altägyptische Variante: Gott Amun der Grosse Gackerer; die Welt geht aus einem Gänseei hervor, das er als unerschaffener Schöpfer aller Dinge aus sich hervorbringt: die *arché* als Selbstvögelung der Ur-Gans.

Die Vorstellung gefällt mir, die Entschlüsselung des enigmatischen Codes des Seins: Autogamie des Universums. Das entschleierte Geheimnis: Die Selbstvögelung des Seins als Koitus von Meinsein/Fremdsein. SchöpferIn, alles geschaffen aus einem Urfurz, auch sich – das hat man davon, wenn man es nicht lassen kann, sich die Welt als Werk eines Künstlers auszudenken, sich nicht damit bescheidet festzustellen, dass sie schlicht der Fall ist, wenn auch nicht irgendein Fall, sondern mein Fall. Alles ist im Fall.

So fällt mir Ziz ein. Ziz, das jüdische Urvogelungetüm, aus einem mutterverlassenen Ei gekracht, verdunkelt die Sonne mit seinen riesigen Schwingen, wehe, aus seiner Kloake fällt ein Ei, dann bebt die Erde; Dörfer, Städte überflutet sein Inhalt – doch wie herrlich betörend der Gesang des Beschützers aller Vögel. Ob Jahwe Ziz am Ende tatsächlich abschlachten wird, sein Fleisch uns Gerechten zum Festmahl bietet? Begehre ich das? Will ich unter dem Dach der Haut dieses Riesenurvogels und unter der Haut Leviathans und unter der Haut Benemoths Heimat finden? Was taugt Jahwes Schwert?

a kholem, a kholem hot zikh mir gekholemt,
a kholem, lube, hot zikh mir gedakht, oy gedakht.
mit dayne shvartse oygn hostu mir tsugetsoygn,
un far a mentshn hostu mir gemakht.

Singend tanzt die silbergraue Spinnennetzkarte über dem Schreibtisch, singt in der heiseren Tonlage eines alten Grammophons. Sofort erkenne ich das Lied, jiddisch, *a kholem – ein Traum,* die schwarze Schellackplatte mit dem Logo der Victor Talking Machine Company. Ein Abschiedsgeschenk von Irit, dem Mädchen mit den schwarzen Augen, der zarten Irit, einer Begegnung in früher Teenagerzeit auf dem Jahrmarkt des Zürcher Knabenschiessens, wo wir auf der Berg-und-Tal-Bahn zage Küsse ausgetauscht; als ich ihre nackten Beine streichelte, zog sie meine Hand weg. «Nicht hier», flüsterte sie mir ins Ohr. Hinter dem Zelt des Zauberers fand sich ein Ort, wo wir unbeobachtet waren. Irit schlang ihre dünnen Arme um meinen Hals, unsere Zungen liebkosten sich, schüchtern zog ich an der weissen Bluse, bis ich den Saum aus dem Bund des dunkelblauen Faltenjupes befreit hatte, meine Hand unter den Stoff schieben konnte, noch nie hatte ich eine Mädchenbrust berührt.

Soviel ich mich entsinne, fanden wir noch zweimal zusammen, zu einem Waldspaziergang und zu einer Begegnung am See, wo Irit mir kundtat, dass sie sich nicht mehr mit mir treffen werde. Zum Abschied hat sie mir die in Seidenpapier eingeschlagene Schallplatte geschenkt. Was hatte ich falsch gemacht? Es war ihr verboten; das Mädchen durfte sich nicht einlassen mit einem Goj, wie gerne hätte sie, wie sehr war sie gefesselt. «Warum willst du mich nicht mehr sehen? Du musst mich ja nicht heiraten. Es ist wunderbar mit dir zusammen zu sein, dich anzuschauen, deine Haut zu spüren, deine Lippen.» «Eben darum. Ich halte es nicht aus, ein Glück in mir zu spüren, von dem ich weiss, dass es zum Unglück wird.» Ich sah Tränen in ihren Augen und umarmte sie. Sie löste sich aus meinen Armen: «Zay gezunt meyn libe.» Die Ampel schaltete auf Grün; Irit überquerte den Fussgängerstreifen zur Bellevue Tramhaltestelle.

Irit, sie gefiel mir so sehr mit ihren geheimnisvollen schwarzen Augen; aber zum Judentum konvertiert wäre ich nie, da war eine gläserne Wand, meine Irit mir fremd *mit dayne shvartse oygn hostu mir tsugetsoygn ..., mit dayne shvartse oygn, ... tsugetsoygn ...* So kurz der Traum, Irit noch immer da, alles *a kholem, ... a kholem.*

Noch steht die angebrochene Weinflasche auf dem granitenen Tisch. Mir fehlt das Zwiegespräch mit Charlène, das Spiel der Worte, ihre Zärtlichkeit. Warum lade ich sie nicht öfter ein? Nach einer Ewigkeit hat sie mit dem kühn zwischen Lehrerbanalitäten eingefügten Gedicht auf dem Anschlagbrett wieder einen Anfang gemacht, einen erstaunlichen Anfang – Anfang ist immer, jeder neue Augenblick. Ich werde sie einladen, zusammen mit Seraina, mit der sie seit einem Jahrzehnt zusammenlebt, nein, länger, schon seit Saras Tod. Ob Seraina weiss, wie tief Charlènes Freundschaft mit Sara war? Ich vermute es. Ich werde beide einladen. Ich schneide Käse, Brot, trinke vom Wein den letzten Rest.

Früher habe ich mich mit Isa oft über den Ursprung der Welt, den Sinn des Seins ausgelassen, schwatzhaft waren wir beide, wenn wir zusammensassen, schwatzhaft wie die Vögel auf den Bäumen, Dächern, Stangen, Drähten, schwatzhaft unverbindlich, nein, nicht unverbindlich, eher schwebend; verbindend gewiss unsere Lippen, wenn sie sich trafen, die Finger, die Haut. Wo Oberflächen sich schmiegen, droht Tiefe, schlürfende Wirbel, Eigenwille ertrinkt, Vögel im Flug, sie steigen, sie fallen. Am Ende nur noch Fall, Metamorphose des Seins zum Nichts – falsch, das ewige Geheimnis des Seins als siamesischer Zwilling von Meinsein/Fremdsein, dieses groteske Wir der Meinigkeit.

Ich hebe und senke die weit ausgebreiteten Arme, ich fliege, steige auf, schwebe schwerelos durch das offene Fenster, über die Strassen, die Häuser, die elektrischen Drähte, die

Antennen, lande sanft auf dem belebten Trottoir, hebe und senke die ausgestreckten Arme, gleite in eleganten Kurven wieder zurück durchs Fenster in die Küche. Noch immer bin ich hungrig, weiss nicht so genau, wonach, doch ich weiss, ich brauche nur die Arme auszubreiten, zu heben, zu senken, wie die Vögel ihre Flügel. Wille ist Wind, der mich so dahin trägt, selbst wenn ich nicht mit den Flügeln schlage. Ich schaue zum Fenster. Kein Rabe. Ein Spatz flattert vom Balkongeländer. Ein schwarzes Federchen liegt auf dem Sims. Vom Spatzen ist es nicht.

«Töte ihn!» Ein schwarzer Schatten fährt über meine Augen.

Wille ist Wind. Nicht der Wille der Philosophen, vielmehr der Wille als Leidenschaft, der überfällt, überrascht. Wind, der einfällt, entlang der Ränder der Hoch- und Tiefdruckgebiete, schwer zu berechnen. Wo kein Fels, kein Wald, keine Mauern ihn bremsen, weht er frei, stürmt er sich frei, bricht Bäume, türmt Wellen auf, deckt Häuser ab, frei flottierende Leidenschaft; alles mein / alles fremd; das Schicksal ein tönernes Vögelchen, buntbemalt, versehen mit Löchern, bläst man hinein, flötet der Vogel. Der Vogel: die Welt; ihre Wirklichkeit: Modulation vögelnder Nus, Nus im Fall, meine Augenblicke, nichts als der Fall, mein/fremd; der Urgrund von allem: Musik, Blasen, Vögeln, Vogelgezwitscher, meine Augenblicke Noten, Noten, die Musik sind, zugleich keine Musik. So viel Widerspruch im Wesen des mir fremden Meinseins, ganz selbstverständlich. Zu versöhnen gibt es nichts. Wen ängstigen Widersprüche, die bestehen bleiben, im Augenblick, ewig? Wen gruselt's im dunklen Wald? Zwischen den dichtbelaubten, hohen, in himmlische Wahrheitswolken hineinragenden Stämmen und den kleinen, rot leuchtenden Lügenpilzen auf modriger Erde breitet sich grünes, weiches Moos, worauf sich angenehm ruhen lässt, selbst wenn die Vögelein schweigen im dunklen Wald auf Parmenides' Seinskugel, wo aller Anfang auch Ende, jedes Ende auch Anfang sein müsste, in der Möbiusschleife der Allerwelten, endlos, doch stets in anderen Spuren, keine Wiederkehr – und alles, was der Fall ist, ereignet sich als mein Fall, auch der Auftrag des Raben. Es müsste ein vollkommener Mord werden, denn nur ein vollkommener Mord vermöchte den Wahn der Vollkommenheit vollkommen zu beseitigen. Parmenides' Kugel eine Seifenblase, glatt, schrundenlos. Spiel mir das Lied vom Tod. Blupp. Der Mörder bleibt verschwunden. Der Rabe hat nicht gesagt *nevermore*.

fade-out

6 Muff

Tempora mutantur? Damals beschworen wir die Revolution auf den Strassen, in Hörsälen, im Bett – mit apodiktisch verächtlichem Mundwerk und der überlegenen Attitüde des Ungehorsams. Heute sind die Twin Towers des World Trade Centers eingestürzt, die stolzen Wahrzeichen von New York City und des Kapitalismus, zerstört von zehn Männern. Keine stolzen Ungläubigen wie wir, sondern stolze Martyrer Allahs. Das wird keine Revolution auslösen, aber Krieg.

Es ist Nacht, mich schlafen legen mag ich nicht, ich bin zu aufgewühlt. Mit einem Glas Chianti setze ich mich auf die Veranda meiner Wohnung im Zentrum von Bologna. Meine Gedanken wandern Jahrzehnte zurück, lebhaft erscheint in meiner Erinnerung das Bild einer Auseinandersetzung mit meinem Freund Gian.

Der Streit war schräg, im Rückblick würde ich es auch nicht als Streit einstufen. «Du spinnst, … Physik!», sagte ich damals zu Gian, «träumst du von einer Einstein-Karriere?» Wir erwogen unsere Studienwahl. Er fühlte sich verspottet, gab spitz zurück: «Physik ist der Weg zur Wahrheit, nicht Schopenhauer. Hast du nur von Einstein gehört? Warum erwähnst du nicht andere wie Schrödinger, de Broglie, Heisenberg, Niels Bohr.» «Ich bin nun mal kein Physik-Fan», sagte ich ausweichend.

«Der grosse Kant zog der Newtonschen Physik lediglich ein philosophisches Mäntelchen über», behauptete Gian, «und Heisenberg hat die universelle Geltung des Apriori der Kausalität ins Reich der Mythen verwiesen. Selbst ein Karl Popper ist in Bezug auf seine Bemerkungen zur Quantenmechanik nicht durch sein Philosophieren, sondern durch das Forschen der Physiker eines Besseren belehrt worden.» Ich glaubte, an die Vernunft appellieren zu müssen und machte den Fehler zu fragen: «Was ist mit deiner Drei in Mathematik? Beinahe wärst du durchgefallen, wenn du dich nicht mit einer Sechs in Deutsch gerettet hättest.» «Du bist fies», zischte Gian, vielleicht ahnte er, dass ich recht haben könnte, «du wirst sehen, dass dein Geologiestudium auch ein Missgriff ist.» Ich schwieg, bedauerte mein ungeschicktes Reden.

So belegte Gian 1963 an der Universität Zürich schliesslich das Hauptfach Germanistik und die Nebenfächer Philosophie und Altphilologie. Ich blieb bei meiner Wahl und schrieb mich an der ETH für Geologie ein. Für Gian war ich der klassische Philosoph, worin er sich täuschte, vor allem was das Attribut *klassisch* betrifft; da wir, seit ich in Bologna tätig war, kaum mehr zusammen philosophierten, wurde für ihn eigentlich erst bei unserem denkwürdigen Nachtessen in der Spanischen Weinhalle offenkundig, dass mir Marx, der von der Philosophie fordert, die Welt zu verändern, schon bald einmal näher stand als Kant. Allerdings war Marx zeitlebens mehr Theoretiker als Praktiker geblieben und hatte sich nach der Vorlage seines Lehrers Hegel zuerst einmal eine ausführliche Interpretation des Weltenlaufs ausgedacht. Nietzsche, ein kritischer Geist zwar, hatte mir, der ich doch auch von Schopenhauer kam, nicht viel zu bieten, die frohe Botschaft vom Tode Gottes war nun seit Feuerbach, Darwin usw. hol's der Teufel nichts Neues mehr.

Um klares Denken zu schulen und nicht in Weltfremdheit ab-
zudriften, so dachte ich, wäre ein naturwissenschaftliches Studium das beste Propädeutikum. Klar, auch Gian wollte in die
Naturwissenschaften, besonders die modernen Erkenntnisse
der Physik faszinierten ihn schon lange, aber fasziniert sein
von den Erkenntnissen einer Disziplin und diese auf Hoch-
schulniveau studieren, sind zwei paar Schuhe, ich kenne ihn,
er ist nun wirklich nicht der Typ dafür und noch weniger für
den beruflichen Alltag, der ihn danach erwartet hätte.

Auch Gian kennt mich, selbst wenn ich ihm bis heute ent-
scheidende Geheimnisse nie verraten habe, doch seine Pro-
phezeiung erfüllte sich bald. Schon im ersten Semester engte
mich die Schulatmosphäre der ETH so ein, dass ich danach
an die Universität wechselte, Hauptfach Philosophie, Nebenfächer Soziologie und Politikwissenschaft.

Ein Jahr vor der Matura zog Gian zu uns in die von Wolff-
sche Wohnung; die Anregung kam von Sophie, meiner Mutter, weil ihre Schwester Mathilde nach Paris umgesiedelt und
Gians Verhältnis zu seinen Eltern ziemlich angespannt war.
Giosch, Gians Vater, Berufsschullehrer für das Baugewerbe,
ein Bündner Dickschädel, Steibocktschingg nannte er sich
selber, Major der Schweizer Armee, kam mit Gians Sprung-
haftigkeit und rebellischer Art nur schwer zurecht; seine Autorität vermochte den Sohn nicht zu lenken. «Geh nur, scheitern
wirst du so oder so», waren des resignierten Vaters Abschieds-
worte; trotzdem bezahlte er ihm die Mietkosten während des
gesamten Studiums, wo immer Gian wohnte. Am erstaun-
lichsten jedoch war, dass der Majorssohn, wohl nicht zuletzt
durch den Einfluss seines Vaters, es schaffte, bei der Aushe-
bung zur Rekrutenschule mit Hilfe irgendwelcher Zeugnisse
für dienstuntauglich erklärt zu werden. Giosch bezahlte für
ihn sogar bis zum Ende des Studiums den Militärpflichtersatz
und soll dessen Mutter gegenüber die Bemerkung fallen gelassen haben, dass aus Gian nie im Leben je ein Soldat werden

würde – vielleicht kannte der Vater seinen Sohn besser, als wir es wahrhaben wollten.

Meret, Gians Mutter, weinte beim Abschied. Es bestand der Verdacht, dass sie mit meiner Mutter Rücksprache genommen hatte. Seit dem Tod von Flurin, Gians zwei Jahre jüngerem Bruder (der Vierjährige hatte sich eigensinnig von der Hand der Mutter losgerissen, war unvermittelt auf die Strasse gerannt und von einem Kleinlaster überfahren worden), war er ihr einziges Kind, Sorgenkind und grosse Liebe.

Auch Sophie liebte Gian und behandelte ihn als meinen Bruder. Doch ihre Zuwendung war ruhiger, diskreter als die von Meret. Zwei Jahre später kam meine achtzehnjährige Freundin Sara hinzu, wir hausten zusammen in meinem Zimmer, Gian hatte sein eigenes. Ich tat mein Bestes ihr zu helfen, die letzte Gymi-Klasse erfolgreich durchzustehen und nicht davonzulaufen; sie war der Schule, vor allem der Lehrer, überdrüssig. Gian reagierte zunächst eifersüchtig auf unser enges Zusammenleben, freundete sich aber schnell mit Sara an.

Gians Freundin, die Bankierstochter Isa Weiss – die beiden hatten sich bei unserer Matura-Abschlussparty kennengelernt –, wollte bis zum Schulabschluss bei ihren Eltern wohnen bleiben, wo sie jeden Komfort genoss, jedoch keine Eltern, denen sie nahe war; Vater Philipp immer in Bankgeschäften unterwegs, Sonja, die Mutter, in Konzerten, Ausstellungen, oft und gerne in illustrer Gesellschaft; wenn Isa nicht gerade dringend für die Schule lernen musste, begleitete sie ihre Mutter. Je mehr sie zur attraktiven Frau heranwuchs, umso mehr Wert legte Sonja auf die Begleitung ihrer Tochter; den Schmuck, den die Mutter Isa anhängen und anstecken wollte, lehnte sie störrisch ab, die eleganten, diskret gestylten Kleider hingegen liebte sie, in dieser Hinsicht hatten Sonja und Isa denselben Geschmack.

Trotzdem wollte Isa nach dem Abschluss des Gymnasiums weg von zu Hause; die vornehme Weite der Bankiersatmosphäre

wurde ihr zu eng. So zog auch sie in unsere kleine Wohngemeinschaft an der Scheuchzerstrasse und richtete sich mit
Gian in dessen Zimmer ein. Im Herbst 1965 immatrikulierte
sie sich gemeinsam mit Sara an der Universität Zürich; beide
wählten als Hauptfach Kunstgeschichte.

Verglich ich mit anderen, waren wir eine erstaunlich unkom-
plizierte Wohngemeinschaft, Sophie und ihr Freund Franz,
ein Basler Klarinettist, der regelmässig zu Besuch kam, mit
eingeschlossen; beim Einkaufen, Kochen, Putzen, dem Ti-
ming der Mahlzeiten entwickelte sich ein zwangloses, meist
gutgelauntes Zusammenspiel, selbst Flirts überkreuz waren
unproblematisch, niemandem wäre es in den Sinn gekommen, anderen zu sagen, was sie zu tun oder wie sie sich zu
verhalten hätten. Umso verblüffter war ich, als ich feststellen
musste, dass man, wenn es um irgendwelche Unklarheiten
ging, gelegentlich sagte: Frag den Chef. Selbst meine Mutter
hörte ich das mal sagen. Gemeint war ich.

Die Idee, so etwas wie ein Pol zu sein, auf den sich die
anderen ausrichteten, war mir nie gekommen – doch schien
genau das der Fall zu sein. Ein einschneidendes Ereignis sollte mir das bestätigen. Es war der Brief meines Cousins Karl
aus Hamburg, des Sohnes eines Onkels väterlicherseits, eines
reichen Hamburger Textilgrosshändlers. Sein Vater stelle ihm
eine riesige Wohnung an der Kastanienallee im St. Pauli-Vier-
tel zur Verfügung, eine seiner Lokalitäten, in denen er früher
Mitarbeiter einquartiert habe. Ob ich nicht ein paar Ausland-
semester bei ihm und seiner Freundin Pauli in Hamburg verbringen wolle; nicht nur in Berlin, wo im Juni das erste Sit-in
an einer deutschen Uni stattgefunden habe, auch in Hamburg
sei einiges los, was es in der braven Schweiz sicher nicht zu
erleben gebe (da täuschte er sich!); seit Februar bekomme man
in Hamburg sogar Brötchen für 4 Pfennige, schrieb er wohl
scherzhaft, und wer immer etwas zu sagen habe, könne das am

neu eingerichteten Speakers' Corner am Theodor-Heuss-Platz tun, im Juni hätten die Beatles ein Konzert gegeben, Krawalle, kaum zwei Wochen danach eine grosse Demo vor dem US-Generalkonsulat gegen den Vietnamkrieg. Es gäre in der Studentenschaft und es sei wohl einiges zu erwarten in nächster Zeit.

Am Silvesterabend, die ganze Wohngemeinschaft feierte, auch meine Mutter und ihr Freund waren da, hob ich mein Glas und verkündete, ich hätte etwas mitzuteilen. Dann berichtete ich von Karls Einladung. Stille. «Und?», fragte Sophie.

Karl habe noch mehr geschrieben. Er fände es echt toll, wenn die ganze Scheuchzerstrasse-Wohngemeinschaft nach Hamburg an die Kastanienallee käme. «Was!», entfuhr es Isa, «wir alle?» «Ausser mir», sagte Sophie, um nach einer Pause beizufügen: «Ich glaube, junge Leute sollten in die Welt hinausziehen und nicht ewig im elterlichen Nest bleiben … und so jung seid ihr gar nicht mehr, … obwohl dieses Nest ohne euch etwas trist hinterbleiben wird.» Eine Träne rann ihr über die Wange, ein Bild, das mir geblieben ist.

Schweigen. Alle sassen nur da. Verlegen perlte der Champagner in den halbleeren Gläsern. Niemand trank.

«Welche Überraschung», sagte Sara leise, auch sie hatte ich zuvor nicht eingeweiht. Dann zu mir gewandt, etwas forscher: «Und? Wirst du gehen?» «Ja!», antwortete ich, «ich werde gehen, und ich möchte euch gerne mitnehmen.»

Ich der Chef! Scheissposition. Ich will sie nicht und habe sie doch. Alle auf mich ausgerichtet, wollen es nicht, sind es doch, fühlen sich von mir überrumpelt, ärgern sich darob. Sara war wütend, das war offensichtlich; erst später erfuhr ich, dass sie bei Sophie geschimpft und geweint habe, sie sich einig gewesen seien, dass bei mir ein Kommunikationsproblem vorliege, dass ein Tapetenwechsel ihr trotzdem gut tun könnte, sie ja auch in einem vertraulichen Verhältnis zu Isa und zu Gian stehe – zurückkommen könne man immer.

Gian erzählte mir, auch er habe wegen meiner Botschaft und vor allem meines einsam getroffenen Entscheids ein ungutes Gefühl im Magen gehabt. Aber Isas Begeisterung für die Idee wegzufahren aus der Zwinglistadt, aus der engen Schweiz, etwas Neues zu wagen, hätten ihn angesteckt, so sei er sich nicht mehr geführt vorgekommen, sondern verführt. Eine Begriffsunterscheidung, die ich mir merkte, die bei meinen späteren Projekten eine wichtige Rolle spielen sollte.

Schliesslich waren alle entschlossen. Wir wollten nach Hamburg trampen, obwohl uns die Eltern lieber die Bahnfahrt bezahlt hätten, das grosse Gepäck schickten wir voraus. Zuerst stellten wir uns mit unseren Rucksäcken zu viert an die Strasse, kamen kaum voran, dann machten sich die Frauen selbstständig, erreichten Hamburg einen Tag vor uns.

Die Wohnung an der Kastanienallee war tatsächlich riesig, eigentlich zwei Wohnungen, durchgängig verbunden auf einem Stockwerk. Der Beschluss war schnell gefasst, alle sollten ein eigenes Zimmer haben, frei Besuch zu empfangen oder sich zurückzuziehen.

Ich habe mich immer wieder gefragt, warum Isa sich dort eingeengt fühlte. Alle wollten frei sein, keine wohldefinierten Paare. Jahre später erfuhr ich von Gian so manches, was damals offenbar an mir vorbeigegangen war. Gian erzählte mir von Nächten, die er mit Pauli verbracht hatte, während Karl mit Isa zusammen war, von seinen ausgedehnten, gelegentlich mehrtägigen Wanderungen mit Sara entlang der Elbe (was mich im Nachhinein erleichterte).

Gian und ich studierten an der Uni Hamburg; dort war einiges los. Es war am Vorabend des 9. November 1967, ein Datum, das mir geblieben, weil das Ereignis jenes Tages in meiner Erinnerung nie verblasst ist. Rüdiger, ein Freund Karls, hatte uns am Abend eingeladen, an einer Debatte in ihrer Kommune am anderen Ende der Kastanienallee teilzunehmen, das müssten wir miterlebt haben, so eine Sitzung der St. Pauli-Grübler, wie Karl sie nannte. Die alte, ebenfalls geräumige Wohnung war gedrängt voll. Im grössten Zimmer sass man entlang der Wände auf Kissen – oder waren es niedrige Bänke? –, vor sich Knabberzeug, Brötchen, Kaffee, Bier, Würstchen; viele waren Gäste, denn die eigentliche Kommune bestand aus wenigen Leuten. Es wurde schon heftig debattiert, als wir, etwas verspätet, am Abend eintrafen. Nun ging es um den morgigen Festtag an der Uni Hamburg, da sollte der alte Rektor den Stab an einen neuen übergeben. Die Studenten planten eine Störaktion. Es war die Zeit der Kämpfe der ausserparlamentarischen Opposition gegen staatliche Repression, gegen die Notstandsgesetze und vor allem gegen den Vietnamkrieg. Von Flugblättern und Luftballons war die Rede und von einem Transparent, das sie dort überraschend entfalten wollten. Es schien noch nicht ganz klar, was darauf stehen sollte. Gert, ein Kommilitone Rüdigers, zitierte einen Spruch, den er und Detlev am Vormittag auf dem Campus, auf einen Bauzaun gepinselt, gelesen hatten: *Es mieft in der Universität, und das seit 100 Jahren.* «Das wär' was für unser Transparent ...» Man suchte nach der eingängigsten Formulierung. Schliesslich erhielt die Version *Unter den Talaren / Muff von 100 Jahren* am meisten Zustimmung. Gert, der darauf bestanden hatte, den Spruch zu reimen, wandte ein: «Nicht hundert, tausend tönt wuchtiger.» So wurde beschlossen, 1000 zu schreiben. Gert hatte von der Trauerfeier für Benno Ohnesorg noch eine mehrere Meter lange und bestimmt einen halben Meter breite Stoffbahn aus schwarzer Kunstseide, darauf könne er den Slogan aufmalen oder besser noch mit weissem Leukoplast aufkleben.

Früh am nächsten Morgen tauchten Gian und ich wieder in der St. Pauli-Grübler-Kommune auf, denn wir wollten das

Spektakel an dieser Uni-Festivität nicht verpassen; alle waren überzeugt, dass es ein Spektakel geben würde. In einer ansehnlichen Gruppe von Studenten marschierten wir über die Glacischaussee, an die anderen Strassennamen kann ich mich nicht mehr erinnern – vielleicht Karolinenstraße? –, zur Universität.

Weniger einfach war es für Gian und mich Einlass ins Audimax zu finden. Aus Angst vor studentischen Aktionen hatten die Ordinarien nur an wenige hundert ausgewählte Studenten Eintrittskarten vergeben. Über seine Beziehungen schaffte es Detlev, uns Karten für Plätze gleich hinter den Ehrengästen zu verschaffen. Das Audimax war vollbesetzt.

Die Szene ist mir lebendig vor Augen: In ihren Talaren schreiten die Professoren feierlich die Treppe herunter, angeführt vom alten und vom neuen Rektor, ganz vorn, in festlichem Anzug mit Krawatte, Gert und Detlev. Plötzlich zieht Gert das zusammengefaltete Transparent aus der Innentasche seines Jacketts, hält es mit Detlevs Hilfe quer über die Treppe aufgespannt. Weiss auf Schwarz prangt der Slogan:

Unter den Talaren
Muff von 1000 Jahren

Feierlich schreiten die Professoren, die den Text nicht sehen, mit ihren traditionellen, lächerlich steifen, weissen Halskrausen und den komischen Hüten hinter dem Transparent her. Fotos werden geschossen. Als sie unten an der Bühne ankommen, klatschen und johlen die Studenten. Gian und ich klatschen begeistert mit. Hammer.

Ich kann mich nicht erinnern, dass ausser den Studenten jemand geklatscht hätte, keiner der Ehrengäste, keiner der Professoren. Dagegen zischte ein Professor ihnen zu: Ihr gehört alle ins KZ. Später erfuhr Gian von Detlev, dass es der Ordinarius für Islamwissenschaften gewesen war, ein alter

Nazi. Islamwissenschaft, denke ich, es hätte auch ein Philosoph sein können. Keiner der Professoren hatte geklatscht. Muff von 1000 Jahren. Warum war der Schimmelpilzbelag so dicht gewachsen?

Ein Brief von Gian, auf den ich soeben beim Durchstöbern meines digitalen Archivs gestossen bin, hat die Erinnerungen an diese alten Zeiten wieder in mir wachgerufen. Die Gian-typische, anarchische Diktion lässt mich schmunzeln, weckt Wehmut:

Was soll das Tamtam gewisser Philosophen um die Geschichte?

Seit ich mich als Dozent der Philosophie betätige, kann Gian es nicht lassen, mich mit seinen Zweifeln am Nutzen dieses geistigen Geschäfts zu sticheln. Ich verüble es ihm nicht, es gehört zu den Ritualen unserer Freundschaft. Oft teile ich sogar seine Gedanken, verrate es ihm aber nicht.

Alles geschichtliche Denken ist Gegenwart, die Zeichen der Zeit, der wilde Enkidu, der weise Platon, der kritische Marx, der brüllende Führer, das Ur-Ei, der Anfang der Raumzeit, das expandierte All – Konzert der Erinnerungen, Tanz der Algorithmen nach den strengen Ritualen der Logik, Muff von 1000 Jahren, Muff der Ewigkeit, alles Gegenwart, der Moder der heiligen Akademie mit Talaren verhüllt, Priestergewänder, Richterroben. Sich selbst vor der Geschichte den Prozess machen – so jung waren wir, so gescheit, kritisch, naiv, moralisch überlegen, erhabenes Gefühl, endlich der geschundenen Welt Schicksal zum Besseren zu wenden, aus dem fernen Osten neuer Impetus, Kulturrevolution, Tradition in Schandhüte gesteckt / Schnitt / schon wieder Religionskrieg, globalisiert, Buddhastatuen gesprengt, Toleranz gepredigt, Intoleranz erkämpft, Köpfe neigen sich, Köpfe fallen, ewige Gegenwart, hell leuchten die Fackeln der Idiotie ins Dunkel des Fortschritts, ins expandierende Geschwabbel des zerplatzten Ur-Eies. Alles Erinnerung, doch alles Erinnern, alle Weltgeschichte findet jetzt statt. Ich und du, Zeit und Raum sind reine Grammatik, die nichts abbildet, sondern ihrer eigenen Ordnung genügt, so wie die Raumzeit der mathematischen Ordnung physikalischer Modelle.

Das ist Gian. Ich, du, Zeit, Raum – reine Grammatik. Obgleich eine durchaus mögliche Perspektive. Für seine Freiheit vom Zwang des streng logischen Argumentierens, für die ich ihn immer wieder erfolglos kritisiert habe, beneide ich ihn auch. Er hat etwas, was mir abgeht; nicht dass er kein Denker wäre, aber er verweigert uns Philosophen die für jede intersubjektive Verständigung gebotene Rechtfertigung. Man nehme seine Aussagen so, wie sie sind, oder man lasse es bleiben, wie Gedichte. Über Fragen, woher eine Meinung stamme, lächelt er, von logischen Untersuchungen der Argumentation hält er wenig. Dennoch sind seine Verlautbarungen nicht apodiktisch; er liebt Widerspruch. Sein Sprachspiel ist sein Sprachspiel, dessen Regeln keiner Begründung bedürfen, wie einst Wittgenstein das Sprachspiel von Kindern beschrieben hat. Wörter haben nur im Fluss seines Erlebens, seiner Leidenschaft Bedeutung, dass ich ihn Anarcho nannte, schien ihm zu gefallen.

Könnte ich wie Gian. Früher wollte er immer sein wie ich. Wir waren jung, was nichts erklärt. Doch in Hamburg war alles plötzlich anders. Ich verliebte mich. An der Uni Hamburg. In Roxana, die dort Geschichte studierte. Wir diskutierten auf langen Spaziergängen, tranken Wein, kifften in ihrer Bude, schliefen zusammen. Ich erzählte meinen Wohngenossen nichts davon, auch Sara nicht, übernachtete jedoch immer seltener in der Kastanienallee. Man fragte mich auch nicht, wollte meine Freiheit respektieren. Im Sommer 1968 endlich tauchten wir beide in der Wohngemeinschaft auf. Einmal mehr fühlten sich alle überrumpelt, nicht meiner neuen Liebe wegen, sondern wegen meines vorangegangenen Schweigens. Der Kommunikationsgestörte. Sara reagierte am heftigsten. Ich lebte von Anbeginn eher zurückgezogen in meinem Zimmer. Sara schien das zu akzeptieren, auch sie wollte Ungebundensein zelebrieren, aber nun empörte sie, dass ich erneut einen einsamen Entschluss gefasst hatte, der sich auf alle auswirken würde, ganz besonders auf sie. Heute verstehe ich das. Roxana versuchte die Situation zu retten, sagte: «Hallo, ich bin Roxana.» Begrüsste jede und jeden mit einem Händedruck, Pauli umarmte sie spontan, Isa nach kurzem Zögern.

Gian sagte mir später, sie hätten Roxana vorbehaltlos in die Wohngemeinschaft aufgenommen, wenn wir das gewollt hätten. Auch er schien angetan von ihrer Ausstrahlung. Kupferrot flammende Locken fielen ihr weit über die Schultern; die ungebändigten Haare verliehen dem sommersprossigen Gesicht einen eigenwilligen Ausdruck. Für mich waren es auch die Augen, ihr lebhafter Blick. Mit ihren zwanzig Jahren zwar die Jüngste unter uns, war sie eine ebenbürtige Gesprächspartnerin, sofort allen zugewandt.

Im Herbst teilte ich der WG mit, dass wir wegziehen würden, in ein Haus, das Roxanas Eltern gehörte. Roxana war schwanger.

Wieder Schweigen. Die Bestürzung galt nicht Roxanas Schwangerschaft, sondern meinem unerwarteten Verlassen der Gemeinschaft, die ich doch selbst begründet hatte. Eigenartig, ich war trotz meiner Zurückgezogenheit das informelle Zentrum geblieben, um das sich alle gruppierten. Schliesslich, auf Roxanas Drängen hin, überwand ich mein Schweigen, erzählte ausführlich von unseren Plänen. Meine Mutter habe in Zürich an der Hadlaubstrasse eine Villa gekauft, wir würden dort einziehen, damit das Kind ein sicheres Zuhause habe und ich so schnell wie möglich das Studium abschliessen und meine Dissertation schreiben könne.

«Vielleicht ist es gut so», sagte Gian.

Einen Monat später verkündete Isa, sie wolle ihr Kunststudium in Amerika weiterführen und ziehe im Oktober zu einer Freundin nach New York. Gian berichtete mir von der New York Karte mit dem roten Ausrufezeichen. Er habe den Zeitpfeil, wie er das nannte, zerbrochen, hasse das Modell von der Zeiten Lauf, habe dem orphischen Chronos den Krieg erklärt, sein Weltei auf den Mist geworfen, im Reigen der Kategorien über die Zeit das Anathema verhängt, sie zur Unkategorie verflucht. Später nannte ich ihn deshalb Anarchomystiker. Was er mir da zuwarf, war allerdings schon lange seine Sicht der Dinge.

Roxana wäre gerne Revolutionärin gewesen, sagte sie mir auf der Bahnfahrt von Hamburg nach Zürich, wie die Studenten sich heute jedoch aufführten, gebe es wohl viel Rebellion, aber Revolution entstünde daraus nicht. Als ich ihr von unserer Aktion am 9. November mit dem Muff-Transparent erzählte, lachte sie laut, konnte kaum mehr aufhören. Sie hatte davon gehört, war aber nicht an der Feier. Warum sie meine, dass aus Rebellion und Aufständen keine Revolution zu erwarten sei, insistierte ich fragend. Weil wir zwar Rebellen seien, aber keine Revolutionäre. Sie solle mir den Unterschied erklären. «Schau uns doch an, sind wir nicht alle Kinder einer alten Ordnung, die wir tief in uns tragen bis in die letzten Fasern unseres Organismus? Wir rebellieren gegen die Fesseln der bigotten Moral der alten Autoritäten, an deren Händen noch das Blut des verlorenen Krieges klebt und der Ungeheuerlichkeiten, die unsere Alten begangen, gebilligt, hingenommen haben, wir protestieren gegen den neuen grausamen Krieg jener, die uns besiegt haben, aber was sind unsere Waffen? Wieder der moralische Zeigefinger, mit dem wir auf unsere Eltern zeigen, denen wir nicht mehr gehorchen wollen, in deren Häusern wir es uns aber gerne wohl sein lassen.»

«Ist Ungehorsam nicht gut, nicht notwendig, wenn sich etwas verändern soll?», fragte ich Roxana und legte meine Hand auf ihren schon stark gewölbten Bauch. «Oh doch! Aber unser Ungehorsam ist oberflächlich, Rebellion, die weder in die Tiefe geht noch in die Breite.» «Was wäre Tiefe?» «Da bin ich wohl zu unerfahren, das wirklich zu wissen, aber es genügt mir schon zu sehen, wie alte Autoritäten von Pseudorevolutionären mit neuem autoritärem Gehabe bekämpft werden. Der Arroganz der Dozenten, die sich anmassen zu wissen, was für uns gut sei, stellen wir unsere Arroganz entgegen, die weiss, was für die Lehre oder gar für die Lehrer gut ist.» «Geht es nicht um den Ausstieg aus der Gehorsamskultur?» «Wie vornehm du das ausdrückst. Nur, wo aussteigen? An welcher Haltestelle? Fährt der Zug doch durch die Landschaft einer Zivilisation, die durch Gehorsam geschaffen worden ist. Was ist die Wirklichkeit des scheinbaren Ungehorsams, z.B. dass die Herren Revoluzzer uns Frauen noch immer so behandeln, wie ihre Alten das tun. Die blaue Blume soll rot gemacht werden, skandieren die Berliner Germanisten … Rot, da zeigt sich noch ein weiterer Pferdefuss: Das rebellische Klima wird ja von den kommunistischen Parteien des Ostblocks nach Kräften ausgenützt, um die Länder des Westens zu destabilisieren. Viel Geld fliesst von der DDR zu den kommunistischen Gruppen in Westdeutschland und Westberlin.»

«Und was ist die fehlende Breite?», fragte ich weiter. «Die fehlende Breite», erklärte Roxana, «ist der Anfang vom Ende der Rebellion. Eine kleine Minderheit probt den Ungehorsam. Wie dröge sind unsere Parolen: Alle Macht den Räten! Woher sollen die einstigen Nazis und ihre Sympathisanten wissen, was das ist. Ausserdem liebäugeln viele deutsche Genossen mit totalitären Zielen. Revolution heisst, was Lenin vorgemacht hat. Wer will das noch? Die Rebellen haben es nicht verstanden, die Herzen der Mehrheit zu erobern, die sogenannten Massen wollen keine Revolution. Schaut doch nur nach Osten, rufen sie. Viele hassen die Rebellen.»

«Ist die Minderheit so klein?» «Bei uns in Westdeutschland schon, in Frankreich nicht, dort hat sich der Protest der Studenten nicht in lautstarken Parolen und revolutionstheoretischer Selbstbefriedigung erschöpft.» «Die französischen Slogans gefallen mir besser: *Dire NON c'est penser … Il est interdit d'interdire … Soyez réalistes, demandez l'impossible …*, das hat literarische und philosophische Qualität.» «Meinst du? Aufregender ist doch die Verbindung des Studentenprotests mit dem Aufstand der französischen Arbeiter. Nachdem die Universitätsleitung die literarische Fakultät in Nanterre wegen der Studentenproteste geschlossen hatte und die Polizei mit Gewalt in die besetzte Sorbonne eingedrungen war, riefen die Gewerkschaften eine gute Woche später für einen Tag zum Generalstreik auf, doch wilde Streiks breiteten sich aus und schliesslich waren es zehn Millionen.» «Auch ich habe in jenen Tagen die Nachrichten französischer Radiosender verfolgt und gedacht: Jetzt geht's los …» «Im Juni errangen die Gaullisten die absolute Mehrheit der Sitze im Parlament.»

«Alles vergebliche Mühe», stimmte ich zu, «keine Revolution. Weder autoritär noch antiautoritär, der Kapitalismus überlebt alle.» «Ich kenne Trotzkisten, die der Meinung sind, dass die Revolution in Frankreich von der Kommunistischen Partei und der Gewerkschaft CGT abgewürgt worden sei, weil sie sich in dieser eindeutig revolutionären Situation, in der das Land gelähmt und die Regierung ohnmächtig gewesen sei, geweigert hätten, sofort die Macht zu übernehmen, so hätten sie, statt De Gaulle zum Rücktritt zu zwingen, ihm geholfen wieder die Kontrolle zu übernehmen. Überall haben im antiautoritären 68er Protest der Jugend die autoritären Marxismus-Fraktionen mitgemischt, um revolutionäre Zustände in ihrem Sinne zu fördern, waren aber untereinander so zerstritten, dass es keiner gelang die Führung zu übernehmen.»

«Was die Macht von De Gaulle betrifft, haben diese Trotz-kisten vielleicht recht», meinte ich. «Die Ziele der Gewerk-schaften sind verbesserte Arbeitsbedingungen, mehr Lohn, kürzere Arbeitszeit, etwas Mitbestimmung im Betrieb – kei-ne Revolution. Die moskauhörigen französischen Nachfolger der Bolschewiki hatten wohl nicht grundlos Angst, dass ein heutiger Versuch der Usurpation der Macht, anders als 1917, gründlich schiefgehen könnte.» «Wie gesagt, nicht zuletzt, weil weder sie noch die Aufständischen fähig sind, die Herzen der Mehrheit zu erobern, auch nicht mit Spontiaktionen. Die Streiks zielten auf Verbesserungen ab, nicht auf Revolution. Krisen des Staates und Unruhen machen den Leuten auch Angst; die grossen gaullistischen Gegendemonstrationen im ganzen Land zeigen mir, dass die Beschwörung der revolutio-nären Situation bloss eine marxistisch-leninistische Theorie-Illusion ist.»

«Much Ado About Nothing. Wir sind zwei Pessimisten», sagte ich, küsste sie, während sie sich in meine Arme schmiegte. «Ich glaube nicht, dass es ein Lärm um Nichts gewesen sein wird», meinte Roxana, «wart's ab. Heftige Unruhen sind schon immer durch kleinere oder grössere Zugeständnisse, Gesetzes-anpassungen und Beseitigung längst kontraproduktiver Schi-kanen beantwortet worden, aus Angst vor weiteren Unruhen versucht man die Wogen zu glätten. Aufruhr ist keine Revo-lution, aber manchmal eine wirkungsvolle Drohgeste. In ein paar Jahren, vielleicht werden es Jahrzehnte sein, werden wir sehen, welche Früchte unsere Saat hervorgebracht haben wird. Ich denke nicht nur an Frankreich. Vor allem an die Bürger-rechtsbewegung in den USA. Auch bei uns in Deutschland und wohl auch in der Schweiz hat die Frauenbewegung neuen Elan bekommen. *Befreit die sozialistischen Eminenzen von ih-ren bürgerlichen Schwänzen!* Ein paar armselige Genossen sind sogar erschrocken über die radikale Fantasie des Frankfurter

Weiberrats. Effektiv drohen muss gelernt sein.»

Ich lachte: «Und wie willst du Revolutionärin sein?» Roxana lachte auch, nahm mich beim Arm, küsste mich: «Das könnten wir ja zusammen herausfinden.» Sie legte meine Hand auf ihren Bauch. «Vielleicht beginnt sich auch unser Kind einst dafür zu interessieren.» «Die Herzen der Mehrheit erobern, das hast du schön gesagt. Nur frage ich mich, wie willst du die Herzen für eine neue Sicht der Welt, eine neue Ordnung der Dinge erobern, wenn das Problem, wie du gerade gesagt hast, darin liegt, dass der alte Glaube, die alten Ordnungen tief in diesen Herzen verwurzelt sind?» «Herztransplantation!», scherzte Roxana. «Also doch Lenin.» Roxana versetzte mir einen Fusstritt, zart, liebevoll. «Lenin hat die Kunst der Herztransplantation ebenso wenig beherrscht wie nach ihm Stalin; der faschistische Terror, ob links oder rechts, erobert die Herzen nicht.» Dieser Satz klingt mir noch heute im Ohr.

Kaum in Zürich angekommen, erfuhren wir, dass man sich entschlossen habe, die Wohngemeinschaft an der Kastanienallee aufzulösen. Gian erzählte mir später, dass Pauli die ganze Nacht geweint habe. Sie sei so glücklich in dieser Wohngemeinschaft, hatte sie Gian in ihrer letzten Liebesnacht gestanden. Auch Gian sei glücklich gewesen, Paulis Enttäuschung und Trauer habe ihn nicht nur geschmerzt, sondern auch beschämt. Noch heute sehe er Pauli vor sich, klein, mollig, und doch habe er sie schön gefunden mit ihrem kurzgeschnittenen, blonden Haarschopf, ihren blauen Augen, ihrem verschmitzten Blick, noch immer bewegten ihn ihre Tränen, erinnere er wehmütig das zögernde Streicheln ihrer Hände, die zarte Wärme ihres weichen Bauches, einmal, als er ihn liebkoste, habe sie ihm ins Ohr geflüstert: «Heute Nacht träumte mir, ich bekäme ein Kind von dir, … es wäre ein wildes Kind geworden.» Er habe geantwortet, er selber sei wohl ein eigenwilliges, aber nie ein wildes Kind gewesen, kein Kämpfer, obwohl er glaube, dass

Kämpfen wichtig sei, um nicht Opfer zu werden, lebe er jeden Augenblick, so wie es eben komme, seine Pläne seien meist flüchtig. Er wäre ein schlechter Vater, darum wolle er keine Kinder zeugen. War ich ein guter Vater?

Später erfuhr ich von Karl, der ein erfolgreicher Kaufmann in Vaters Fussstapfen wurde, dass er und Pauli nicht mehr zusammen waren. Pauli wurde Kinderärztin. Sie heiratete einen Berufskollegen und gebar eine Tochter und einen Sohn. Ob es wilde Kinder waren?

Bald schon kehrten Gian und Sara nach Zürich zurück und wohnten kurze Zeit bei Saras Eltern an der Alfred-Escher-Strasse. Wie sie zu solcher Verbindlichkeit zusammengefunden hatten, blieb mir ein Rätsel. Sie waren öfter zu Gast in unserem Haus an der Hadlaubstrasse. Saras Wut und Schmerz über meinen, sie einst verletzenden Verrat traten in den Hintergrund, sie befreundete sich mit Roxana. Später bezogen Sara und Gian das oberste Stockwerk unserer Villa, das mit zwei grossen, hellen Zimmern, einem Bad und einer kleinen Küche ausgestattet war.

Grölende Stimmen schrecken mich auf aus meinen Erinnerungen, vielleicht von der nahen Piazza Roosevelt, nein, wohl eher von der Piazza Maggiore, es tönt nicht nach einer Demo, eher nach einer Bande betrunkener Jugendlicher. Schnell ist der Lärm wieder vorbei. Was blieb von den 68ern? Wir haben uns getäuscht. Weltgeschichte wurde ein Jahrzehnt danach geschrieben – aber nicht so, wie wir es uns geträumt hatten. Nach dem Schah kamen Khomeini, die Islamische Revolution, die schiitischen und sunnitischen Gotteskrieger … Ich schaue auf die Chianti-Flasche vor mir, viel ist nicht mehr drin.

fade-out

7 Der Verdacht

Das Fazit grauenhaft. Die Gedanken an die Botschaft, die ich zu überbringen habe, bedrücken mich während des ganzen Fluges von Moskau nach Zürich.

Angenehm in Moskau ist der Luxus meines Aufenthalts im Hotel Savoy, unweit des Kremls, wo ich jeweils eine 2-Zimmer-Business-Suite belege, wenn ich dort Geschäfte tätige. Ich bestelle die Klienten auf mein Zimmer, das ist bequem und macht einen guten Eindruck, auch auf neureiche Milliardäre. Draussen nass und kalt, drinnen komfortabel. Doch was ich von Fjodor, meinem zuverlässigsten Geschäftspartner in Moskau, erfuhr, hat mich aufgeschreckt.

Sara hatte sich mit Sergej angefreundet, einem Moskauer Galeristen, der häufig in Luzern weilte und für den sie schon einige Bilder begutachtet hatte. Gutachten für Bilder erstellte Sara zwar nur gelegentlich, ihr Hauptjob war das Kuratieren von Kunstausstellungen, freiberuflich wie ich. Aber Sergej bat sie hin und wieder, Bilder für ihn zu begutachten, vor allem seit er erfahren hatte, dass sie auf Künstler wie Klee, Kandinsky, Delaunay spezialisiert war.

Vor langer Zeit schrieb sie mir begeistert von einem Klee, den sie für Sergej prüfte. Sie schickte mir ein Foto des Bildes mit dem Kommentar, es sei eines seiner späteren Lagen- und Streifenbilder. Den Marktpreis schätze sie auf mindestens 500'000 $, ob ich ihr bei der Erfassung der Provenienz behilflich sein könne.

Meine Recherchen ergaben, dass das Bild aus einer renommierten Galerie gestohlen worden war, diese aber, um ihren Ruf nicht zu schädigen, alles unternahm, den Diebstahl vor den Medien zu verbergen, obwohl die Polizei Untersuchungen anstellte, die Versicherung bezahlte, das Werk auf eine Liste gestohlener Bilder kam. Unverzüglich telefonierte ich Sara. Sergej müsse gewarnt werden und Anzeige erstatten. Sie hätten ohnehin vor, eine längere Wanderung auf den Pilatus zu machen, da werde sie ihn aufklären.

Zwei Wochen darauf der Anruf von Charlène, Sara tödlich verunfallt auf einer Bergwanderung am Pilatus, offenbar an einer heiklen Stelle ausgerutscht und über eine steile Felswand gestürzt. Ihr Begleiter habe sofort die Rettungsflugwacht alarmiert, aber Sara habe nur noch tot geborgen werden können.

In meinem Entsetzen dachte ich nicht mehr an die Geschichte mit dem Bild, hatte nur noch Saras grässlichen Sturz vor Augen, stellte mir vor, wie verstört Gian wohl war. Von Sara wusste ich, das sich ihre Beziehung zu Sergej nicht nur auf Geschäftliches beschränkte; ich versuchte, ihn im Hotel in Luzern anzurufen. Er sei bereits abgereist. Es war unmittelbar vor meinem Flug nach Tokio; ich konnte nicht an der Beerdigung teilnehmen.

Nun, anderthalb Jahrzehnte später, unterhielt ich mich mit Fjodor über den Moskauer Kunstschwarzmarkt; er erwähnte führende Figuren der Kunstmafia, unter anderen einen in einschlägigen Kreisen einst bekannten Hehler Sergej. Alarmiert fragte ich ihn nach dessen Galerie, als er sie nannte, wusste ich, der Hehler war Saras Sergej.

Gleich am nächsten Tag suchte ich diese Galerie in Moskau auf, leicht zu finden. Ein neuer Besitzer, keine Ahnung von Sergej, die Galerie in den letzten Jahrzehnten schon mehrfach verkauft. Trotz des Risikos, womöglich meine Geschäftsreputation zu beschädigen, rief ich nochmals Fjodor an, sagte, eine Bekannte von mir hätte einst mit diesem Sergej zu tun gehabt, wo er jetzt wohl sei.

Spurlos verschwunden, vor Jahren eine Polizeirazzia im Kunstraubmilieu, Sergej nicht geschnappt. Ich solle meiner Bekannten sagen, sie könne froh sein, nichts mehr mit ihm zu tun zu haben, diese Leute seien sehr gefährlich, zu allem bereit. Mir stiegen Tränen in die Augen, ich war froh, dass mich Fjodor nicht sah. Nachdem ich aufgehängt hatte, weinte und schluchzte ich laut und lange. Wenn Sara liebte, war sie blind. Spurlos verschwunden. Der Fall war klar.

Am Flughafen Zürich erwartet mich Charlène hinter dem Zoll-Ausgang. Obwohl unsere letzte Begegnung weit zurückliegt – ihr Besuch in San Francisco nach Saras Tod, als sie mir von ihrer Beziehung zu Sara erzählt hatte –, erkenne ich Charlène sofort an ihrem spanischen Einschlag, am energischen Ausdruck des Gesichts. Auch sie erkennt mich, umarmt mich, ich drücke sie lange, spüre, dass ich Halt brauche.

Eigentlich wollte ich für diesen Aufenthalt in Zürich ein Hotel buchen, aber als ich Charlène mein Kommen ankündigte, bestand sie darauf, mich in ihrer Wohnung in Winterthur zu beherbergen. So fahren wir in ihrem roten Citroën zu ihr.

Dort empfängt uns Seraina. Sie hat für uns gekocht, Doraden auf einem Gemüsebett, Salzkartoffeln; ein Johannisberg steht bereit. Ich sehe Charlènes Geliebte zum ersten Mal. Sie haben sich an Saras Beerdigung kennengelernt; ich kann Charlène gut verstehen, dass sie sich in ihrem Schmerz über den fürchterlichen Tod ihrer Freundin in eine neue Liebe flüchtete. Auch wenn solche Ersatzbeziehungen häufig scheitern, ist es hier anders verlaufen. Der Umgang der beiden strahlt eine innige Vertrautheit aus.

Nach dem Essen telefoniere ich mit Gian. Er ist überrascht, dass ich bei Charlène wohne, weiss offensichtlich nicht, dass wir stets in Kontakt geblieben sind. Ich deute an, dass ich brisante Neuigkeiten zu Saras Tod habe. Er regt sich darüber auf, dass wir uns nicht schon heute Abend treffen können, da er erst morgen Nachmittag wieder in Zürich sein wird, doch er wünscht mit Nachdruck, dass wir alle drei morgen Abend zu ihm kommen sollen.

Charlène und Seraina haben mitgehört, was ich zu Gian gesagt habe, sind beunruhigt nicht zu wissen, was ich zu sagen habe, teilen aber die Meinung, dass sie die Nachricht nicht vor Gian erfahren sollten. So sprechen wir von unserer Berufsarbeit; von mir wollen sie wissen, wie sie sich meine Arbeit als Art Broker vorstellen müssten. Ich erzähle vom Studium der Kunstwissenschaften, zwei Semester in Zürich, dann zwei Semester an der Hochschule für bildende Künste in Hamburg, berichte von der Einladung einer Brieffreundin nach New York, meiner Hippiezeit mit ihr, unserer Teilnahme am Woodstock-Festival.

Charlènes Frage, warum ich so plötzlich abgereist sei aus Hamburg, macht mich verlegen, doch dann erzähle ich, wie ich mich in meine New Yorker Brieffreundin verliebt hatte, was wohl der Grund gewesen sei, dass ich mich in der Beziehung zu Gian, schliesslich in der Hamburger WG überhaupt, immer eingeengter fühlte, wie meine Sehnsucht nach Maylin zum Drang wurde, aus diesem Gefängnis in Hamburg ausbrechen zu müssen. Das kurze Zusammensein mit Maylin – wir waren zwei verrückte, bekiffte Hippiemädchen – für mich der Abschied aus meiner bürgerlichen Kindheit, der mir auch in Hamburg nicht wirklich geglückt war.

«Später lernte ich Tom kennen, einen Zen-Buddhisten, der am San Francisco Art-Institute studierte. Auf seine Anregung hin besuchte ich Einführungs- und Meditationskurse im San Francisco Zen Center. Ich entschied, dort mein Kunststudium fortzusetzen, schloss es Anfang der 70er Jahre mit dem Master of Fine Arts ab. Doch erst mit meiner Arbeit in verschiedenen Galerien und Auktionshäusern in Kalifornien und Kanada lernte ich die Praxis meines Berufs kennen.

Mit Tom verband mich der Hang zur Unabhängigkeit. Unsere Liebe, die anfangs recht stürmisch war, sollte nie allzu verbindlich werden, was uns beiden entsprach, bis er eines Tages darauf drängte, wir sollten doch zusammen eine Fine Art Consulting Firma in San Francisco gründen, seine Eltern, reiche Leute aus dem Hollywood-Business, würden uns das Startkapital zur Verfügung stellen. Ich trennte mich von ihm.

Schon während meiner Jobs in Galerien und Auktionshäusern begann ich ein Beziehungsnetz aufzubauen und selbstständig als Art Broker tätig zu werden. Ich habe Glück, meine Hauptkundin, eine Galerie in San Francisco, stellt mir die nötige Infrastruktur, Ausstellungsmöglichkeiten, Lagerräume samt Büropersonal zur Verfügung, ein guter Deal: Die Galerie hat hälftigen Anteil an meinen Einkünften und ich eine feste Basis für mein unabhängiges Arbeiten. Seit 1980 heisst mein Ein-Frau-Unternehmen *Global Ventures Isa Weiss, GVIW.*»

«Was machst du eigentlich als *Art Broker*?», fragt Seraina.

«Unter anderem berate ich nicht professionelle Sammler beim Aufbau ihrer Kollektionen, vermittle den Kauf und Verkauf von Bildern zwischen Privaten oder Galerien, für die ich suche, begutachte Bilder. Zuweilen bin ich auch Detektivin und Spionin, oft Coach, der Zusammenhänge in Kunst und Kunsthandel für Laien verständlich erklären muss, denn viele Auftraggeber brauchen Schulung; es gilt, ihren Kunsthorizont zu erweitern. Manchmal begleite ich Klienten auf Einkaufs- und Erkundungsreisen.»

«Wer sind denn hauptsächlich deine Kunden?» «Wie ihr euch vorstellen könnt, Leute mit viel Geld. Reine Sammler aus Kunstinteresse werden immer rarer; mehr und mehr sind es Kunden, die Kunst als Wertanlage nutzen, damit ihre finanziellen Portfolios diversifizieren, zunehmend solche, die Kunstwerke als Statussymbole erwerben. Von reichen Rechtsanwälten, Finanz-Managern, aber auch Banken und Konzernen bis zu Milliardären aus dem Immobilienhandel. Von mir will man wissen, welche Käufe sich gerade am meisten lohnen, wie die Zukunftsaussichten für diese und jene Kunstwerke sind.» «Dann kennst du viele Milliardäre.» «Wenige, denn ich halte mein Geschäft so klein, dass ich es, abgesehen vom Deal mit meiner Galerie und ihren Mitarbeitern, ohne Angestellte bewältigen und mir nach Bedarf Freiräume nehmen kann.»

«Du bist viel auf Reisen.» «Kann man wohl sagen. Neben den durch Kundenanfragen bedingten Reisen bestimmen die grossen Kunst-Events in den USA, Asien und Europa meinen Terminkalender.» «Da kannst du ja gar nicht überall sein.» «Natürlich nicht, hier ist die Kunst des Managements der Beziehungen gefragt, man informiert sich gegenseitig, nicht nur wäscht eine Hand die andere, sondern ein Mund küsst des andern Ohr. Mein Job ist es auch, Auge und Ohr für meine Klienten zu sein. Spione tauschen sich aus.»

Das viele Reden überspielt meine Unruhe nur schlecht. Charlène schlägt vor, uns für den kommenden Tag zu erholen.

In dieser Nacht kann ich wider Erwarten durchschlafen, bis Charlène um zehn Uhr leise anklopft und mich zum Frühstück einlädt. Seraina ist schon fort, sie erteilt Gymnasiasten Wochenend-Sportstunden zur Vorbereitung auf eine Handball-Meisterschaft.

«Es war wohltuend gestern Abend, ihr seid ein schönes Paar.» «Ja, heute fühle ich mich frei für die Liebe, frei von Angst. Jacqueline, meine Mutter, hat viel von Liebe geredet, mich aber damit abgeschreckt. Ich dachte, ich würde immer allein leben wollen. Die Beziehung zu Sara hat meinen Panzer etwas aufgebrochen, zeitweise spektakulär, aber dann drohte er immer wieder zuzuwachsen, denn Sara kannte zwar eine heftige, aber keine verlässliche Zuwendung, plötzlich richtete sich ihre Leidenschaft woanders hin; erst die Liebe zu Seraina hat mein Leben verändert.»

Nun spreche ich von mir und Gian. «Er war meine erste Liebe, ein verträumter Philosoph, eigenwillig, das habe ich bewundert, kein Macho, eher zu anhänglich, meine Liebesleidenschaft wird immer wieder gebremst von der Angst, meine Unabhängigkeit zu verlieren. Darum bewundere ich euch zwei, ihr lebt eine Welt, die mir verschlossen ist. Vielleicht habe ich darum zum Zen-Buddhismus gefunden, weil mir die Devise des Loslassens entgegenkommt, und ich mich in der gemeinsamen Meditation trotzdem geborgen fühle. Auch mein Beruf im Kunsthandel entspricht mir, immer Abwechslung, sowohl in den Themen, du beschäftigst dich mit einem Bild, einer Stilrichtung, einem Künstler und schon musst du dich wieder anderen Bildern und Künstlern zuwenden, als auch in den Kundenbeziehungen, du hast viele Beziehungen, auch immer wieder neue, du musst immer wieder neue knüpfen.»

«Wie hast du dich denn in euren Wohngemeinschaften gefühlt?», fragt Charlène. «Eigentlich waren es nur zwei. Die erste an der Scheuchzerstrasse, bei Ludwig zu Hause, ich bin dort nach meiner Matura eingezogen. Wir waren zu sechst, wenn ich Sophie, Ludwigs Mutter, und Franz, ihren Freund, mitzähle. Ich teilte das Zimmer mit Gian, Ludwig seines mit Sara. Manchmal tauschten wir unsere Partner; dass Gian mit Sara schlief, störte mich nicht. Ludwig fand ich etwas selbstbezogen beim Sex; er war manchmal sehr zärtlich, aber immer nach seiner Regie, er streichelte mich, wie und wo es ihn gutdünkte, drang in mich ein, wenn er bereit war, küsste kaum, ich hatte nie das Gefühl gemeinsamer Schwingungen. Ich erzählte Sara nichts davon, aber sie gestand mir, dass es ihr gefalle, mit Gian zu schlafen.» «Warst du eifersüchtig?» «Schwer zu sagen. Ich liebte auch Sara und überspielte Unsicherheiten mit der Vorstellung, so freier zu sein. Wir waren noch sehr jung und lechzten nach Befreiung.»

«Die zweite Wohngemeinschaft hattet ihr in Hamburg. War es dort anders?» «Ja, lockerer und doch auf eine Art wieder zwanghafter. Jeder hatte sein eigenes Zimmer; wir definierten uns nicht mehr als Paare. Unsere Seitensprungspiele in Zürich hatten nichts mit der Weltanschauung der 68er zu tun. Dem Slogan *Wer zweimal mit derselben pennt, gehört schon zum Establishment* begegnete ich erstmals in Hamburg, ich fand ihn machistisch, weil wir Frauen darin nur Gebrauchsartikel sind. Ich sage das nicht nur, weil ich gerade beim Thema bin, sondern weil es symptomatisch ist, wie ich die Stimmung in Deutschland damals empfand, was mich nebst meiner Sehnsucht nach Maylin in meinem Entschluss bestärkte, nach Amerika zu den Hippies zu emigrieren. Die Widersetzlichkeit gegen Tradition und Sitte kippt von der Lust in die Pflicht – Samsaras Rad der Wiedergeburten dreht sich weiter.»

Charlène schaut auf die Uhr. «Hoffentlich langweile ich dich nicht mit meinem Gerede.» «Im Gegenteil», sagt Charlène, «doch ich bin beunruhigt über deine Ankündigung zu Saras Tod.» Ich schliesse sie in die Arme, ihr Körper zittert.

Am Abend fahren wir zu Gian. Der Empfang angespannt. Gian und ich umarmen uns erst zögerlich, dann herzlich.

«Macht es euch bequem im Wohnzimmer. Ich bringe den Champagner.» Beim Einschenken giesst Gian etwas zu heftig, das Glas überschäumt. «Entschuldigt mich, wenn ich etwas unkonzentriert bin, aber ihr wisst ja wohl alle, warum.»

Gian bittet zu Tisch, stellt eine Pfanne Spaghetti in die Mitte. Er ist bekannt als ausgezeichneter Koch. Doch offensichtlich war er heute nicht bei der Sache, die Spaghetti verklumpt, Fertigsaucen im Konservenglas, kein Parmesan. «Bedient euch», sagt Gian, seinen Teller schiebt er beiseite. Beim Essen Schweigen. Endlich wendet sich Gian an mich: «Du willst uns etwas mitteilen. Willst du es jetzt tun oder warten wir, bis wir fertig gegessen haben?» Offenbar können alle nicht mehr warten, also beginne ich ausführlich und der Reihe nach zu erzählen, angefangen beim Brief Saras und dem beigelegten

Foto des Klee-Bildes. Ich erzähle langsam, mit häufigen Pausen. Alle schweigen, niemand unterbricht. Ich lasse nichts aus, beschönige nichts, erzähle auch, wie ich geweint habe nach dem letzten Telefonat mit Fjodor.

Gian wiederholt meine letzten Worte: «Spurlos verschwunden. Der Fall ist klar.» «Mord», sagt Seraina, «Sergej hat sie hinuntergestossen. Ich kenne die Gegend, ich war schon einige Male am Pilatus wandern. Gewisse Routen sind selbst für erfahrene Bergwanderer nicht ohne Absturzrisiko, gewisse Pfade verlaufen oberhalb steiler Felswände, die beliebtesten Wege auf den Pilatus sind zwar mit Geländern abgesichert, weniger begangene Pfade jedoch nicht, da genügt ein einziger Fehltritt oder ein kleiner Stoss und du stürzt über eine Steilwand.»

«Wenn du Sergej aufgespürt hättest», sagt Charlène zu mir, «dann könnten wir ihn wenigstens zur Rechenschaft ziehen, vor Gericht bringen.» «Hätte ich ihn aufgespürt, sässe ich jetzt wohl nicht hier …» «Scheissrechenschaft», brüllt Gian, sein Körper bebt, wie ich es bei ihm noch nie gesehen habe, «den Hals hätte ich ihm aufgeschlitzt, den Schädel gespalten. Nicht weil er Sara wahrscheinlich gevögelt hat oder sie ihn, sondern weil er sie missbraucht hat für seine Mafia-Geschäfte und er sie, als sie naiverweise glaubte, ihm helfen zu müssen mit der Aufklärung des Diebstahls, kaltblütig ermordet hat.» «Die Naivität hat bei mir begonnen», sage ich leise. «Warum?», fragt Gian jetzt mit normaler Stimme. «Weil ich als Profi hätte Verdacht schöpfen müssen.» Charlène weint.

«Mafias kennen kein Recht, nur den Krieg …, ich auch! Aber hier ist Rache unmöglich», sagt Gian wütend. «Warum?», frage ich. «Weil er abgetaucht ist.» Alle schweigen.

«Vielleicht könnten wir einen Whisky gebrauchen», sagt Gian, dessen Stimme wieder gefasst klingt, «ich habe auch Cognac, Grappa oder Bier.» Ich frage nach einem Espresso, da ich keine harten Sachen trinke. Charlène und Seraina nehmen Grappa, Gian schenkt sich Whisky ein.

Wieder langes Schweigen. Charlène weint noch immer; Seraina hält ruhig ihre Hand, schaut vor sich hin.

In der Küche fragt mich Gian, ob ich diese Nacht bei ihm bleiben könnte. Nach einigem Zögern akzeptiere ich.

Als sich Seraina und Charlène verabschiedet haben, setzen wir uns schweigend ins Wohnzimmer. Nach einer Weile fragt Gian: «Stört es dich, wenn ich eine Tabakpfeife rauche?» «Dann rauche ich eine Zigarette; … wir könnten uns doch auf den Balkon setzen, es ist warm, kaum noch Wolken», sage ich in Erinnerung an das nasskalte Moskau.

Wir installieren uns draussen, versuchen, uns von der gedrückten Stimmung abzulenken. «Altweibersommer», kommentiert Gian, während wir in die Sterne schauen. «Wie hell der Vollmond alles erleuchtet», bemerke ich. «Noch zwei Tage, dann ist er ganz voll, so wie damals vor bald 40 Jahren am Resiweiher: der dampfende Mond, die ziehenden Wolken.» Wir schauen schweigend in die helle Nacht.

«Als du zu den Hippies gezogen bist, habe ich den Zeitpfeil zerbrochen.» «Du hast mir einen Brief geschrieben, der mich erschreckt hat …» «Erschreckt?» «Du hast vom perfekten Mord geschrieben, an einem Maler, der mein Bildnis malt. – Jetzt sind wir mit dem Mord an deiner Liebsten konfrontiert.» «Beim Schreiben wusste ich noch nichts davon.» «Manchmal wissen wir mehr, als wir wissen.» Wieder schweigen wir.

«Es gab nie einen Zeitpfeil», sage ich nach langem Nachdenken. «Weil im Zen Vergangenheit und Zukunft Illusionen sind.» «Du hast mir damals in Paris von deinem Abschied vom Zen erzählt, wie du eurem Meister vorgehalten hast, dass die Verneiner des Ich das Kind mit dem Bade ausgeschüttet hätten. Dieses Kind hast du Meinsein genannt.» «Heute spreche ich von Meinigkeit, dem Kippbild von Meinsein und Fremdsein.» «Du meinst, in der Meinigkeit vereinigen sich die beiden zur Harmonie des Ganzen wie Yin und Yang.» «Nein, eben nicht.

Das Kippbild beinhaltet weder Harmonie noch dialektische Entwicklung von Verhältnissen in neue Verhältnisse, in denen die alten sowohl vernichtet als auch aufgehoben wären. Die Perspektive der Meinigkeit ist zeitlos; darin bewegt sich nichts. In ihr ist Meinsein das Faszinierende, Fesselnde, Geborgenheit vermittelnde Vertraute der leidenschaftlichen Meinigkeit und Fremdsein das Erschreckende, Schockierende und ihr geheimnisvolles Dunkel. Die beiden Kippbilder vereinigen sich nie, sowenig wie das Doppelgesicht des Janus oder die zwei Seiten einer Münze.»

«Du bist immer noch derselbe Philosoph wie damals, als wir uns als Teenager kennengelernt haben, einfallsreich, eigenwillig.» «Ich bin kein Philosoph, den Beruf überlasse ich Wolfi.» «Von deiner Anarchomystik würde ich gerne mehr erfahren. Aber mit deiner antiethischen Kritik an der Zen-Meditation hast auch du das Kind mit dem Bade ausgeschüttet.» «Welches Kind?» «Die Übung des Loslassens und den Zustand der Leerheit als Therapeutikum.» «Therapie welcher Krankheit?» «Zum Beispiel Therapie unserer Süchte.» «Wer bestimmt, was Sucht und was krank sei?» «Ich will nicht philosophieren. Mir geht es wie dir, ich lasse mir von niemandem vorschreiben, wie ich zu denken, zu fühlen, zu leben habe. Aber genau das macht die Sucht. Sie zwingt einen, ständig fressen und kotzen zu müssen, weil man schlank erscheinen soll, sich unablässig sexuell stimulieren zu müssen, konsumieren zu müssen, sich in Rauschzustände versetzen zu müssen usw., ein ständiges Müssen, Müssen, Müssen. Unsere Zwänge fordern mehr Gehorsam als die autoritärsten Eltern. Am ärgsten scheint mir heute der Zwang zur permanenten Kommunikation, das ständige Dabeisein-Müssen. Die rasante Entwicklung der technischen Hilfsmittel zur Netzwerk-Kommunikation und der Zwang, mit dem Verkauf der entsprechenden Geräte, Programme, Verbindungen immer mehr Gewinn zu erzielen, steigern diese Zwänge ohne

Ende, du siehst kaum mehr Leute auf der Strasse, in der U-Bahn, im Tram oder wo immer, die nicht unablässig auf ihren kleinen Bildschirm starren.» «Der Zwang dabei sein zu müssen gehört wohl zur Natur der Herdentiere.» «Aber die bald für alle erschwinglichen technischen Möglichkeiten …» «Führen zum Opiumkrieg. Kommunikation als Opium des Volkes, … du hast recht, … Loslassen als Element der Kunst des Ungehorsams, … erwägenswert; doch Zen-Meditation ist mehr als ein Therapeutikum gegen Süchte, das weisst du genau. Es geht im Buddhismus um die Verneinung des Wollens überhaupt. Die Rituale fordern neuen Gehorsam. Sie verschleiern das in ihrer Praxis hintergründig stets mitschwingende Sollen zwar listiger als andere Religionen oder unsere praktische Philosophie mit ihrer anmassend aufdringlichen Ethik. Zugegeben, ich war damals unfreundlich zum ehrwürdigen Zen-Meister, aber ich nehme nichts zurück, ich bleibe dabei: Leidenschaft ist mehr als Bedürftigkeit oder Sucht; Leidenschaft gehört zum Wesen des Seins. Da gibt es nichts zu überwinden, nichts zu therapieren. Darum verwerfe ich Zen. Darum hast du mich Chaot genannt.»

«Du bist kein Chaot, verzeih mir das Wort, aber immer noch …» «Immer noch was?» «Ein Träumer, ab und zu elegisch, immer leidenschaftlich, dein Leben scheint mir Traum zu sein.» «Was ist nicht Traum! … Und der andere Teil des Satzes, den du mir geschrieben hast?» «Was?» Gian zögert: «Mein immer noch geliebter …» «So ist es.»

«Du bist immer on business, immer unterwegs von Termin zu Termin rund um den Globus. Ist das nicht ein ständiges Angebundensein?» «Bei mir nicht. Ich lebe meinen anstrengenden, abwechslungsreichen Job auch wie einen Traum, lasse alles kommen und ziehen, sogar mein eigenes Planen, doch ich binde mich an nichts. Darum musste ich mich von Tom trennen, als er mit mir eine Fine Art Consulting Firma gründen wollte. Das hätte mich angebunden. Es ist gleich dem

Wetter, du triffst Vorkehrungen, aber nimmst es, wie es ist, ich schaue in die hohen Wellen der Brandung, nehme mein Surfbrett und reite auf dem Wasser.» «Aber damals in Hamburg versuchten wir doch auch, uns nicht so ausschliesslich aneinander zu binden, du hast ausser mit mir auch mit anderen geschlafen und ich auch. Wir befreiten uns von der Eifersucht.» «Nein, wir sind ihr nur ausgewichen, haben uns abgelenkt, nicht in Gelassenheit, ich war angestrengt und hatte nicht den Eindruck, dass es euch anders erging. Die sexuelle Befreiung der 68er hat der Jugend heute Erleichterung gebracht, obwohl die Überschwemmung der Online-Medien durch Porno-Produkte neue Zwänge geschaffen hat. Damals, als wir mitten in der Rebellion waren, erlebte ich es noch zu sehr vom Denken her bestimmt, mehr Realisierung einer Idee als spontane Lust. Sogar unter den Hippies in den USA, wo sich alles viel selbstverständlicher abspielte, wurde ich diese Gefühl nicht los.»

Dann erzähle ich ihm zum ersten Mal von meiner Liebe zu Maylin. Sein Erstaunen erstaunt mich. «Jetzt verstehe ich», sagt er leise, «die Blackbox hat sich geöffnet … und die Zusammenhänge erscheinen ganz banal.»

Lange schweigen wir. Dann nimmt er meine Hand und sagt: «Endlich …»

fade-out

8   Die Welt als Unwille und Fieberwahn

fade-in

—   *Gian*   —

Bald Mitternacht. Auf dem Balkon. Rauchwölklein aus der Tabakpfeife steigen auf zum bestirnten Himmel über mir, ohne Ehrfurcht, Gelichter, Gelichter über mir, Gelichter in mir, gesetzlos, Wölklein um Wölklein aufschwebende Erinnerungen. *Anarchomystiker* hat Wolfi mich genannt, sei's drum. Begriffe: des Philosophen Metier. Anarcho – mein unbotmässiges Denken, nicht Kampf gegen Herrschaft, aber Zweifel am Sinn der Frage nach dem Ursprung. Nicht das Leben ist sinnlos, vielmehr die Frage nach dem Sinn, nach dem Woher und Wohin. Das altgriechische *an-archos* habe einst auch *ohne Ursprung* besagt, erinnerte mich der Professore, und dass ich die Ewigkeit, das Sein als solches, *Meinigkeit* genannt habe, sei Gian'sche Mystik: die Welt als Feuer der Meinigkeit und nichts ausser dem. Schön gesagt, bis auf das Nichts-ausserdem, das hat er falsch verstanden, denn mit den Farben des Feuers und der Wärme des Meinseins sind die Farblosigkeit und die Kälte des Fremdseins untrennbar verbunden, ohne dass das Eine je ins Andere überginge. Das Sein des Seienden ist janusköpfig. Das Meine / das Fremde: wechselnde Gesichter des einen Seins, der Meinigkeit. Das Meine bleibt fremd / das Fremde mein. Die Begriffe Widerspruch und Synthese müssen nicht bemüht werden. Das Kippbild enthält beides, ja vieles zugleich, je nach dem Blick der Augen, je nach Augenblick. Je nach Geschmack mag man darin das nicht aufzulösende Geheimnis des Seins erblicken oder feststellen, dass es einfach der Fall ist. Zugegeben, als mich Wolfi 1985 in der Bodega Anarchomystiker nannte, sah auch ich selbst diese Kippbildhaftigkeit des Seins noch nicht klar.

Wolfi, der Professore, mein Schulfreund aus der Gymnasialzeit, der eigentlich Geologe werden wollte, schliesslich aber als promovierter, habilitierter Philosoph endet. Prof. Dr. Ludwig von Wolff, Sprössling aus vornehmer Familie, deren Stammbaum im deutschen Osten wurzelt, Freiherren und Freifrauen im Geäst. Kurt von Wolff, Ludwigs Vater, ein wohlhabender Rohstoffhändler, ein gebildeter Mann, begraben auf dem Nürnberger Johannisfriedhof, vornehm, irgendwo im Gräberfeld der Reichsstadt, deren Bewohnern der Stadtrat durch grössengenormte Grabsteine über den Tod hinaus Einheitlichkeit verordnet hat, vergeblich verordnet; kunstvoll verhöhnt so manches überragende Grabmal und Epitaph das Einerlei der bestehenden Friedhofsordnung. Nach dem frühen Tod Kurts, er starb 1952 an Lungenkrebs, bezog Sophie mit dem achtjährigen Ludwig in Zürich, wo auch ihre Schwester lebte, eine grosszügige Wohnung an der Scheuchzerstrasse. Obwohl Sophie vermögend war, arbeitete die ausgebildete Pianistin weiterhin als Klavierlehrerin. Sie liebte das Unterrichten. Ein grösseres Erbe war Ludwig zugedacht, sollte ihm aber erst nach Studienabschluss zur Verfügung stehen.

Ludwig hatte mir anvertraut, dass seine Mutter eine Liebschaft pflege mit dem Klarinettisten Franz Lichtenhahn, einem passionierten Musiker aus Basel. Manchmal lebte er ein paar Tage bei ihnen, öfter war die Mutter in Basel, je älter Ludwig, desto länger liess sie ihn allein in Zürich zurück, dann schaute ihre unverheiratete Schwester Mathilde nach dem Buben, der viel Freiheit genoss, sie aber meist zum Lesen verwendete.

Wir waren Gegensätze, die sich anzogen. Er durch alle Jahre am Gymnasium Klassenprimus, ohne viel Aufhebens davon zu machen; es war ihm so selbstverständlich wie die Farbe seiner grünblauen Augen. Schüler und Lehrer zollten Wolfi

Respekt; er aber blieb immer etwas auf Distanz.

Ich dagegen beredt, gerne aufrührerisch, machte mir Freunde und Feinde. Für die Volatilität meiner schulischen Leistungen zeigten die Lehrer am Gymnasium wenig Verständnis, mal Tadel da, mal Lob dort und zumeist Gleichgültigkeit, keiner half mir auf dem schwankenden Steg, nur Wolfi, mein bester Freund durch die ganze Mittelschulzeit und darüber hinaus. Ich war nicht faul, obwohl man mir das oft vorwarf, im Gegenteil, der Fokus meiner Interessen wanderte von einem Gegenstand zum anderen oder dann umgekehrt, blieb an einem kleinen Aspekt im Vortrag des Lehrers hängen, einer Wegscheide, wo meine Gedanken abdrifteten und in einer anderen Landschaft weiterwanderten. So erging es mir auch beim Lesen und selbst im Kino, wenn ich nicht gerade einen Wildwestfilm schaute. Du könntest, wenn du wolltest, knurrte nicht nur der Herr Major, mein Vater, sondern zu meiner Verwunderung auch manche Lehrer und Lehrerinnen. Was, verdammt, sollte ich denn noch wollen?

Ich wollte mindestens so brillieren wie Wolfi. Wo er in den Prüfungen die Höchstnote 6 bekam, hätte ich mir am liebsten eine 7 errungen, was mir aber nur in der Anzahl Absenzen gelang. Einzig im Deutschaufsatz zog ich gleich, wurde nicht selten sogar besser benotet als er und gewann damit auch seinen Respekt. Was sollte ich noch wollen? Bewundert werden, Aufmerksamkeit erregen bei den Lehrern, bei den Mitschülern und vor allem bei Wolfi, er war mir am wichtigsten, aber ich schuf mir auch Feinde, in voller Absicht, Mitschüler, mit denen ich nicht rivalisierte, sondern deren Auffassungen ich bekämpfte, deren Bravheit oder Falschheit ich verachtete, Lehrer, gegen deren ungeschickt ausgeübte Autorität ich mich offen auflehnte. Ich scheute mich nicht, gegen meine Feinde Stimmung zu machen, um sie in Schach zu halten. Lehrer, die das merkten, behandelten mich vorsichtig.

Man hatte mich zum Klassensprecher gewählt; doch war

ich mehr spontan als geplant Anführer bei einigen ausgefallenen Aktionen. Wolfi war nicht so beredt, zeigte keine Lust sich in den Mittelpunkt zu stellen, schien aber doch meine Frechheit, meinen Mut zum lautstarken Widerspruch, ja selbst zur Unvernunft zu bewundern, obwohl ich häufig seinen Spott und ironische Bemerkungen zu meinem sprunghaften Verhalten einstecken musste; manchen meiner Bluffs, mit denen ich ihn beeindrucken wollte, schien er allerdings nicht durchschaut zu haben. Er brillierte mit fundiertem Wissen, ich mit meiner potemkinschen Intelligenz und meinem eigenwilligen Denken. Beide verfügten wir über eine rasche Auffassung und ich über mancherlei Tricks, Wesentliches zu erfassen und herauszustellen – ich hatte ein Gespür dafür, wie ich die Bewunderung anderer erlangen konnte, was mir selten schwerfiel –, auch wenn ich mir die Fundamente solchen Wissens nicht oder nur oberflächlich angeeignet, die Bücher zu den Gegenständen, von denen die Rede war, höchstens rudimentär gelesen hatte.

Doch Wolfi war auch mein Retter. Wenn es galt, schlechte Schulnoten wieder aufzuholen, stand er mir bei; wir lernten gemeinsam in unserer Freizeit, oft bis spät in die Nacht. Beim Lernen mit ihm, beim Diskutieren, schweiften meine Gedanken nicht ab, … glaube ich zumindest mich zu erinnern.

Neben dem Schulstoff, den sich Ludwig, davon war ich überzeugt und beeindruckt, mühelos aneignete, galt sein Interesse vor allem Arthur Schopenhauer, seinem damaligen Lieblingsautor. Über dessen Philosophie disputierten wir nächtelang, wenn ich während der Schulferien bei Wolfi logieren durfte, was dessen Mutter und Tante ganz gerne sahen, denn sie schienen mich zu mögen und hatten extra für mich ein komfortables Gästebett in Ludwigs geräumiges Zimmer gestellt.

Schopenhauer war meine erste Begegnung mit der Philosophie. Und auch hier wollte ich Wolfi mit Wissen übertrumpfen, das er noch nicht hatte, las, statt meine Schulaufgaben zu erledigen, eifrig Biografien und Sekundärliteratur, die ich mir in der Zentralbibliothek besorgte. Um meinen Freund zu beeindrucken, merkte ich mir Schlagworte aus meiner Lektüre, die ich dann in unsere Gespräche einflechten konnte. Als ich ihm zum Thema Pessimismus aus einem Gespräch Julius Frauenstädts mit Schopenhauer zitierte: ... *ich mochte etwa 18 Jahr alt sein, dachte ich, noch so jung, bei mir: Diese Welt soll ein Gott gemacht haben? Nein eher der Teufel,* war er erstaunt, dass ich sogar Frauenstädt kannte; ich war hochbefriedigt über meinen kleinen Triumph. Damals waren wir beide noch jünger als Schopenhauer im zitierten Gespräch und machten uns sofort dessen Diktum zu eigen, dass der Teufel die Welt gemacht habe.

Dass die Welt Vorstellung sein sollte, beeindruckte mich nicht sonderlich. Was denn sonst? Dass die eigentliche Wirklichkeit der sinnlich wahrgenommenen Dinge in ominösen unerkennbaren Dingen an sich bestehen sollte, wie Kant meinte, störte mich ungemein, weil ich mir angestrengt den Kopf darüber zerbrach, wie ich mir das Unerkennbare trotzdem vorstellen könnte, wenn schon die Rede davon war. Erfolglos. Ärgerlich.

Doch unsere jugendliche Schopenhauerzeit war nicht nur, ja nicht einmal in erster Linie, geprägt von Rivalitätsgefechten, sondern von wirklichem Wissensdurst und einer Lust am kritischen Denken, in dem wir uns gegenseitig aufschaukelten bis in gewagte Höhen des allzeit sprungbereiten Zweifelns. Schopenhauers Kritik am professoralen Philosophiebetrieb ergab dazu ein herrliches Tummelfeld. Schopenhauer war unser Vorbild, unser Idol, seine Begeisterung für Buddha auch die erste Anregung für meine spätere, vorübergehende Hinwendung zum Zen.

Geduldig erklärte mir Wolfi, wie Schopenhauer Kants *Ding an sich* durch den *Willen* ersetzt. Natürlich versuchte ich daraufhin, mir den Willen vorzustellen. Mühsam. Alles sei Wille – auch mein Unwille? Mein ständiges Abdriften in andere Geschichten?

Ich atme durch meine Pfeife. Die Welt als Unwille und Fieberwahn. Damit könnte ich heute leben. Weiterhin steigen Rauchwölklein auf, schweben dahin, verflüchtigen sich im nächtlichen Geflimmer.

Morgen ist Karfreitag. Am Ostersonntag kommen Gäste. Seit Charlènes erstem Besuch am Döltschiweg vor einem Jahr treffen wir uns wieder öfter in unserem *Salon CCC*, wie Charlène unsere Treffen in meiner Wohnung nennt, die drei grossen C für das Trio Caspari, Camaro, Caflisch, Seraina nennt es *Spielsalon*. Ich habe sie öfter zu mir eingeladen und nicht selten standen beide oder die eine oder die andere unangemeldet vor meiner Tür. Sie spielten die Musik, Charlène Bratsche, Seraina Querflöte, ich den Zuhörer, gemeinsam spielten wir mit Worten.

Ich hole mir eine neue Pfeife, stopfe sie sorgfältig, entflamme ein Streichholz, halte das Mundstück zwischen die Lippen, die Flamme über den Tabak, ziehe bedächtig die Luft ein, lasse sie durch den leicht geöffneten Mund wieder entweichen, bis neue Rauchwölklein zu den Sternen aufsteigen, den ruhig leuchtenden Pünktchen, noch immer nicht erhaben, aber auch keine Gefahr.

Charlènes Gesicht erscheint; ich stelle mir vor, wie meine Zunge über ihre Lippen fährt … Ja, ich liebe sie, ich liebe auch Seraina, ich liebe alle Frauen, ihr Lachen, ihr Lächeln, ihre Tränen, selbst ihr Schreien; jede ist schön auf ihre Art, … auch die pummelige Pauli, welch ein Gefühl, wenn sie meinen Kopf sanft zwischen ihre Brüste drückte, meine Küsse vom Bauch über die Brüste bis zum Nacken und wieder zurück ihren Körper erschauern liessen; sie liebte mich, weinte beim

Abschied; jetzt hat sie zwei Kinder, sie wollte eines von mir …

Dann fiel der Vorhang. Als er sich wieder hob, eine fremde Welt. Sara tot. Nicht bloss verschwunden wie einst Isa. Getötet! Gemordet! Obendrauf dieser Scheissrabe mit seinem mörderischen Auftrag – Sara noch immer ungerächt.

Nichts mehr ist wie je zuvor. Zwar liebe ich die Frauen noch immer, begehre ihre Wärme, ihre Zärtlichkeit, das Licht, das Leben, das sie in meine Dunkelheit bringen. Sara jedoch allgegenwärtig, in jeder Frau lebendig, in all meinem Begehren, all meinem Traurigsein, nicht Muse, in die ich Isa einst verwandelt habe, sondern Sara/Charlène/Seraina …

Ich freue mich auf unser Osterspiel. Morgen früh werde ich im Garten Zweige für einen Osterstrauss schneiden. Die Frauen haben angekündigt, sie würden ein Picknick mitbringen. Nicht gerade festlich, denke ich und schaue wieder zu den Sternen. Wisst ihr etwas Würdigeres? Doch was können Sterne wissen, nicht einmal ihr eigenes Schicksal.

Ein Schatten. Ein Flattern. Das Tier sitzt auf dem Balkongeländer, sagt: «Töte ihn.» Verschwindet. Der Vogel, der düstere Bote, checkt es nicht.

fade-out

9 A schöne Leich

fade-in

— *Gian* —

Im fahlen Licht der Morgendämmerung jäte ich Unkraut in
meinem Garten am Saum des Üetlibergwaldes unweit meiner
Wohnung, hacke die Erde auf, bereite ein neues Beet, in das
ich im Mai Bohnen pflanzen will. Ein Picknick, hat Charlène
gesagt. Ein Picknick als Ostermahl? Mein Blick fällt auf die
üppigen Rhabarberstauden. Zumindest ein Dessert könnte
ich beitragen, einen Rhabarberkuchen. Und Weidenkätzchen-
ruten werde ich schneiden für den Osterstrauss. Ostern. Soll
ich Eier kochen und bemalen? Ich höre die Frauen lachen. Ich
liebe ihr Lachen, es lässt mich immer wieder auferstehen aus
dem Nichts, das Sara hinterlassen hat, ein Loch, sich unversehens öffnend, sich füllend mit Zorn.

Beim Jäten taucht eine Szene auf: Klein-Gian enttäuscht
von den Eltern, die ihm die Geschichte vom Osterhasen
aufgetischt haben; er nahm die Sache ernst; er wusste, dass
der Osterhase im Frühjahr die Eier im Garten versteckt, in
Grasbüscheln, zwischen Kräutern, hinter Sträuchern, unter
der verwitterten Holzbank; meist fand er mehr Eier als die
anderen Kinder, Neid, Anfeindungen, als hätte er heimliche
Kontakte zum Osterhasen.

Dann kommt der grosse Max, macht sich lustig über die
Osterhasengläubigen. Die Eltern haben gelogen, werden er-
tappt, denn wir Kinder verbergen uns, von Max angestiftet,
hinter dem Gartenhaus, sehen zu, wie Väter, Mütter, Tanten,
Onkel im Garten herumschleichend Eier und Schoggihasen

105

verstecken. Brutale Aufklärung. Erst Ernüchterung, Wut darüber, hinters Licht geführt worden zu sein, vertrieben aus dem Paradies. Eine Wirklichkeit zerschellt – doch Klein-Gian ist stolz eine neue Wahrheit entdeckt zu haben, aus der Welt der Grossen, ein Besser-Wissen, Statussymbol der aufgeklärten Kinder des Lichts.

Mit scharfer Klinge schneide ich Weidenruten. Da! Ein Hase hoppelt aus dem Gebüsch. Der Osterhase! Pack ihn!, durchfährt es mich. Besinnungslos stürze ich mich auf den Hasen, packe ihn mit eisernem Griff an den Hinterläufen, mit der anderen Hand beidseitig am Kopf, reisse mit aller Gewalt meine Hände auseinander, des Hasen Kopf nach hinten, es bricht das Genick, es blinkt das Messer, ich sehe es gleissen, sehe mich, wie ich das, was noch kurz zuvor Lebewesen war, zu Boden werfe, ihm mit kräftigem Schnitt den Kopf abtrenne, sehe das Blut über die Erde fliessen, versickern, hebe den Leichnam hoch, halte ihn fest, trenne ihm erst am linken, dann am rechten Hinterlauf die Füsse ab, wieder blitzt das Messer auf, wie ich das Fell nahe den Schulterblättern im rechten Winkel zur Wirbelsäule einschneide, die Finger ins Fell einkralle, es halswärts, schwanzwärts abziehe, schnell sind Hemd und Hose abgestreift, die Leichtigkeit des Mörderseins, lasse das Messer erneut aufblitzen, befreie in kleinen Schnitten das Fell von den Hinterläufen, wasche mir im Brunnen die Hände von Schuld und Bakterien frei, schlitze sorgsam den Bauch bis zum Brustkorb auf, achtsam, dass ich nicht in Blase und Darm steche, löse mit den Fingern den kleinen blassgelben Ballon in der Nähe des Afters, hebe die nackte Osterhasenleiche hoch, die Bauchöffnung nach unten, die Organe herauszulocken, schäle sie vom Brustkorb her mit zwei Fingern heraus, lasse das stinkende Gedärm in einen Eimer fallen, spüle den von den restlichen Füssen und dem Schwanz befreiten Leib unter dem kühlen Wasserstrahl des Brunnens ab. Die heilige Waschung endet mit der Befreiung von Leber, Nieren, Herz, die ich auf ein sauberes Tuch zur Seite lege. Es ist vollbracht. Das Messer blitzt in der Morgensonne, das Fleisch glänzt, felllos, kopflos. Der Balg im Kehricht entsorgt.

Es muss schnell gehen, vor allem sofort das Genick brechen, hat man Mitleid, wird es schwierig; so ist nun mal das Leben. Leben? Welch ein Gemeinplatz. Ist Leben nicht vor dem Ermordetsein?

Einen Moment lang hebe ich den Hasen an den Hinterläufen in die Höhe, sage leise zur Sonne gewandt: Sieh hier den Hasen, an den wir Kinder einst freudig geglaubt. So bist du, Meister Lampe, abgestiegen ins Reich des Todes, wirst morgen wieder auferstehen aus dem prunkvollen Sarkophag, dem emaillierten Gusseisenbräter, den schon meine Grossmutter in Ehren gehalten, aussen in vornehmem Rubinrot, innen saphirblau ausgestattet, nachdem dein Leichnam, sorgsam eingerieben mit reichlich Salz und Pfeffer, einbalsamiert mit kostbarem Olivenöl und gegürtet mit vornehmen Bändern von feinstem Speck, im Ofen gebraten haben wird, weder Knoblauch noch Kräuter will ich in deinem leeren Leib verstauen, welch Sakrileg das wäre; nur roter Wein und Wasser sei über dich ergossen, duftest durch meine Wohnung, dieweil ich mir deine Leber, dein Herz, deine Nieren brate, sie zum Vorspiel unseres Liebesmahles mit Andacht verzehre, damit auch sie in meinem Leib Auferstehung feiern, begleitet vom roten Wein, dem Blut, das unseren Bund in dieser Mahlzeit besiegeln soll, zu der ich das übrig gebliebene Kompott vom letzten Sonntag, getrocknete Pflaumen in Rotwein gekocht, von Armagnac durchgeistigt, aufwärmen will.

> … wofür er besonders schwärmt,
> wenn es wieder aufgewärmt …

singt eine Spinnennetzkarte, am Eingang zum Gartenhaus schaukelnd. *Er* und *es* steht im Netz geschrieben, weinrot schimmernd; die Spinnennetzspielkarten passen ihre Botschaft dem Empfänger an, denke ich, sie spinnen die Spinnen, spinnen ihre Fäden fort und fort von der Höhle der Schattenbeschauer bis ins gleissende Sonnenlicht, durch alle Völker der Sterne und wieder zurück, Schleier der Maya, doch ihre Geistspeisen schmecken vorzüglich, auch wenn sie immer wieder aufgewärmt.

So wird dein Fleisch zu meinem Fleische, Osterhase, der du in meinen Garten gehoppelt bist …

… doch das Messer sieht man nicht …

singt es aus dem Spinnennetz im Gartenhaustürrahmen mit heiserer Stimme. Irrtum! Und wie es gleisste im Licht!

Das Schlachttier ist bereit, denke ich. Der Tod des Osterhasen hat das Kind von der Unschuld befreit. Der Mord hat ein Licht entzündet, das ihm den Weg in die Finsternis weist. Es soll a schöne Leich werden, a festliche. Zuerst werde ich der Pompfüneberer sein, der die Gäste einlässt ins Trauerhaus, wo sich Trauer in festliches Wohlbefinden wandeln soll. Den Sarkophag will ich zwischen die zwei silbernen dreiarmigen Kandelaber, die ich mit dunkelblauen Kerzen bestücke, stellen, Erbstücke von den Eltern meiner Mutter, aus Wien. Ich weiss nicht, warum ich so an diesen Kerzenständern hänge, deren Mittelsäulen als weibliche Figurinen im kurzen Gürtelkleid gestaltet auf einem mit Löwenmasken geschmückten Postament stehen. Mit verschränkten Armen balancieren sie auf ihrem Kopf ein vasenartiges Verbindungsstück, auf dem die mächtigen Kerzenhalterarme angebracht sind. Zur schönen Leich gehören diese Kandelaber auf jeden Fall.

Hoc est corpus meum, würde ich, ganz Priester, dann sagen, wenn ich den Frauen ein gutes Stück des Hasen vorlege. Das ist mein Leib, Osterhase, dein Leib … Hokuspokusfidibus: dein/mein, ohne Transsubstantiationsstreit. Was ist nicht mein Leib? Die Welt ist mein Leib …, mein Leib mein Geist, mein Geist mein Leib, Osterhase, philosophia perennis … Charlène, Seraina, wie das Schicksal doch manche bevorzugt …, ein Leib erkennt den anderen. Erkennen ist vögeln. Sie erkannte sie. Eine Welt erkennt die andere, im Höhepunkt der Hingabe ein Leib: corpus meum. Meine Welt / mein Leib … lebendig mein / fern in den Seilen hängend mir fremd, … schlaffe Leich. EGO VICI MUNDUM / mein Fake.

Die Musik bringen die Frauen mit. In ihr werden die Pferde auferstehen, die die Kutschen ziehen, in denen wir mit gewaltigen Blumenkränzen zur namenlosen Göttin fahren, sie eines Besseren zu belehren. A Leich kann schön sein.

fade-out

10 Osterhasenland

Wie sind wir überrascht von der festlichen Tafel, den brennenden Kerzen auf den silbernen Leuchtern, den grossen Gläsern, bereits angefüllt mit rotem Wein, damit sich das Aroma entfalten könne, meint Gian. «Ich freue mich schon auf euer Osterkonzert. Setzen wir uns doch und genehmigen uns einen Apéro.» Auf dem Salontisch stehen kleine Platten mit Käseküchlein, Schälchen mit Oliven, salzigem Gebäck, Nüssen und Weingläser. Gian holt eine Flasche aus dem Kühlschrank: «Eine Petite Arvine aus dem Wallis.»

«Schade, dass wir nicht schon viel früher unseren Spielsalon eröffnet haben», sage ich. «Manchmal sind Seelen im Gefrierschock erstarrt», entgegnet Gian. «Glaubst du an Seelen? Ich denke, du bist Materialist», rutscht es mir raus. «Möchtest du lieber hören, dass gewisse Ereignisse körpereigene neuromodulatorische Substanzen aktivieren, die Informationsverarbeitungsprozesse und den Zugriff zu den Speichern hemmen?», gibt mir Gian in leicht aggressivem Ton zurück, «es geht nicht ums Glauben. Ich brauche das Wort, weil es mir manchmal passt.» «Wann passt es dir nicht?» «Wenn Philosophen und Theologen von Seele sprechen. Wenn ich jedoch unsere Seelen im Gefrierschock erstarrt nenne, ist uns ohne weitere Erläuterungen klar, wovon die Rede ist.» «Ja», sage ich etwas beschämt und denke: vor allem dir und Charlène. Ich versuche, die Stimmung zu retten: «Ich weiss, dass eure Seelen wieder aufgetaut sind und bin glücklich, hier mit euch zusammen zu sein.»

Nicht immer sind die Spiele in unserem Spielsalon nur friedlich verlaufen. Doch jetzt heben wir die Gläser. Der Wein ist exquisit. Wir begeben uns zu Tisch. Auch das Essen ist köstlich. Gian serviert nicht, er zelebriert. Eine Teufelsmesse für Vegetarier aus Tierliebe. Hase, Brot, Wein. Tod und Auferstehung, die Mahlzeit des Gemordeten und Geschmorten. Doch in uns weckt sie neue Lebensgeister. «Wir veranstalten a schöne Leich», sagt Gian mit einer Sprachmelodie, als sei er gerade aus Wien angereist gekommen. Auch die Kerzenständer gehören wohl zum Ritual; nach meinem Geschmack passen sie nicht zur übrigen, eher schlicht modernen Einrichtung der Wohnung.

Zum Nachtisch gibt's Kaffee und Gians Rhabarberkuchen, bei dem ich mehrmals zugreife. Dann frage ich, ob es recht sei, wenn ich heute den Auftakt zu unserem Philosophinnen-Scrabble mache. «Warum fragst du?» Charlène kichert. «Weil ich heute Morgen, gewissermassen zur Einstimmung auf Osterhasengeschichten, wieder einmal Nietzsches Essay *Über Wahrheit und Lüge im aussermoralischen Sinn* gelesen habe», sage ich etwas verlegen. «Wie ihr wisst, geht es da ja um das Suchen und Finden der Wahrheit. Sein Vergleich der Wahrheitssuche mit dem Vorgang, dass jemand ein Ding hinter einem Busche versteckt, es dann dort wieder sucht und findet, amüsierte mich, weil ich dabei an ein Osternest dachte. Sein Beispiel lautet: Man definiert, was ein Säugetier sei, dann besichtigt man ein hergelaufenes Kamel und stellt fest, dass es sich um ein Säugetier handelt. Das sei wohl wahr, aber als Wahrheit nicht gerade umwerfend.»

Gian greift den Faden auf: «Zu solcher philosophischer Kalamität fällt mir Wittgenstein ein, der meinte, das Ziel seiner Philosophie sei, der Fliege den Ausweg aus dem Fliegenglas zu zeigen.» «Und wo ist da der Zusammenhang mit Osterhasengeschichten?», fragt Charlène. «Ich dachte mir, die

Fliegen hätten ihren Käfig selbst erbaut, aber den Bauplan vergessen», sagt Gian. «Mehr noch», spinne ich den Faden weiter, «mit ihrer zweckfreien Fragelust und dem Gamen im Logikraum haben die Fliegen ihre Labyrinthe um der Labyrinthe willen gebaut, in denen sich die süchtig gewordenen Spieler so zu Hause fühlen, dass ihnen mit dem Finden des Auswegs ein Identitätsverlust droht.»

Schon sind wir mitten im Spiel.

«Dann zerfallen die Wände der Labyrinthe zu Staub, die Fragen verschwinden, weil zuvor schon die Antworten waren.» «Und das Leben plötzlich viel zu einfach erscheint.» «So einfach aber doch wieder nicht, denn mit den Labyrinthen zerfällt der Nimbus des Philosophseins.» «Und den Kaisern fehlen die Kleider.» «Den Kaiserinnen aber auch», frotzelt Gian. «Dann müssen sie früh aufstehen, um wirkliche Brötchen für all die Leute zu backen, die auch früh zur Arbeit müssen.» «War es nicht bereits Platons Einfall, dass unser Erkennen nichts anderes sei als ein Erinnern der unsterblichen Seele an die ewigen Ideen, denen allein Wahrheit zukomme?» «Nietzsche spottet wohl eher über das Philosophenspiel, das uns seit Jahrtausenden Dinge suchen lässt, die wir selber versteckt haben, dass wir über Lösungswege von Problemen rätseln und streiten, die wir als literarische Ereignisse selber erdichtet haben.» «Philosophierend wird aus der Erfahrung, dass Nichtwissen zu Mutmassungen führt, der Begriff der Möglichkeit kreiert. Es könnte sein, dass die Spartaner uns angreifen, sie haben zwar nicht angegriffen, aber die Möglichkeit besteht, dass sie es tun könnten. Da abstrahieren gewitzte Denker von den Dingen, die es gibt, auf das Sein alles Seienden und gelangen nach dem Vorbild der Mutmassungen zum Sein der Möglichkeit und schliesslich zum grossartigen Rätsel: Warum gibt es etwas und nicht vielmehr nichts? Die gläubigen Kinder wissen alsbald, dass wir Ostereier haben, weil es den Osterhasen gibt.» «Der zuverlässig jährlich aufersteht.»

«Damit sind wir punktgenau bei Ostern gelandet!» »Wir erfinden den Osterhasen, vergessen alsbald, dass wir ihn erfunden haben, und suchen mit aller Kunst der Exegese und Hermeneutik, das Geheimnis des Osterhasen und seiner bunt bemalten Eier zu ergründen.» «Fruchtbarkeit», fällt mir ein. «Wir vögeln nicht, wir häseln.» «Rammeln … Wir haben Sünde und Schuld erfunden und suchen nun, wie wir Heil und Vergebung erlangen.»

«Mir fällt ein Buch ein», sagt Gian, «eines der ersten Bücher meiner Kinderbibliothek. *Im Osterhasenland. Familie Schnuppernäschen;* ich glaube es ist von Erna Maria Waldhof. Es erzählt vom turbulenten Leben einer kinderreichen Osterhasenfamilie und von der Osterhasenschule, wo die Kinder auch Kochen und Malen lernen. Es gibt brave Häschen und solche, die aus der Reihe tanzen und zur Nacherziehung in den tiefen Wald in die Schule der weisen, aber strengen Eule versetzt werden, die ihnen beibringt, die Gebräuche des Osterhasenlandes zu schätzen und zu befolgen.» «So ist die Philosophie ein Osterhasenland!», ruft Charlène. Alle lachen.

«Mir fällt noch ein Satz von Wittgenstein ein: Die Methode des Philosophierens ist es, sich wahnsinnig zu machen, und den Wahnsinn wieder zu heilen.» «Der Linguistic-Turner als Heiler!», spottet Gian. «Heilen ist gut, uns von der Krankheit befreien, die Philosophen uns und sich selbst eingeredet haben», gebe ich zu bedenken.

«Mir schwirrt der Kopf», klagt Charlène, «lassen wir das Spiel doch hier sich selber verlieren.» «Das Osterkonzert! Wozu haben wir die Instrumente mitgebracht.» «Ja, euer Konzert, darauf habe ich mich schon lange gefreut», ruft Gian, «einen Osterhasen kann man schlachten, das Osterhasenland nicht.» «Noch keinem Philosophen ist das gelungen.» «Vorher schlachten ihn die anderen Osterhasen.» «Kannibalismus im Osterhasenland.» «Halb so schlimm, danach wird Auferstehung gefeiert.» «Und auf Post folgt Postpost folgt …»

«Stopp! Stopp! Lassen wir doch endlich das Spiel sich selber verlieren», fleht Charlène. Zu den Spielregeln des Philosophinnen-Scrabble gehört, dass nicht die Spieler, sondern nur das Spiel selber Sieger oder Verlierer sein kann, Sieger, wenn es lange dauert und verrückt verläuft, Verlierer, wenn es zu schnell in Langeweile versickert. Ich lache, gelangweilt habe ich mich eigentlich nicht, aber ich weiss, Charlène kann es kaum erwarten, Gian unsere Osterüberraschung, die wir lange und einfallsreich vorbereitet haben, zu präsentieren.»

«Als Dank für dein schmackhaftes Ostermahl wollen wir dir nun einen musikalischen Leckerbissen servieren, von dem wir hoffen, dass er dir ebenso viel Genuss bereiten wird wie uns schon beim Zubereiten und Einüben. Wir kehren zurück zur Karfreitagsstimmung und spielen sechs ausgewählte Arien aus Johann Sebastian Bachs Matthäus-Passion. Seraina spielt auf der Flöte die Gesangsstimme, ich auf der Viola den Instrumentenpart, hin und wieder umgekehrt.»

Nie habe ich unser Spiel beim Üben so bewegend erlebt wie jetzt, mitunter fühle ich mich beinahe singen und die Viola klagen. «Jetzt bin ich selber eingegangen in die Unterwelt», sagt Gian, nachdem wir mit dem Spiel des Schlusschors *Wir setzen uns mit Tränen nieder und rufen dir im Grabe zu, ruhe sanfte, sanfte ruh, ruhe sanfte, sanfte ruh* zum Ende unserer Darbietung gekommen sind. Wir schliessen mit dem Tod – die Auferstehung haben wir zuvor gefeiert. Gian umarmt uns beide.

Mitternacht ist vorbei. A schöne Leich. Typisch Gian. Plötzlich fällt mir auf, dass er mit finsterem Blick die Lautsprechersäule neben seinem Schreibtisch fixiert, den Zeigefinger durch die Luft in seine Richtung stösst und leise etwas zischt, das wie «hau-ab» tönt. Ich bin mir nicht sicher. Ich sehe nur ein kurzes Flackern der Lampe, wie wenn eine Wolke schnell durch ihr Licht gefahren wäre. Es ist nichts.

Die Balkontüre steht offen. Kopfschüttelnd sitzt er im Fauteuil. «Hat dir unser Osterkonzert nicht gefallen?», frage ich. «Oh, doch! Ihr wart grossartig, nie hätte ich erwartet, dass man Stimmen so eindrücklich instrumentalisieren kann.» «Aber?» «Es ist noch nicht vollbracht.» «Was?» «Karfreitag», sagt Gian, und fügt nach einer Pause leise bei: «Jenseits vom Osterhasenland keine Erlösung, immer Karfreitag.»

Ich blicke nicht durch bei diesem Mann. Trotzdem mag ich ihn, sehr sogar. Unsere Spielhölle ist keine Hölle, auch wenn wir uns streiten, uns übereinander wundern. Die Frauen regieren, Gian ist's recht, so gut kenne ich ihn bereits. Er liebt das.

fade-out

11 Anziehpuppe

Ostern vorbei. Im Sessel auf dem Balkon. Ich schrecke auf, bin
wohl eingeschlafen. Ein Hund bellt irgendwo in die Nacht.
Die Luft noch warm. Auf meinem Schoss *Der Mann ohne
Eigenschaften* von Robert Musil, der Wälzer, den ich schon
zum x-ten Male lese, nicht recht weiss, warum. Habe ich den
Autor überhaupt verstanden? Muss ich ihn verstehen, oder ist
sein Buch mein Buch, das zu dem wird, was ich will? Fremdes,
das ich mir anverwandle, zur Metamorphose des Meinseins
zwinge, so dass es dem Autor, bekäme er es damit zu tun, gänz-
lich fremd wäre? Das Buch weckt meine Assoziationen zum
Dasein, in dem mein Name *Niemand* ist, *Keiner*. Niemand,
Erlebender ohne Eigenschaften; Niemand, meines Erlebens
Eigenschaften ohne Mann. Jeder Augenblick ganz der meine / mir zugleich fremd. Alles da, das Bellen des Hundes, diese
Nacht, die Ostereiersterne, die ich so gerne betrachte, wenn
ich auf dem nächtlichen Balkon stehe, die milde Luft, die ich
tief einatme, die Erinnerung an den Osterbraten, die Frauen,
ihr Passions-Konzert – mein Erleben ist meine Welt, nur *ich*
fehle, die Welt mir so vertraut / die Welt mir so fremd.

Erinnerung an meine erste Lektüre von Musils Roman. Als
Achtzehnjähriger entfloh ich in den Sommerferien Hals über
Kopf aus meinem Gymnasiastenalltag ins Kloster; ich sprach
weder mit meinen Eltern davon noch mit Ludwig, auch nicht
mit meiner Freundin Isa, hinterliess nur einen Zettel: *Ich bin*

eine Zeit weg und werde wieder kommen. Alles OK, Gian.

Nein, kein Anflug von Frömmigkeit, ich wollte nicht Mönch werden, suchte lediglich stille Einkehr bei den Zisterziensern der Abbaye d'Hauterive in der Nähe von Fribourg. Oft sass ich schon um vier Uhr morgens in der Klosterkirche, hörte den Mönchen zu, die ihre Psalmen sangen; am Abend trugen mich ihre gregorianischen Gesänge zur Nachtruhe hin; während der Mahlzeiten las ein Mönch mit monotoner Stimme vor; tagsüber sass ich am Saaneufer im warmen Schotter – es waren herrlich sonnige Herbsttage –, las im einzigen Buch, das ich mitgenommen hatte, dem *Mann ohne Eigenschaften*.

Der religiöse Glaube war mir längst abhanden gekommen, doch erlebte ich mich zwanglos geborgen im täglich gleichen Rhythmus des wiederholten Spiels des Gotteslobes, das die Mönche nach den Spielregeln des heiligen Benedikt von Nursia zelebrierten. Der christliche Glaube schien auch beim Bewohner meiner Nachbarzelle nicht im Vordergrund zu stehen, Jens van den Broek, einem um sechs Jahre älteren Philosophiestudenten der Katholieke Universiteit Leuven. Sein Onkel, ein Jesuitenpriester aus Amsterdam, hatte ihn zu einem Theologiestudium an dieser Universität überredet, doch schon nach dem ersten Semester war Jens einer Einladung seines japanischen Brieffreundes nach Kanazawa gefolgt, einer Stadt wenig grösser als Zürich, an der Westküste der Hauptinsel Japans.

Das Erste, was mir Jens von seinem Japanaufenthalt erzählte, war, dass sein Freund ihm unter anderem so gruselige Orte wie den Aokigahara-Wald am Fusse des Fuji Vulkans gezeigt hatte, in dem die Bäume so dicht stehen, dass man schon nach wenigen Metern die Orientierung verlieren kann, der deshalb, vielleicht auch angeregt vom Roman *Der Wellenturm*, ein beliebter Ort für viele Selbstmörder ist, die sich dort meist an die Bäume hängen; er führte ihn auch zu den an der Westküste steil aufragenden Klippen von Tōjimbō, über die viele Japaner in den Tod springen.

Das für Jens bedeutendste Erlebnis war ein Aufenthalt im buddhistischen Kloster Eihei-ji, das im 13. Jahrhundert von Meister Dōgen gegründet wurde, dem ersten Patriarchen des Sōtō-Zen, der die Sitzmeditation Zazen aus China nach Japan gebracht hatte. Jens' japanischer Freund, selber ein praktizierender Zen-Buddhist, vermittelte ihm dort eine mehrmonatige Einführung in die Praxis der Zazen-Meditation.

Zurück in Amsterdam, wechselte er von der Theologie zur Philosophie. Sein Onkel legte ihm ans Herz, sich Zeit zu nehmen, seine neuen Pläne gründlich zu überdenken, und empfahl ihm dazu den Aufenthalt hier in der Abbaye d'Hauterive, da er mit dem Prior bekannt war. Jens folgte diesem Rat; er reiste ganz gerne einmal in die Schweiz. Er belegte die Gästezelle, die neben meiner lag.

Nach dem Besuch eines abendlichen Mönchsgesanges begegneten wir uns auf dem Korridor vor unseren Zellen, kamen ins Gespräch, erzählten und diskutierten, den langen Gang auf und ab wandelnd, nicht nur an diesem einen Abend, sondern mit wenigen Ausnahmen fast alle Abende unseres Aufenthalts, manchmal bis tief in die Nacht. Jens meinte, er brauche seit seinem Aufenthalt im Eihei-ji nur noch wenig Schlaf; irgendwie schaffte auch ich es zumeist, früh um vier Uhr bereits wieder dem Mönchsgesang zu lauschen, mich dann nur kurz noch einmal hinzulegen und in unseren nächtlichen Gesprächen hellwach zu sein.

Jens erzählte mir ausführlich von seiner Einführung in den Zen-Buddhismus, den Zazen-Meditationsübungen, den Lehren des Soto-Zen. Er schilderte mir, wie er gegen die Wand seiner Zelle gekehrt aufrecht auf einem Kissen sitzend mit gekreuzten Beinen meditiere, wollte aber nie, dass ich zuschaue, weil er es wichtig finde, sich einen erfahrenen Lehrer zu suchen, der es einem beibringe; ihm fehle diese Erfahrung noch – später gestand er mir, dass er fürchte, wir würden, wenn wir es gemeinsam täten, plötzlich in Gelächter ausbrechen wie einst in Amsterdam, als sein Freund im Hochamt einer heiligen Messe während der Wandlung zu prusten begann, ihn ansteckte, sie das Lachen zu unterdrücken versuchten, schliesslich japsend und wiehernd aus dem Gotteshaus flüchteten.

Das richtige konzentrierte Sitzen, die richtige Haltung, sei das Wichtigste im Soto-Zen, denn da Buddha, die letzte Wahrheit, schon immer in jedem von uns vorhanden sei, brächten wir sie erst in der Praxis des richtigen Sitzens zum Erwachen, die Praxis selber sei das Dharma, die Verwirklichung des Buddha-Seins. Er sprach von der Ausschaltung des diskursiven, schlussfolgernden Denkens, das sich von Begriff zu Begriff vorwärts quäle, ich konnte mir jedoch schlecht vorstellen, wie das gehen sollte: nicht denken beim Meditieren. «Gerade wenn ich ruhig dasitze, kommen mir die meisten Gedanken.»

«Nicht denken» meint nicht, keine Gedanken zulassen, lediglich, nicht willentlich nachdenken, nicht berechnen, nicht logisch schlussfolgern, kein Ziel verfolgen, auch nicht eine Erleuchtung anstreben, auch keine Gebete murmeln, auch nicht über Problemlösungen nachdenken, noch nicht einmal über ein Koan. Du bist leer wie die Wand, vor der du sitzest, willst nichts, wehrst dich gegen nichts, lässt die Gedanken kommen, wie sie kommen, gehen, wie sie gehen.»

«Was ist ein Koan», wollte ich wissen. «Anderen Zen-Schulen genügt die Praxis des blossen konzentrierten Sitzens nicht, sie pflegen eine Vielzahl von Übungen, welche zum Ziel haben Erleuchtung zu erlangen, wohingegen im Soto-Zen das Zazen-Sitzen als Einheit des Strebens, der Übung, des Erwachens und des Nirwanas gesehen wird.» «Der Weg sei das Ziel, habe ich oft gehört.» «Ja, so ungefähr. Das Koan jedoch ist Weg und nicht Ziel.» «Was ist denn das Ziel, ist das der Weg selber oder erst sein Ende?»

«Es ist die Befreiung zum Samadhi», erklärte mir Jens, «das Grossartigste, was du erleben kannst. Du träumst nicht, schläfst nicht, bist aber auch nicht einfach wach; du erlebst die Dinge nicht mehr bloss, indem du sie anschaust, hörst, riechst, betastest, schmeckst oder in logischen Schlüssen über sie nachdenkst, sondern du gehst ganz in den Dingen auf und die Dinge in dir, du bist nichts als Welt und Welt ist du. Im Samadhi ist jedes Ich aufgelöst.» «Ich habe dich abgelenkt von meiner Frage nach dem Koan.» «Es sind kurze Geschichten, von denen ich sagen würde: Die Moral von der Geschicht' kennt auch der Meister nicht. Sie sollen als Meditationshilfen dazu dienen, den Meditierenden vom logischen Denken abzubringen, indem sie jeden Versuch den Sinn dieser Geschichte zu verstehen vereiteln und trotzdem das Gefühl wachhalten, mit einem Geheimnis konfrontiert zu sein. Ich finde nur Koans, die beides bieten, gut.»

«Erzähl mir doch so eine Geschichte.» Jens kratzte sich am Kopf. «Ich habe selber mal ein Koan verfasst, … willst du meinen Versuch als Beispiel?» «Ja klar, toll!» Er brachte aus seiner Zelle einen gelblichen Bogen Japanpapier, lachte: «Ich habe es mit Tusche geschrieben, weil ich dachte, das sorgfältige Schreiben sei schon eine gute Meditationsübung. Ich lese es dir vor:

Ein Mönch reist zum grossen Zen-Meister. Oh ehrwürdiger Meister, ich weiss, dass ein Mönch nicht dem Ich anhaften sollte, aber gerade darum lässt mir eine Frage keine Ruhe. Freundlich fordert ihn der Meister auf, seine Frage zu stellen. Der Mönch fragt also: Wer bin ich, dem ich nicht anhaften sollte? Der Meister schweigt lange und sagt dann: Spürst du der Schwingen Schatten des Schwarzen Kranichs? Fragend schaut der Mönch ihn an. Der Meister steht auf und entfernt sich.»

Wir schwiegen lange; ich war beeindruckt. Jens reichte mir den Bogen: «Ich schenke es dir, wenn es dir gefällt, denn ich praktiziere nicht mehr mit Koans oder anderen Hilfsmitteln, nur noch Zazen.» «Danke», sagte ich berührt. Jens legte die Hand auf meine Schulter, dann auf meinen Hinterkopf. «Auch da ist Buddha.» Ich weiss nur, dass dort irgendwo das Kleinhirn liegt.

Während unserer Korridorwanderungen erfuhr ich manche grundlegenden Gedanken dieser Art von Zen. Wir redeten über das Samadhi, das sich selbst empfange und nutze, diesem Ich-befreienden Aufgehen in den Dingen, wie es durch das Leersein von Ideen und Begriffen erst möglich werde, wie selbst die Dinge, ja alles, was der Fall ist, nur augenblickhaftes Zusammentreffen flüchtiger Umstände seien, die deutschsprachige Buddhisten gewöhnlich Daseinsfaktoren nennten, wobei jeder Umstand ja auch wieder nur ein Zusammentreffen von Umständen sei, wie zehntausend Umstände in einem Umstand zusammenfielen, wie *hundert, tausend, zehntausend* nur Wörter seien, die alte chinesische Autoren für *zahllos* verwendeten, wie das Strahlungszentrum der Buddha-Natur in allen fühlenden Wesen sei und zugleich das Ganze überhaupt, wie alle fühlenden Wesen darum so lange im Samsara, dem Kreislauf von Geburt, Tod, Wiedergeburt, gefangen blieben, als sie ihre Buddha-Natur nicht erkennten und sobald sie diese erkennten, das grosse Nirwana erreichten, wie ich mir Buddha-Natur vor allem als *grosses Mitgefühl* und *grosse Güte* vorstellen solle, Nirwana als das wahre Glück eines Daseins ohne zu begehren, ohne zu kämpfen, ohne zu leiden, als Auflösung des kleinen Ich, das ins grosse Selbst der ganzen Welt eingegangen sei.

Was in diesen Erklärungen nun Jens' eigene Veranschaulichungen waren, so wie sein geheimnisvolles Koan, das ich auch später immer wieder las und auf mich wirken liess, und was die Sprache der traditionellen Lehre war, wollte ich gar nicht wissen. Ich war ihm dankbar, dass er mir eine neue Sicht auf die Welt vermittelt hatte, manches erinnerte mich auch an die Schopenhauer-Diskussionen mit Wolfi.

Ausserhalb unserer abendlichen, nächtlichen Gespräche wollte ich allein sein, bevorzugt am Ufer der Saane. Ich setzte mich in der ansteigenden Uferböschung auf einen grossen weissen Stein, dessen Oberfläche von Wind und Wasser, vom Rollen im Fluss fein abgeschliffen jetzt von der Sonne angenehm erwärmt war. Am anderen Ufer Wald, Baum an Baum, Grün in Grün.

Ich lege mein Notizheft neben mich auf den Stein. Der Mann ohne Eigenschaften, ein Buchzeichen bei Kapitel 4, ich fliege es nochmals durch: *Wenn es Wirklichkeitssinn gibt, muss es auch Möglichkeitssinn geben … leben in Konjunktiven … die noch nicht erwachten Absichten Gottes … die Wirklichkeit weckt die Möglichkeiten … noch nicht geborene Wirklichkeiten …* und ich denke: ein *wirklicher* Mann hat Eigenschaften, ein *möglicher* Mann ist ohne Eigenschaften. Ein leerer Buddha-Mann?

Nicht-Denken. Doch ich denke …, zweifeldenke …, traumdenke auf meinem warmen Stein, ergreife mein Heft, Gedanken festzuhalten …, doch wie? Die Gedanken nicht suchen, einfach zulassen, wie sie kommen wollen, regiefreies Schauspiel, einfach beiwohnen. So beginne ich ein Theaterstück zu skizzieren, schreibe in einem Zug mit zunehmender Erregung:

Dunkel im Zuschauerraum. Nichts tut sich. Leises Rauschen.
Nach einiger Zeit öffnet sich der Vorhang.
Bühne ganz im Dunkel. In schwachem Licht eine Kolonne leerer Stühle tief in den Bühnenraum, ein leerer Stuhl hinter dem anderen, nach hinten immer dunkler, unsichtbarer …
Von links eine kräftige Männerstimme:

«Wozu haben wir Möglichkeiten?»

Stille. Von rechts eine Frauenstimme:

«Damit wir etwas zu ergreifen haben!»

122

Eine zweite Frauenstimme, spöttisch pathetisch:

«Was ist Leben ohne Ergriffenheit!»

Aus dem Hintergrund eine roboterhaft scheppernde Stimme:

«Möglichkeiten sind unmöglich!»

Es wird dunkel. Im Hintergrund farbige Lichtblitze. Ein kurzer, hell tönender Knall, noch einer, noch einer, noch einer: Nonnenfürze ... Es wird blendend hell, die ganze Bühne in Weiss, grell, kaum Konturen erkennbar ausser den schwarzen Stühlen ...
Tief aus dem Hintergrund der gellende Schrei einer Frau ...
Von links die kräftige Männerstimme:

«Möglichkeiten!»

Es wird halbdunkel. Die erste Frauenstimme:

«Ergreift sie!»

Wieder der gellende Schrei. Die zweite Frauenstimme:

«Wie ergreifend.»

Wieder Schrei. Die Roboterstimme:

«Hilfe ist unmög…»

bricht ab, Maschinengewehrsalven, Geräusch einer gewaltigen Explosion. Sirenen von Polizei- und Rettungswagen. Dunkel.
Der Vorhang schliesst sich.
Licht an im Zuschauerraum, wieder aus. Leises Rauschen.
Der Vorhang öffnet sich.
Bühne ganz im Dunkel. Dann ein schwaches Licht, in dem ein paar Frauen und Männer in abgerissenen Lumpen, fast nackt, mit roten Laternen und gesenkten Köpfen suchend auf der Bühne herumlaufen. Die Stühle sind weg, über die Bühne verteilt hohe Sonnenblumen mit hängenden Köpfen. Die kräftige Männerstimme:

«Was sucht ihr?»

«Den Frieden.»

Dann einzeln, durcheinander, leise oder laut rufend, fordernd, weinerlich, feierlich, schreiend, ersterbend:

«Frieden … Frieden! … Frieden …»

Aus dem Hintergrund rezitiert die mechanische Roboterstimme:

«Agnus Dei, qui tollis peccata mundi, miserere nobis.
Agnus Dei, qui tollis peccata mundi, miserere nobis.
Agnus Dei, qui tollis peccata mundi, dona nobis pacem.»

Derweil werden leuchtende rote Lampions an roten Schnüren von der Decke heruntergelassen, tauchen die Bühne in blutrotes Licht. Ein Chor von Robotern singt aus dem Hintergrund in schepperndem Ton den Kanon «dona nobis pacem», dann, wie eine kaputte Grammophonplatte, nur noch ständig wiederholend:

«…cem …cem …cem …»

*Über die Bühne strömen in fluchtartiger Hast, alle weiss gekleidet, was im Bühnenlicht blutig rot erscheint, Frauen mit Kopftüchern, Männer mit Helmen, Kinder mit hochgezogenen Kapuzen.
Die kräftige Männerstimme von links:*

«Friede ist möglich.»

Alle murmeln durcheinander:

«Frieden … pacem … pacem …Frieden …»

*Sie ergreifen die Sonnenblumen, heben sie hoch, schwenken sie.
Von rechts die Frauenstimme:*

«Wo ist der Friede?»

Die zweite Frauenstimme, ängstlich, warnend:

«Krieg ist möglich.»

«Frieden … pacem …»

hebt sich eine scharfe Stimme hervor, die doziert:

«si vis pacem, para bellum»

und alles murmelt:

«bellum … bellum … Krieg … Krieg …»

Aus dem Hintergrund laut die mechanische Roboterstimme:

«Es gibt keine Möglichkeiten. Krieg ist immer nur wirklich.»

Immer lautere Geräusche von Detonationen, Fluglärm, einstürzenden Steinhäusern, dazu Sturmwind, ein Wind fegt auch über die Bühne, reisst den Sonnenblumen die Köpfe ab, den Leuten ihre Kleider vom Leib. Alle sitzen oder liegen nackt auf der Bühne, ein alter bärtiger Mann sagt:

«Warum hat der Schafskopf den Krieg nicht verhindert!»

Eine junge Frau in Uniform, mit umgehängtem Sturmgewehr, die gerade die Bühne betreten hat, antwortet:

«Er hat keine Möglichkeiten.»

Der Alte:

«Er hätte früher eingreifen müssen.»

Die Uniformierte:

«Er hat noch nie Möglichkeiten gehabt.»

Wieder Gemurmel auf der Bühne:

«noch nie … noch nie … noch nie …»

*die Lampions werden hochgezogen, dunkel, weiter Gemurmel.
Der Vorhang schliesst sich.
Romantische Musik.*

Der Vorhang öffnet sich.
Auf der in dunklen Farben dekorierten Bühne werden Pantomimen
und Ballettszenen weisser und schwarzer Gestalten aufgeführt, passend
zu den aus dem Hintergund zuerst in stakkatoartigem Rhythmus
ertönenden Rufen verschiedener Männer- und Frauenstimmen, immer
mehr im Chor vermischt, sich überlagernd:

«Keine Möglichkeiten, … aber Wünsche.»
«Inbrunst!» «Begier!» «Träume!» «Rausch!» «Ekstase!» «Verzweiflung!» «Angst!» «Wahnsinn!»

Mitten aus den schwarzen und weissen Pantomimen erhebt sich eine
Gestalt in einem rotgelben Narrengewand und ruft:

«Wünsche, Träume, Wahn sind Wirklichkeiten!»

Die Pantomimen und Ballettszenen werden immer schneller,
hektischer, wechseln dann stetig zwischen rasendem Tempo und
Zeitlupe bis zum Stillstand. Die Musik wechselt entsprechend von lieb-
licher Harmonie bis zu schmerzlicher Dissonanz, von sanft und leise
bis zu ohrenbetäubendem Lärm. Schliesslich stehen alle abrupt still,
ebenso abrupt endet die Musik. Dunkel. Im Vordergrund erscheint als
Einzige beleuchtet die Uniformierte und sagt laut:

«Er hat noch nie Möglichkeiten gehabt.»

Die Gestalten auf der Bühne leise im Chor:

«noch nie … noch nie … noch nie …»

Der Vorhang schliesst sich.

Erschöpft halte ich inne. Neue Gedanken bleiben aus. Doch mir ist, als öffne sich der Vorhang erneut in meinem Kopf. Die Dunkelheit. Die leeren Stühle. Die Stimmen der unsichtbaren Protagonisten *noch nie … noch nie … noch nie …*, die schöne Uniformierte, ihre langen Haare zu einem Dutt geflochten. Eine Haarkrone. Kriegführende Königin …

126

Ich schaute ins Wasser; die Saane floss und floss, hier und dort ein Gurgeln, ein Plätschern an einem Stein, vielleicht ein Fisch, Leere im Bühnenkopf, ein wilder Tanz von Stimmen ... Plötzlich vom Himmel ein anschwellender, wieder abschwellender, wieder anschwellender, pfeifend dröhnender Lärm, ich schaute auf, Düsenjäger – die Schweizer Luftwaffe trainierte, der Militärflugplatz Payerne ganz in der Nähe. Was hilft alle Abgeschiedenheit gegen die Störenfriede am Himmel, alle Mystik zum Teufel. Die Flugmaschinen schliffen den krummen Himmel flach, banden ihn hoch mit weissen Kondensstreifen, damit er uns nicht auf den Kopf falle.

Dann wieder Stille. Ich legte mich neben den weissen Stein in den Kies. Schloss die Augen. Der Stein neben mir gähnt. Sein sich öffnendes Maul ein schwarzer Schatten. Wie ich das sehe, wird meine Stirne schwer, voller Kieselsteine bis in die Augenrohre, feuchter, dunkler Kies.

Was war geschehen? Fasziniert vom Möglichkeiten-Mann begann das Spiel, doch kaum begonnen, sind die Möglichkeiten verloren, gibt es sie nicht.

Alles könnte auch anders sein? Nichts steht einfach fest? Um mich Möglichkeiten! Hinter mir Möglichkeiten! Vor mir Möglichkeiten! Schön wär's. Die Möglichkeit ist kein Spatz in der Hand, noch nicht einmal eine Seifenblase, sie ist so durchscheinend, dass man um sie ein Haus bauen muss aus Wörtern im Konjunktiv, damit man wenigstens sieht, wo sie zu Hause ist, ein Gespensterhaus. Ein Gespenst kann man nicht ergreifen. Aber vielleicht ergreifen mich die Möglichkeiten, hüllen die Gespenster mich in ihren Nebel, am Ende stellt sich heraus, dass es gar keine Gespenster sind, sondern schauerliche Realitäten, wonnigliche Realitäten. Eine einzige kompakte Wirklichkeit, die einfach da ist, ein Possenspiel, das sich nicht aufteilt in Hanswurst und Manege, Liebeshändel, die Rollen von Freier, Zuhälter, Hure und Bordell lediglich Positionen, nur Masken, Staffage. *Alles könnte auch anders sein* – könnte!

Aber alles ist, wie es ist, darum ist das *Könnte* nichts –, *der Schafskopf hat noch nie Möglichkeiten gehabt.*

Der Mann ohne Eigenschaften ist ein Trugbild, ein Mann mit zahllosen Eigenschaften, doch ohne Mann. Das habe ich irgendwo in diesem Buch gelesen, nehme es wieder zur Hand, blättere, da, Kapitel 39: *Ein Mann ohne Eigenschaften besteht aus Eigenschaften ohne Mann.* War Musil bewusst, dass er damit seinen *Möglichkeitssinn* ad absurdum führt? Vielleicht schon, vielleicht würde er mir widersprechen, vielleicht hat er diese Frage irgendwo in seinem Roman aufgegriffen und ich habe es überlesen (ich läse immer so unkonzentriert, sagt Wolfi, sagen meine Lehrer, weiss ich selbst, kenne meine Ungeduld, diese Unrast überall zugleich sein zu wollen). Die Erlebnisse haben sich nicht vom Menschen unabhängig gemacht, wie er es Ulrich denken lässt, sondern der Mensch und sein Ich waren schon immer Fiktionen, wie auch Jens mir erklärte, wenigstens das hätte man schon vor über tausend Jahren aus alten ostasiatischen Erzählungen lernen können. Bestimmt hatte auch Musil davon gehört. Ein Sinn für Möglichkeiten setzt den Mann voraus, der sie ergreifen könnte, fehlt der Mann, ist der Begriff Möglichkeiten sinnlos, bleibt nur die Erforschung der Wahrscheinlichkeit, dass Umstände sich ergeben und verschränken, dass Winde ineinander wehen, Wolken sich ballen, Wellen sich ausbreiten, Vulkane ausbrechen, Börsenkurse steigen und fallen.

Der Schafskopf hat noch nie Möglichkeiten gehabt. Noch nicht geborene Wirklichkeiten? Alle Wirklichkeit ist, wie sie fällt, vorfällt, zufällt, sich ereignet, unbesehen ob sie nach Ursache, Wirkung, mathematischer Gesetzlichkeit beschrieben sei, ein jeder Fall Augenblick. Wo ist die Mutter des Augenblicks, die ihn gebiert? Ich muss weiter darüber nachdenken. Alles scheint mir zu verwickelt. Scheitert daran mein Theaterstück? Warum nach Möglichkeiten fragen und nicht einfach fraglos Wirklichkeit kreieren. Hat Gott nach Möglichkeiten gefragt?

Davon erzählte ich nach dem Abendessen Jens. Er halte meinen Ansatz für vielversprechend, meinte er, nachdem ich ihm meine Skizze vorgelesen hatte, aber er könne mir nicht weiterhelfen, weil so etwas in mir reifen müsse, ich solle es doch einfach ruhen lassen und wieder aufgreifen, sobald die Bilder von selbst kämen, das Nachdenken loslassen wie in der Meditation. Ohne und mit Nachdenken haben mich weiterführende Bilder für mein Bühnenstück im Stich gelassen.

Jens kannte Musil nicht. Er wunderte sich, warum ich einen Roboter sagen liess *Möglichkeiten sind unmöglich!* und nicht einen alten erfahrenen Menschen. Bei ihm wäre es ein Zen-Meister gewesen, der so die buddhistische Auffassung von der Illusion der Zeitvorstellung, dem falschen Glauben, der Lebenslauf sei eine Brautschau, bei der es darauf ankomme die klügste Wahl zu treffen, zum Ausdruck gebracht hätte. Für ihn gebe es nur die Wirklichkeiten des augenblickhaften Zusammentreffens von Umständen. «Du lässt deine Schauspieler zu Recht sagen, es gebe Krieg nur als Wirklichkeit und Frieden ebenso. Aber du kannst nicht leugnen, dass das Wort in fast allen Sprachen existiert und in irgendwelchen Zusammenhängen gebraucht wird. So wäre es vielleicht besser zu sagen, Möglichkeit sei ein anderes Wort für Wunschvorstellung oder Angstvorstellung, so wie es am Schluss deines Entwurfs dargestellt wird …» «Ja, aber Wunsch und Traum als Wirklichkeiten.» «Die Existenz des Wunsches schon, aber der Inhalt des Wunsches nicht.» «Der Inhalt gehört zur Wirklichkeit des Wunsches, nicht zu den Möglichkeiten.» «In deinem Theaterstück wird von Möglichkeiten und auch von Wirklichkeit gesprochen, wie man von Einhörnern spricht oder von Gott, als Realitäten jenseits der Sprache, deren Existenz man behauptet oder verwirft – vielleicht blockiert dieser Ansatz dein Konzept. Trotzdem bin ich gespannt, wie dein Schauspiel weitergeht.» «Wenn.» «Egal. Lass los.»

Nach meiner Rückkehr erzählte ich Wolfi von meinem Kloster-trip, von meiner Begegnung mit Jens, dem Zen-Buddhisten, verschwieg die Musil-Lektüre, verschwieg meine Assoziatio-nen zu Musils Möglichkeitssinn, verschwieg meinen vergebli-chen Versuch, dazu ein Theaterstück zu schreiben. Wolfi sagte, sie hätten sich alle Sorgen gemacht über mein Verschwinden, kommentierte meine Begeisterung über meine Bekanntschaft mit dem Zen einzig mit der Bemerkung, einmal mehr sei ich nach Jenseits verreist. Nach welchem Jenseits? Dem Jenseits der diskursiven Vernunft, in deren Diesseits er lebte, womög-lich den Anspruch erhob, ich solle mich wieder dazu gesellen? Schliesslich sagte er: «Lass uns wieder Schopenhauer lesen, dort findest du den Buddha auch, ohne Meditation.» Für mich schon fast wieder versöhnlich.

Der Erinnerungsfilm reisst. Wieder Nacht. Wieder im Sessel auf dem Balkon. Wieder die Ostereiersterne. Der Hund hat aufgehört zu bellen. Die Luft kühler, noch immer angenehm. Hunger, die Lust auf Nudeln mit Spiegeleiern und Speck treibt mich in die Küche, lässt mich das Licht einschalten, mein nächtliches Nudel-Spiegeleier-Ritual vollziehen. Ein Glas Bier gehört dazu. Gedanken fluten. Mit dem Mögli-chen verschwindet auch das Unmögliche, so ist wieder alles möglich, Denken im Kreis, nutzlos, versponnen, verschränkt: Gian 1962 am Saane-Knie und Gian 2002 bei Nudeln, Spie-geleiern und Bier, Meinsein/Fremdsein, Kippbilder.

Der Mensch ohne Eigenschaften, ein Ausweg für Philo-sophen, die vom Begriff des Menschen nicht lassen können. Was ist *der* Mensch? Max Stirner schlägt ihm die Keule aufs Haupt. Den so Erschlagenen haben die Existenzialisten als Anziehpuppe zu neuer Existenz erweckt, Existenz, die vor der Essenz sei. Du bist der Mensch, den du aus dir machst. Selbst-verwirklichung. Was, verdammt nochmal, soll ich aus mir ma-chen? Ich scheiss auf die Kleider, die ich der Puppe anziehen soll. Ich scheiss auf die Puppe. Sich entscheiden. Die priesterlichen Klugscheisser. Es entscheidet. Es fällt. Bitte Spülen nicht vergessen. That's it.

Jenseits der Balkonbrüstung Bäume, dunkle Gestalten im Licht des abnehmenden Mondes. Flimmernde Sterne, Fähren fahren von Stern zu Stern, von einem nahen Stern zu einem fernen, hin und zurück, Abreise, Ankunft, Ankunft, Abreise. Vom Sessel aus mein Blick zum Firmament, ins unbeirrte Geflimmer. Alles ist, wie es fällt, aufleuchtet, erlischt, aufleuchtet, erlischt. Mein Atem hat sich beruhigt. Was soll ich? Lachen? Weinen? Über mich? Über andere Arschlöcher?

Ein Schatten, schwarze Schwingen, Flattern. Der Rabe steht auf der Brüstung, sagt: «Töte ihn.»

Mich schaudert. Dann gähne ich, greife mir die Tabakpfeife vom Balkontischchen, stopfe sie, lege Feuer an, atme ein, eine Welt entsteht, atme aus, eine Welt vergeht. Rauchwölklein steigen zum halben Mond.

fade-out

12 Eine brennende Kerze ist keine ...

Giftig grüne Ziffern 4:30 ... 4:42 ... 4:53 ... 5:00 ... Kein Schlaf mehr; ich will raus, bevor die Sonne um halb sieben aufgeht. Giftig grün: Montag, 1. September 2003, 5:05, zeigt die Nachttischuhr. Eine gute Zeit für einen Lauf unter den Arkaden Bolognas, die ich nicht mehr *la Rossa* nennen mag, deren Ocker ich liebe, deren Umbra in allen Schattierungen, aber deren Rot mir suspekt geworden, wenn ich auch seinetwegen hierher gekommen bin. Emilia-Romagna, in der schon im 19. Jahrhundert Landarbeiter Kämpfe ausfochten, im letzten Jahrhundert 49'000 Partisanen, wo selbstverwaltete Fabriken sich gegen faschistische Bedrohungen behaupteten, wo die Genossenschaftsbewegung sich durchsetzte, wo es mit Hilfe von 1'900 Räten den kleinen Bauern gelang, gegen Ansprüche der Grossgrundbesitzer die Kontrolle über die Höfe zu übernehmen, wo sich Industrie ohne Riesenkonzerne ausbreiten konnte, als Vorbild für einen Staat mit lokaler Autonomie, Demokratie und Dezentralisation in der Verwaltung. Bologna, das rote Modell, ein halbes Jahrhundert von Kommunisten regiert, gut sozialdemokratisch – *mit dem fortschrittlichen Kapital, nicht gegen das Kapital* –, bis vor fünf Jahren mit der Wahl des Linksdemokraten und ehemaligen Kommunisten D'Alema zum Ministerpräsidenten auch diese Linke arriviert war, alles normal (und suspekt, immer suspekter) geworden ist, für die Wähler kein Unterschied mehr auszumachen, ob kommunistisch, sozialdemokratisch, christdemokratisch. Das rote Blut der Rossa kann mich nicht mehr bezirzen.

Bologna *la Dotta*, die Gelehrte, da lebe ich mit einer der ältesten Universitäten Europas, Gerüchte wollen wissen, dass im dreizehnten Jahrhundert bereits Dante Alighieri kurz etwas mit ihr gehabt habe, im vierzehnten Francesco Petrarca, im fünfzehnten Erasmus von Rotterdam, im sechzehnten Nikolaus Kopernikus. Mit ihr hatte es im siebzehnten Jahrhundert der Bologneser Marcello Malpighi, der Begründer der Pflanzenanatomie und vergleichenden Physiologie, der dort auch Logik lehrte. Wer hat seither nicht mit ihr im Verkehr gestanden bis zu Pier Paolo Pasolini, Umberto Eco, Romano Prodi …

Ich kam im Herbst 1972, kurz nach meinem Doktorat, an die *Alma Mater Studiorum, Università degli studi di Bologna,* als es brodelte und weil es brodelte. Freunde in der Dozentenschaft hatten mir als Postdoc einen bezahlten Forschungsauftrag vermittelt, hilfreich dabei war die Empfehlung meines Doktorvaters, in elegantem Italienisch verfasst. Nun war ich Forschungsbeauftragter an der *Facoltà di lettere e filosofia*, bedacht mit hämischen Warnungen meiner Kollegen, ich könne zählen, wie oft ich die revoltierenden studenti zum Zuhören bringen würde, wie oft sie mich. Ich habe in diesem ersten Semester meiner Vorlesungen und Seminare viel zugehört, aber die studenti auch mir, obwohl das Thema Sprache und Logik etwas trocken erscheint; in unseren discorsi rivoluzionari waren sie zum Leben erwacht, saftig geworden, ein Genuss – nie hätte ich das erwartet.

Ausserhalb meiner Forschungs- und Dozententätigkeit lernte ich auf Versammlungen und Demos, in Hörsälen, auf der Strasse, in Lokalen, in Wohnungen von Kommunen, bei Freunden und Genossen, die mich eingeladen oder mitgeschleppt hatten, viele interessante Leute kennen; über alles wurde lautstark debattiert, über den Umsturz der ganzen Welt, die revolutionäre Situation, darüber, wie der PCI sie alle verriet durch die Gier nach Regierungsbeteiligung, durch den compromesso storico ... Ich unterhielt mich mit gemässigten Sozialisten, mit Marxisten-Leninisten-Stalinisten, mit Christdemokraten, ich wurde mitgenommen zu Anarchisten, Anhängern Bakunins, die überzeugt waren, dass der Kapitalismus mit der Zerstörung des Staates von selbst verschwinden würde – die Stimmung war anders als damals in Hamburg, unverkrampfter.

Wären nicht Roxana und mein kleiner Sohn gewesen, wäre ich nicht in allen Semesterferien nach Zürich gefahren. Für meine Familie waren meine längeren Abwesenheiten eine Zumutung; trotzdem hatte mich Roxana ermuntert, die Einladung der Universität Bologna anzunehmen. Zuhause setzten wir die Debatten über Revolution, Illusion, Verrat des PCI, und was immer ich sonst noch für Themen mitbrachte, fort. Als ich meine jetzige Wohnung an der Via dei Terribilia bezog, lebten die beiden zeitweise auch mit mir in Bologna, ein grösserer Raum wurde als Spielzimmer für Darius eingerichtet. Bald fand sich auch eine geeignete Studentin, die gerne zu uns babysitten kam.

Mir ist, als wäre eine ganz andere Zeit angebrochen. Zwar prangen noch immer revolutionäre Parolen an den Mauern des Universitätsviertels, debattieren noch immer Studenten über Wege zur grossen Revolution, doch die Mehrheit, so scheint mir, will davon nichts wissen. Vor vier Jahren wurde hier der Bologna-Prozess gestartet, die Europäische Studienreform, die Gliederung aller Studiengänge in Bachelor- und Master-Abschlussziele, Schluss mit der Fortsetzung des Philosophieseminars in der Kaffeebar, Effizienz ist gefragt und der Run nach Kreditpunkten. Bravheit wird jetzt technologisch verwaltet, Gehorsam nicht mehr eingefordert von Autoritäten aus Fleisch und Blut wie mir, dem Prof. Ludwig von Wolff, letztes Jahr zum *professore associato* befördert mit einer venia legendi und einer unbefristeten Anstellung. Bravi studenti auch in meinen Vorlesungen und Seminaren zur *filosofia analitica del linguaggio.*

Man gehorcht dem System, macht sich das gar nicht bewusst, weil es die Illusion vermittelt, man sei ein freies Individuum, sei seines eigenen Glückes Schmied. Für die akademische Karriere heisst das: Paper über Paper produzieren, pushen oder hoffen, dass man von möglichst vielen anderen Papiereschreibern und Fachzeitschriften zitiert wird, um ein Jemand zu werden, kein Niemand zu bleiben. Die 68er, was ist das? Eine Marginalie der Geschichte. Wer hat heute noch etwas gegen Talare. Wer möchte kein Priester sein. Häufig geht mir das Gespräch mit Gian vom März 1985 in der Zürcher Bodega durch den Kopf, in dem genau dieser neue Gehorsam unser Thema war. Das Datum erinnere ich, weil sich in jenem Monat die Welt für mich total verändert hat.

Bevor ich das Haus verlasse, braue ich mir meinen Morgenkaffee. Ich fühle mich erschlagen, es war eine schlechte Nacht. Es ist die Zeit der Katastrophen, die kleine für mich, die grosse für viele Leute in ganz Europa, die Hitzewelle im August, das Terrorregime von Michaela, dem grossen Hochdruckgebiet, westlich und östlich stabilisiert durch zwei treue Höhentiefs, unbeweglich über Wochen, 70'000 Tote, allein hier in Italien 9'000, die meisten Opfer soll es in Frankreich gegeben haben. Jetzt sind die Temperaturen etwas zurückgegangen. Ich will raus, bevor die Sonne kommt und die vielen Touristen.

Ein Tässchen Espresso genügt mir für heute Morgen, Hunger habe ich keinen. Den Lift benütze ich fast nie, wenn ich auch im 5. Stock wohne, zu sehr liebe ich den gelbbraunen Marmor der Treppenstufen rund um den Liftschacht, die gleichfarbige Wandverkleidung; obwohl das Treppenhaus relativ eng ist, erweckt es bei mir eine Palastatmosphäre. Heute fühle ich mich als Kaiser ohne Kleider.

Unten auf der Via dei Terribilia angekommen, wende ich

mich nach Süden, will aus der Innenstadt hinaus ins Grüne. Es herrscht wenig Verkehr, kaum Leute auf der Strasse. Über die benachbarte Piazza Roosevelt jogge ich durch die Morgendämmerung zur Piazza Galileo, an der Basilica Paolo Maggiore vorbei, entlang der Via Massimo D'Azeglio, der Via San Mamolo bis zur Via dell' Osservanza, einem schmalen, ansteigenden Strässchen. Baumalleen. Im Parco di Villa Aldini halte ich inne, stelle mich vor eine niedrige Steinmauer, atme tief, kaum eine Viertelstunde habe ich bis hierher gebraucht. Ich setze mich auf eine nahe Holzbank, schaue in die hügelige Landschaft. Wiesen und kleine Wälder, sonst in tiefem Grün, jetzt braunfleckig, die Trockenheit des letzten Monats, die Zeichen der Katastrophe. Halb sechs vorbei, in knapp einer Stunde wird die Sonne aufgehen, wenigstens darauf kann ich mich verlassen.

Meines Geistes Kind zerfällt, das ist meine Katastrophe, geboren ist es 1982, im Jahr des Falklandkriegs, des ersten Libanonkriegs, des Sprengstoffanschlags im Flughafen München Riem, das passt, Krieg, Krieg und Terror. Sogar die Erinnerung an seine Zeugung weckt schmerzliche Gefühle. Roxana brachte mich Ende der 60er Jahre schon auf die Idee. Sie hatte auf der Bahnfahrt von Hamburg nach Zürich – wir waren jung, waren verliebt – erklärt, dass die marxistisch-leninistischen Revolutionäre nicht imstande gewesen seien, die Herzen der Menschen zu erobern; auch Gians Unterscheidung der Begriffe *geführt* und *verführt* fiel mir wieder ein. Damals war für mich, wie für so viele vom realen Sozialismus der Oststaaten enttäuschte Achtundsechziger, die 11. Feuerbachthese des jungen Marx Leitmotiv: *Die Philosophen haben die Welt nur verschieden interpretiert, es kömmt darauf an, sie zu verändern.* Den Umstand, dass die Praxis von Marx darin bestand, seine von Hegel inspirierte Erlösungsphilosophie allem anderen voranzustellen, ignorierte ich, zumindest bis zu jener Debatte mit Gian in der Bodega, auch wenn ich nie an die Lehren des historischen und dialektischen Materialismus geglaubt hatte.

Praxis sei ein verfänglicher Begriff, kritisieren Adornoschüler, denn zu wissen, was Praxis sei, sei wieder Theorie … Wie mich das anödet, die spitzfindige Debatte der linken deutschen Jungphilosophen rund um dieses Thema, ihr Hüpfspiel von Marx-Zitat zu Marx-Zitat. Gian würde wohl kommentieren, so hätten weiland die scholastischen Theologen disputiert. Wahrscheinlich wäre seine Frage: Was soll überhaupt eine philosophische Theorie der Revolution? Oder er würde aus Brechts Dreigroschenoper zitieren: *Ja, mach nur einen Plan! Sei nur ein großes Licht! Und mach dann noch'nen zweiten Plan, gehn tun sie beide nicht.* – Die Welt, das sind die Herzen, davon sprach Roxana, davon sprach auch Gian, sprach vom Verführen.

Ich wollte ich wäre Gian. Ich bin es nicht, aber ich brauche diese Fiktion, gewissermassen aus heuristischen Gründen (auch ich habe faule Ausreden). Gian würde sagen, es gebe keine philosophische Rechtfertigung der Forderung nach einer gerechten Welt. Als sprachkritischer Philosoph muss ich dem (bedauernd) zustimmen. Die materialistische Heilsgeschichte, die Marx in Anwendung der Dialektik Hegels verkündete, wurde als säkulare Religion zelebriert mit, vom Propheten nicht vorgesehenen, aber mitverursachten, verheerenden Folgen. Obwohl Linksintellektuelle noch heute diese, meist mit dem Vokabular psychoanalytischer Narrative angereicherte, Diktion weiterpflegen, wird kein zweiter Versuch mehr gewagt werden, eine solche Weltrevolution zu inszenieren. Die fortgesetzte Pflege dieser säkularen Religion in China dient nur noch als propagandistische Rechtfertigung der Einparteiendiktatur nach dem Muster der Dogmatik der römisch-katholischen Kirche, wenn mir auch das Zusammenspiel von Theorie und Praxis der chinesischen Variante des Marxismus-Leninismus seit Deng Xiaoping sehr viel weitsichtiger, flexibler und offensichtlich erfolgreicher vorkommt als die russische. Sie vermochte nach der Korrektur von Maos Fehlern zigmillionen Menschen vom Hunger zu erlösen und die Effizienz ihrer Wirtschaftsleistung in atemberaubendem Tempo zu steigern. Aber ob diese pseudomarktwirtschaftlich-technologische Art die Massen zu führen, das der Gesellschaft nützliche Verhalten der Einzelnen zu belohnen und das sie störende zu bestrafen, etwas mit der Eroberung der Herzen zu tun hat, bezweifle ich. Schon Marx ging es nicht darum Herzen zu erobern, sondern den Klassenkampf zu befeuern, an den er glaubte, glauben wollte, weil er damit das Hegelsche Dialektik-Narrativ materialistisch umgestalten konnte – welch verhängnisvolle Philosophie, wenn man bedenkt, zu welchen Massakern, körperlichen und geistigen Quälereien die Erzeugung von Klassen- und Rassenwahn geführt hat. Noch geistert das grauenhafte Wort *Klassenfeind* durch den Kopf so manches Genossen.

Ich erinnere mich an Gians vehemente Ablehnung von Marx' und Engels' dialektischer Geschichtsauffassung und stelle mir vor, wie er jetzt sagen würde, wir sollten überhaupt darauf verzichten, unseren Wunsch nach Verbesserung der Welt aus einer philosophischen Ethik ableiten zu wollen, sonst degeneriere unser Begehren zum blossen höheren Gesülze. Dasselbe gilt ihm für philosophische Heilslehren. Wir sollten unseren Wunsch ohne jede Philosophie und Theologie als unsere ureigenste Leidenschaft nehmen und Gleichgesinnte suchen.

Hier schliesse ich die Fiktion, wie Gian zu sein – ich weiss, dass ich meinen Glauben an die Vernunft weder aufgeben kann noch will. Trotzdem weiss ich jetzt auch: Meine Leidenschaft, das ist mein Herz, meine Leidenschaft will andere verführen. Nur, wie verführt man? Gian konnte das schon immer besser als ich, jedenfalls bei Frauen.

Ich schaue in die versengte Landschaft und denke zurück, wie alles so vielversprechend angefangen hat. Ich habe mit verschiedenen Kollegen und Kolleginnen, deren Einstellungen ich kannte, über meine Gedanken korrespondiert. Das Echo auf meine Anfrage, ob sie interessiert wären, zusammen ein neuartiges sozialrevolutionäres Projekt zu entwickeln, war überraschend zustimmend. Wir kamen überein, uns bereits im Oktober 1982 zu einer Studienwoche zu treffen; ein guter, zuverlässiger Freund hatte uns oberhalb von Pescate am Lago di Garlate beim Comersee geeignete Räumlichkeiten organisiert. Mehr als fünfzig Personen kamen zur Gründungsversammlung, knapp die Hälfte Frauen. Alle höchst motiviert.

Ausführlich schilderte ich in der ersten Plenumsversammlung den Weg meiner Gedanken, die mich zum Anliegen dieses Projektes geführt hatten. Sprach auch von meinen philosophischen Bauchschmerzen bei der Auseinandersetzung mit dem Begriff Gerechtigkeit und meinem daraus resultierenden Verzicht darauf, im Zusammenhang mit meinem Wunsch etwas zur Verbesserung der Welt beizutragen, überhaupt noch die Philosophie zu bemühen, es wäre auch ein dauernder Konflikt mit meinem Fachbereich der analytisch philosophischen Sprachkritik.

«Ihr kennt mich als philosophischen Forscher, manche von euch haben wie ich ihre frühe oder späte Jugend im Sturm und Drang der 68er Bewegung erlebt. Wir disputierten nicht nur auf dem hohen Ross der Intellektualität über die Bedingungen der Revolution, wir durchbrachen auch im Alltagsleben viele Schranken altehrwürdiger Konventionen, wir besetzten, wir demonstrierten, wir riefen auf zum Ungehorsam und skandierten bei unseren Aufmärschen: Hoch lebe die internationale Solidarität. Um diesen Slogan geht es mir heute. Er ist auch in unseren Tagen noch oft zu hören.

Dazu zuerst ein paar kritische Worte. Ausgesprochen oder unausgesprochen verweist das in diesem Slogan verwendete

Wort *international* auf eine Gruppe, auf die Proletarier aller Länder. Es geht um Klassenkampf. Die Solidarität gilt den Angehörigen einer Klasse. Den Faschisten, aber auch manchen unterdrückten Gruppen, geht es um Rassenkampf. Die Solidarität gilt den Angehörigen derselben Rasse. Vom Grossen bis hinab ins Kleinste, immer geht es um die Zugehörigkeit zu einer Gruppe oder Untergruppe, zu den Frauen, zu den Männern, zu den Christen, zu den Katholiken, zu den Protestanten, zu den Juden, zu den Muslimen, zu den Sunniten, zu den Schiiten, zu den Hindus, zu den Ureinwohnern, zu einer Nation, zu einer Region, zu einer Generation, zu einem Familienclan, zu einem Fanclub usw.

In den Kulten der Zugehörigkeit ist der philosophisch fragwürdige Begriff der Würde des Menschen zum Mythos von der Würde der Identität geworden. Leider ist das mehr als ein abgehobenes philosophisches Konstrukt, es sind sich mehr und mehr verbreitende pathologische Zwergformen der Gruppensolidarität, welche das Wohlbefinden der Einzelnen in den immer globaleren Bedingungen des Zusammenlebens mit allen anderen schwer beeinträchtigen.

Nun zu meinem Anliegen. Offen gestanden, auch wenn das aus dem Munde eines Philosophen nicht eben rational klingt: Ich möchte eure Herzen erobern mit dem Ideal einer neuen Solidarität, einer offenen Solidarität, die von keiner Gruppenzugehörigkeit begrenzt ist, einer Solidarität, die sich von keiner philosophischen Vernunft aus himmlischen Begriffen wie Gerechtigkeit ableitet, einer Solidarität, die unvermittelt meiner Leidenschaft entspringt.»

Ich war selber erstaunt über mich, wie selbstverständlich mir das Wort Leidenschaft über die Lippen kam, das eigentlich eher zu Gians bevorzugtem Wortschatz gehört. Aber im Kontext dieses Projektes gefällt mir der Begriff Leidenschaft; er bringt etwas Unvermitteltes, Privates zum Ausdruck.

«In den 68ern», setzte ich meine Einführung fort, «als ich

mit Roxana, meiner Freundin und heutigen Gefährtin, über das Elend des realen Sozialismus sprach, meinte sie, die Revolution sei daran gescheitert, dass es nicht gelungen sei, die Herzen der Menschen zu erobern. Wir fragten uns, ob der Begriff der Revolution nicht selber einer Revolution bedürfe, in der nicht mehr revolutionäre *Arbeit* die Praxis sei, sondern *Verführung*. Leider kann Roxana an unserem Treffen nicht teilnehmen, da unser Sohn erkrankt ist.

Verführen ist etwas anderes als Agitieren, Demonstrieren, Aufruhrstiften und geht auch allem Politisieren voraus. Das mit Gewalt Errungene kann nur mit fortdauernder Gewalt erhalten werden. Die Diktatur der selbsternannten Stellvertreter des Proletariats muss ewig dauern, denn selbst wenn die ökonomischen Zustände sich verbessern, muss die Überwachung der Einzelnen fortgesetzt, ja verstärkt werden, weil die Gefahr zunimmt, dass der herrschenden Partei das Führungsmonopol entrissen wird. Verführung ist allerdings ein heikles Konzept; es kann auch Aufhetzung zur Gewalt beinhalten oder Manipulation, wie wir es aus der Werbeindustrie kennen; aber mir geht es um etwas anderes als kurzfristig erfolgreiche Manipulation von Konsumenten und aufgebrachten Bevölkerungsgruppen, die bald wieder feststellen müssen, dass sie hinters Licht geführt worden sind.

Hirne lassen sich waschen, Herzen nicht. Verordnetes Gemeinschaftsgefühl ist etwas anderes als die persönliche Leidenschaft der Solidarität; denn führte es auch in ein ökonomisches Paradies, ist es eine Kultur des Gefängniswesens, wie luxuriös auch immer; die Leidenschaft der Solidarität wird uns vielleicht kein Paradies bescheren, aber das Sich-umeinander-Kümmern zum Herzensanliegen ausbilden. Alle Paradiese sind schrecklich.

Trotz dieser Problematik bin ich überzeugt, der wahre Eros der Revolution heisst *Verführung*, ein Begriff jenseits der Kategorien autoritär und antiautoritär. Eine nachhaltig gelingende Revolution bedarf keiner Elite von Führern, sondern einer Vorhut von Verführern. Verführen ist Wecken von Begeisterung, Leidenschaft für eine Sache. Verführen ist aber auch eine Kunst, die der permanenten Analyse der Bedingungen ihrer Möglichkeiten bedarf. Wie obergescheit haben wir früher nicht über Theorie und Praxis debattiert. Bescheidener, doch nachhaltiger wäre es, einfühlsame, aber auch umsichtige, seriöse Empirie mit der Leidenschaft zu verbinden, offene Solidarität zu fördern.

Es genügt nicht, den Leuten ihre Illusionen über das vermeintliche Heil der herrschenden Gesellschaftsordnungen und deren ideologischen Überbau zu nehmen, *weg mit den Ausbeutern und Vergewaltigern* zu rufen. Sie müssen auch etwas bekommen, erleben, dass andere Wege möglich sind, dass sie durch eine andere Sicht der Dinge etwas gewinnen, dass diese Sicht aber flexibel sein muss.

Zugegeben, das Anliegen einer universalen offenen Solidarität ist Wunschdenken und verdient jede Skepsis, die Wunschdenken gegenüber angebracht ist. Aber Wünsche sind Mütter und Väter aller Veränderung, nicht philosophische Theorien. Ich bin Philosoph, doch mein Anliegen kommt nicht aus einer Philosophie. Philosophie der Tat, wie sie mir einst vorschwebte, halte ich heute für einen unsinnigen Begriff. Mein Anliegen ist meine Leidenschaft, die ich vor niemandem zu rechtfertigen gedenke, sie auch nicht aus irgendwelchen ethischen Glaubenssätzen ableite.»

Schon wieder sprach Gian aus mir, voller Überzeugung. Dabei hatten wir uns so lange nicht mehr gesehen, nicht telefoniert, nicht geschrieben. Warum nur?

«Meine Leidenschaft ist der Traum der universalen offenen Solidarität über die Grenzen aller Gruppen hinaus, ein Traum, den mitzuträumen ich euch verführen möchte, eine Leidenschaft, von der ich hoffe, sie treffe auf eure Gegenliebe.»

Das war mein erster Versuch als Verführer und ich spürte,

dass die Verführung in dieser Versammlung gelingen könnte. Ich scheute mich nicht die Herzmetapher zu benutzen, nahm in Kauf, dass sie manche Zuhörer, vor allem wohl die revolutionären Studenten, befremden könnte.

Ich wende meinen Blick nach links, der Horizont rot gefärbt, die Sonnenscheibe erscheint, steigt auf, der Tag hat die Herrschaft. Geblendet schaue ich weg, ins Braun, ins Gelb, das mir jetzt noch schäbiger vorkommt. Ich versuche mich zu erinnern, was ich zur Einführung noch alles gesagt habe, es will mir nicht einfallen; die anschliessende Debatte war lebhaft, freundschaftlich, engagiert.

Eine Studentin meiner Fakultät warf die Frage auf, worin denn nun die revolutionäre Arbeit bestehe, es sei doch reichlich naiv zu glauben, es genüge, lieb zueinander zu sein, damit sich die kapitalistische Ausbeuterordnung ändere. Francesca, eine meiner Kolleginnen, Dozentin an der Universität Florenz, antwortete, dass dies erst der Auftakt zur Verführung sei, danach gelte es, die Liebe fleischlich werden zu lassen, das heisse, Theorie und Praxis als Analyse, Aufklärung und gelebte Leidenschaft miteinander zu verbinden; dazu gehöre zwar die Erforschung der Bedingungen möglicher Solidarität, aber auch die Flexibilität einer Haltung, die fähig sei zu sehen, dass sich die Bedingungen immer wieder änderten; darum würde sie die abgegriffene Formel von Theorie und Praxis lieber durch ein pragmatisches trial and error ersetzen. Es sei gut und notwendig, über Solidarität zu reden, aber nur auf der Grundlage gleichzeitig praktizierter Solidarität, sei es, jemandem in der Not beizustehen, Kindern minderbemittelter Eltern unentgeltlichen Nachhilfeunterricht zu erteilen usw.
Es wurde eingewandt, das alles sei viel zu luftig, was denn nun konkret zu tun sei, wozu es dieses Projekt überhaupt brauche, ob wir denn einen linksintellektuellen Rotary Club

ins Leben rufen wollten oder gar eine neue Sekte begründen. Die Zweifel waren schwerwiegend, manche konnte ich gut nachvollziehen, weil sie mir beim Nachdenken über das Projekt auch gekommen waren und mich selber mehr als ein Mal beinahe veranlasst hätten, es aufzugeben. Doch diese Erfahrung hatte mich auch gewappnet, jetzt den Zweifeln der anderen mit Überzeugungskraft zu begegnen, einige Kollegen und Kolleginnen wie Francesca verstanden es, ebenso überzeugend aufzutreten. Ein erstes Lehrstück der Verführung.

Erst nach zwei Tagen lebhafter Auseinandersetzungen entstand ein Konsens darüber, dass es nicht Sinn unseres Projektes sein konnte, materielle Vorstellungen einer neuen Gesellschaftsordnung zu entwickeln oder gar in revolutionären Handstreichen durchzusetzen. Zentral sei zunächst Forschungsarbeit zu den Bedingungen der Möglichkeiten offener Solidarität und eines erfolgreichen Kampfes gegen die Hemmnisse ihrer Ausbreitung. Praktisch gehe es darum, alle Möglichkeiten auszuloten, die sich böten, offene Solidarität zu leben. Worin sie konkret bestünden, liesse sich aber nicht festschreiben, sondern müsse von den Einzelnen in ihren spezifischen Situationen, ihrer Familie, ihrem Beruf, ihrer gesellschaftlichen Stellung im Grossen und im Kleinen immer wieder neu entdeckt und praktiziert werden. Der Sinn unseres Netzwerks sei der Austausch der Erfahrungen, die gegenseitige Unterstützung und Kritik und durch die Vergrösserung des Netzwerks auch die stete Stärkung der Wirkungsmacht unseres Projekts.

Eine Ärztin wollte wissen, woran ich konkret gedacht hätte bei meiner Anmerkung, man könne den Leuten nicht nur die Illusionen nehmen, sondern müsse ihnen auch etwas geben, ob das nicht darauf hinauslaufe, ihnen einfach neue Illusionen anzubieten, wie das von den christlichen bis zu den marxistischen Heilslehren der Fall gewesen sei. «Da berührst du eine heikle Frage», gestand ich ihr zu, «allerdings verstehe ich die weltweit offene Solidarität zwar als Wunschtraum, aber weder als Utopie noch als Ideologie, sondern als etwas, was ich jederzeit neu bestimmen kann, wie ich es leben will. Wenn ich andere zu dieser Betrachtungsweise verführe und sie mit ihnen zusammen erlebe, hängen wir keinem Glauben an neue Illusionen an, sondern schaffen Wirklichkeiten.» «Ist das alles, was wir zu bieten haben?» «Das ist mehr als genug», scherzte ich, «aber es gibt noch mehr zu erklären dazu. Die Gruppenidentität gibt den Mitgliedern Geborgenheit, das Grundrezept jeder Sekte, aber auch aller anderen identitären Gemeinschaften. Die identitäre Droge bedarf eines Gegenmittels.» «Eine bessere Sekte», spottete ein Student. «Das ist ja der heikle Punkt, an dem alles scheitern könnte», konzedierte ich, «was die offene Solidarität bieten muss, ist eine neue Geborgenheit, eine nichtidentitäre Geborgenheit. Das ist eine wichtige Funktion des Netzwerks, ohne die es schnell zerflattert.»

Eine ältere Kollegin fasste es in ihren Worten zusammen: «Im Netzwerk bist du zu Hause, doch zwangsläufig ständig angehalten, aus ihm hinauszutreten, neue Fäden zu spinnen, dich in andere Welten zu begeben und doch deines Rückhalts im Netzwerk gewiss, so stelle ich mir die nichtidentitäre Geborgenheit vor, von der du gesprochen hast.»

Zu Recht machte eine Soziologiestudentin darauf aufmerksam, dass wir hier ein exklusiver Klub von Linksintellektuellen seien und in Gefahr, selber eine identitäre Gruppe zu bilden, wir dürften also die Öffnung unseres eigenen Netzwerks für alle Bevölkerungsschichten und Anhänger anderer Weltanschauungen nicht vernachlässigen. Dagegen wurde geltend gemacht, sich um alle zu kümmern sei illusorisch, es wäre doch naiv anzunehmen, dass christlichen Fundamentalisten, orthodoxen Juden, Islamisten oder glühenden Nationalisten in unserem Netzwerk Geborgenheit geboten werden könnte.

«Es geht nicht darum, dass möglichst viele Mitglieder unseres Netzwerks werden, um darin ein Zuhause zu finden», entgegnete ich; «die Geborgenheit finden wir nicht in der Zugehörigkeit zu einer Gruppe, nicht im Glauben an eine Verheissung, sondern im Erleben, mit unserer Leidenschaft nicht allein zu sein. Hier sehe ich den Aspekt der Praxis.»

«Wir laufen Gefahr, dass über so viel harmonisierender Praxis das revolutionäre Ziel verloren geht», wurde eingewandt. «Das revolutionäre Ziel muss die Erzeugung eines gesellschaftlichen Klimas sein», antwortete ich, «in der diese Leidenschaft bei den Einzelnen gedeihen kann und sich immer mehr verbreitet, eine revolutionäre Solidaritätsepidemie.» Wozu der Begriff Leidenschaft? Ob der nicht bloss die revolutionäre Analyse und Strategie in Gefühlskitsch verwandle.

«Den Aspekt der Leidenschaft habe ich mit Bedacht hervorgehoben, um deutlich zu machen, dass es mir in diesem Projekt der offenen Solidarität um Individuen geht, nicht um Gemeinschaften, eine Solidarität, die mehr mit Liebe zu tun hat als mit Ideologie. Aber ich ziehe das Wort Leidenschaft dem Allerweltswort Liebe vor. Ausserdem schätze ich die Gefahr, in Rationalitätskitsch zu verfallen, als viel grösser ein. Revolutionstheorien sind nutzloses Geschwätz. Wovon man nicht sprechen kann, das muss man tun. Wie Francesca gesagt hat, ist die Verbindung von Theorie und Praxis die Verbindung von Analyse, Aufklärung und gelebter Leidenschaft, damit wird, ich kann es nicht genug wiederholen, auf die Einzelnen fokussiert, nicht auf ein Kollektiv, nicht auf Gemeinschaft, Proletariat, Volk. Leidenschaft ist Wollen, nicht Sollen – auch nicht, sich den angeblich dialektischen Sprüngen des Weltgeistes auszuliefern.

Die Leidenschaft der Solidarität ist elementar, man weiss unmittelbar, ob sie praktiziert oder ob nur darüber geschwatzt wird. Aber ihr Gedeihen, dass sie nicht nur tief wurzelt, sich auch breit entfaltet, hängt vom gesellschaftlichen Klima ab, nicht nur von den wirtschaftlichen Verhältnissen, auch von den ideologischen, religiösen, volkstümlerischen Parteiungen.

Die traditionelle Solidarität, auch die revolutionäre, erstarrt allzu leicht zur Solidarität mit der Gruppe, mit der man sich identifiziert, … und seien das die Verdammten dieser Erde, denn auch der marxistische Begriff des Klassenkampfes hat solche gefährlichen Erstarrungen erzeugt. In der Praxis des dialektischen Materialismus sagt die Antithese zur These: *Ich liebe dich, mich reizt deine schöne Gestalt; Und bist du nicht willig, so brauch' ich Gewalt.* In der Praxis wurden Adelige, Bürgerliche und wer sonst auch immer nicht willig war, von Europa bis China zu abertausenden massakriert. Das war vielleicht kein Marxismus, aber das war die reale revolutionäre Praxis.»

Mit diesem Statement, worin ich noch mehr solche Dinge gesagt haben muss, erntete ich nicht nur Kopfnicken und Kopfschütteln, sondern auch einigen Protest und eine heisse Debatte. Sechs Teilnehmer, fünf militante Marxisten-Leninisten und ein kämpferischer Bakunin-Anhänger, reisten am nächsten Morgen ab.

Sabina, eine neapolitanische Kollegin aus der Facoltà di Scienze Politiche, äusserte Bedenken zu meiner Formulierung *Eroberung der Herzen*, das wecke bei ihr Assoziationen zu Stimmen aus dem George-Kreis, wo von *Umbildung der Seelen* die Rede war, einer Kunst, die ein charismatischer Führer beherrschen müsse, um dadurch Macht über andere zu gewinnen und diesen seine Gesetze aufzuzwingen. Ihr Einwand gab mir zu denken.

Schliesslich einigten wir uns darauf, uns in den nächsten Tagen in wechselnden Versammlungen in kleinen Teams und im Plenum eine Satzung und einen Namen für unser Netzwerk zu erarbeiten. Die Atmosphäre wurde recht locker und ich habe in Erinnerung, dass wir uns sowohl in den Teams als auch in den Plenen vergnügt und angeregt unterhielten. Es entstand ein Klima der Freundschaft, wie ich es in Anbetracht unserer heftigen Auseinandersetzungen nicht erwartet hätte.

Wir gaben unserem Netzwerk den Namen *Rete per esplorare e promuovere la solidarietà aperta (REPS)*, italienisch, weil die Mehrheit in Italien lebte, die Radikalsten in Bologna.

Die Satzung der REPS stand unter der Devise: *Solidarität ohne Grenzen.* Dann wurde in kurzen Paragraphen skizziert, worauf unser Begriff *Solidarität* abzielt, dass Ressourcen und Macht der Gemeinwesen ausschliesslich im Dienste der notwendigsten Lebensbedürfnisse ihrer Mitglieder stehen und soweit wie möglich günstige Voraussetzungen schaffen sollten für die kreative Lebensgestaltung jeder und jedes Einzelnen, ohne vorzuschreiben, worin diese zu bestehen habe; dass es wünschenswert wäre, wenn die Einzelnen nach ihrem Vermögen zur Mehrung und Wahrung dieser Ressourcen und Macht beitrügen und alle Verhaltensweisen von Einzelnen und Gruppen und jeder Zustand, jede Tendenz der Organisation des Zusammenlebens, welche die Verwirklichung dieser Ziele beeinträchtigt, in angemessener Weise bekämpft würden.

Diese Frage führte zu einer heftigen Auseinandersetzung um die widersprüchliche Rolle von Kampf und Gewalt, womöglich Krieg im Dienste der offenen Solidarität. Zu meiner Verwunderung einigten wir uns schnell darauf, dass es ein Streit um des Kaisers Bart wäre, über logische Widersprüche zu debattieren, dass offene Solidarität leidenschaftlich, nicht wertfrei sei und darum nicht gleichzusetzen mit Toleranz. Eine Teilnehmerin formulierte es prägnant: «Auch wenn ich mich mit der sexuellen Not meines Chefs solidarisiere, toleriere ich nicht, dass er sich wie ein geiles Arschloch benimmt.» Die saloppe Metapher hat mehr Tiefsinn, als man im ersten Moment zu vermuten geneigt ist.

Der Kampf müsse sich gegen alle Spielarten und Bereiche der herrschenden Ordnung richten, die den Zielen der offenen Solidarität entgegenstehen und ihre Verwirklichung verhindern. Jede Theorie über inhaltliche Ziele und Methoden des Kampfes würde abgelehnt; wie und wogegen der Kampf geführt werden solle, sei laufend neu zu erforschen und kritisch zu begutachten. Unangetastet müssten einzig das Verständnis der neuen Solidarität als offene, auf keine Gruppe beschränkte Solidarität und die Devise *Solidarität ohne Grenzen* bleiben, weil damit der Zweck unseres Netzwerks stehe und falle. In diesem Sinne wurde die Satzung der REPS formuliert.

Zum Schluss verliehen einige Teilnehmer, ganz in meinem Sinne, noch einmal ihrer Auffassung Ausdruck, dass Solidarität ohne Grenzen nicht grenzenlose Solidarität im Sinne der Toleranz meine. Es sei zwar sinnlos, identitäre Solidaritäten bekämpfen zu wollen, weil sie wohl ein Produkt der Evolution der Herdentiere sei, aber der revolutionäre Reiz bestünde ja gerade darin, die Leute aus ihrem identitären Schneckenhaus zu locken und zum Eros der offenen Solidarität zu verführen. Einer der anwesenden Künstler, ich glaube ein Schauspieler, sagte: «Revolution heisst, der Evolution ein Schnippchen zu schlagen, … aus Übermut, nicht für ein höheres Ziel.» Das könnte auch Gian gesagt haben.

Ich war glücklich über die gelungene Gründung, das Zusammensein mit den vielen Freunden. Damals! Dass ich die kritische Analyse meiner von Roxana inspirierten Leidenschaft unterliess, verwundert mich heute. Der Wurm im Apfel sass schon im Kern – in seinem Herzen.

Mamma, mamma vieni! Ein kleines, schwarzhaariges Mädchen rennt auf meine Bank zu, setzt sich neben mich. Scusi, sagt die ebenso schwarzhaarige Mamma lächelnd. Possiamo? Certo!

Mit einer ausladenden Armbewegung zur Landschaft vor uns sagt die junge Frau: Che catastrofe! E tutto secco.

Ich schaue zu ihr hin. Si, è terribile …, un vero disastro.

fade-out

13 ... detonierende Dynamitstange

Un vero disastro, wiederhole ich in Gedanken. Das Mädchen rutscht von der Bank, will weitergehen, zieht die Mutter mit sich, winkt mir zu: «ciao.»

Un vero disastro. Zwar entwickelten sich die Dinge höchst erfreulich. Etliche Teilnehmer der REPS hatten Feuer gefangen, steckten mit ihrer Begeisterung Freunde und Bekannte an. In verschiedenen europäischen Städten entstanden regionale Knotenpunkte, innerhalb eines Jahrzehnts zählte die REPS etwa 8'000 Mitglieder. Wir mussten schon zuvor ein rotierendes Delegiertensystem erfinden, um die Versammlungen nicht so gross werden zu lassen. Die Verbindungen des Netzwerks funktionierten ausgezeichnet.

Aber nun, nach zwanzigjährigem Bestehen, häufen sich die Desaster. Die REPS spaltet sich in drei Teile. Es gärte schon in den Jahren zuvor. Um die Philosophin Lou Anderson – eine Freundin und Kollegin, Mitbegründerin der REPS – hatte sich ausgerechnet in Zürich eine grössere Fraktion gebildet, die unser Grundanliegen immer stärker in Frage stellte. Anfang dieses Jahres erreichte mich die niederschmetternde Nachricht, dass gut sechzig Mitglieder bei uns den Austritt gegeben und ein eigenes Netzwerk gegründet hatten, dessen Teilnehmer sich *PhiloDogs* nennen. Lou, die darum wusste, wie sehr mich dieser Austritt schmerzen musste, kam im Januar eigens aus Zürich angereist, um mir die Beweggründe persönlich zu erläutern.

Die PhiloDogs waren zum Schluss gekommen, dass Marx' Projekt, die Philosophie als Praxis zu betreiben, ein Selbstbetrug sei, der nicht von ungefähr dazu geführt habe, dass eine Theorie, der man seinen Namen gegeben hatte, der gesellschaftlichen Wirklichkeit übergestülpt worden sei, man also von einem immer dogmatischer werdenden Überbau her der Realität diktiere, wie sie zu sein habe, schon Marx' Rede von der unausweichlichen Diktatur des Proletariats habe der Ausbildung einer katholischen Kirche des Dialektischen Materialismus Vorschub geleistet, die keine Negation der Negation dulde. Da konnte ich ihr nur zustimmen, denn solche Gedanken hatte ich ja auch geäussert.

Doch die PhiloDogs gingen weiter. Für sie war jedes Konzept zur Veränderung des Weltzustands ein Unding, ob es nun einer philosophischen Ethik oder, wie bei der REPS, der persönlichen Leidenschaft entsprang. Die Eroberung der Herzen durch Verführung sei Missionierung; auch die religiösen Missionare wollten Herzen erobern, zugegeben, mit nachhaltigerem Erfolg als die Revolutionäre. Die PhiloDogs distanzierten sich von solchen Intentionen. So gaben sie sich einen neuen Wahlspruch:

futility, freedom and always a pinch of scorn

Das sei nicht als Gegensatz zu unserer Ablehnung des Identitätskultes gemeint, stellte Lou klar.

«Aber doch eine Abkehr vom Solidaritätsgedanken», fügte ich bitter bei, «euer Motto: Nutzlosigkeit, Freiheit und stets eine Prise Verachtung. Darüber muss ich nachdenken.» «Die Philosophie der offenen Solidarität ist uns zu wenig konsequent. Uns geht es um die völlige Nichtidentität, das heisst, nicht allen *zugewandt*, denn dann ist das Hineingezogenwerden in irgendwelche Zugehörigkeiten kaum zu vermeiden, sondern allen *abgewandt*, so ist unser Wahlspruch zu verstehen.»

Ich empfand ihre Abspaltung zwar als Niederlage, verübelte sie ihnen aber nicht, zumal mich diese Haltung einmal mehr an Gian erinnerte. «Bei der Prise Verachtung höre ich die Kyniker heraus.»

«Bingo», sagte Lou, das sei auch der antike Anknüpfungspunkt, Antisthenes, Diogenes von Sinope, der bucklige Krates und die schöne Philosophin Hipparchia, seine Frau, die sich nicht gescheut haben sollen, sich in der Öffentlichkeit zu paaren wie die Hunde. «Sich frei machen von allen überflüssigen Bedürfnissen und äusseren Zwängen. Nicht besitzen, um nicht besessen zu werden. Unser Politisieren ist das Nicht-Politisieren; im Gegensatz zu Sokrates suchen wir nicht die Öffentlichkeit, um den Leuten unangenehme Fragen zu stellen, wir wollen weder Stürme der Entrüstung provozieren noch zum Giftbecher verurteilt werden, was heute durch die allgegenwärtige Gier der Medien und der Internetschwatzbuden noch schneller und weltweiter der Fall ist als damals. Die Devise des Nicht-Handelns von Laozi, der im Tao Te King lange vor Marx den Gegensatz zu dessen letzter Feuerbachthese formuliert: Wer handelt, verdirbt die Welt.» «Was sich leider auf manches revolutionäre Handeln und seine Folgen als zutreffend erwiesen hat», gestand ich zu.

«Uns fällt es leicht, diskret im Hintergrund zu bleiben, weil wir nichts zu missionieren haben. Wir wollen niemanden verführen, präsentieren unsere Einstellung nicht der Öffentlichkeit wie angeblich die Kyniker; wir uniformieren uns nicht wie die Mönche, befleissigen uns auch nicht einer asketischen Lebensweise, aber wir bilden Netzwerke, weil auch wir uns gerne austauschen mit Gleichgesinnten, ohne uns als identitäre Gruppe in Abgrenzung zu anderen zu sehen; vielmehr wollen wir in unserem philosophischen Leben in Ruhe gelassen werden wie Diogenes, von dem die Legende berichtet, er habe auf Alexander des Grossen Nachfrage lediglich den Wunsch geäussert, er möge ihm aus der Sonne gehen.»

«Also reine Selbstbefriedigung», sagte ich. «Jede Befriedigung ist Selbstbefriedigung, auch der Beitrag zur Befriedigung anderer. Ganz im Vertrauen gesagt, so unpolitisch sind wir auch wieder nicht, wir lieben es, überall unsere Ohren zu haben, unsere Augen.» «Und in allen Töpfen eure Nase und überall die Finger im Spiel. Ein Netzwerk von Spitzeln?» «Das wäre bereits üble Nachrede. Wir arbeiten für niemanden, wir sind keine investigativen Medienleute, wir philosophieren zu unserer Befriedigung. Wo welches Mitglied die Finger im Spiel hat, ist seine Sache, auch wenn ich selber dagegen sein sollte. Lass es mich kritisierend sagen: Das Projekt der REPS hat den Zug verpasst.» «Welchen Zug meinst du? Den Zug der Zeit?» «Das Denken in revolutionären Kategorien, wie auch immer, ist eine anachronistische Nostalgie. Die brutalen Experimente der Leninisten-Stalinisten haben den Sozialismus endgültig diskreditiert, geblieben ist einzig die chinesische Variante, welche durch eine drastische Lockerung der Planwirtschaft endlich ihre Wirtschaftsmacht entwickelt und Wohlstand schafft, aber niemals die Parteidiktatur überwinden wird, sondern sie mit den modernsten Mitteln der Technik perfektioniert, wie du schon damals in deiner überzeugenden Rede bei der Gründung der REPS ausgeführt hast.» «Was nützt die überzeugende Rede, wenn die Überzeugten das Schiff doch wieder verlassen.» «Du hast uns durchaus begeistert mit deiner Idee. Wir haben auch mitgemacht. Aber, du weisst ja, das Denken geht weiter und plötzlich zieht man andere Schlüsse, wechseln Leidenschaften ihre Bahn.»

«So wollt ihr eine Kultur der Gleichgültigkeit pflegen, so tun, als wäre alles Friede, Freude, Eierkuchen. Verdammt, jetzt werde ich noch polemisch; daran siehst du, wie enttäuscht ich bin. Würden mich eure Auffassungen nicht an die meines besten Freundes Gian erinnern, würde ich euch Verräter schimpfen.»

«Warum sollst du nicht polemisch werden? Obwohl du

damals so eindringlich der Leidenschaft das Wort geredet hast, möchtest du immer so rational kontrolliert sein, mein Lieber, analytisch präzise. Nur hätte deine Argumentation hier keine Chance. Was verraten wir? Die REPS? Verraten wir Ideale? Ideale, die man verraten kann, sind starre Dogmen, der sogenannte Verrat lediglich die Aufkündigung des Gehorsams. Nur Sektierer schreien: Judas! Forme deinen Begriff Gleichgültigkeit zurück zu Gleich-Gültigkeit, meine Leidenschaft ist meine Leidenschaft, deine Leidenschaft ist deine, die eine gültig für mich, die andere gültig für dich … and always a pinch of scorn; die Metamorphose der Solidarität in die Hinnahme der Gleich-Gültigkeit von allem, was es gibt, ist kein Verrat. Ich sage Hinnahme, nicht Zustimmung. Was für mich gilt, gilt vielleicht für dich nicht. Mit einer Prise Verachtung für Leidenschaften, Weltanschauungen, Lebensauffassungen, die den meinen zuwiderlaufen, sollten wir leben können, wenn nicht, dann gibt's eben Krieg. Auch wir können töten lernen, wenn unsere Leidenschaften das erfordern. Dann gibt's Leiden statt Verachtung, Unterwerfung der Verlierer.»

Mir war klar, dass ich gegen Lou nur verlieren kann, auch wenn oder weil sie fünf Jahre jünger ist als ich; ihr Denken virtuos irrational, ohne Ethik, auch Nietzsche hätte bei ihr keine Chance gehabt, sie weiss das, sie kennt ihre Philosophenschar, auch meine.

«Warum wollt ihr Hunde sein?» «Als Zeichen unserer Verachtung des eigenen Philosoph-Seins.» «Eine zynische oder ironische Figur?» «Nimm's wie du willst. Zynisch, weil Hunde zubeissen können, dich bellend in die Flucht schlagen, ironisch, weil Hunde treu, gehorsam und unterwürfig sind, die PhiloDogs jedoch das Gegenteil. Der Hund ist unser Symbol, ein stilisierter Irish Wolfhound, sanfter Riese genannt, unser Emblem.» «Ihr scheint euch wirklich auf Ironie zu verstehen.»

Sie informierte mich darüber, dass sie in Zürich auch mit Darius, meinem Sohn, und Arja, meiner Schwiegertochter, gesprochen habe, da die beiden ja den REPS-Knotenpunkt in Zürich betreuten, auch Roxana habe am Gespräch teilgenommen. Die Begegnung sei freundschaftlich verlaufen, wenn auch nicht gerade herzlich, die Nachricht von der Gründung der PhiloDogs hätten die drei sehr reserviert aufgenommen. Darius habe nur immer wiederholt: Das verstehe ich nicht, … das verstehe ich einfach nicht. Und zu ihrem Vorschlag, die beiden Netzwerke sollten doch in Kontakt bleiben, habe er gesagt, er brauche Zeit sich das zu überlegen. Er wolle mich demnächst in Bologna besuchen und auch mit mir darüber reden. Sie glaube, die drei hätten ihren Entschluss eigene Wege zu gehen wirklich als Verrat empfunden, Roxana habe Tränen in den Augen gehabt.

Nein, ich will jetzt nicht an Roxana denken. Ich erhebe mich von der Bank, strecke meine Arme, atme tief ein und aus und mache zwanzig Kniebeugen, mehr nicht, denn es ist mir schon zu warm, obwohl mein Plätzchen im Schatten dicht gepflanzter Zypressen liegt. Dann absolviere ich meine Muskeldehnübungen, gehe zum Mäuerchen, schaue ohne Aufmerksamkeit in die gelbe, braungefleckte Landschaft, verspüre ein Gefühl der Übelkeit im Magen, setze mich zurück auf die Bank, grübelnd.

Darius und Arja besuchten mich Ende April, in einer Atmosphäre heftiger Diskussionen und Kundgebungen wegen des Einmarsches der USA in den Irak. Ich hatte sie eingeladen in der Woche, die sie in Bologna verbringen wollten, bei mir in meiner geräumigen Wohnung an der Via dei Terribilia zu logieren. In Zürich hauste vorübergehend Mathilde, die 69-jährige Schwester meiner Mutter. Mathilde war gerne bereit, in der Zeit, da Darius und Arja in Bologna weilten, deren Tochter Tuula, meiner pfiffigen Enkelin, Gesellschaft zu leisten, für sie beide zu kochen und so nebenbei ein Auge auf sie zu haben wie früher schon auf mich, wenn meine Mutter nicht da war. Tuula liebte Mathilde und meinte, dass sie für den Titel einer Urgrosstante eigentlich noch recht jung sei; sie war natürlich auch neugierig, wenn Mathilde ihr so manche Geschichten aus der Kindheit und Jugend ihres Grossvaters erzählte. Tuula ist auffällig stark auf mich ausgerichtet, wohl, weil ich mich, als ich noch hauptsächlich in Zürich lebte, sehr viel mit ihr abgegeben, ihr von alten Kulturen und Philosophen erzählt und schon im frühen Primarschulalter aus der Ilias und Odyssee vorgelesen habe.

Als Erstes wollte ich wissen, wie es Tuula gehe. Sie habe sich verärgert und vorwurfsvoll gezeigt, dass sie ihre Fahrt nach Bologna auf einen Zeitpunkt gelegt hätten, der es ihr der Schule wegen verunmögliche mitzukommen, sie wolle mich schon lange einmal in Bologna besuchen, aber entweder habe sie jeweils gerade keine Ferien oder du seist während ihrer Ferien nicht da.

«Gelegentlich bin ich ja in Zürich.» «Aber sie will dich in Bologna besuchen. Wir haben ihr den Grund unseres Besuches hier nicht sagen können, da wir zu ihr nie von der REPS gesprochen haben. Was du sicher auch nicht willst.» «Das darf auf keinen Fall geschehen! Sie soll da nicht reingezogen werden, hätte sie auch nur eine Ahnung davon, wäre sie schon drin. Diese starke Ausrichtung auf mich bereitet mir Sorgen.» «Als Eltern sind wir da machtlos», seufzte Arja, «denn erstens sind wir meistens ähnlicher Meinung wie du und zweitens führte jeder Versuch, diese Ausrichtung in Frage zu stellen, sofort zu heftigem Streit. So ist Tuula nun mal. Sie hat einen harten Kopf.» «Wie die Mutter», frotzelte Darius, «doch es besteht Hoffnung, dass ihr der harte Kopf hilft, bald einmal ihre eigenen Wege zu gehen.»

Darius bewundert zwar seine altkluge Tochter, hat jedoch die Beziehung zu ihr vernachlässigt, war immer mit seiner Arbeit beschäftigt, während ihrer ersten Lebensjahre mit seiner

Dissertation über den Einfluss der ökonomischen Verhältnisse auf das Schaffen der Künstler in der Renaissance, die er der ein Jahr vor seiner Matura tödlich verunfallten Sara gewidmet hatte. Danach nahm ihn die Leitung eines kunsthistorischen Forscherteams in Anspruch.

Arja hat sich sehr um ihre Tochter gekümmert, obwohl sie nach Tuulas Einschulung in Mikrobiologie promovierte. Der Doktortitel interessierte sie nicht – sie hat ihn nie auf ihre Visitenkarte drucken lassen, in Finnland machte man sich damit nur lächerlich –, einzig die Forschungsarbeit faszinierte sie. Zwar ist sie, bedingt durch die Teilzeitanstellung in einem Forschungslabor bei Novartis, beruflich sehr beansprucht, dennoch nimmt sie sich viel Zeit für ihre Tochter.

Ich selber bin wohl eine Art Vaterersatz geworden, zumindest während der Aufenthalte in meinem Haus in Zürich, in das ich immer wieder gerne zurückkehrte, in den Semesterferien, aber auch in Zeiten, in denen ich wegen eigener Projekte von den Vorlesungspflichten entbunden war. Mein Studierzimmer war Tuulas Lieblingsplatz, schon als kleines Mädchen wollte sie, dass ich ihr in diesem Raum ein Kinderpult neben eines der Fenster, wo noch Platz frei war, stellte.

Darius war sehr bekümmert über die Abspaltung der PhiloDogs. Es fiel ihm schwer, deren Motive zu verstehen. Was für Spinner! Auch Arja war nicht glücklich darüber, meinte aber, die Ansichten von Lou Anderson durchaus nachvollziehen zu können, ohne sie zu teilen. Nach vielen Erwägungen, von denen uns keine überzeugte, beschlossen wir, dass es das Beste sei, abzuwarten und zu sehen, wie sich die Dinge entwickeln würden. In den folgenden Tagen führte ich die beiden in Bologna herum, zeigte ihnen die Altstadt, die Museen, die Universität, meinen Arbeitsplatz. Wir unternahmen auch einige Ausflüge in die Umgebung.

Doch wir wurden mit etwas viel Schlimmerem konfrontiert.

Unter den italienischen Mitgliedern der REPS hatte sich schon seit einiger Zeit eine Gruppierung gebildet, die sich, zumindest vordergründig, auf einen Paragrafen unserer Satzung berief, in dem es darum geht, dass laufend neu zu erforschen und kritisch zu begutachten sei, wie und wogegen der Kampf geführt werden solle; in ihren Diskussionen gewann immer stärker die Meinung Oberhand, unser Projekt sei zu wenig oder überhaupt nicht revolutionär. Sie begannen einen Studienkreis um Pietro De Primo zu bilden, meinen 25-jährigen Forschungsassistenten, mit dem ich viel zusammenarbeite, dem ich sogar einen Schlüssel zu meiner Wohnung gegeben und ihm da einen Arbeitsplatz eingerichtet habe, weil wir hier ungestörter sind als in den Räumen der Universität.

Da ich Arja und Darius miteinbeziehen wollte, schlug ich vor, die nächste Versammlung in meiner Wohnung durchzuführen, um dieses Thema weiter zu erörtern. Es kamen sechs Frauen und dreizehn Männer, Studenten, Assistenten, die meisten aus Bologna, wenige aus Florenz und Mailand, eine Schriftstellerin aus Rom, ein junger Ingenieur aus Pisa. Sie brachten Wein, Brot, Schinken, Wurst, Käse und Oliven mit, das sah nach einem gemütlichen Abend aus, doch für Arja, Darius und mich sollte er schrecklich werden.

Wir thematisierten, was denn eine wünschenswerte soziale Revolution wäre. Arja meinte: «Eine Gesellschaft der Vielfalt und der Solidarität aller gegenüber allen.» «Jeder soll nach seiner Façon selig werden», spottete einer, «wenn er nur nicht gegen Gottes Gebote verstösst.» «Damit wirst du Friedrich II. nicht gerecht, das waren andere historische Umstände», entgegnete Arja. «Gott, das sind die bestehenden Machtverhältnisse. Solange sie bestehen, gibt es keine Solidarität.» «Was ist überhaupt Solidarität?», fragte ein anderer. «Das sind diese rationalen Definitionsfragen, von denen wir schon an unserer Gründungsversammlung gesprochen haben», sagte ich, Solidarität sei elementar, kein moralischer Begriff, er werde ja bestimmt

Wittgensteins Darlegungen kennen, in denen er am Beispiel des Wortes Spiel aufzeige, dass die Bedeutung eines Wortes so vielfältig sei, wie es von verschiedenen Leuten unter verschiedenen Umständen gebraucht werde.

Damit hatte ich in ein Wespennest gestochen, die Wespen griffen an, nein Hornissen. Das sei ja der springende Punkt, der schillernde Begriff Solidarität habe keine revolutionäre Sprengkraft, weil er alles und nichts bedeute und darum nur dazu diene, die Aufrechterhaltung der bestehenden Machtverhältnisse hinter oberflächlich renovierten Fassaden zu kaschieren. Das wahre revolutionäre Ziel sei die totale Zerstörung der bestehenden Machtverhältnisse. Der beste Slogan der 68er sei gewesen: Macht kaputt, was euch kaputt macht.

Darius presste hervor, das Wort *total* sollten sie doch besser durch *totalitär* ersetzen. Es war ein Schock, ich sah es in den Mienen von Arja und Darius, doch es kam auch für mich überraschend. Das war der Frontalangriff auf die Grundlagen der REPS, auf die Devise der *Solidarität ohne Grenzen*, mit ihr steht und fällt der Zweck unseres Netzwerks.

«Wollt ihr die REPS zerstören», fragte Darius. «Nein, das wollen wir wirklich nicht», sagte Pietro De Primo. «Was dann?» «Wir treten aus, weil wir selber wissen, dass unsere Auffassungen vom revolutionären Weg weitgehend inkompatibel geworden sind», fuhr Pietro fort, «wir gründen ein eigenes Netzwerk, das kleiner und schlagkräftiger sein soll.» «Und wie nennt ihr es?» «*Azione Radicale Filosofica* oder kurz *ARF*. Unsere Strategie ist nicht, auf die revolutionäre Situation zu warten, sondern sie zu erzeugen.»

«Mit Gewalt?», fragte Arja. «Mit jedem Mittel, das wir nach Lageanalyse einer Situation für geeignet erachten.» «Dann könnt ihr ja das R gleich an den Anfang eurer Abkürzung setzen», sagte Darius hörbar feindselig, «seid ihr wahnsinnig geworden?» «Wir werden strategisch weitsichtiger und taktisch geschickter sein», lächelte Pietro unbeirrt. «Wir agieren als Netzwerk und lernen von den Geheimdiensten der Mächtigen.» «Im Gegensatz zur REPS werden wir strikt geheim vorgehen und legen Wert darauf, dass ihr das respektiert, denn dass wir euch über die ARF überhaupt informieren, geschieht nur aus Respekt vor euch, … vielleicht ein Fehler.» «So trennen wir uns.» «Ja, aber ich hoffe, nicht als Feinde.»

Als alle schon draussen waren, drückte mir Pietro die Hand und fragte: «Wir werden unsere wissenschaftliche Zusammenarbeit doch im gewohnten Rahmen weiterführen?» Ich hatte nichts anderes im Sinn. Doch Darius und Arja hatten den Handschlag zum Abschied verweigert. Ein offensichtlich feindseliges Signal. Ich kann es den beiden nicht verdenken.

Die Sonne steht jetzt schon recht hoch, es wird heiss. Ich verlasse die Bank, gehe nochmals zum Mäuerchen, schaue in die vertrocknete Landschaft: Un vero disastro … Dann mache ich mich auf den Weg zurück zu meiner Wohnung, zum Joggen fehlt mir der Elan.

Ist es eine Niederlage? Nein, Sieg und Niederlage sind keine zu diesem Ereignis passenden Kategorien. Enttäuschung, tiefe Enttäuschung. Noch gebe ich nicht auf, vielleicht kann ich Pietro während unserer Zusammenarbeit beeinflussen, … die Herzen gewinnen, doch wie gewinnt man so ein Herz? Ich werde auf keinen Fall zulassen, dass die ARF eine Wendung nimmt, bei der man, wie Darius meinte, das R an den Anfang stellen müsste.

Die PhiloDogs machen mir weniger Kummer, sie sind (leider!) harmlos. Ich hatte mich während Lous Ausführungen einige Mal an Gian erinnert, an unser Gespräch vor bald zwei Jahrzehnten in der Bodega Española, an der Münstergasse in Zürich. Gian. Wie gerne wäre ich wie er. Ich kann nicht. Meine Abneigung gegen den Akademiebetrieb wächst mit jedem Arbeitstag an der Universität. Es herrscht eine andere Zeit – eine ökonomische Effizienz fordernde Zucht – als die, in der ich in

Bologna angetreten bin. Was ich die Studentinnen und Studenten lehren möchte, kann ich nurmehr in privaten Zirkeln äussern. Pietro sprach von wissenschaftlicher Zusammenarbeit, als ob seine revolutionären Ziele oder die Methoden, mit denen seine Clique sie anstrebt, das Geringste mit Wissenschaft zu tun hätten. Gian würde sagen: Scheisswissenschaft. Aber trotz aller Zweifel kann ich meinen Glauben an die Vernunft nicht einfach aufgeben, so wenig wie andere ihren Glauben an Gott. Mag sein, dass ich mich vor dem Irrationalen fürchte, vor dem geistigen Leichtsinn, ich brauche das rationale Geländer links und rechts, das diskursive Denken. Wenn alle dächten wie Gian, wie Lou. Ich fühle mich traurig. Er fehlt mir.

fade-out

14 Der rote Schleier und die Nô-Masken

fade-in

— *Gian* —

Schau mir nicht in die Augen, schöne Frau, denn aus ihnen strahlt Licht, heller als tausend Sonnen, das mich für immer blenden würde, schrieb ich mir in mein Notizbuch, nachdem ich im Museum Rietberg die Ausstellung von Gemälden indischer Göttinnen und der vielen Erscheinungsformen von Devi, der grossen Göttin, angesehen hatte. Wenn Devi ihre Augen schliesst, wird die Welt zerstört, öffnet sie die Augen, ersteht die Welt wieder, so ist Devis Augen Blick mein Erleben und mein Erleben die Welt, denke ich, Anarchomystik in mythologischer Bildsprache.

Nach dem Besuch der Sonderausstellung schlenderte ich wieder einmal durch die Sammlung. Im Bereich der japanischen Kunstobjekte sah ich die Frau mit dem roten Schleier. Sie war keine Skulptur, stand mitten im Raum, betrachtete die Masken des japanischen Nô-Theaters. Sie trug den Seidenschleier lässig über den Kopf geworfen, sodass er ihr seitlich leicht auf die Schultern fiel, ein dunkelblaues, kurzärmliges Chiffonkleid, an der Schulter eine grosse silberglänzende Brosche.

Als ich mir die Masken besah, trat sie neben mich und sagte: «Es ist erstaunlich, wie wenig Nuancen es braucht, um so verschiedene Gefühlslagen zum Ausdruck zu bringen.» «Obwohl es starre Masken sind», sagte ich und zeigte auf den Saaltext an der Wand, «sollen sie helfen, im tiefsten Innern verborgene Emotionen sichtbar zu machen.» «Ich stelle mir die sparsame Gestik der Schauspieler vor und ihre geheimnisvollen, stilisierten Bewegungen, mit denen sie all die menschlichen Leidenschaften darstellen», fuhr sie fort und hob ihre Arme wie zu einem orientalischen Tanz, nur sehr langsam, sehr behutsam, als ergriffe sie mit geschlossenen Augen etwas, das ich nicht sehen konnte. Dann liess sie ihre Arme sinken, öffnete die Augen und lächelte mir verklärt zu. Ich war so überrascht, dass ich nichts weiter sagen konnte. «Verzeihen sie», sagte sie mit gedämpfter Stimme, «jetzt habe ich mich lächerlich gemacht, … aber es überkam mich einfach.» «Ich bin fasziniert», schmunzelte ich und meinte nicht nur ihre Gestik, sie strahlte in ihrer ganzen Erscheinung, der Art, wie sie gekleidet war, ihrem traumverhangenen Blick, als sie mich anlächelte, etwas Mystisches aus.

Wir schauten uns weitere der fein geschnitzten japanischen Holzskulpturen an. «Schauen sie hier», rief ich ihr zu und zeigte auf eine eindrückliche Figur, die im Lotussitz auf einer kurzen, gestuft geschnitzten Säule sass, in der Rechten ein erhobenes Schwert, in der Linken ein kurzes aufgerolltes Seil, an dessen Enden schwere Messingringe geknüpft waren, hinter ihr eine wilde Aureole aus dunkelrot züngelnden Flammen. *Fudō Myōō, König des mystischen Wissens*, verkündete die Beschriftung auf dem Sockel der Vitrine, *Japan, Fujiwara-Zeit, Ende 12. Jahrhundert, Zypressenholz mit Resten farbiger Fassung, Geschenk Novartis. Fudō Myōō, der Unerschütterliche, beseitigt alle Trübungen auf dem Weg zur Erlösung. Er fesselt böse Einflüsse und zerschneidet mit seinem Schwert das Nichtwissen.* «Uuh, schaut der aber böse drein. Von dem hätte ich mich nicht erlösen lassen mögen. Mein Erlöser war viel sanfter», meinte sie. «Wie sanfter?», fragte ich etwas zu spontan. «Erotischer», antwortete sie ebenso spontan und schien mir dabei leicht zu erröten. «Ich war einst eine christliche Mystikerin, … Frauenmystik», sagte sie. «Frauenmystik?» «Wir lernten Gott zu geniessen, er war unser Bräutigam, sanft, nicht so ein wilder Kerl wie dieser da.» Wir lachten beide. «Ich hoffe, ich bin nicht aufdringlich, aber ich würde gerne mehr darüber erfahren, denn ich war einst auch ein Mystiker, allerdings kein christlicher, sondern Zen-Buddhist.» «Wir könnten etwas essen gehen, es ist ja schon Mittag und ich habe immer Hunger, wenn ich Museen durchwandert habe.» «Noch so gerne.» «Wie wäre es mit dem Alten Klösterli beim Zoo, ich bin mit dem Auto da.»

So fuhren wir in ihrem silberfarbenen BMW zum Alten Klösterli. Der Wagen sei nicht der neueste, aber sie habe in den elf Jahren, seit sie ihn fahre, nie nennenswerte Probleme damit gehabt. Ihr Garagist sei der Meinung, dass es das Auto noch mindestens fünf weitere Jahre schaffen werde, je nach Kilometerzahl sogar länger. Meist fahre sie nur kurze Strecken im Bündnerland und gelegentlich nach Zürich oder so.

Beim Apéro hoben wir die Gläser. «Ich heisse Gian Caspari. Gian.» «Und ich Mar…», sie schüttelte den Kopf, «Muriel Vital, fast hätte ich gesagt Maria Teresa, … das ist mir seit Jahren nicht mehr passiert, dass ich mich mit meinem Karmelitinnennamen vorstellen wollte. Also dann: Muriel.» «Du bist Karmelitin?» «Ich war es.» «Und dein roter Schleier, eine Erinnerung?» «Nein, mein Nonnenschleier war schwarz, … das Rot wäre eher eine Abgrenzung, aber es ist bloss ein Relikt aus dem orientalischen Tanzkurs, den ich nach Abschluss meines Klosterlebens besuchte. Manchmal habe ich Lust, mit diesem Seidentuch zu kokketieren, aber nur bei Gelegenheiten wie diesem Museumsbesuch hier in Zürich. Im Bündnerland, wo ich unterrichte, würde mir das nie einfallen.» «Was unterrichtest du?» «Geschichte und Deutsch an Gymnasien in Chur, Schiers und Davos.» «Dann bist du eine Berufskollegin. Ich unterrichte Deutsch an einem Gymnasium am Zürichberg, wohne jedoch am Fuss des Üetlibergs. Und du wohnst in Chur?» «Ganz in der Nähe, in Tamins, im ehemaligen Ferienhaus meiner Eltern.» «Auch jetzt mit Familie?» «Allein.» «Wie ich.»

Zur Hauptspeise entschieden wir uns beide für einen reichhaltigen Salatteller, etwas Deftigeres mochten wir nicht, denn der Tag war richtig heiss im Vergleich mit der Bise und dem Schneeregen vor zwei Wochen. Muriel hatte ihren roten Schleier abgelegt, darunter kamen grau melierte, kurze, zu einer kecken Frisur geschnittene Haare zum Vorschein. Jetzt hatte ich eine pfiffige Lehrerin vor mir und stellte mir unwillkürlich vor, wie sie Erfolg hatte beim Unterrichten ihrer Schüler. «Genug Theater», meinte sie, als sie den Schleier in ihrer Handtasche verstaute. «Spielst du gern?», fragte ich. «Was spielen?» «Rollen, zum Beispiel die Rolle der geheimnisvollen Mystikerin, als die du mir im Museum begegnet bist.» Sie lachte wieder ihr warmes Lachen, das mich umhüllte, und in das ich mich als Erstes verliebt habe. «Geheimnis und Mystik waren mein Leben», sagte sie nachdenklich, «zehn lange Jahre ... Waren das auch Rollen? Spiele? Habe ich Masken getragen wie diese Nô-Masken? ... Nein, nicht getragen, ich *war* Maske, nur Maske, mal fein geschnitzt, mal gröber, von links betrachtet fröhlich, von rechts betrachtet traurig, meist zart und liebevoll, doch manchmal unheimlich ..., nicht mir war unheimlich, *ich* war das Unheimliche, das meinen Bräutigam in sich aufsog.» Sie schwieg, war weit weg. Dann sagte sie, wieder ganz da: «Erzähle du mir von deiner Zeit der Mystik.»

Ich würde keine Zeit kennen, sagte ich. Alles sei in diesem Augenblick, alle Erinnerungen, auch mein Zen-Buddhismus, seien Ausstellungsobjekte in diesem stets augenblicklich gegenwärtigen Museum der Erinnerungen, das wir jetzt durchwandern würden. Und ich erzählte ihr von meinem Aufenthalt bei den Zisterziensern der Abbaye d'Hauterive, von meiner Begegnung mit Jens van den Broek, der mir einen ersten Eindruck vom Zen vermittelte, von meiner ersten ewigen Liebe Isa und meinem Zerbrechen des Zeitpfeils, von meiner Zazen-Meditationsgruppe unter Anleitung des liebenswürdigen alten Rôshi, von meinem vehementen Abschied vom

Meister, erzählte, warum Ludwig mich Anarchomystiker genannt hatte.

«Wir waren beide grausam gegenüber unseren Lehrern», sagte Muriel, «Freunde haben wir brüsk zurückgestossen.» «Ja, unausweichlich grausam.» «Dass es unausweichlich war, ist das Unheimliche dabei.» «Das Unheimliche?» «Das Unheimliche ist die Grausamkeit in uns.» «Nein, die Grausamkeit ist nicht *in* uns», entgegnete ich, «wir *sind* die Grausamkeit, … wir *sind* das Unheimliche, so wie du vorher gesagt hast, … und wir *waren* es nicht, sondern *sind* es, als lebendige Ausstellungsobjekte im Augenblicks-Museum der Erinnerungen, zeitlos.» «Was ist eigentlich nicht Erinnerung», sinnierte Muriel. «Alles ist Erinnerung, jeder geringste Augenblick unseres Bewusstseins. Lichtreflexe treffen auf unsere Augen, Gase und Flüssigkeiten regen die Leiterbahnen unserer Geruchs- und Geschmacksorgane an, die Berührung der Haut, die Krümmung des Raumes, die elektromagnetischen Zustände der Atmosphäre wirken auf jeden Leib, werden zwischengespeichert, weitergeleitet und wieder zwischengespeichert, bilden Myriaden von Wirbeln mit anderen gespeicherten Erinnerungen, und jede Erinnerung setzt sich zusammen aus zahllosen anderen Erinnerungen, vernetzt sich, vernetzt sich mit deinen Erinnerungswirbeln, die du in Sprache gefasst hast, in Zeichen, vernetzt sich mit den Schmetterlingen in meinem Bauch …», erschöpft von meinen Erläuterungen hielt ich inne.

Muriel nahm meine Hand, drückte sie: «Und mit den Schmetterlingen in meinem Bauch. Du hast recht, auch das, was wir *Jetzt* zu nennen pflegen, ist immer schon Erinnerung, nicht nur die Grausamkeit, sondern auch die Schmetterlinge. … Zwei Mystiker.» Verlegen und unbeholfen sagte ich: «Erzähl mir von dir. Hast du Geschwister?» «Jetzt bist du rot geworden», sagte sie, «auch das ein Spiel von Erinnerungen. … Ja, einen zwei Jahre jüngeren Bruder, Viturin, er ist Bauingenieur und wohnt in unserem ehemaligen Elternhaus in St. Moritz.

Nach dem Tod unseres Vaters haben wir uns geeinigt, dass ich das Haus in Tamins übernehme und Viturin das Haus in St. Moritz.« «Lebt er auch allein?» «Nein, er ist verheiratet mit einer Informatikerin, aber weil sie wussten, dass beide beruflich sehr beansprucht sein würden und oft auf Reisen, wollten sie keine Kinder haben.» «Und dein Klosterleben?» «Davon möchte ich dir später einmal erzählen. Wie wär's mit einem Spaziergang durch den Wald hinter diesem Klösterli?»

So begann unsere Liebe. Ich hatte unversehens eine neue Lebenspartnerin gefunden. Mit ihr ist das Glück aus dem Wortschatz der Literatur herausgesprungen und hat sich zu einer lebendigen, seelenvollen Welt entfaltet. Zwei Mystiker, sagte sie. Anarchomystiker, sage ich, oder Anarchomystikerin, beides entspricht mir, macht mich ausgelassen und argwöhnisch zugleich.

fade-out

15 Gott vögeln

«Etwas fehlte Teresa, das wusste ich schon lange. Aber als ich mich zu ihrer Nachfolge entschied, wusste ich es noch nicht. Ich wollte Schwester Teresa sein, die Schülerin der Santa Teresa de Jesús de Ávila. So vieles hatten wir gemeinsam, unbesehen der viereinhalb Jahrhunderte zwischen uns; Mystik kennt weder Zeit noch Raum; beide hatten wir schon in der frühen Pubertät unsere Mütter verloren, beide wussten wir uns unserer natürlichen Reize zu bedienen, wo immer sich Gelegenheit bot; um den Herrn zu beleidigen, schrieb Teresa; ich aber denke, dass ich es tat, um mich für den Verlust der Mutter zu entschädigen und mir ein allgegenwärtiges Zuhause des Geliebt- und Begehrtseins zu schaffen.

In der unstillbaren Liebesbedürftigkeit unterschieden wir uns wohl kaum, wenn auch unsere Lebensbedingungen andere waren. Mein Bedürfnis geliebt zu werden liess mich Kartenhaus um Kartenhaus erbauen, welche beim kleinsten Windhauch oder Atemstoss zusammenstürzten; das war allerdings nicht zu vergleichen mit dem, was Teresa unter der Herrschaft der spanischen *Santa Inquisición* erleben musste, aber für mich enttäuschend genug, um plötzlich innezuhalten. Seit früher Kindheit verspüre ich diese Lust der Hingabe, es ist leidenschaftliche Lust, nicht Bravheit, meine Hingabe war kaum Unterwerfung, vielmehr Verlangen.

Der Scheideweg erschien mir in einem Traum. Schon im Theresianum hatte ich Schriften von Teresa von Ávila gelesen,

168

unter anderem *Das Buch meines Lebens* und *Die innere Burg*. Im Traum erschien mir Teresa in einem langen, weiten, schwarzen Gewand mit weissem Umhang und schwarzem Schleier, in der rechten Hand ein schlichtes Holzkreuz und sagte: ‹Geh den anderen Weg.› Ich fragte: ‹Wie ist denn der andere Weg?› Sie sagte: ‹Komm mit mir, ich zeige ihn dir.› Ich erwachte und wusste: Ja, ich gehe den anderen Weg.

Allerdings war dieser andere Weg in meiner Jugendbiografie schon vorgespurt. Als ich elf war, starb meine Mutter an Lymphdrüsenkrebs; er war zu spät erkannt worden, zu lange war sie dem Arztbesuch ausgewichen. Wir wohnten damals in St. Moritz, wo mein Vater als Bauingenieur arbeitete. Seine Familie stammte aus Sent im Unterengadin und obwohl Sent im späten 16. Jahrhundert zur Reformation übertrat, blieb sein Familienzweig katholisch; mein Vater war allerdings nur mässig religiös.

Nach Mutters Tod engagierte er, da häufig beruflich abwesend, für mich und meinen zwei Jahre jüngeren Bruder Viturin eine Haushälterin. Er sorgte sich, weil ich begann herumzustreunen, auch meinen jüngeren Bruder mitzog, und wir uns in allerlei Abenteuer verwickelten. Während der Sommerferien, ich war damals in der 6. Klasse, sagten wir der Haushälterin, wir würden einen Ausflug machen, was an und für sich nichts Besonderes war, reisten jedoch ohne ihr Wissen per Autostopp nach Chur hinunter und von dort in unser Ferienhaus nach Tamins. Wir hatten beschlossen ein paar Tage zu bleiben, im Wald und im Dorf herumzustrolchen. Die meisten Nachbarn dort kannten uns, deshalb gelang es uns auch, Lebensmittel zu besorgen und unsere Schulden anschreiben zu lassen. Erst am nächsten Morgen kam uns in den Sinn, die Haushälterin anzurufen, die fast gestorben war vor Angst, weil wir auch spätabends noch nicht zurückgekehrt waren. Da sie unseren Vater, der beruflich auf Reisen war, nicht erreichen konnte, hatte sie die Polizei alarmiert, die uns dann am Morgen nach unserem Anruf in Tamins abholte und, nach Drohungen uns einzusperren und so weiter, wieder zu Hause in St. Moritz ablieferte. Immer wieder versetzten wir, wenn auch ohne böse Absicht, unsere liebe, aber wenig durchsetzungsfähige Haushälterin in Aufregung.

Als der Wechsel von der Primarschule ins Gymnasium anstand, meldete mich mein Vater im katholischen Mädcheninternat des Theresianums Ingenbohl an, nicht nur weil es, im Kanton Schwyz gelegen, weit genug von St. Moritz entfernt war, sondern vor allem, weil ihm seine ältere Schwester, die bei den Barmherzigen Schwestern vom heiligen Kreuz Nonne war, dazu geraten hatte. Trotz anfänglichen Widerstrebens, vor allem gegen die Trennung von meinem Bruder, fühlte ich mich bald wohl am neuen Ort und war schnell beliebt, nicht nur bei Lehrerinnen und Lehrern, sondern auch bei meinen Mitschülerinnen.

Meine mich am stärksten beeinflussende Freundin war aber nicht eine Klassenkameradin, vielmehr Teresa von Ávila höchstpersönlich. Ich begegnete ihr in ihren Aufzeichnungen, die mich zunehmend in Bann schlugen. Vor allem eine ihrer Visionen überwältigte mich:

‹Ich sah einen Engel neben mir, an meiner linken Seite, und zwar in leiblicher Gestalt. Er war nicht groß, eher klein, sehr schön, mit einem so leuchtenden Antlitz, daß er allem Anschein nach zu den ganz erhabenen Engeln gehörte, die so aussehen, als stünden sie ganz in Flammen. Ich sah in seinen Händen einen langen goldenen Pfeil, und an der Spitze dieses Eisens schien ein wenig Feuer zu züngeln. Mir war, als stieße er es mir einige Male ins Herz, und als würde es mir bis in die Eingeweide vordringen. Als er es herauszog, war mir, als würde er sie mit herausreißen und mich ganz und gar brennend vor starker Gottesliebe zurücklassen. Der Schmerz war so stark, daß er mich diese Klagen ausstoßen ließ, aber zugleich ist die Zärtlichkeit, die dieser ungemein große Schmerz bei mir auslöst, so überwältigend, daß noch nicht einmal der Wunsch hochkommt, er möge vergehen, noch daß sich die Seele mit weniger als Gott begnügt. Es ist dies kein leiblicher, sondern ein geistiger Schmerz, auch wenn der Leib durchaus Anteil daran hat, und sogar ziemlich viel. Es ist eine so zärtliche Liebkosung, die sich hier zwischen der Seele und Gott ereignet, daß ich ihn in seiner Güte bitte, es den verkosten zu lassen, der denkt, ich würde lügen.›

Immer wieder trat mir dieses intime Bekenntnis vor Augen und weckte in mir die Sehnsucht nach einer ebenso innigen Beziehung zu Gott, die ich mir später auch schaffen sollte in all dem unermesslichen Glück und unermesslichen Leid, Jesus Christus zum Bräutigam gewählt zu haben, von ihm als Braut gewählt worden zu sein. Mein Verhältnis zu Gott war herrlich und schrecklich in stetem Wechselspiel, kaum erlebte ich die höchsten Wonnen der Vereinigung, stürzte ich wieder in Abgründe der Gottverlassenheit, weil er mir plötzlich fern war, und ich nurmehr Leere; doch dann leuchtete wieder das Licht seiner Allgegenwart in meine Finsternis und ich erlebte die Süsse, ein Teil von Gott geworden zu sein, eine Einheit in Liebe, die nicht blind macht, sondern sehend. Mein Verlangen nach Gott war ein Sturz in den Strudel von Liebe, Höllenpein, Vernichtung, Erkenntnis, Rausch und Verlorenheit, es wurde zu Krankheit und Wahnsinn. Ich suchte das Leiden, denn die Schmerzen des Körpers bereiteten der Seele höchsten Genuss.

Anfangs verwirrten und erschreckten mich Teresas Bekenntnisse, doch ich konnte fortan nicht mehr von ihnen lassen, wenn ich auch erst, als ich im Kloster mit dem inneren Gebet vertraut worden war, selber erlebte, was sie gemeint hatte. So, wie ich inzwischen die Welt kenne, sehe ich auch, dass viele Frauen, aber auch Männer, keiner mystischen Verzückung bedürfen, um ihr Liebesleiden zu geniessen, sie suchen diese Leiden geradezu, nicht nur in der Sexualität. Auch die moderne Literatur und Philosophie lebt davon.»

«Wie recht du hast», sagt Gian, der mir fast andächtig zugehört hat, «über den mystischen Aspekt der Postmoderne wird viel geschrieben. Das spielerische Geniessen des eigenen Selbstverlustes scheint immer wieder einmal zum Kult zu werden: Jean Baudrillards Obszönität der wuchernden Dinge, der Ekstase, die alles wie ein riesiger Schlund in sich saugt, sodass jede Unterscheidung wegfällt zwischen Entbehrung und Erfüllung; Roland Barthes' *douceur* der Anwandlung einer Lust zugrunde zu gehen; Georges Bataille, für den sich in der Ekstase, einem zerstörerischen Akt der Überschreitung von Grenzen, Selbstverlust und Selbsterfüllung rauschhaft verbinden, Angst und Genuss, Schmerz und Lust, Mann und Frau und schliesslich Mensch und Gott zur Einheit finden.» «Ja», sage ich, «an Bataille habe ich vorher gedacht.» «Jetzt habe ich dich unterbrochen, wo ich doch dir zuhören wollte.»

«Nach der Matura begann ich an der Universität Zürich Religionswissenschaften und Germanistik zu studieren. Meine Cousine Leta vermittelte mir ein Zimmer in ihrer Wohngemeinschaft an der Froschaugasse, in einer Wohnung im 4. Stock eines renovierten historischen Gebäudes; von meinem Zimmer aus konnte ich über die Dächer des Niederdorfs sehen.

Ein gutes Jahr darauf dieser Traum. Kurzerhand entschied ich, mein Studium aufzugeben und in Teresas Nachfolge Karmelitin zu werden. Das war der andere Weg. Ich suchte Rat bei Tante Myrta, der Ingenbohler Ordensschwester, die, als sie merkte, wie entschlossen ich war Karmelitin und nicht Barmherzige Schwester vom heiligen Kreuz zu werden, mich der Priorin eines kleinen Karmels in der Romandie zur Aufnahme ins Postulat empfahl. Mein Vater versuchte, mir diesen Schritt auszureden; seine Schwester stritt mit ihm, er solle sich nicht in eine spirituelle Lebensentscheidung einmischen, von der er nichts verstehe; doch ich hatte mich längst entschieden.

Schnell war mir der geregelte, stille Klosteralltag zur lieben Gewohnheit geworden, das opus dei, in dem alles zum Christus liebenden Beten-ohne-Unterlass in Gottes ständiger Gegenwart wird, der unablässige Rhythmus: die frühmorgendliche Versammlung zum Rezitieren und Singen des Morgenlobes, die Stunde für das innere Gebet, die Eucharistiefeier, das gemeinsame Frühstück, das Verrichten verschiedener Arbeiten, hauptsächlich schweigend, die gemeinsamen Mittags-Gebete mit dem Gebet zu Maria, die für uns mehr Mutter als Königin, ja unsere Schwester ist, danach das gemeinsame Mittagsmahl und die anschliessende Erholungsstunde mit Gespräch und Handarbeit, die stille Zeit am späten Mittag zum Gedächtnis des Todes Jesu mit geistlicher Lesung, das stille Arbeiten am Nachmittag, die Rezitationen und Gesänge des Abendlobes, die Stunde für das innere Gebet, das gemeinsame Abendessen, zum Abschluss des Tages die Andacht mit Schuldbekenntnis, Hymnus, Psalmen, Kurzlesung, Wechselgesang, Salve Regina, Nachtgebet und Segen, schliesslich das Chorgebet zum Beginn der Nacht und der Rückzug in unsere Zellen zu geistlicher Lesung und zur Nachtruhe. Ein kontemplativer Wechsel von Gebet, Arbeit, Erholung, von Einsamkeit und Gemeinschaft, den ich je länger desto inniger als unablässiges Gebet meiner Liebe zu Jesus erlebte.

Nach einem Jahr feierte ich die Einkleidung zum Noviziat; ich war fortan nicht mehr Muriel, sondern Schwester *Maria Teresa,* nach weiteren zwei Jahren bekam ich die Zustimmung des Konventkapitels, die Gelübde für drei weitere Jahre abzulegen. Darin gab ich meine Absicht kund, ein Leben in treuer Nachfolge Jesu Christi zu führen, geleitet von der Jungfrau Maria. Ich gelobte auf drei Jahre ehelose Keuschheit, Armut und Gehorsam, gemäss der Regel und den Satzungen der Unbeschuhten Schwestern des Ordens der Seligen Jungfrau Maria vom Berge Karmel, und mich ganz dieser von der heiligen Teresa gegründeten Ordensfamilie zu übergeben.

1983 feierte ich die ewige Profess. Auf eine rote Schleife, ein Geschenk zur Feier, hatten meine Mitschwestern die Worte von Jeremia 20,7 gestickt: *Herr, du hast mich verführt und ich habe mich verführen lassen!* Jetzt hatte ich mich für immer Jesus hingegeben.

Das Medium meiner Hingabe war für mich, vor allen Ritualen und Gebetsformeln, das innere Gebet. Es war weit mehr als ein inneres Sprechen, auch mehr als nur Hören, mehr als der Dialog mit meinem Geliebten, den wir zwar täglich und nächtlich führten, es war ein Tanzen, ein Liebkosen und Küssen, ein Necken und Verschmelzen. Nicht nur beim Meditieren in der Einsamkeit meiner Zelle, sondern in all meinem Tun, in der Hausarbeit, im Garten, beim Studieren, Lesen, Schreiben, im Verkehr mit den anderen Schwestern, in allem erlebte ich die Liebe zu ihm, alles schloss ich in diese Liebe ein, es war mein Genuss, bald höchste Lust und Wonne, bald mühevolle Hartnäckigkeit, die ich Liebeswille nannte, alles war für Ihn, nein, *in* Ihm.»

«Gott vögeln», sagt Gian, der mir aufmerksam zugehört hat, «ich meine das keineswegs despektierlich, eher neidisch.»

«So war es auch», stimme ich ihm zu. «Nie zuvor war ich so sinnlich gestimmt, keine meiner früheren, durchaus schönen sexuellen Erfahrungen während meines ersten Studienjahres waren so tief, liessen mich solche Wonnen erleben wie meine Liebesbeziehung zu Jesus Christus, in der ich kein Ich-Selbst war, vielmehr die ganze Welt, meine Liebe, die all das war, was ich tat, und all das, was mir widerfuhr.»

«Du hast erfahren, was Meinigkeit ist, nur hast du es Liebe zu Jesus Christus genannt. Offenbar kam es dann aber nochmals zu einer erstaunlichen Wende in deinem intensiven Leben.»

«Die Wende ist abrupt eingetreten, aber angebahnt hat sie sich allmählich, ein langer Prozess des Zweifelns, der einen

174

bisherigen Zustand plötzlich in einen ganz neuen kippen lässt. Es war eine schleichende Emanzipation vom Einfluss der Heiligen Teresa. Das langsame Erwachen aus einem langen Traum.»

«Hat dich jemand oder etwas in die andere Richtung beeinflusst? Hast du kritische Autoren gelesen?»

«Nein, vor der Wende nicht. Heimtückisch schlich sich der Teufel in meine Meditationen, würde die Heilige Teresa sagen, zuerst in mein Gemüt, *vor* dem Denken, wortlos, schlich sich in meine Lust, in meine Wonne, Jesus wurde immer mehr Leib, nicht allein nachts in meiner Zelle, auch während des Tages, in jedem Winkel, in dem ich einsam sein durfte, suchte ich seine warmen, zarten Lippen, ihn zu küssen, von ihm geküsst zu werden, ihm kosend tausendmal zu sagen: *Du,* mein innigst Geliebter, mein Alles, meine Seele. Und aus der Stille dasselbe von ihm zu hören. Ich wusste, das war das vollkommene *innere Beten*, wie ich es von der Heiligen Teresa gelernt hatte. Hingabe und Hinnahme verschmolzen zu eins. Ich war Jesus so vollkommen zu Willen, dass sein Wille und mein Wille eins waren.»

«Wo hatte in dieser göttlichen Liebe überhaupt noch ein Teufel Platz?», fragt Gian. «Für die Heilige Kirche hat überall ein Teufel Platz, daran hat ja auch Teresa geglaubt.» «Und du?» «Für mich nicht. Warum, weiss ich nicht, aber daraus ist allmählich meine Revolution geworden. Gott war mir kein heiliger Geist, sondern der lebendige Leib Jesu, der nackt bei mir lag. Unsere gemeinsame Nacktheit war der heilige Leib Gottes. Ich spürte in meiner Vagina, nicht im Kopf, wie sich die göttliche Gnade in mich ergoss, ich kostete sie in meinem Mund und meine Wonnen steigerten sich zum leiblichen Orgasmus. Nach meiner zeitlichen Profess erzählte ich meinem Beichtvater davon, aber als er immer mehr und Genaueres von mir wissen wollte, hörte ich den Teufel aus seiner Neugier fragen; ich verstummte sofort.

Ab da behielt ich meine innige Verbindung mit Jesus für mich. Ich bedurfte keiner weiteren Vertrauensperson mehr, denn ich war überglücklich in meiner Beziehung. Nur die Heilige Jungfrau Maria durfte dabei sein, auf sie, unsere Schwester, hatte ich bald einmal das innere Beten ausgeweitet, auch sie begleitete mich Tag und Nacht, auch sie liebte ich im Verrichten meiner Arbeiten, im Umgang mit meinen Mitschwestern und allen anderen Leuten. Auch sie gehörte zu unserem gemeinsamen heiligen Nacktsein voreinander, dem göttlichen Mysterium, dass zwischen uns kein Geheimnis mehr war. Mein ganzes Leben war ein einziges göttliches Liebkosen, sogar in schweren Zeiten.»

«Wie kam es zur Revolution ohne revolutionäre Situation, wie mir scheint, ohne Leidensdruck?», wundert sich Gian.

«Doch, in all den Jahren meines Klosterlebens baute sich eine revolutionäre Situation auf, stärker und stärker. Ich nahm ihre Zeichen, die sich mehrten, durchaus wahr, aber ich wollte sie nicht ernst nehmen, bis zum Schluss nicht. Ich hüllte mich in die Lust des inneren Betens, in der die Zeichen der Unlust, des Zweifels verblassten, immer wieder überstrahlt wurden.»

«Erzähl mir von deinen Zweifeln.»

«Der Entscheid ins Karmelitinnen-Kloster einzutreten war, wie gesagt, vom Traumgedanken der Santa Teresa de Jesús nachzufolgen ausgelöst. Lange Jahre gehörten ihre Schriften zu meinen regelmässigen geistlichen Lesungen. Zu meinem Erschrecken begann mich vieles, was Teresa geschrieben hatte, zu langweilen, ein wichtiges Zeichen, das ich sofort zu ignorieren versuchte, indem ich Teresas Auffassungen ganz auf die Kunst des inneren Betens einengte, wie ich es praktizierte. So verleugnete ich hartnäckig, dass meine Distanz zu ihr immer grösser wurde. Ich wollte nicht wahrhaben, dass sie und all die bedeutenden Figuren um sie herum für mich zu dürftigen Schemen schrumpften. Damit begannen auch die grossen Ideale der klösterlichen Gemeinschaft, der ich mein ganzes

Leben geweiht hatte, zu schrumpfen.

Mich beschäftigte keine Kritik an meinem Klosterleben, an meinen Mitschwestern oder an der Priorin. Ich hatte sie alle gern und sie mich auch; ich war hilfsbereit, innovativ, man hörte gerne auf mich. Niemand bemerkte meinen zunehmenden Überdruss, und ich wollte ihn nicht sehen. Mein Dasein für die anderen, für das Wohl der Gemeinschaft, gehörte zur Liebes-Praxis meines inneren Betens, und die Wollust des inneren Gebets wurde all die Jahre zur Trutzburg gegen den schleichenden Zerfall meiner alten Welt.

Es waren keine skeptischen Gedanken zur Religion, die mich zweifeln liessen, nur das wachsende Gefühl des Widerwillens gegen die christlichen Glaubenssätze, die biblischen Sprüche, die Rituale, die Inhalte der von uns täglich rezitierten Psalmen und Litaneien. In meinem Bewusstsein bemäntelte ich das Gefühl der Ablehnung als meine mystische Abkehr von der rationalen Religiosität hin zur Unmittelbarkeit meiner Beziehung zu Gott. Der Rückzug in meine Liebesburg wurde zur betäubenden Flucht in einen letzten Aufschub.

So abrupt wie mein Entscheid, Teresa zu folgen, kam die Revolution. Mitten in der Komplet, unserer Andacht zum Tagesende, schaute ich auf das grosse Holzkreuz mit dem aus Ahorn geschnittenen Corpus und sagte zu mir: Jesus, hier bist du ein Stück Holz, anderswo ein Stück Bronze, ein steinernes Relief und Maria eine Statue, ein Gemälde in Öl. Mein Widerwille entlud sich in einer Eruption. Die mystische Liebesburg krachte zusammen, deren Trümmer begruben den Geliebten, begruben die geliebte Schwester, nurmehr eine Staubwolke des Abscheus, ohne jedes Argument, weder zuvor noch danach. Ich stand auf, verliess den Andachtsraum und wusste von einem Augenblick auf den anderen: Meinen religiösen Glauben hatte ich für immer verloren.

Jede Revolution erzeugt ihre Opfer. Ich brach die ewigen Ordensgelübde ohne die geringste Rechtfertigung. Niemand war darauf gefasst. Niemanden fragte ich um Erlaubnis, weder die Priorin noch das Konventkapitel. Es gab Tränen bei denen, die mich geliebt hatten, Vorwürfe von anderen wegen Versündigung, wegen Vertragsbruch. Ich war kalt, von einem Augenblick auf den anderen, sagte: Ich danke allen für die Gemeinschaft, in der ich so viele Jahre sein durfte. Es war schön bei euch. Trotzdem verabschiede ich mich heute für immer. Lebt wohl. Einige umarmte ich beim Abschied ohne Wehmut.»

«Jetzt brauche ich eine Pfeife», sagt Gian, «stört es dich?» «Du weisst ja, dass ich den Tabakpfeifenrauch gern rieche, mein Vater hat auch Pfeife geraucht.» «Setzen wir uns doch nach draussen und geniessen den goldenen Herbst.» «Mir gefällt dein kleiner Balkon, die erstaunliche Ruhe mitten in den Häusern, der Blick auf den Üetliberg.»

«Teresa von Ávila wird von manchen als grösste Mystikerin aller Zeiten verehrt, wie stehst du heute zu ihr?» «Mein Urteil über Teresa ist das Urteil über meinen eigenen Lebenslauf. So wie mir die Schwester *Teresa von Maria der Gebenedeiten,* wie ich im Kloster mit vollem Namen hiess, fremd ist, ist mir die Mystik der Teresa de Ávila heute fremd, eine Welt weit weg.» «Trotzdem wirst du über beide ein Urteil haben, siehst vielleicht Probleme bei Teresa. Seit meinem Abschied vom Zen und weil Ludwig mich Anarchomystiker genannt hat, setze ich mich mit dem Phänomen der Mystik auseinander.»

«Etwas fehlte Teresa», sage ich, «das Eigene – meiner Teresa, der ich nachfolgen wollte. Sie war nichts anderes als der mystische Code, mit dem allein sich das magische Tor meiner Liebeskammer öffnen liess, der aber vor allem das Programm war, mit dem ich mir meinen Jesus als Hologramm schuf, als lebendigen Gefährten auf der Bettstatt meiner Kammer, er war der Avatar Gottes, durch den ich ihn gevögelt habe, wie du es nennst.» «Du sprichst wie eine Jugendliche vom Gamen. Ich verstehe leider nicht so viel davon, was es mir manchmal erschwert, dem Gespräch meiner Schüler zu folgen.» «Inzwischen habe ich im Diesseits einiges nachgeholt, bin Geschichtslehrerin und unterrichte auch deutsche Sprache und Literatur wie du. *Avatara* ist übrigens ein Wort aus dem Sanskrit für leibliche Gestalten Brahmans, in denen er sich in dieser Welt zeigt. Gelegentlich erlebte ich mich selbst als Avatara, in der Gott seine Liebe verkörpert, wohl ein Fall für den Psychiater.»

Wir lachen beide. Gian lehnt sich in seinen Stuhl zurück, denkt lange nach, saugt an seiner Pfeife, Rauchwölkchen schweben aus seinem leicht geöffneten Mund. «Nein, kein Fall für den Psychiater, der nur zum Mörder würde.» «Mörder?» «An dem, was sie Wahn nennen. Ihr vornehmstes Ziel ist, das ihm zugrunde Liegende als Krankheit zu identifizieren, diese auf den Begriff zu bringen und den Patienten, so gut es geht, von ihr zu heilen.» «Maria Teresa und Jesus am Kreuz der psychiatrischen Diagnostik», sage ich. «Oder auf dem Kreuzweg der psychoanalytischen Kur. Wo Es war, soll Ich werden. Warst du glücklich in deiner Liebesbeziehung zu Jesus und der Jungfrau Maria?»

«Offen gestanden, es war die glücklichste Zeit meines Lebens. Nie hatte ich so geliebt. Eigentlich war da kein Ich, das liebte, da war nur Liebe, das liebende Verbundensein von uns dreien und schliesslich der ganzen Welt, in der ich mich bewegte. Noch heute kann ich mir für mein Erleben kein Ich vorstellen, ich habe kein Selbst verwirklicht. Diese Liebe selbst, mein Einssein mit Gott und der ganzen Welt, hat sich verwirklicht. Es war Traum und doch die ganze Wirklichkeit.» «Ich und Selbst sind die Theorieträume der Philosophen und Psychologen. Mit missionarischem Eifer haben sie und ihre Jünger solche Begriffe in die Welt hinausgetragen, sodass sie trotz aller Skepsis noch immer in aller Munde sind. Du hast von Code, Hologramm und Avatar gesprochen. In unseren Sprachlehreraugen mögen das technisierte Metaphern sein für Träume, Sinnestäuschungen, Wünsche und dergleichen. Aber die Liebesgeschichte, die du mir erzählt hast, ist zugleich Wirklichkeit.»

«Leidenschaftlichere und beglückendere Wirklichkeit sogar als alle Liebesbeziehungen und Affären, die ich ausserdem hatte», sage ich und werde nachdenklich. «Seltsam, ich bin mir ganz sicher, dass es so ist, obwohl ich jetzt in einer ganz anderen Welt lebe, obwohl mir Maria Teresa und ihre Klosterwelt, das ganze Glück von damals, fremd geworden sind, mir jeder Link zu Jesus und Maria, ja auch zu Gott, abhanden gekommen ist.»

Gian legt die Tabakpfeife auf den Tisch, steht auf, zieht mich zu sich hoch. Wir umarmen uns lange, dann sagt er: «Ich bin glücklich, Muriel, dich gefunden zu haben.»

fade-out

16   in vino

fade-in

Schlafloser (herumirrend): Trunken von Schlaf und dennoch
  ausgetrocknet …
Zensor (hält ihn auf): Halt! Was willst du hier? Wer bist du?
  Woher kommst du?
Schlafloser: Ich bin ein Sohn des Weltenlaufs und komme aus
  dem Licht. Wo bin ich?
Zensor: Du bist im Garten des ewigen Nu.
Schlafloser: Mich dürstet, gebt mir zu trinken.
Zensor (zeigt nach rechts): Dort, neben der weissen Zypresse,
  sprudelt eine Quelle: Meide sie; auch wenn ihr Wasser
  Schlaf verspricht, wohnt dem Trank ein böser Zauber in-
  ne.
Schlafloser: Was soll ich tun? Ich bin am Verdursten.
Zensor: Du bist zwar keiner von uns, indes will ich dir den
  Weg zeigen. Umgehe in weitem Bogen die Quelle des
  ewigen Schlafes, biege dann links ab zum Birkenwäldchen
  hin, dort wirst du einen Fluss finden mit kühlem Wasser,
  der aus dem See Mnemosynes strömt.
Schlafloser (wendet sich zum Gehen): Davon will ich trinken!
Zensor (hält ihn auf): Vorsicht! Der Fluss ist wild, er hat
  schon so manchen Durstigen mitgerissen. Folge seinem
  Lauf aufwärts bis zum Teich, geh am Ufer in die Knie,
  schöpfe Wasser mit der Hand und wirf es dir zuerst ins
  Gesicht.
Schlafloser: Ich muss aber trinken …
Zensor: Hast du das Ritual vollzogen, erscheint Mnemosyne.
  Sie reicht dir das Wasser in ihrem Becher aus schwarzem
  Turmalin; trinkst du daraus, hast du dich mit ihr, der

Göttin der Erinnerung, vermählt und ihr werdet ewig eins.

Schlafloser: So will ich ihr Freier sein, mit ihr verschmelzen.

Mnemosyne, à bout de souffle, das Haar zerzaust, gewandet in ein langes krokodilgrünes Trägerkleid, ein Träger von der Schulter gerutscht, huscht durch den Raum.

fade-out

fade-in

— *Gian* —

Die Nachricht dreht sich mir im Kopf. Der Schlaf will nicht kommen. Ich gehe ins Arbeitszimmer, öffne alle Fenster, setze mich vor den Computer, um das E-Mail nochmals zu lesen.

Von: ludwig@prowolff.info   5.4.2007 23:18

An: brief@gica.ch

Betreff: Tuula

Mein lieber Gian

Verzeih, dass ich erst jetzt wieder von mir hören lasse. Bologna hält mich recht ordentlich in Atem. Und so jung wie damals in Hamburg, im November 1967, bin ich auch nicht mehr. Erinnerst du dich? Wir waren zu Gast in der Kommune in der Kastanienallee … Unter den Talaren / Muff von 1000 Jahren. Das waren noch Zeiten.

Ärgerlich, diese Einleitung. Das erste Lebenszeichen nach einer Ewigkeit, und er plaudert daher, als wäre seit unserer Jugend nichts Erinnernswertes mehr vorgefallen. Ob ich nichts von ihm höre, ob er sich meldet, stets habe ich das Gefühl, Wolfi lasse mich nicht an sich herankommen, als wollte er sein wahres Leben vor mir verbergen, wie er es ja auch damals in Hamburg gegenüber uns allen zu tun pflegte.

> Der Grund meines E-Mails ist Sorge um Tuula. Sie will mich in ihren Ferien unbedingt in Bologna besuchen, was aber aus gewichtigen Gründen verhindert werden muss. Kurz, es wäre zu gefährlich. Dieser Unruhe will ich kein Kind aussetzen, schon gar nicht Tuula, die allerdings mit ihren 17 Jahren kein Kind mehr ist, sondern eine junge Frau, die weiss, was sie will. Darum befürchte ich, dass es auch ihren Eltern nicht gelingt sie zurückzuhalten. Sie ist imstande, trotz Verbot, einfach von zu Hause abzuhauen, und wenn sie zu wenig Geld hat, per Anhalter nach Bologna zu fahren (wie wir einst nach Hamburg).
>
> Als Begründung, warum sie unbedingt kommen wolle, erwähnte sie einen Streit mit dem Philosophielehrer – höchst suspekt. Die junge Dame zieht alle Register, wenn sie etwas erreichen will. Sie hätte dringende Fragen, die Philosophie betreffend, die sie nur mit mir besprechen könne. Um sie abzuschrecken, habe ich brutal Nein gesagt, aber vorgeschlagen, sie solle sich an dich wenden.

Wolfi spinnt wohl, seine 17-jährige Enkelin zu mir zu schicken, mein Kontakt zu ihr ist ja seit Jahren versandet.

> Bei dir habe sie zur Abwechslung Gelegenheit, sich mit einem kritischen Geist über seine Anarchomystik auseinanderzusetzen. Ich weiss, ich überrumple dich damit,

Wie immer!

> aber ich wäre sehr beruhigt, wenn du dich in diesen Fragen ihrer annehmen würdest, nicht zuletzt auch darum, weil sie mir zu sehr (du wunderst dich wohl) auf die Materie der Philosophie ausgerichtet ist, fast zwanghaft, war sie doch schon früh ein erschreckend altkluges Kind; ich weiss, lieber Gian, das hat mit mir zu tun, mehr sogar als mit φιλο σοφία. Ich will auch nicht, dass sie mir später nach Bologna nachreist. Zum einen, weil ich ihr ohnehin vom Studium der Philosophie abrate, zum anderen, weil ich hier, wie gesagt, keineswegs so ungefährlich lebe, wie man meinen könnte – aber davon kann ich ihr nichts erzählen, auch

dir nicht, jedenfalls nicht in diesem E-Mail. So habe
ich an dich gedacht und an deine philosophie- oder
philosophenkritischen Statements, denen ich, obwohl ich
sie anders formulieren würde und könnte, gar nicht so fern
stehe, wie du vielleicht meinst.

Sei umarmt
Ludwig

(Wenn ich nach Zürich komme, könnten wir ja wieder einmal
in die Bodega gehen, dann erzähle ich dir mehr!)

Sei umarmt, das hat er noch nie geschrieben. Wieder einmal
in die Bodega, das weckt Erinnerungen. Ich stecke mir eine Tabakpfeife an, gebe mich Mnemosyne hin. Mitternacht
vorbei. Erinnerungen sind nicht Vergangenheit, wenn auch in
der Sprache meines Denkens gerne Figuren antiker Mythen
auftauchen, sind es doch Göttinnen und Götter, die *jetzt* leben; ich weiss, wie es war, weil es *jetzt* ist, weil ich mich mit
Mnemosyne, der Göttin der Erinnerung, jetzt vereinige, sie
mir jetzt das Damals so erzählt, wie es ihr zu erzählen beliebt,
so wie die Oneiroi, die Kinder des Schlafes, als meine Träume
erscheinen und Mnemosyne sie mir im wachen Liebesakt wie-
dererzählt. War es wirklich so oder sind es Gestaltungen des
Morpheus, des Phobetor oder des Phantasos, *der in Gestein,
in Erdreich, Wasser und Bäume und was alles der Seel entbehrt,
sich trügerisch wandelt,* wie Ovid in den Metamorphosen ge-
dichtet? Wozu Grenzen ziehen? Historiker mögen über die
geschichtliche Wahrheit philosophieren, auch sie stossen an
Grenzen, auch sie erforschen ihre Quellen immer jetzt, immer
neu, immer anders.

fade-out

*Mnemosyne setzt sich in die Ecke, in der Zeiten sich treffen,
ausser für Gian sonst für niemanden sichtbar,
legt den Memoryprompter auf ihre Knie und schaltet ihn ein:*

11. März 1985
Das Gerät souffliert direkt in Gians Erleben,
gesteuert durch der Göttin raumzeitendurchwandernde Leidenschaft.

fade-in

— *Gian* —

Die Bodega Española im Zürcher Dörfli, Ludwigs und meine Stammbeiz schon in der späten Gymnasialzeit, wie oft sassen wir in der Bar im Erdgeschoss bei Tapas und Rioja, philosophierend bis Mitternacht, Dispute zu zweit, an den runden Holztischen nicht selten auch mit den Gästen ringsum.

Ich sass mit Wolfi in der Bodega-Bar, an einem dieser Tische, auf klassischen Thonet-Bugholz-Stühlen, wie sie in vielen Kaffeehäusern der Welt anzutreffen sind. Noch war später Nachmittag und wir warteten bei einem Glas Wein und köstlichem *Jamón Serrano*, bis die Sala Morisca im ersten Stock öffnen würde. Längst hatten wir das Studium hinter uns, ich Deutschlehrer an einem Gymnasium in Zürich, Ludwig Dozent für analytische Philosophie in Bologna, gelegentlich in Rom und Florenz.

Am Nachbartisch schaute ein älterer Mann mit einer markanten Hornbrille aus der Zeitung auf und sagte zu uns gewandt, Michail Gorbatschow sei Generalsekretär der KPdSU geworden. Ob Hoffnung bestehe, fragte ich. Ach, Hoffnung, was wisse man schon, sagte der Mann, verschwand wieder hinter seiner Zeitung.

Wir hatten wenig Lust, uns über die Neuigkeiten in der Weltpolitik zu unterhalten, begannen in Erinnerungen an die Hamburger Wohngemeinschaft zu schwelgen. Ein Gaudi sei das gewesen, damals, die Aktion mit dem Transparent *Unter den Talaren / Muff von 1000 Jahren*, an der wir anno 1967 mitgewirkt hatten, den Ehrwürdigen gleichsam unter den Talar zu schauen, sagte ich. Ich hätte meinen Schülern nie von der Kommune erzählt, die diese Aktion geplant habe, doch wenn ich es täte, wovor mich meine Lehrerbravheit behüte, fänden sie diese garantiert eine geile Bande. «Noch immer Anarchist?», grinste Ludwig mit seinen Fragezeichenfalten auf der Stirn, Falten, die mir seit unserer Jugend dasselbe bedeuteten. Ja und nein, vielleicht in gereifter Form, wenn das überhaupt ein passendes Attribut sei, denn als analytischer Philosoph wisse er ja, dass Worte, je nachdem wie und wozu die Leute sie jeweils gebrauchten, ganz Unterschiedliches bedeuteten; Anarchie, Anarchismus seien verdorbene Vokabeln. Wenn er es wirklich wissen wolle, würde ich ihm meine Auffassungen lieber in eigenen Worten erklären.

Noch beschäftige mich etwas anderes. Was denn? Die Art und Weise, wie er damals abgehauen sei aus der Wohngemeinschaft, Sara verarscht habe mit Roxana, uns alle verarscht. Und Isa habe mich verarscht, entgegnete Ludwig, uns alle, … zu eng, unsere Gegenwart sei ihr plötzlich zu eng geworden, obwohl er und Roxana nur noch gelegentlich dort gewesen seien. Vielleicht, relativierte ich, sei es kleinlich, dass mich das auch jetzt noch beschäftige, mich noch immer nicht kalt lasse, diese Kastanienallee unserer Jugendzeit. Solche Enttäuschungen, räumte Ludwig ein, schlügen Wunden, die oft nie ganz verheilten, aber seine Untreue habe uns ja Glück gebracht, ich hätte es gut mit Sara und sie mit mir; Roxana und Sara seien Freundinnen geworden; Ludwig senkte den Blick und fügte leiser an, obwohl …
«Trotzdem», sagte ich. «Trotzdem», griff Wolfi den Faden auf, «verübelst du mir mein damaliges Verhalten, ich verstehe.» «Auch du warst mir wichtig, auch dich habe ich geliebt», sagte ich leise. «Zwei Philosophen», meinte Ludwig, wie mir schien verlegen. «Nein, Philosoph bist du, ich bin Deutschlehrer. Ihr

hättet bei uns in der Wohngemeinschaft bleiben können, unsere Beziehungen waren ja sehr offen gedacht, doch nach Isas und deinem Abgang war die Luft aus unserem Projekt raus.» «Offen *gedacht* schon, aber Roxana wollte nicht. Sie spürte, dass alle sich anstrengten, einem Ideal nachzuleben, spürte Saras Wut, deine Ablehnung meines Verhaltens, auch wenn das niemand zum Ausdruck brachte. Ausserdem war sie schon schwanger, da wollte ich bei ihr bleiben, nur wir zwei. Nach der Geburt von Darius waren wir zu dritt. Dann die Tragödie des tödlichen Autounfalls meiner Mutter.»

Ich beugte mich vor, ergriff seine Hand. Wir schwiegen. «Ich sollte vernünftiger sein», sagte ich betroffen. «Ach, die Vernunft», seufzte Ludwig, »ich bin zwar Philosophielehrer, aber die etablierten Mitglieder der ehrenwerten Philosophenzunft sind nicht unbedingt auch Philosophen. Ich nehme mich da nicht aus.» «Das erinnert mich an unsere Schopenhauer-Gespräche.» «Heute ist es nicht viel anders, viel intellektuelle Arroganz, in Weltläufigkeit gekleidete Kleingeisterei bei den Alten, die Jungen damit beschäftigt, Papers zu produzieren, eine neue Spielart intellektueller Entfremdung. In philosophischen Instituten herrschen ebenso grosse Rivalitäten wie in beliebigen anderen Fachschaften.» «Recht selbstkritisch.» Ludwig schwieg, senkte wieder seinen Blick.

«So hast du es mir souffliert, Mnemosyne. Ich vertraue dir.»
«Du hast keine andere, der du vertrauen kannst, Geliebter.»

Ein Kellner teilte mit, die Sala Morisca habe nun geöffnet. Als Hauptgericht bestellten wir Paella Bodega Española und den Rioja Altún Crianza, dem wir beim Warten auf die Paella schon mal tüchtig zusprachen.

Wir hoben die Gläser, liessen sie klingen, schwenkten den dunklen roten Wein, schwiegen, lobten geniesserisch vorwegnehmend die Küche des Hauses, die eleganten Bewegungen der Camareros. Wir schauten uns an, lachend, grinsend, Freunde, die sich kennen und doch nicht kennen. Ludwig sah gut aus mit seinem energischen, sympathisch wirkenden Gesicht, dem kurzen, angegrauten Bart. Die Kurzhaarfrisur mit Mittelscheitel trug er noch immer gleich wie im Gymnasium, selbst in den 70ern hatte er nichts daran verändert.

«Ich wollte dich vorhin nicht provozieren mit der Frage nach dem Anarchisten», sagte Ludwig, «doch als du von Hamburg sprachst, habe ich mich daran erinnert, wie du damals unserer Schopenhauer-Dispute überdrüssig warst und lieber über Max Stirners Buch *Der Einzige und sein Eigentum* diskutieren wolltest, das dir einer der Genossen empfohlen hatte. «Aber du konntest Stirners Egoismus-Narrativ gar nichts abgewinnen. Damals bevorzugtest du Marx, nötigtest mich, mit dir *Das Kapital* zu lesen.» «Für uns 68er-Studenten gewissermassen Pflichtlektüre. Eigentlich hätten wir mit Hegel beginnen müssen, um den Zauber der Dialektik in Marx' Denken vertieft geniessen zu können.» «Geniessen ist gut. Philosophen haben besondere Vorlieben. Soweit ich mich erinnern kann, fand ich die Lektüre von Marx' Meisterwerk über weite Strecken qualvoll, gelegentlich zwar virtuos erzählt, doch insgesamt scheint mir Marx' dialektische Philosophie das grösste Hindernis jeder sozialen Revolution.» «In welcher Hinsicht?» «Das Beharren auf seiner theoretischen Sicht des Klassenkampfes, sein oft intrigantes Bremsen andersdenkender Revolutionäre.»

«Stimmt, doch sag mir», insistierte Ludwig, «wie hast du's mit der, wie du sie nanntest, verdorbenen Vokabel Anarchist. Ich habe mich nie damit befasst, dass ein Begriff *verdorben* sein könnte wie alte oder falsch gelagerte Lebensmittel.» «Genau das: verdorben im Sinne von ungeniessbar. *Scheissbegriff* würden meine Schüler schimpfen. Selbst Goethe verwendet den Begriff zwiespältig; lass mich zur Veranschaulichung des Geniessbaren aus seinen *Zahmen Xenien* zitieren:

Warum mir aber in neuester Welt
Anarchie gar so gut gefällt?
Ein jeder lebt nach seinem Sinn,
Das ist nun also auch mein Gewinn.
Ich lass einem jeden sein Bestreben,
Um auch nach meinem Sinne zu leben.

Wenn Goethe aber mehr als drei Jahrzehnte vor seinen Versen bei einem Panikausbruch auf dem Schiff vor Capri äusserte, ihm sei *von Jugend auf Anarchie verdriesslicher gewesen als der Tod selbst*, dann ist mir der Begriff ungeniessbar, ungeniessbar auch, wenn damit sinnloser Radau, Terror oder auch nur heilloses Durcheinander bezeichnet wird.»

«Inwiefern wärst du ein geniessbarer Anarchist?», wollte Ludwig trotz meines Sträubens noch immer wissen. «Ich erzähle es dir anhand eines Erlebnisses aus einer meiner Deutschstunden vor nicht allzu langer Zeit. Ich hatte meinen Gymnasiasten Kants Aufsatz *Beantwortung der Frage: Was ist Aufklärung?* zur Diskussion unterbreitet.» «Das gehört zum Grundwissen, Kants Sätze kann ich seit meinen Gymnasiastentagen aus dem Gedächtnis hersagen: *Aufklärung ist der Ausgang des Menschen aus seiner selbst verschuldeten Unmündigkeit. Unmündigkeit ist das Unvermögen, sich seines Verstandes ohne Leitung eines anderen zu bedienen. Selbstverschuldet ist diese Unmündigkeit, wenn die Ursache derselben nicht am Mangel des Verstandes, sondern der Entschließung und des Mutes liegt, sich seiner ohne Leitung eines anderen zu bedienen. Sapere aude! Habe Mut dich deines eigenen Verstandes zu bedienen! ist also der Wahlspruch der Aufklärung.*»

«Angeber!» «Unser Deutschlehrer hatte uns das aufgegeben. Erinnerst du dich nicht mehr?» «Nein, auch wenn es mein Lieblingsfach war. Vielleicht war ich zu faul.» Wir lachten beide und prosteten uns zu mit dem Rioja, den der Camarero nachgeschenkt hatte.

«Hat sich das wirklich so abgespielt?» Mnemosyne nickt in ihrer Ecke.
«Ich spüre, dass du auch mit Ludwig verbandelt bist.»
«Liebe spiele ich mit allen. Ich bin Göttin.»
«Und ich eifersüchtig, weil mir scheint, dass du andere bevorzugst.»
Mnemosyne errötet. Der Träger ihres Kleides ist noch tiefer gerutscht,
eine nackte Brust wird sichtbar.

«Ich erzähle dir das», fuhr ich fort, «weil mir eine Schülerin in der anschliessenden Diskussion plötzlich die Augen geöffnet hat.» «Verdienstvoll», spottete Wolfi, um gleich zu beschwichtigen: «Allerdings könnte mir das auch nicht schaden …, bloss ist das bei einem Hochschullehrer nicht so einfach. Was hat deine Schülerin denn vorgebracht?» «Sie wandte ein, dass ihr das Wort Verstand in jenem Zusammenhang problematisch vorkomme, da Kant auch die fremde Leitung, die uns unmündig bleiben lasse, mit Verstand bezeichne, was solle aber der *eigene* Verstand sein, dessen wir uns ohne fremde Leitung bedienen sollten, ob es am Ende nicht wieder fremde Philosophen seien, die einem sagen würden, was der eigene Verstand sei.» «Dass sie so fragte, war schon die Antwort», sagte Ludwig. «Verblüfft musste ich Lea, so heisst die Schülerin, eingestehen, dass ich Kants Stellungnahme noch nie in diesem Licht betrachtet hatte. Dann hätte Kant, seine eigenen Gedanken konsequent zu Ende gedacht, seinen Wahlspruch der Aufklärung eigentlich so formulieren müssen: Habe den Mut zur steten Bereitschaft zum Ungehorsam.»

«Statt *sapere aude* also *inoboedire aude»,* übersetzte der Professore, «erinnert mich an den Essay von Henry David Thoreau: *Über die Pflicht zum Ungehorsam gegen den Staat.»* «Kenne ich. Ihm geht es um den Respekt des Staates vor dem Willen des Individuums, dem jener einzig seine Macht verdanke. Aber unter Bereitschaft zum Ungehorsam im Sinne eines konsequent zu Ende gedachten Wahlspruchs der Aufklärung verstehe ich nicht bloss Widerstand gegen die

Staatsgewalt, wie ungerecht sie auch immer sein möge.» «Du meinst Widerstand gegen jede Autorität.» «Das tönt mir zu oberflächlich.» «Oh …» «Verzeih …, es fällt mir nicht so leicht das zu formulieren, weil es nicht einfach um Vernunft geht, vielmehr um sowas wie die Bereitschaft, eingefahrene Geleise zu verlassen, auf altbewährte Sicherheiten zu verzichten, sogar die Bereitschaft, meinen eigenen Überzeugungen gegenüber ungehorsam zu sein.»

«Da stellst du eine kühne Behauptung auf, wenn du Kant nötigen willst, seinen Gedanken so zu Ende zu denken.» «Solche Kühnheit wage ich vom Philosophen zu verlangen», antwortete ich, «dann hätte er vielleicht auf den praktischen Teil seiner Philosophie verzichtet.» Ludwig lachte laut: «Das glaubst du wohl selber nicht!» «Nimm es als Antwort auf deine Frage nach dem Anarchisten, deine Formulierung *inoboedire aude,* wage ungehorsam zu sein, ist der einzige Grundsatz, den ich gelten lassen mag. Aber nicht als Ethik verstanden, lediglich eine Anleitung zum Spiel der Mündigkeit, ein Versuch der Verführung zum Mut, nicht nur auf die eigene Moral zu pochen, sondern gegebenenfalls auch ihr selbst gegenüber ungehorsam zu sein.»

«Der brave Kant», bedauerte Ludwig. «Braver als gedacht», fuhr ich fort, «hätte er die Logik seiner Aufklärungsdefinition weiter gesponnen und ernsthaft verstehen wollen, hätte er es unterlassen, über die Frage *Was soll ich tun?* zu philosophieren.» «Wie kommst du darauf», wollte Ludwig wissen. «Weil Aufklärung das Bewusstsein ist, dass alles Sollen, alle Pflicht nur der gedankliche Ausfluss gesellschaftlicher Machtverhältnisse ist, zu denen ich Ja sagen, Nein sagen oder die ich mir Wurst sein lassen kann.» «So ist Mündigwerden eine lebenslange Aufgabe, weil die Machtverhältnisse derart komplex und durch technische Innovation und globale Vernetzung kaum mehr überschaubar sind.» «Nein, eben keine Aufgabe, Professore, nur eine endlose Geschichte im gesellschaftspolitischen

Machtspiel, in dem die Denker der praktischen Philosophie ebenso wie einst die Moraltheologen nur intellektuelle Hochwürden sind. Ich aber bringe keine Achtung auf für Philosophen, die mit erhobenem Zeigefinger über das Sollen schwadronieren und über die Würde des sogenannten Menschen.»

«Willst du Kants präzise Ausführungen wirklich als Schwadronieren bezeichnen?», fragte Ludwig mit seiner Fragezeichenstirne. «Warum nicht? Schwadronieren, dass richtiges Handeln aus Pflicht geschehe, dass es sich vernünftig ableiten lasse aus einer formalen, universell gültigen Handlungsregel. Die Regelung des Verhaltens der Leute zueinander ist eine gesellschaftspolitische Frage und nicht zuletzt eine Frage der Kindererziehung. Die praktische Philosophie liefert dazu nichts als eitlen Putz und intellektuelle Zierden, die mehr dem Ansehen der Zitierenden dienen als der Sache. Was reden wir über die Würde des Menschen, darüber, dass das Subjekt nicht zum Objekt gemacht werden dürfe usw., statt von der Opferperspektive in die Täterperspektive zu wechseln und die Konfirmanden die Kunst des Ungehorsams zu lehren, denn diese Kunst gehört zu den Basics der Lebenspraxis, von der ich lieber spreche als von praktischer Philosophie.»

«Was hätte nach deinem Dafürhalten Kant denn schreiben sollen anstelle seiner *Kritik der praktischen Vernunft* oder ähnlicher Abhandlungen zur Praxis des Lebens?» «Das philosophische Sollen entstammt dem religiösen Denken: Gott hat den Menschen Gebote gemacht, die sie einhalten sollten, um des Heils teilhaftig zu werden; der Philosoph setzt anstelle von Gott die Vernunft, deren Priester er ist, und von der er behauptet, dass sie gebiete, wie die Menschen sich verhalten sollten, um Heil zu erlangen. – Du fragst mich, was Kant stattdessen hätte schreiben können. Eine *Abhandlung über die Bedingungen der Möglichkeiten des Ungehorsams*, die uns befähigt, wenn nötig selbst die Arroganz der universellen Vernunft in Schranken zu weisen, aber ohne jedes Sollen.» «Warum hat er es nicht getan?» «Weil er ein Problem mit den Leidenschaften hatte, die er ohne Ausnahme böse fand.» «Stimmt, er diagnostiziert sie als Krebsschäden für die reine praktische Vernunft. Noch die gutartigste Begierde ist deshalb, sobald sie in Leidenschaft ausschlägt, für ihn moralisch verwerflich.»

«Die Werte, die mir wichtig sind, werden weder von Gott noch von einer höheren Vernunft gesetzt, sondern von Leidenschaften. Für die Beantwortung der Frage *Was soll ich tun?* ist nicht die Philosophie zuständig, sondern im individuellen Fall meine Leidenschaft und im gesellschaftlichen Rahmen die Machtpolitik. Auch die Legitimation des Rechts leitet sich nicht von der Vernunft ab, sondern ist stets ein Produkt der Machtverhältnisse.» «Also das Recht des Stärkeren.» «So einfach dahergesagt, tönt das bereits nach Diffamierung.» «Dann erklär dich.» «Stärke ist nicht nur eine Eigenschaft von Helden, Gangstern, Mafias und hochgerüsteten Staaten, sondern auch von religiösen, handelspolitischen, demokratischen, rechtsstaatlichen Willensgemeinschaften usw. Ich werte Macht nicht, bestreite lediglich die Zuständigkeit der Philosophie für Fragen der Werte und der Legitimation des Rechts.

«Der Mut zum Ungehorsam …», Ludwig wiederholte es nachdenklich, «mit dem Akzent auf der steten Bereitschaft hast du den Wahlspruch der Aufklärung sehr bedachtsam formuliert.» «Einige Schüler waren davon so begeistert», erzählte ich weiter, «dass sie die Maxime sogleich auf ein Spruchband schreiben wollten, um es im Schulhaus aufzuhängen.» «In den 68ern hätten sie es getan», sagte Ludwig, «heute würde das Rektorat intervenieren.» «Vielleicht auch nicht», hielt ich der Schulleitung zugute, «und wenn doch, dann bekämen sie zu hören, dass der aufgeklärte Ungehorsam mehr ist als Lust, vom süssen Gift des Verbotenen zu naschen, kein Selbstzweck, sondern die wohl schwierigste Disziplin der Lebenspraxis, ihre Beherrschung das einzige Mass der Mündigkeit der Einzelnen, denn die Bereitschaft zum Ungehorsam geht von den Einzelnen aus, nicht vom Kollektiv.»

«Also doch Anarchist oder mehr noch Stirnerianer.» «Hör auf, mich in Begriffsschubladen zu stecken», antwortete ich gereizt. «Déformation professionelle», sagte Ludwig, hob versöhnlich das Glas, «ich wollte dich lediglich verlocken, deine philosophische Position auf eine kurze Formel zu bringen.»

«Kurze Formeln sind problematisch; aber wenn du unbedingt eine haben willst: Mein Leben ist Spiel. Erste Spielregel: stete Bereitschaft zu Skepsis und Ungehorsam. Skepsis ist das denkende Spiel mit der Welt: Alles lässt sich auch anders sehen, was immer ich glaube, bleibt virulent. Ungehorsam jedoch ist das gesellschaftliche Kampfspiel: Niemand ist zuständig mir zu sagen, was ich zu tun habe, auch keine Prinzipien.» «Doch Spielregeln sind Pflichten.» «Nein, Zwänge, gegen die ich mich aber auch auflehnen kann.» «Solche Spieler», wandte Ludwig ein, «riskieren ständig die gelbe oder rote Karte.» «Wer masst sich an, Schiedsrichter zu sein?» «Die ökonomischen Verhältnisse.» «Marx.» «Er hat die herrschenden Spielregeln beschrieben.» «Ohne sich vor der roten Karte der bürgerlichen Schiedsrichter zu fürchten.» «Gut gelebt haben er und seine Familie nicht dabei.» «Warum verweist du nicht allgemeiner auf die herrschenden gesellschafts-und weltpolitischen Machtverhältnisse oder auf die Zustände des Klimas oder die physikalischen Gesetzmässigkeiten?» «So plädierst du für einen vernünftigen Ungehorsam, gemäss Hegel: *Freiheit ist Einsicht in die Notwendigkeit.*»

«Gerade auch in diesem Zitat erweist sich der Begriff *Freiheit* als verdorben. Ungehorsam hat nichts mit Freiheit zu tun; wer frei handelt, ist nicht ungehorsam. Ungehorsam ist Machtkampf, Kriegführung.» «Unter Leitung von Generälen.» «Nein, auch wenn du manchmal Mühe mit Metaphern zu haben scheinst, sage ich: Ungehorsam ist einzig der Krieger in eigener Sache.» «Wilhelm Tell.» «Nach Schiller.»

«Marx hält Feuerbach entgegen, das menschliche Wesen

sei *das Ensemble der gesellschaftlichen Verhältnisse. Ist es das, was du das Grosse Wir* nennst?» «Auf das menschliche Wesen kann ich verzichten, ansonsten finde ich deine Erwägung ganz passabel. Allerdings würde ich statt vom Ensemble der gesellschaftlichen Verhältnisse lieber vom *Ensemble von allem, was der Fall ist,* sprechen, frei nach deinem Gewährsmann Wittgenstein, denn mich dünkt, Marx habe sich in seinem Eifer, die Hegelsche Dialektik-Geschichte materialistisch neu zu erzählen, viel zu einengend auf die ökonomischen Verhältnisse kapriziert und seine weitsichtigen Prognosen zur Entwicklung des Kapitalismus wiederum in den mehr literarisch faszinierenden als praktisch brauchbaren Topos vom dialektischen Denken gezwängt. Die Mündigkeit der Einzelnen, von der Kant spricht, ist aber keine Auflösung dieses Ensemble-Seins, sondern der Mut oder die Frechheit, aus der damit verbundenen Geborgenheit auszubrechen, Anderssein zu wagen. Es ist das Eigensein des Augenblicks meiner Leidenschaft.» «Bedenkenswert», sagte Ludwig und strich mehrmals langsam über seine Serviette, die er aufgefaltet und wieder zusammengefaltet hatte, «wirklich bedenkenswert, deine Idee vom *Ensemble von allem, was der Fall ist.* Mündigkeit wäre dann eine Emergenz, die Herausbildung von etwas Neuem aus diesem Ensemble.»

«Es ist lediglich das Durchschauen der Machtverhältnisse, die mich bestimmen. Aufklärung heisst für mich nicht einfach Kampf der Vernunft, was immer das sein soll, gegen Aberglauben und religiöse Ignoranz. Mündigsein ist auch Kunst. Dazu gehört zwar viel Wissen, aber weder Wissen noch Gemeinschaftsgefühl garantieren Aufklärung. Wissen kann wichtig sein für erfolgreichen Ungehorsam, aber Wissen für sich ist nicht Aufklärung. Nicht nur wir einst aktiv Beteiligte reden noch heute über die 68er. Ob in Hamburg, in Zürich oder weltweit, es waren Ereignisse des Ungehorsams, die allerdings viele ganz unterschiedliche Blüten trieben: Kriegsdienstverweigerung, Ungehorsam gegenüber dem Gebot der Rassensegregation,

Verweigerung der traditionellen Frauenrolle, Auflehnung gegen Konventionen des Zusammenlebens, gegen sexuelle Moralvorstellungen, Aufstand gegen den Mainstream der Politik des Kalten Kriegs. Aber je gescheiter wir frisch gebildeten jungen Leute waren, desto mehr standen wir unter Legitimationsdruck, vielleicht einer Form der Angst vor dem Ungehorsam, suchten nach rechtfertigenden Theorien, neuen Lehrmeistern, Philosophen, Gurus, fanden sie, wenn nicht im französischen Existenzialismus, dann im Marxismus-Leninismus-Maoismus, tüchtig gefördert durch Agenten und Geld aus dem realsozialistischen Ostblock.» «Du entwickelst geradezu eine weitere Dialektik der Aufklärung, den Gang des Widerspruchs zwischen Ungehorsam und neuem Gehorsam.» «Wir sollten den 68er-Aufbruch lediglich als Anstoss zu vielen Projekten des Ungehorsams betrachten. Doch Dialektik ist, wie du weisst, nun mal nicht mein Ding. Ich halte Marx' und Engels' dialektische Erzählung von der Menschheitsgeschichte als Kampf und Einheit der Gegensätze für eine der grossen historischen Katastrophen.» Wir lachten, obwohl mir bei diesem Gedanken nicht ums Lachen war.

«Da schwatzt man nietzscheanisch von der Umwertung der Werte», fügte ich bei, «und beschwört das Gespenst …» «des Kommunismus», rief Ludwig dazwischen. «Nein, das Gespenst des Nihilismus, der keine Werte mehr kenne, …» «nur noch die Fetische Geld und Kapital.» «Lass mich ausreden», protestierte ich, «da sind gar keine Gespenster, bloss Katzen und Hunde, die ihre Reviere mit Duftmarken abpissen, das Werten hört gar nie auf, denn es ist der Herzschlag der Leidenschaft. Der Ungehorsam gegen die herrschenden Werte bewirkt lediglich eine Umverteilung der Wertungshoheiten.» «Worüber die etablierten Hoheiten natürlich not amused sind», sagte Ludwig und trank sein Glas leer.

«Verstanden als permanente Bereitschaft zum Ungehorsam, ist Aufklärung nicht einfach ein Gut, das man bewahren kann in gepanzerten Menschenrechtstresoren, Aufklärung ist permanenter Kampf. Wie schnell sind Mündige wieder entmündigt, wenn sie sich nach Anerkennung sehnen.» «Ist das nicht Grund zum Pessimismus, wenn du dir die real existierenden Machtverhältnisse in der heutigen Welt anschaust?», fragte Ludwig, «müsste man nicht mittun im grossen Machtspiel, mithelfen den üblen Weltenlauf zu verändern?»

«Warum *müssen*? Warum fragst du nicht, ob es mich *gelüsten* würde? Alle sind gescheitert! Alle!» «Du kennst den Kampfruf so mancher Demonstrationen: *Hoch lebe die internationale Solidarität!*» «Durchaus, das Skandieren des frommen Wunsches trägt dazu bei, das Wir-Gefühl der Demonstranten zu heben. Und schützt ihre Illusionen davor, von der Wirklichkeit der herrschenden Machtverhältnisse erstickt zu werden.»

«Sind wirklich alle gescheitert? Ich glaube das nicht. Nehmen wir die 68er, von denen du gesprochen hast, unser Spektakel in Hamburg. Der Muff von 1000 Jahren …, die ganzen Proteste haben doch etwas gebracht.» «Ja, alle sind brave Professoren geworden, schau uns nur an.» «Aber andere, die Hochschulen sind anders, nicht mehr heilige Fakultäten, nicht mehr Respekt gebietende Professoren.» «Trotzdem brav, gehorsam, angepasst.» «Zugegeben, auch die Probleme sind andere.» «Zunehmend Stressbuden», präzisierte ich, «doch sind diese Veränderungen nicht eher auf die Globalisierung der kapitalistischen Wirtschaft zurückzuführen?» «Mag sein», räumte Ludwig ein, «der Gehorsam gegenüber professoralen Autoritäten verwandelt sich immer mehr in Gehorsam gegenüber den Gesetzen der Rendite, allerdings nicht erst heute, doch heute exklusiver. Auch der Effizienzzwang hat sein Monopol ausgebaut. Unser Bildungswesen wird auf Effizienz getrimmt. Karriere machen ist wieder beliebt.»

«So stylen sich die jungen, aufstrebenden Leute mit hippem Bravsein, wobei sie nicht einmal merken, dass sie Sklaven sind, weil sie den Sand in ihren Augen – den materiellen

Wohlstand, ihre Managementpositionen, den Luxuskonsum, ihren arroganten Lebensstil – als Selbstverwirklichung und neue Freiheit erleben. Es bleibt ihnen keine Musse sich darauf zu besinnen, nach welcher Pfeife sie tanzen. Wirtschaftliche Zwänge werden als unumstössliche Naturgesetze betrachtet und Gehorsam maskiert sich als Cleverness.» «So stünde Aufklärung gegen das Gesetz der Effizienz», zog Ludwig das Fazit.

«Meine 68er-Aufklärung hiess: Sand im Getriebe sein.» «Schlappe Wirtschaft, schlappe Armeen, Gemütlichkeit bis zum Überrolltwerden von effizienteren Banden. Kämpfst du?» «Nein.» «Also Fatalist, wartest ab, was das Schicksal bringt.» «Schicksal ist das falsche Wort.» «Woran glaubst du?» «Kein Glaube – mein Erleben ereignet sich lediglich.» «Aber du bleibst neutral.» «Quatsch, ich bin mitten drin, weder neutral noch gleichgültig, voll brennender Liebe und glühendem Hass zur ganzen Welt, die stets *meine* Welt ist, begierig nach dem Sieg, nach der Macht meiner Präferenzen.»

«Klingt mystisch, fehlt nur noch die brennende Liebe zur Vereinigung mit Gott.» «Gott ist mein Fallobst.» «Fallobst?» «Ja, alles, was der Fall ist.» Ludwig lachte: «schon kriegst du die Kurve! Pass auf, die Fliehkraft!» «Alles, was der Fall ist, ist *mein* Fall.» «Dein *Ein*-Fall», spottete der Professore. «Ich greife nicht ein in der Welten Lauf: Ich *bin* Weltenlauf: Kampf? Ja! Aber ich lasse mich von niemandem und nichts dazu nötigen, nicht einmal von meinen eigenen Idealen, denen ich ebenso wenig Respekt bezeuge wie allen anderen: Das ist meine Art, die Faust zu erheben.» «Anarcho!»

«Warum sagst du nicht Existenzialist?», wollte ich wissen. «Weil du vorher gesagt hast, Freiheit – und von der spricht ja Sartre vornehmlich – gehöre für dich auch zu den verdorbenen Begriffen.» «Ja, du hast halbwegs recht …» «Zu welcher Hälfte?» «Freiheit als politischer Kampfruf gegen den Despotismus des Wir, da kämpfe ich mit.» «Also doch Kampf.»

«Ich schulde auch dem, was ich zuvor gesagt habe, keinen Gehorsam». «Und die verdorbene Hälfte?»

«Das philosophisch ethische Freiheitsgedöns. Sartre, statt dass er schlicht von Ungehorsam, von *insoumission* spricht, die er ja auch meint und lebt, schwafelt er wie Sankt Augustin von *liberté et responsabilité*, wo ich allein verantwortlich sein soll für die Entscheide, durch die ich von Situation zu Situation mein Menschsein forme, meine Eigentlichkeit, … *responsabilité*, schon sind wir wieder bei der Frage, wem ich denn Antwort schulde. Mir selbst? Wie wenn Entscheide, die nicht durch die Zusammenhänge meines Lebens schon vorbestimmt sind, etwas anderes wären als Zufälle, Zufälle mit glücklichem oder verdammt verschissenem Ausgang. Die freie Wahl ist ein Spiel ohne Regeln, sans réponse, besser gesagt, ein sinnloser Ausdruck, denn meine Entscheide *widerfahren* mir, fallen mir zu. Bleibt noch der zynische Kommentar: selber schuld! Dieser Zynismus ist auch dem Begriff Strafrecht eigen.»

«Aber Sartre war doch beispielhaft ungehorsam, eigentlich ein Anarchist.» «Ja, wenn wir von der philosophischen Theorie absehen, förderte die Praxis des Existenzialismus, vor allem seine französische Variante, die aufklärerische Kultur des Ungehorsams. Allerdings halte ich Sartres Dostojewski Zitat, *wenn es Gott nicht gäbe, wäre alles erlaubt*, das er zum Ausgangspunkt des Existenzialismus erklärt, für widersinnig, weil ja dann die Begriffe *erlaubt/unerlaubt* samt der *Verantwortung* entsorgt werden müssen; ohne Autoritätsglaube sind sie sinnlos. Um Erlaubnis fragen Kinder und Untertanen. Wo etwas erlaubt ist, gibt es keinen Ungehorsam, der nur da seine ganze Schönheit entfaltet, wo du dich um Autoritäten und ihre Gebote foutierst.» «Aha, Ästhetik anstelle von Ethik.» «Weder noch.» «Was denn?» «Lediglich Spiel, Spiel ohne Regeln … oder nach Regeln, die je nach Umständen wieder andere sein können.»

Die Paella wurde aufgetragen. Wir kosteten. Wir prosteten. Wir lachten, amüsierten uns über unseren Eifer, erfreuten uns an der Betrachtung der Sala Morisca. Nach beendeter Mahlzeit legte ich zufrieden Gabel und Messer auf den Teller, nahm einen kräftigen Schluck vom Rioja.

«Aufklärung als Wagnis des Ungehorsams», sinnierte Ludwig halblaut vor sich hin. «Ja», bekräftigte ich, «Ungehorsam bis zur Negation der sogenannten eigenen Persönlichkeit, Untreue auch mir selbst gegenüber, meinen eigenen Idealen, Anarchist ohne Ich.» «Jetzt wird's aber mysteriös. Mündigkeit und Ungehorsam ohne Subjekt. Dann bleibt noch Spinozas Substanz, in der alles, was man für wahr gehalten hat, untergegangen ist.» «Wenn ihr Philosophen unter Substanz das Gleichbleibende meint, das den vielen, sich voneinander unterscheidenden Gegenständen zugrundeliegt, dann ist für mich das Einzige, was ich als Substanz bezeichne: Meinigkeit.» «Wie kommst du darauf?», wollte Ludwig wissen.

«Lass mich unverbindlich an unsere Schopenhauer-Gespräche aus der Jugend anknüpfen.» «Warum unverbindlich? Anknüpfen verweist doch schon auf eine Verbindung.» «Sei jetzt nicht kleinlich. Ich will damit sagen, dass Schopenhauer und sein Vokabular mich zu den folgenden Gedanken angeregt haben, ich dich aber auffordere, mich nicht damit zu belästigen, ob Schopenhauer mit seinen Begriffen das gemeint hat, was ich jetzt aussagen will. Ich will bloss aus vorhandenen Ingredienzen einen neuen Kuchen backen.» «Ich will mich bemühen und bin sehr gespannt.»

«Die *Welt als Wille und Vorstellung*, unser Schopi als Vorratskammer.» «Deine Mise en Place zum Kuchenbacken.» «Okay. Die erste Zutat: *Die Welt ist meine Vorstellung*. Wie das Eigelb vom Eiklar trenne ich *meine* und *Vorstellung*.» «Warum das? Jede Vorstellung ist stets meine Vorstellung», wandte Ludwig ein. «Aber die Vorstellung wird entsorgt, nur das Mein kommt in den Kuchen, denn der Begriff Vorstellung ist nicht nur überflüssig, sondern einengend assoziiert auf philosophisch-biologische Erzählungen von mentalen Repräsentationen, die an ein Ich gebunden sind, und von der Aufteilung der Welt in blosse Erscheinungen hier und wahre Wirklichkeit dort.»

«Du willst *mein* sagen ohne Bezug auf ein Ich?» «Richtig, mein lieber Philosoph, und zum Zeichen, dass dieses *mein* kein Verweis auf ein Subjekt sein soll, nenne ich es *Meinigkeit* und sage von ihr, was Schopenhauer von der Vorstellung sagt: Die Meinigkeit ist *keine Hypothese, sondern es ist die gewisseste und einfachste Wahrheit*, denn Meinigkeit ist die Grundeigenschaft jedes nur möglichen Erlebens und jede Welt, die der Fall ist, ist Erleben.» «Heisst Erleben für dich dasselbe, was das Phänomen für die Pänomenologen? Du nimmst die Erscheinung, so wie sie erscheint, und klammerst Fragen nach ihrer Realität und ihren Zusammenhängen aus?» «Nein, mein Erleben kennt keinen Unterschied zwischen Gegenstand und Erscheinung, da wird nichts ausgeklammert, sinnliche Eindrücke sind ebenso der Fall, wie Fantasien, Träume, Spekulationen, Theorien, mathematische Berechnungen der Fall sind, Erleben ist alles, was sich abspielt, in welcher Weise auch immer, ob in Gedanken, Halluzinationen, Empfindungen, Handlungen, Experimenten und ihrer Überprüfung, in Kommunikation, Akten des Liebens, des Hassens, des Schöpfens, des Zerstörens und so endlos weiter, auch in Erdbeben, in Stürmen, in Ebbe und Flut, im milden Mondlicht, im kollabierenden Stern, wie gesagt, in allem, was sich ereignet.»

«Und was ist mit deiner zweiten Zutat», fragte Ludwig, «der Welt als Wille, Schopenhauers genialem Ersatz für Kants Ding-an-sich, das hinter der erfassbaren Erscheinung des Dinges steht?» «Wille gehört auch zu den verdorbenen Begriffen.» «Ui, ui, verdorbene Zutaten gehören aber nicht in den Kuchen. Doch warum verdorben?» «Du kennst wohl den Willensdiskurs besser als ich, denk nur an den unsäglichen Streit über den freien Willen. Zudem tönt mir Schopenhauers

Wort *Wille* noch zu metaphysisch, zu ernst, statt spielerisch. Darum hätte ich an seiner Stelle als Hinweis auf den universellen Lebensdrang lieber das Wort *Leidenschaft* gewählt, es entspricht mir mehr als sein Ausdruck *blinder Wille*.» «Du könntest ein Buch schreiben: Das leidenschaftliche Universum.» «Reingefallen, Professore, dieser Gedanke entspringt der Perspektive der Aufteilung der Welt in eine Innenwelt der Gedanken und Leidenschaften und eine Aussenwelt der objektiven Sachverhalte, nur machst du jetzt, um mich zu persiflieren, die Aussenwelt zu einer monströsen Innenwelt, einem leidenschaftlichen Weltgeist.» «Hast du vorher nicht, wie Schopenhauer den Willen, die Leidenschaft an die Stelle von Kants Ding-an-sich gesetzt?» «Nicht dass ich wüsste. Du erinnerst dich sicher, dass ich seit unserer Jugend mit Kants Dingsbums meine liebe Mühe hatte. Euch Philosophen hingegen scheint es Mühe zu bereiten, Leidenschaft subjektlos zu denken, ohne Weltgeist. Auch Leidenschaften sind Fallobst. Im Gras unter den Bäumen findest du sie, manche noch frisch und knackig, andere schon angefault, von Würmern bewohnt. Um die fruchtlose Differenzierung zwischen Vorstellung und Wille zu vermeiden, bevorzuge ich das Wort *leidenschaftlich* in adjektivischer oder auch adverbialer Form.»

«Und wie hältst du es mit dem Pessimismus? Schopenhauer fragt sich, ob das Dasein nicht ein Fehltritt sei, dessen Folgen allmählich immer offenbarer würden.» «Das kommt nicht in den Kuchen, das Dasein ist kein Schreiten auf ein Ziel hin, das leidenschaftliche Spiel genügt sich selbst. Das ist mein Kuchen frei nach Schopenhauer gebacken: *Das innere Wesen der Welt besteht in leidenschaftlicher Meinigkeit.*»

«Was stört dich am Begriff des Willens?», fragte Ludwig wieder mit gerunzelter Stirne. «Wie du weisst, ist für Kant der Wille so viel wie die praktische Vernunft selbst.» «Aha, am Willen stört dich, dass er nach Kant das Vermögen ist, nur dasjenige zu wählen, was die Vernunft unabhängig von der

Neigung als gut erkennt.» «Genau. Sklave der philosophischen Bravheit …» «Da die Vernunft den Willen unausbleiblich bestimmt. Und die Leidenschaft?» «Für Kant moralisch verwerflich, wie wir schon festgestellt haben.» «Geradezu buddhistisch, unseren Schopi vorwegnehmend.» «Darum kehre ich den Spiess um und setze anstelle des Willens die böse Leidenschaft.» «Und verwirfst radikal auch Schopenhauers Willensbegriff.» «Ach, Schopenhauer was Kant. Dem Willen haben sie die Freiheit in den Arsch gesteckt, dem Begriff Leidenschaft nicht.» «Vielleicht noch nicht.» «Es klänge zu absurd. Wille tönt mir zu sehr nach Subjekt, selbst der allgemeine, der blinde Wille, der das Naturgeschehen durchgeistert, weht wo er will.» «Der Geist weht, wo er will.» «Eben, es ist einer da, der will. Leidenschaft hingegen, die zwar immer meine ist, ereignet sich lediglich, meine Entscheide fallen vor. Nicht irgendwelche Spieler spielen, es spielt sich ab, es ist der Fall. *Meinigkeit* ist kein Subjekt, sie *allein ist*, was Schopenhauer vom Willen aussagt, *unwandelbar und schlechthin identisch*, kein Ich und doch die tiefste Wirklichkeit *meines Erlebens*, aber nicht nur eines Erlebens, sondern jeden Erlebens, aber jedes Erleben kann von sich immer nur sagen *mein* Erleben, denn es gibt kein Erleben, das nicht von sich sagen müsste: mein Erleben. Leidenschaftliche Meinigkeit ist das Wesen der Welt, mein Herz, meine Seele.»

«So ist es der vieltausendfältige Weltgeist, der erlebt», spottete Ludwig amüsiert. «Statt zu spotten, höre auf den Klang, wenn ich von Welt als Leidenschaft und Meinigkeit spreche. Da weht kein Geist, alles spielt sich einfach ab.» «Du meinst, alles ist der Fall.» «Eben. Leidenschaft *tut* nicht, sondern *geschieht*, fällt vor. Du musst dir das Ensemble von allem, was der Fall ist, durch und durch wirbelig vorstellen. Das Meinsein des Erlebens verweist nicht auf die Aktivität eines Subjekts, sondern auf das Spiel eines Strudels.» Ludwig runzelte die Stirn.

«Als Germanisten liegen mir Metaphern näher als logische

Korinthenkackerei. Ich spreche nicht von deinem Wiener Apfelstrudel, ich meine Strudel von Fluiden, Wasserstrudel, Luftwirbel, in unserem ontologischen Thema sind es Meinigkeitsstrudel des Zusammenspiels all dessen, was der Fall ist, mit ihren distinkten Trichtern mögen sie für Philosophen die Illusion des Ich erzeugen. Es gibt ihn gar nicht, diesen *Willen zum Leben*, den Schopenhauer buddhistisch zu verneinen empfiehlt. Was er dafür hält, sind die leidenschaftlich alles in sich saugenden Wirbel meiner Wirbelwelt, der eigentlichen Beschaffenheit des Wirklichen.» «Des Selbstbewusstseins Trommelwirbel», spottete Ludwig. «Nein. Wirbel, wie sie entstehen, wenn du deinen Tee umrührst, Wirbel des auslaufenden Badewassers oder der Windstürme, der Tornados, Hurrikans, Taifune, Zyklone.» «Mir schwindelt», sagte Ludwig und griff zum Glas.

«Dein Schwindel könnte auch vom Inhalt der Flasche herrühren», sagte ich, «lass mich als Alternative zur Wirbel-Metapher ein Gedicht aufsagen:

Sein Blick ist vom Vorübergehn der Stäbe
so müd geworden, daß er nichts mehr hält.
Ihm ist, als ob es tausend Stäbe gäbe
und hinter tausend Stäben keine Welt.

Der weiche Gang geschmeidig starker Schritte,
der sich im allerkleinsten Kreise dreht,
ist wie ein Tanz von Kraft um eine Mitte,
in der betäubt ein großer Wille steht.

Nur manchmal schiebt der Vorhang der Pupille
sich lautlos auf –. Dann geht ein Bild hinein,
geht durch der Glieder angespannte Stille –
und hört im Herzen auf zu sein.

«Ich liebe Rilkes Gedicht», sagte Ludwig, plötzlich bewegt. «Ich will es nicht interpretieren, nur das: übersetze Wille mit

Leidenschaft, Welt und Herz mit Meinigkeit.»

Wir schwiegen.

«Dein Talent, hochphilosophische Gedanken in Bilder umzusetzen, wie du es vorhin mit der Meinigkeit als Wirbel getan hast, beeindruckt mich.» «Es ist nicht mein besonderes Talent, andere tun es auch. Merleau-Ponty …, er nimmt das Bild einer Falte in einem Stück Stoff, den man einschlägt, um eine kleine Vertiefung oder Höhlung zu schaffen, für das bewusste Ich, eine vorübergehende Höhlung im Stoff der Welt. Ist das nicht geradezu erotisch?» «Die Höhlung meinst du?» «Nimm Erleben, Meinigkeit, zwei Worte für dasselbe, als Augenblick. In jedem Augenblick sind alle anderen Augenblicke als Erinnerungen aufgehoben, und doch sind die Augenblicke zahllos, aber in jedem nächsten Augenblick ist es wieder so.» «Du willst sagen, in jedem Erleben ist alles, was der Fall ist, aufgehoben, also auch alle anderen erlebten Augenblicke?»

Mnemosyne, den Memoryprompter auf den Knien, räuspert sich in ihrer Ecke und nickt eifrig.

«Ja. Und Ich, Selbst, Persönlichkeit, auch Wir, Gemeinschaft sind nur blutleere Zeichen, die auf besondere Aspekte der Meinigkeit verweisen. Die Meinigkeit ist die Wirbelnatur der Welt, dieser Tanz von Kraft um eine Mitte, eine Achse, die kein Ding ist, nur Tanz, nur Kraft, Kraft und Tanz des Ensembles von allem, was der Fall ist, Weltereignis, weder Subjekt noch Objekt, nur Spiel, Weltenwirbelspiel, alles ist Spiel, leidenschaftliches Spiel.»

«Schön und gut, aber ob es dir passt oder nicht», warf Ludwig ein, «hast du für meinen Geschmack die Frage nach der Verantwortung noch nicht zufriedenstellend beantwortet. Die pauschale Zurückweisung der Ansprüche eines Wir, dessen Dienstleistungen und Infrastruktur wir selbst als

Clochards noch in Anspruch nehmen, ist unredlich.» «Warum unredlich? Das ist starker Tobak!» «Wenn du fragst, vor wem du dich verantworten sollst, dann sage ich jetzt ohne Rekurs auf ein Subjekt: Meine Verantwortung ist der vernünftige Umgang mit meiner sozialen Realität. Nicht nur meine Leidenschaft ist begehrend, auch die Bedingungen der Befriedigung meiner Leidenschaften sind begehrend, diese Reziprozität ist die Verantwortung als Anspruch und Echo. Ich halte dafür, dass letztlich auch der zeitbedingte kantische Begriff *Pflicht* so gemeint ist.»

«Schön gesagt, aber in Wirklichkeit steht jeder Versuch der philosophischen Rechtfertigung und Legitimation im Dienste von Propagandalügen, die das Machtspiel verschleiern sollen», entgegnete ich scharf, «in der Praxis ist jede Legitimationsbehauptung und ethische Rechtfertigung entweder ein frommer Wunsch oder ein Produkt der Übermacht. Jede Rechtsordnung beruht auf der Übermacht derer, die sie durchsetzen können, auch wenn das eine demokratisch organisierte Willensgemeinschaft ist, bleibt der Quell jeder Legitimität die Übermacht – *Gott ist auf der Seite der stärksten Bataillone,* wusste schon Napoleon; *die Macht der Partei kommt aus dem Lauf der Gewehre* formulierte Mao salopp. Ich rede nicht gegen Rechtsordnungen oder gegen die Ausübung von Zwang, aber ich verschliesse die Augen nicht vor der Tatsache, dass die Legitimation jeden Rechts auf Übermacht beruht.»

«Wie deine Kritik zeigt, steht dein Gewissen nicht gerade im Dienst der ökonomischen Machtverhältnisse. Das Attribut unredlich lässt dich nicht kalt, obwohl ich es logisch, nicht moralisch verwende. Zudem ist dein gesellschaftskritisches Statement keine Antwort auf das, was ich gesagt habe.» «Was denn?» «Ich habe weder vom Ich noch vom freien Willen gesprochen, sondern davon, dass auch die Bedingungen der Befriedigung deiner Leidenschaften begehrend sind …» «Ja, jetzt hab ich's wieder, du hast Verantwortung als Antwort

206

auf die sozialen Bedingungen der Ansprüche meiner eigenen Leidenschaft definiert.» «Darum ist deine Polemik gegen die Verantwortung unredlich, denn du handelst andauernd verantwortlich, obwohl du es aus ideologischen Gründen leugnest.» «Meine Ablehnung ist keine Ideologie», antwortete ich, schon wieder verärgert. «Gut, ich nehme das Wort zurück und sage es in deiner Terminologie: Das Bild von der Wirbelwelt ist schön, aber Wirbel bestehen aus zusammenwirkenden Kräften. Wenn das Spiel funktionieren soll, gilt es, Verantwortung als Zusammenwirken von Leidenschaftsansprüchen und den entsprechenden Wir-Bedingungen der Meinigkeit zu erkennen.»

«Trotzdem weise ich den Begriff Verantwortung aufs Entschiedenste zurück, denn er ist es, der unredlich ist. Damit streuen die Philosophen Sand in die Augen der gehorsamen Herde, die gehütet werden muss, damit sie gemolken und geschlachtet werden kann.» «Im Grunde genommen sagst du dem, was die Metaphysiker Sein des Seienden nennen, Meinigkeit des Seienden», fuhr Ludwig unbeirrt fort, «darin spüre ich die durch und durch soziale Konzeption deiner Gedanken: Was mein ist, liebe ich, will ihm Sorge tragen. Von sozialer Meinigkeit zu reden, wäre sogar ein Pleonasmus. Das Einzelnsein im Ungehorsam verleiht dem Wir erst seine Würde.»

«Schön formuliert. Zugegeben, wo du Meinigkeit dem Sein gleichsetzest, hast du mich halbwegs verstanden, allerdings kommt Meinigkeit vor dem Sein, und es bedarf keiner Sorge um die Meinigkeit, sie ist das Wesen von allem, ob intimste Nähe oder entfernteste Fremde, ob sozial oder asozial, ob wir es Geist oder Materie nennen, sie ist im duftenden, frisch im Steinofen gebackenen ebenso wie im alten, schon schimmligen Brot, sie ist in der warmen Haut, die du liebkost, sie ist in klaffenden, schwärenden Wunden, sie ist im Stacheldraht, in dem Fliehende verbluten, sie ist in den bunten Murmeln, mit denen die Kinder spielen und in den virtuellen Teilchen und in der Dunklen Materie der Physiker und in Gottvater, Gottsohn, dem Heiligen Geist und der Jungfrau Maria, sie ist in der Angst und der Lust und der Absurdität meiner Träume ebenso wie im philosophischen Diskurs, im Rotkreuzeinsatz der Ärztin auf dem Schlachtfeld, sie ist an diesem Tisch, im Lächeln der Camareros, im Rioja Altún Crianza in unseren Gläsern hier.»

Ludwig schwieg. Wir waren beide nicht mehr ganz nüchtern. Der Rioja war köstlich und nicht ohne Wirkung.

fade-out

Ein Luftzug auf meinem Gesicht schreckt mich aus meinen Erinnerungen auf, ein lautes Flattern. Auf dem Balkongeländer vor mir steht er. Im hellen Licht des dicken eiförmigen Mondes schimmert die schwarze Silhouette silbern grün und violettblau. Der Rabe sagt: «Töte ihn.» «Hast du mich erschreckt», werfe ich ihm vor. Regungslos das schwarze Tier. Schweigt. Steht. Sagt nochmals: «Töte ihn.» Flattert laut. Fliegt hinaus in die Nacht. Mir schwindelt. Vielleicht kann ich jetzt schlafen. Ich lege mich nackt auf mein Bett, auf die Decke. Es ist zu warm. Der Schlaf kommt nicht. Ich suche nach der Erinnerung, nach der Bodega. Ich falle in die Tiefe.

Mnemosyne hat sich erschreckt aus dem Staub gemacht.
«Mnemosyne, Göttin, wo bist du?»
Zögernd tritt sie aus dem Hintergrund:
«Uff, mit dem Vogel möchte ich nicht ins Bett.»
«Wie willst du das vermeiden? Auch das Unheimliche will dich
vögeln.» «Rede keinen Unsinn, er ist ein Bote aus der Götter
Gegenwelt, ein Spiegel des Bösen, der Vernichtung.»
«Wo waren wir vor dem Besuch des düsteren Boten?»
«Bei der Verantwortung.»

«Was mein ist, liebe ich, hast du gesagt», griff ich den Faden wieder auf, «jetzt wird mir klar, wodurch ich Verantwortung ersetze: Liebe. Nicht Liebesgebot, nicht Liebespflicht, sondern schlicht Liebe.» «Das ist schön, aber nicht dasselbe.» «Liebe und Hass.» «Weder liebst du alle noch hassest du alle, doch Verantwortung als Pflicht ist universell, unabhängig von meinen Gefühlen. Verantwortung habe ich auch Menschen gegenüber, die ich nicht mag oder gar nicht kenne, sogar gegenüber Dingen und Umständen, soweit ich mit meinem Verhalten im Spiel bin, in irgendeiner Weise Einfluss nehmen kann. *Nam tua res agitur, paries cum proximus ardet …*» «Was mich nicht widerlegt, auch wenn Horaz dies sagt, *denn ist es auch meine Sache, wenn die Wand des Nachbarn brennt*, so rede ich in solchen Zusammenhängen nicht von Verantwortung, höchstens von eigennütziger Klugheit.» «So bleibst du dabei.» «Ja, *Liebe*, *Hass* und *Gleichmut.* Dass ich mich verantworten müsse für mein Tun und Lassen, ist pfäffisches Gerede oder Androhung handfester Gewalt von einer Staatsmacht oder einer Mafia. Antwort schulde ich niemandem und niemand schuldet sie mir. Auch die Liebste, die mich verlassen hat, ist mir keine Antwort schuldig.»

Brüsk stellte Ludwig sein Glas auf den Tisch, nahm die Serviette, wischte sich den Mund, lehnte sich zurück, schaute vor sich auf den Boden. Als er wieder aufschaute, erzählte ich ihm, wie ich den Zeitpfeil zerbrochen hatte, endgültig zerbrochen, und die Strohpuppe des Ich in Rauch aufgelöst. Ich erzählte ihm, wie ich das Spiel des Zen aufgegeben und wie ich mich vom ehrwürdigen Zen-Meister verabschiedet hatte. «Was bleibt?», fragte Ludwig leise. «Liebe, Hass und Gleichmut. Meinigkeit ist die Göttin der Werte; atmet sie aus, entstehen sie; atmet sie ein, vergehen sie. Das Spiel ihrer Leidenschaft.»

«Aber mir hast du heute Abend vorgeworfen, dass ich euch damals im Stich gelassen habe.» «Du hast recht», gab ich zu, «woran man sehen kann, dass, wie gesagt, auf das, was ich denke und wovon ich spreche, kein Verlass ist, so wenig wie auf die Leidenschaften.» «Du bist ein verrückter Vogel.» «Ich vertraue darauf, dass du mich nicht gleich einlieferst noch vor dem Dessert.» «Ich gebe zu, dass ich das Wort Verantwortung auch nicht mag», gesteht Wolfi. «Das sagst du jetzt, nachdem du mich der Unredlichkeit bezichtigt hast.» «Provokativ zwar, aber nur in logischer Hinsicht gemeint.» «Meine Denkfehler halt, Professore, aber welches Wort nimmst du als Ersatz?» «Solidarität. Das Wort kommt nicht nur aus der politischen Bewegung, sondern verdankt sich auch Schopenhauers Einfluss.» «Quasi ein Synonym zu seinem Mitleid», erwog ich. «Genau. Im Herzen steckt der Mensch, nicht im Kopf», sagt Schopenhauer, «er spricht auch von einem Selbst, das nicht die Gehirnfunktion unseres rationalen Denkens ist, und nennt es das wahre Selbst, den Kern unseres Wesens.»

«*Nur mit dem Herzen sieht man gut. Das Wesentliche ist für die Augen unsichtbar.* Das einfache Geheimnis, das der Fuchs dem Kleinen Prinzen beim Abschied offenbart», sagte ich. «Nur gibt es für dich ja kein Selbst.» «Mit dem Herzen sehen. Die Metapher finde ich noch immer schön.» «Wenn dein Herz nicht dein Selbst ist, dann ist es für dich wohl die ganze Welt.»

«Mein Herz ist nicht mein Selbst, aber auch nicht die Dinge der Welt, zu der gehören auch meine Augen, mein Kopf, dieser Tisch, alle Leute, die Sterne und die Kernfusion. Mein Herz ist die Meinigkeit der Welt, das Meinsein aller Dinge, aus denen die Welt besteht. Mit dem Herzen sehen heisst, das Meinsein von allem erleben. Meinigkeit ist Seele, ist Welt, ist alles, was der Fall ist. Frei nach unserem Schopi fasse ich meine Philosophie, oder wie du es sonst nennen willst, in dem einen Ausdruck zusammen: die Welt ist die Selbstoffenbarung der Meinigkeit. Sie besteht, wie Wittgenstein es ausdrückte, aus allem, was der Fall ist. Die Fälle aber sind nicht allein das, was man im Alltagsgerede Fakten zu nennen pflegt; es ist auch die Vielheit unterschiedlichster Begehren; so verzehrt sich die Welt in ewiger Sehnsucht nach Erfüllung. Die Fälle meiner Welt sind lauter gefallene Engel, die den Himmel verfluchen und vermissen.»

Da meinte Wolfi, jetzt wieder lachend: «Ach Gian, du bist weniger Philosoph als Anarchomystiker.»

fade-out

«O Mnemosyne, du hast mir den Augenblick wieder gebracht, in dem ich zum Anarchomystiker getauft worden bin. Im Zeichen der Tempranillo-Traube. Nichtsdestotrotz hast du die Ereignisebenen und die Kinder deiner Speicherseitensprünge recht vermischt. Was habe ich damals gesagt? Was habe ich mir jetzt ausgedacht?»

«Ach du undankbarer Liebling! Wir schlafen zusammen, wir tanzen zusammen, dass es eine Lust ist, wir feiern den Dionysien gleich ekstatische Feste der Erinnerung, wir sind trunken vom Wein aus den vielen Speichern, doch du mäkelst ständig an meiner Lebenslust.»

«So nimm meinen Kuss und lass uns wieder eins sein.»

fade-in

«Dessert?», fragte Ludwig. «Ja, eine Crema Asturiana.» «Für mich den Flan Bodega Española.» «Die Konkurrenz zum Strudel», sagte ich und fügte bei: «Hoffentlich habe ich jetzt nicht zuviel geredet. Es gibt manches nachzuholen, wenn wir uns so selten sehen.» «Worte sind unser beider Metier», erwiderte Ludwig, «die Untersuchung der Sprache habe ich mir nun mal zum Beruf gemacht, … leider.»

«Das klang ja, wie wenn er andere Interessen gehabt hätte, von denen er mir nicht erzählte. Sag, Mnemosyne, habe ich ihn bei der

Gelegenheit nicht weiter danach gefragt?» «Nein.» «Und habe ich
mir auch keine Gedanken dazu gemacht?» «Nein. Das fällt dir wohl
erst heute auf, weil er in seinem E-Mail von Gefahren geschrieben
hat, denen er Tuula nicht aussetzen kann, von denen er aber weder
ihr noch dir erzählen will.» «Ob das der Grund für Ludwigs Frage
nach dem Mittun im grossen Machtspiel war? Wie habe ich denn auf
sein ‹leider› reagiert?» «Gar nicht. Du hast ihm deine Zweifel zum
linguistic turn vorgetragen.» «Na dann, soufflier weiter, Geliebte.»

«Ich weiss», sagte ich, «die sprachkritische Wende gilt dir
alles.» «Woher willst du das wissen?» «Das vermute ich einfach
bei einem Dozenten für Analytische Philosophie.» «Dem es
obliege, mit der Kritik am philosophischen Sprachgebrauch
den eigenen Augiasstall auszumisten. Willst du ihn ausmisten?» «So ein Mistkerl bin ich nicht; ich stehe nur im Eingang
zum Stall, rümpfe die Nase und begnüge mich festzustellen,
dass es trotz aller scharfsinnigen logischen Analyse und Kritik
am Umgang mit Begriffen noch immer stinkt. Obwohl selber
Sprachlehrer, vermute ich ein kultbedingtes Problem in der
traditionellen und vielleicht noch ärger in der modernen und
postmodernen Überschätzung der Sprache.»

«*Die Sprache ist das Haus des Seins. In ihrer Behausung*
wohnt der Mensch. Die Denkenden und Dichtenden sind die
Wächter dieser Behausung, hat Heidegger zu Ende des Krieges
verkündet», sagte Wolfi, und ich vermeinte eine gewisse Ironie
in seiner Stimme mitschwingen zu hören. «Die Sprache ist das
Zuchthaus des Seins», erwiderte ich, «sie dient der Abrich-
tung der Meinigkeit, Seinszucht durch Sprachzucht, darum
bedarf Heidegger dieser Wächter seines Seins-Kerkers. Die
Sprache gibt vor, wie ich mich in der Welt bewegen soll, sie
ist das Ensemble aller noch nicht verrotteten Vor-Urteile,
aller noch nicht verschrotteten Wegweiser. Wenn ich mich
im Literaturunterricht mit meinen Schülern über die Sprach-
skepsis der Romantiker auseinandersetze, lege ich ihnen

jeweils auch einen Vers von Rilke vor, der mir selbst nicht nur gefällt, sondern immer wieder zu denken gibt:

Ich fürchte mich so vor der Menschen Wort.
Sie sprechen alles so deutlich aus:
Und dieses heißt Hund und jenes heißt Haus,
und hier ist Beginn und das Ende ist dort.
Mich bangt auch ihr Sinn, ihr Spiel mit dem Spott,
sie wissen alles, was wird und war;
kein Berg ist ihnen mehr wunderbar;
ihr Garten und Gut grenzt grade an Gott.
Ich will immer warnen und wehren: Bleibt fern.
Die Dinge singen hör ich so gern.
Ihr rührt sie an: sie sind starr und stumm.
Ihr bringt mir alle die Dinge um.

«Andere Romantiker», sagte Ludwig, «sind der Meinung, erst wenn ich mich von der inneren Natur der Sprache führen lasse, werde sie zur Poesie.» «Doch heute», entgegnete ich, «gilt die Meinung, dass die Sprache, ohne dass wir uns dessen gewahr würden, uns sage, wie die Dinge zu sehen seien.» «Du denkst an die Sprache als Herrschaftsinstrument.» «Ja, die Fokussierung auf diesen Aspekt geschieht nicht selten mit sektiererischem Eifer. Mittel und Zweck werden gleichgesetzt. Aber ein Hund wird nicht durch Begriffe zum Gehorchen gebracht. Die Überschätzung der Sprache wird zum Dogma. Es gibt auch Skepsis jenseits der Sprache. Sogar jenseits der Bilder. Einen Zweifel an der Autorität des Gültigen auch dort, wo es nicht in Sätze gefasst seine Macht entfaltet. Überzeugungen haben nicht nur sprachliche Gestalt, nicht nur Sätze können wahr oder falsch sein, nicht nur Filmstories. Auch Küsse sind Kommunikation, auch Schlägerbanden, Bomben und Stacheldraht. Auch die verführerisch präsentierten Waren der Verkaufsstände, das Unausgesprochene, Unbewusste hinter den Effizienzzwängen, den gesellschaftlichen Machtverhältnissen.

Aber die Unsitte alle offenbaren Zusammenhänge Sprache zu nennen, etwa den Rauch als Sprache des Feuers und dergleichen mehr, missfällt mir. Spuren, Symptome sind nicht Sprache, sondern Vermutungen, Wissen um Zusammenhänge. Zur Sprache zähle ich nur Zeichen, hinter denen die Absicht steckt etwas mitzuteilen, oder die mir dazu dienen, mir selber etwas zu merken. Hinter dem Rauch steckt keine Absicht des Feuers, hinter den Spuren im weichen Waldboden keine Absicht der Hirsche oder Füchse, ganz im Gegensatz zu den Duftmarken, die der Abgrenzung der Reviere dienen, hinter der erotischen Ausstrahlung kleiner Kinder keine sexuellen Absichten. Fata Morganas sind nichtsprachliche Fakes. Obwohl ich Sprachlehrer bin und Literaturvermittler, halte ich es für ein dogmatisches Märchen, dass die Struktur der Sprache die Mutter alles Erkennbaren sein soll, gevögelt von der Logik.»

«Im Idealfall liefert die Logik jedoch Regeln, nach denen wir konstruktiv streiten können.» «Was verstehst du unter *konstruktiv*», wollte ich wissen. «Fechten mit vernünftigen Argumenten statt Prügeln mit Keulen. Argumentieren, damit meine ich, dass Aussagen logisch begründet werden, in nachvollziehbare Zusammenhänge gestellt und nicht einfach als unbeweisbare und unwiderlegbare Behauptungen Gültigkeit und Glauben beanspruchen. Man diskutiert solange darüber, welche Auffassungen gelten sollen, bis man sich einig ist. Die Bedeutungen der sprachlichen Formen entstehen dann in diesem sozialen Diskurs.»

«Wie schön. Man kann auch zusammen würfeln oder die Friedenspfeife kreisen lassen, gemeinsam Milchsuppe löffeln. Wer mit Lügen regieren will, perfektioniert die Kunst der Lügengeschichten. Die Parteigänger und Fans werden nicht durch argumentative Widerlegungen der Auffassungen ihres Idols, auch nicht durch moralische Anklagen eingeschüchtert, im Gegenteil, jeden Vorwurf der Lüge schimpfen sie eine noch grössere Lüge, jeder moralische Vorwurf wird zum unmoralischen Dreckschleudern. Wenn du unzumutbare Weltanschauungen ablehnst, hast du eine Phobie. Was gilt, ist eine Frage der Macht.»

«Du rennst offene Türen ein, das kritisieren auch andere, Foucault, Lyotard …» «Jawohl, und du hast richtig vermutet, dass ich dieses Ausmisten des philosophischen Augiasstalles begrüsse; trotzdem ist für mich auch die Bedeutung der Philosophie eine diskursive Konstruktion.» «Da musst du dich schon näher erklären.» «Kleider ohne Kaiser. Die Umkehrung des Märchens vom Kaiser ohne Kleider. Schöne Geschichten, bestenfalls raffinierte Erzählungen über die Welt, aber keine Neuerfindungen, wie es die Produkte einfallsreicher Maschinenkonstrukteure sind. Aber die schönen Kleider sind leer, in ihnen steckt kein Regent, kein lebendiger Wille zur Tat.» «Also doch wie Marx schon kritisierte: sie interpretieren die Welt, statt sie zu verändern. So sind die philosophischen Interpretationen deine Kleider ohne Kaiser, grosse Gedanken für die grossen Schaufenster der Modegeschäfte. Ich gebe zu, diese Metapher gefällt mir.»

«Und wie in der übrigen Belletristik bedienen die philosophischen Dichtungen verschiedene Geschmäcker und lassen die unterschiedlichsten Fan-Gemeinden entstehen, nach den üblichen Gesetzmässigkeiten, wie solche Anhängerschaften sich bilden oder wie durch herrschende Diskurse ihre Bewunderung selbstverständlich wird. Die Bewunderer sichern sich ihre Geltung durch Teilhabe an der grossartigen Aura solcher Bildung, manche fragen sich verzweifelt, welcher philosophischen Denkgemeinde sie sich nun anschliessen sollten, um nicht in den falschen Zug zu steigen.»

«So musst du doch wenigstens die postmodernen Philosophen schätzen.» «Nicht, soweit sie Philosophen und nicht Dichter sein wollen, Professoren halt …, nimm es mir nicht übel. Ich kenne diese Kategorisierung nicht so genau. Jedenfalls überschätzen nach meinem Dafürhalten diese neuen

Kritiker der Sprache und des diskursiven Denkens die Rolle der kulturgeprägten Sprache für das Selbstgefühl der Einzelnen, die sie durch die Hinwendung zu averbalem Sein und Tun von den Zwängen der modernen Welt befreien wollen. Das kenne ich doch längst von den alten Buddhisten.» «Wie soll ich dir deine Spitze gegen die Philosophieprofessoren verübeln. Haben wir uns doch in unserer Jugend nächtelang über Schopenhauers Kritik der Katheterphilosophie amüsiert, die er ein spassiges Marionettentheater nennt, dessen einziger Ernst darin bestehe, den Philosophieprofessoren ein redliches Auskommen für sich und Weib und Kind und ein Ansehen vor den Leuten zu bieten. … Aber den Grund deiner Aversion gegen die Philosophie verstehe ich nicht.»

«Aversion ist das falsche Wort. Seit Sokrates wird Philosophie als Liebe zur Wahrheit zelebriert. Leider geht es dabei um mehr als die praktische Wahrheit einer Orientierung, die mich tatsächlich zum angestrebten Ziel führt. Solche pragmatische Wahrheit lasse ich mir gerne gefallen; es sind die abertausenden Erkenntnisse, mit denen im praktischen Leben abertausende Ziele erreicht wurden und werden. Der Philosoph sucht nach Geborgenheit im regelmässigen Zelebrieren der heiligen Messe der Abstraktion; dann werden die grossen Ideen an- und nachgebetet, vor allem, wenn sie von berühmten Hohepriestern stammen. Die Philosophie hat lediglich das religiöse Suchen nach Gott durch das Suchen nach Wahrheit ersetzt, sie blieb Suchen nach der spirituellen Mutterbrust. Marx, dem solche Wahrheit wohl ein Fetisch sein musste, drückte es etwas frivoler aus: *Philosophie und Studium der wirklichen Welt verhalten sich zueinander wie Onanie und Geschlechtsliebe.* Er schrieb das zwar als 26-jähriger in Sankt Max, seinem wütenden Pamphlet gegen Stirner, doch wo er recht hat, hat er recht. Ich habe nichts gegen Philosophie als Dichtung. Manche Werke, die ich gelesen habe, insbesondere unseren Schopenhauer, schätze ich ebenso wie Romane, Novellen und

Gedichte.» «Zur Erbauung des kritischen Denkens», warf Ludwig spöttisch ein. «Mir ist bewusst, dass ich bei zünftigen Philosophen damit nur verächtliches Kopfschütteln auslöse. Das habe ich als Gymnasiast auch beim Priester erlebt, dem ich die Gründe meines plötzlichen Unglaubens erörterte. Du erinnerst dich sicher noch daran.» «Oh ja, er meinte, du seiest bei mir in schlechter Gesellschaft.»

«Trotzdem sage ich dir kurz und bündig: Was ihr theoretische Philosophie nennt, sollte durch poetische Philosophie abgelöst werden, während den Lehrstühlen für praktische Philosophie sämtliche öffentlichen Mittel entzogen werden sollten.» «Also ein zweifaches Sollen.» «Ein politisches Sollen, kein philosophisches, das weisst du genau!»

«Was hast du gegen die praktische Philosophie?» «Die Philosophen gebärden sich als Priester, die wissen, was das richtige und das falsche Leben ist, predigen gegen die sogenannte Entfremdung des Menschen; … auch Marx gehört dazu bis zur Kritischen Theorie, von der die 68er bewegt worden sind. Ethik ist mauvaise foi, Unaufrichtigkeit.» «Warum?» «Man tut so, wie wenn es himmlische Werte gäbe, aus denen Verbindlichkeiten für alle abgeleitet werden könnten, nur dass die Philosophen statt vom Himmel von der Vernunft sprechen und die vernunftbedingte moralische Pflicht zur Basis von Freiheit erklären.» «Was wäre aufrichtiger?» «Auf das ethische Philosophieren zu verzichten und seriös zu untersuchen, was Sache ist.» «Welche Sache?» «Spiel nicht Sokrates. Tatsache ist, dass unser Zusammenleben durch Spielregeln organisiert ist, die in politischen Prozessen festgelegt werden.» «Unter dem Zwang der ökonomischen Verhältnisse, deren Macht im Kapitalismus vor allem auf der Spielregel des unantastbaren Eigentums beruht und im Faschismus auf dem Fanatismus von Massen und dem Terror staatlicher und privater Banden.» «Wobei auch dort das Diktat von Spielregeln des Gehorsams gegenüber Führern und Politbüros herrscht.»

«Was schwebt dir als Alternative zur philosophischen Ethik vor?» «Flexible Vereinbarungen von Spielregeln, rein pragmatisch, ohne Berufung auf angebliche höhere Werte, aus denen sie abzuleiten seien. Philosophen, die ihren Senf dazu geben, überflüssig.» «Und die Menschenrechte?» «Wären übergeordnete Spielregeln, auf die man sich einigen müsste, was gar nicht so einfach ist ohne die Macht der Sieger nach einem Krieg.»

«Du machst mich arbeitslos.» «Unsinn. Deinen Lehrstuhl könntest du in die sprachkritische Abteilung der Kommunikationswissenschaften eingliedern, da könnt ihr euch mit Sprache, Bildern und Algorithmen befassen, und wer sich in der Kommunikationsforschung nicht zu Hause fühlt, gibt Privatkurse in Schöner Leben, Philosophie als Religionsersatz.» «Radikalinski!» «Du wärst auch ein begnadeter Literaturlehrer. Habe ich mich jetzt gerettet?» «Gerettet! Ich habe selber meine Berufswahl schon oft in Frage gestellt und darüber nachgedacht, ob ich nicht lieber ein Schuster wäre, so wie es Einstein der Frau des Physikers Max Born geschrieben hat, weil ihm die Vorstellung, dass ein Elektron, von einem Lichtstrahl angestossen, sich den Augenblick und die Richtung seines Fluges nach eigenem freien Willen wählen könnte, unerträglich war. Mir ist das unpolitische Forschen unerträglich.» «Als Politiker sehe ich dich ebenso wenig wie mich.» «Im Gymi warst du Klassensprecher und Aufrührer zugleich.» «Und du graue Eminenz.» «Manchmal gelüstete es mich, in deine Rolle zu schlüpfen.» «Und ich in deine, doch wir konnten beide nicht.» Wir lachten.

«Ich bin müde, Mnemosyne, wollen wir unser Liebesspiel hier nicht abbrechen? Ich sollte längst schlafen.» «Glaubst du, ich sei schuld, dass du nicht schlafen kannst, ist es nicht eher die Unruhe oder die Leere deiner Schlaflosigkeit, die mich gerufen hat. Gut, hören wir auf, aber etwas Trauriges muss ich noch loswerden, bevor ich mich zurückziehe.»

Lange schwiegen wir. Dann sagte ich, dass er mir seit dem schrecklichen Tod seiner Mutter als ein anderer vorkomme. Immer so ernst. «Du bist viel abwesend.» «Wie recht du hast», seufzte er.

«Ich habe das Gefühl, du willst mir etwas mitteilen», sagte ich unsicher, als sich unsere Blicke trafen. «Ja, unsere Diskussion hat mich abgelenkt.» «Vielleicht war dir die Ablenkung willkommen.» «Wahrscheinlich. Es fällt mir eben nicht so leicht wie dir Gefühle zu artikulieren.»

Ich ergriff seine Hand. «Sprich!»

«Roxana will mich verlassen.»

«Nein!» Darauf war ich nicht gefasst.

«Vor ein paar Tagen hat sie mir gestanden, dass sie seit Längerem eine Liebesbeziehung zu einem Lehrerkollegen hat.» «Ist das ein zureichender Grund für sie dich zu verlassen», sagte ich mehr aus Verlegenheit. «Offenbar, ihr Geliebter ist alleinstehend, sie will zu ihm ziehen, in sein Haus in Kilchberg.» «Und Darius?» «Er wird mit ihr gehen, weil ich, wie du ja weisst, ab nächstem Monat in Bologna sehr engagiert sein werde mit Vorlesungen.»

«Das finde ich alles so traurig, so verrückt. Du und Roxana seid mir nicht gleichgültig. … Camarero! Noch eine Flasche Rioja!» «Wir haben schon zu viel getrunken», wehrte Ludwig ab. «Zu viel ist nicht genug», widersprach ich …, schon brachte der Kellner die Flasche und schenkte ein. Bitter fügte ich bei, jetzt könne *er* den Zeitpfeil zerbrechen. «Leider bin ich kein Anarchomystiker.» «Du bist die Fliege im Fliegenglas, die sich selber den Ausweg zeigen muss», seufzte ich und drückte ihm beide Hände.

Ob er meine Tränen bemerkt hatte?

Als ich spät in der Nacht ins Bett schlüpfte, wachte Sara auf. «Ihr habt wohl ordentlich getrunken», sagte sie ohne Vorwurf in der Stimme. «Ja, es ist schrecklich.» «Ich weiss …, schon lange, schrecklich für Ludwig jedenfalls. Wo ist er jetzt?» «Unten, in seiner Bibliothek. Warum hast du mir nichts gesagt?» Sara schloss mich in die Arme: «Geheimnisse einer Freundin erzähle ich nicht weiter. Auch dir nicht. Aber sprich doch einmal selber mit Roxana.» Sie küsste mich und drehte sich wieder zur Seite. «Sara.» «Ja.» «Was meinst du, können wir hier wohnen bleiben, wenn Roxana und Darius ausziehen und Ludwig vorwiegend in Bologna lebt?» «Bestimmt. Ludwig ist froh, wenn das Haus auch während seiner häufigen Abwesenheit bewohnt ist.»

fade-out

Mnemosyne verlässt ihre Ecke und eilt von dannen.

fade-in

— *Gian* —

Es muss bald Morgen sein. Noch immer liege ich auf der Bettdecke, doch es hat etwas abgekühlt. Ich ziehe den Pyjama an, hole mir ein zweites Bier aus dem Kühlschrank, setze mich wieder auf den Balkon, schaue zum noch immer leuchtenden Mond, der jetzt aus einer ganz anderen Richtung scheint. Sei umarmt, hat Ludwig geschrieben. Dunkle Ahnungen regen sich. Der Mond ist fleckig. Blinzle ich, sehe ich die Schwingen eines schwarzen Vogels auf seine Oberfläche gepresst, dazwischen den zerquetschten Körper. Heute ist Karfreitag.

fade-out

17 Nein!

— *Tuula* —

Ich glaube, ich bin im falschen Film. Nein, hat er gesagt, als ich ihn gefragt habe. Wende dich an Onkel Gian, er wird dir vielleicht helfen, hat er gesagt, ich habe keine Zeit.
Keine Zeit!
Und lass dir nicht einfallen mir nachzureisen in deinen Ferien. Wo ich doch genau das vorhatte: nach Bologna fahren und ihn besuchen. Meinen Plan fand ich geil.
Wusste er davon?
Aber er hat nein gesagt, in einem autoritären Ton, wie ich ihn bei ihm noch nie gehört habe. Dann klick, die Verbindung abgebrochen. Opa! Dein Liebling nicht länger.

Warum *Onkel* Gian? Er ist kein Verwandter, aber der beste Schulfreund von Opa, früher oft zu Besuch bei uns. Als ich klein war, hat er, wann immer er da war, mit mir gespielt, herumgealbert, sogar gebastelt. Er nannte mich *verrücktes Mädchen*, weil ich immer warum fragte; ich wollte Zusammenhänge erfahren. Seit Jahren haben wir uns nicht mehr gesehen, eigentlich seit ich am Gymnasium bin, bestimmt seit gut fünf Jahren. Ich werde ihm nicht Onkel sagen, sondern Gian. Wie er wohl so lebt, der Deutschlehrer, seit er Sara verloren hat? In Deutsch brauche ich keine Hilfe, aber …

Opa hat Nein gesagt. Fuck! Fuck! Fuck!

fade-out

18 Wo sind die Flügel des Eros geblieben?

fade-in

— *Gian* —

Mein Smartphone ertönt – eine SMS:

> Samstag, 21. April 2007
>
> hallo gian. habe probleme. mein opa hat mir empfohlen,
> mich an dich zu wenden. du seist ein guter anarcho...
> weissnichtwas??? sorry. könnten wir uns einmal treffen?
> lg tuula (vielleicht unter 4 augen)
> 08:17

Tuula! Also meldet sie sich doch, schreibt mir, ohne das blö-
de Onkel. Wie lange mag es her sein, dass ich etwas von ihr
gehört habe. Ihr letzter Gruss war wohl die freudige Nachricht, dass sie die Aufnahmeprüfung ins Gymi bestanden habe, seither habe ich Tuula nicht mehr gesehen; aber gelegentlich, selten genug, in Ludwigs Erzählungen von ihr gehört. Ich
glaube, Ludwig steht seiner Enkelin näher als Darius, seinem
Sohn, einem Kunsthistoriker und höchst kritischen Denker
zwar, der mir jedoch immer etwas unnahbar vorgekommen
ist, wohl nicht nur seiner Wortkargheit wegen.

Das Auftreten von Arja, Tuulas Mutter, steht für mich in
einem wohltuenden Kontrast zu Darius' Distanziertheit, sie ist
fröhlich, redet gerne, viel und mit einem liebenswürdigen finnischen Akzent. Obwohl die beiden nach dem Abschluss von
Darius' Doktorat geheiratet haben, will Arja sich nicht *von
Wolff* nennen, das sei ihr zu deutsch; sie hat ihren finnischen

Familiennamen *Kuitunen* beibehalten.

Beide Eltern sind sehr beansprucht. Darius ist neben seiner beruflichen Arbeit noch an einem gesellschaftskritischen Projekt beteiligt, über das er aber kaum spricht; auch Arja erzählt, obwohl sie sonst sehr gesprächig ist, kaum etwas von ihrer Arbeit als Mikrobiologin, wenn, dann vor allem über Erlebnisse mit Kolleginnen, Kollegen und anderen interessanten, nervigen oder schrägen Leuten, denen sie begegnet. Als ich noch häufig im von Wolffschen Hause zu Besuch war, habe ich Tuula meist in Ludwigs grossem Arbeitszimmer angetroffen, wo sie beide eifrig diskutierten oder auch herumalberten – so oft wird das aber nicht der Fall gewesen sein, denn während der Semester wohnte Ludwig vorwiegend in Bologna.

Trotz, nein aufgrund von Ludwigs Nachricht, habe ich nicht erwartet, dass Tuula mich kontaktieren würde. Ich tippe die Antwort in mein neu erstandenes Nokia N73, mein erstes Smartphone, auf das ich stolz bin:

> Hallo Tuula. Ich bin überrascht. Klar, Treffen liegt drin,
> aber zuvor möchte ich noch einiges wissen, zumindest
> einen Hinweis bekommen, um was es dir geht. Ich
> schreibe lieber per E-Mail als per SMS. Meine Adresse ist
> brief@gica.ch
> Ich grüsse dich herzlich, Gian

Kaum habe ich meinen Computer eingeschaltet, finde ich in meiner elektronischen Post bereits eine Antwort von Tuula. Eine Antwort, die mich verblüfft, mich zweifeln lässt, was ich von ihren Schilderungen glauben soll, was nicht. Sie sei soeben aus dem Freifach Philosophie rausgeschmissen worden wegen mangelnder Lernbereitschaft, weil sie zu allem, was der Lehrer erzählt habe, immer nur ‹aber …› eingewandt und zu guter Letzt Sokrates einen eitlen Macho geschimpft habe. Der Lehrer soll ihr darauf erwidert haben, statt bescheiden zu lernen und sich so überhaupt erst die Voraussetzungen anzueignen, die es ihr später erlaubten, selber urteilen zu können, bringe sie immer nur unreflektierte Einwände unter der Gürtellinie. Sie befinde sich in einer Einführung in die Philosophie und nicht in einem Polemik-Training.

Es fällt mir auf, dass auch der domain-part von Tuulas E-Mail-Adresse auf *prowolff.info* lautet. Familienclan. Umgehend schreibe ich zurück.

Von: brief@gica.ch

An: tuula@prowolff.info

Betreff: Überraschung

Hallo Tuula

Wie die Zeit vergeht.

Dein letztes Lebenszeichen an mich war die Karte mit dem hüpfenden Mädchen, dessen rote Haare im Wind flattern, auf der Rückseite die kurze Mitteilung: Hurra, Aufnahmeprüfung ins Gymnasium bestanden! Jetzt kann's losgehen! Sei lieb gegrüsst von Tuuuuuula ✌ ✌ ✌

Die Karte habe ich mir aufgehoben, als Buchzeichen. Seither habe ich nichts mehr von dir gehört ausser dem, was Ludwig mir von seiner Enkelin gelegentlich erzählt hat.

Meine früheste Erinnerung an dich, ein vor Vergnügen kreischendes Baby auf Grossvaters Knien, Riite-riite-Rössli. Das war an deinem ersten Geburtstag, vor 16 Jahren. Wir feierten zusammen mit deinen Eltern bei Ludwig in Bologna, wo ich gerade für ein paar Tage zu Besuch weilte. Deutlich sehe ich das Auto vor mir, in dem ihr angefahren kamt, ein froschgrüner Renault, du in einem Kindersitz mit Efeumuster. Ich erinnere mich auch daran, dass ich deine Mutter fragte, wie sie auf deinen schönen Namen gekommen seien. Tuuli heisse auf Finnisch Wind, erklärte sie mir, sie liebe den Wind.

Und was für ein Wind. Plötzlich SMS-Alarm und darauf das erläuternde E-Mail von deinem Rausschmiss. Ist das wirklich ein Rausschmiss gewesen? Oder bist du einfach stolz gekränkt aus der Stunde marschiert? Du hast also deinen

Opa angefragt, ob nicht er, als Professor der Philosophie, dich in die Philosophie einführen könne, und nun will er nicht. Das wundert mich. Er hat doch sonst, wo immer er Gelegenheit fand, sich so gerne mit dir unterhalten.

Und warum willst du ausgerechnet eine Einführung in die Philosophie? Ist das für euch jungen Leute heutzutage nicht out? – Allerdings verstehe ich auch nicht, warum er dich an mich verweist mit der Bemerkung, dass ich dich mit meinem undisziplinierten Anarchomystikerdenken vielleicht besser verstehen würde.

Das sagt er dir wohl, weil ich kein Berufsphilosoph, sondern ein eigenwilliger Germanist bin. Also, liebe Tuula Wirbelwind, gerne korrespondiere ich mit dir über deine (philosophischen?) Fragen. Aber dein Opa hat nicht ganz unrecht in der Charakterisierung meines Denkens; du wirst von mir nicht philosophisch disziplinierte Einführungen und Antworten erwarten dürfen. Ich spiele das Philosophiespiel auf meine Weise (die gelehrte Leute wohl kaum Philosophie nennen würden); aber du kannst mir ja mal ein paar deiner Fragen schicken, dann werden wir sehen.

Sei gegrüsst

Gian

Kaum habe ich auf SENDEN geklickt, bereue ich es, viel zu lang, viel zu geschwätzig meine Antwort; zu spät, alles geht so schnell in diesem Internet, kaum ins Rohe gedacht, schon beim Empfänger gelandet. Ich fühle mich unbehaglich. Warum? Habe ich doch Erfahrung mit jungen Leuten, weiss, wie sie ticken, meine Schülerinnen und Schüler, aber ich traktiere sie auch nie mit solchem Geplauder, meine Rede ist knapper, sie wissen, dass sie selber denken sollen.

Sokrates! Wozu junge Leute mit Platons Philosophiestar langweilen? Sokrates sucht die Wahrheit, die er nicht weiss, von der er nur weiss, dass keiner sie weiss, was er natürlich allen unter die Nase reibt. Was du vermeinst zu wissen, ist blosser Schein – sich dessen bewusst zu sein, ist Weisheit.

Platons Sokrates. Immerhin bei reichlich fliessendem Wein. Das muss man Platons Figur des Redners-und-nicht-Schreibers zugute halten.

Platon? Suchend stehe ich vor meinem Bücherregal, greife nach einem Bändchen hoch oben, fische es heraus. *Phaidros* habe ich erwischt. Ich blättere, lese. Eros als Mania, als göttlicher Wahnsinn, als Rausch. Auch geschriebenes Reden über das Reden und die Minderwertigkeit des Schreibens, das schöne Schreiben und das hässliche, in meinen Händen als Abschrift einer Abschrift einer Abschrift (von wie vielen Schreibern und Mönchen wohl auf Pergamente gemalt), schliesslich hier auch noch ins Deutsche übertragen von so manchen Übersetzern, dank Gutenberg in Bergen von Kopien von Kopien von Kopien.

Warum ist das Schreiben minderwertig? Der Autor kann nicht erläuternd korrigieren, kann sich nicht wehren, wenn ihn der Leser anders interpretiert, als er es gemeint hat. Der Logos des lebendigen Dialogpartners verkümmert im Geschreibsel. Weisheit lässt sich nicht vermitteln, indem sie zu Papier gebracht wird, sie muss direkt in die Seele des Dialogpartners eingeschrieben werden. Nur der lebendige Eros, durch den ich mich mit dem anderen innig verbinde, lässt mich an seinem Logos, schliesslich am Logos überhaupt, teilhaben – wenn der andere Sokrates heisst.

Die Schrift ist Vatermord, schreibt Jacques Derrida. Wird Derrida also von seiner Schrift gemordet, frage ich mich; das wird kompliziert bei Sokrates, der als Geschöpf von Platons philosophischer Dichtkunst Platon mordet, der aber sein Vater und Schüler zugleich ist, hat er sich doch im Glauben vieler Generationen von Platonlesern selbstständig gemacht, so sehr, dass diese den philosophischen Zeitpfeil unterteilen in die Epoche vor Sokrates und den Beginn der eigentlichen Philosophie ab dessen Wirken.

Mir gefällt die Charakterisierung der philosophischen

Tradition Europas als einer *Reihe von Fussnoten zu Platon.* Oder begehe ich mit dieser Erinnerung an Whiteheads Bemerkung auch Vatermord? Ich lache, wie mir einfällt: die Fussnoten als Vatermörder. Vielleicht ist alles Fussnote. Die antike Kosmogonie eine Mordserie: Chronos mordet Uranos, Zeus mordet Chronos …; auch bei den alten Ägyptern: Seth zerstückelt seinen Bruder Osiris, verstreut die Leichenteile, die Schwester Isis sammelt sie, setzt die Stücke zusammen, belebt Osiris, vögelt ihn umgehend und empfängt Horus, der Rächer und Nachfolger seines Vaters wird, worauf das Kämpfen und Morden von neuem losgeht: Vatermorde, Muttermorde, Brudermorde, Kindermorde: Fussnoten. Mit Füssen getretene Welt. Verspeiste Ureier.

Debatten darüber auch in den literaturwissenschaftlichen Seminaren. Roland Barthes' pathetischer Satz: *Die Geburt des Lesers ist mit dem Tod des Autors zu bezahlen.* Aber nur wer an den Autor geglaubt hat, bezahlt mit dessen Verlust, denke ich, weite den Gedanken aus: Die Geburt meines Welt-Erlebens ist mit dem Tod des Ich zu bezahlen. Nur wer an sein Ich geglaubt hat, bezahlt mit dem Leben – die Auferstehung am dritten Tage jedoch heisst Welt.

Ich blättere weiter im Phaidros Bändchen, halte inne, wo Sokrates gegenüber dem jungen Phaidros die Frage erwägt, ob die Freundschaft zu einem Nichtverliebten, der zu einem Verliebten vorzuziehen sei.

Nein, unwahr ist die Rede, welche behauptet, man müsse, auch wenn ein Verliebter erscheint, die Freundschaft des Nicht-Verliebten vorziehen, weil jener der Manie verfallen, dieser bei Besinnung ist. Ja, wenn Manie schlechthin ein Übel wäre, dann wäre es wohl gesprochen. Nun aber werden die größten aller Güter uns durch Manie zuteil, wenn sie als göttliches Geschenk verliehen wird.

Mordet die Schrift auch die Liebe? Was ist mit den Bildern?

Den über elektromagnetische Wellen verbreiteten Codes?

… Medien sind Massenmörder …

meldet die wandernde Leuchtschrift auf einer Spinnennetzkarte, rot, rot, rot … Kein besonders origineller Satz. Sensationslüsterne Medientheorie. Wer ist kein Mörder? Kein Schnüffler? Sniffer elektromagnetischer Wellen.

Ein neues E-Mail wird angezeigt, offensichtlich nachts um halb eins geschrieben.

> Von: tuula@prowolff.info   Datum: 22. April 2007 00:29
>
> An: brief@gica.ch
>
> Betreff: dringende bitte
>
> hallo gian
>
> ich habe nicht erwartet, so schnell eine so lange antwort zu bekommen.
>
> ABER ES IST DA NOCH EIN PROBLEM! DAS KANN ICH NICHT SCHREIBEN, NUR UNTER 4 AUGEN DARUEBER REDEN. DRINGEND!
>
> können wir uns wo treffen? ab nächster woche habe ich frühlingsferien. bei schönem wetter gerne draussen.
>
> ganz liebe grüsse
>
> tuula

Ich schaue aus dem offenen Fenster in den sonnigen Nachmittag. Kinder kreischen. Die Sonne blendet hinter der Birke hervor. Vögel schreien aus dem Geäst. Eine Katze verschwindet hinter der Gartenhecke. Die Wolken fahren, kreisen. Ich fühle mich schlapp, schliesse das Fenster, obwohl es ein warmer Tag ist, denn das Vogelgeschrei missfällt mir heute. Zu penetrant. Ich nehme mein Smartphone, schreibe eine SMS:

Sonntag, 22. April 2007

Hallo Tuula! Okay, treffen wir uns. Wie wär's am
kommenden Mittwoch, 25. April um 13 Uhr beim
Bürkliplatz am Brunnen mit dem grossen Stier? Du wirst
mich sicher noch erkennen ☺
Sei herzlich gegrüsst, Gian

Der Stierbändiger-Brunnen am Bürkliplatz scheint mir der
richtige Ort für dieses Treffen. Warum, weiss ich eigentlich
nicht. Einfach so ein Einfall. Der monumentale Stier und der
nackte Mann, der ihn zu zügeln versucht. Als Bub kaufte ich
jeweils im nahe gelegenen Fischerei- und Sportartikelgeschäft
am Stadthausquai Fliegenmaden für meine Angel. Der riesige
Stier beeindruckte mich, das wuchtige Tier war mir nie ganz
geheuer.

Sonntag, 22. April 2007

hallo gian. ich weiss, welchen brunnen du meinst. bin
oft am flohmarkt dort. mittwoch 13 uhr ist ok. sonniges
wetter ist angesagt. ob du mich noch erkennst? ich trage
dann ein dunkelblaues shirt, nach wie vor rote haare,
sommersprossen und einen hut mit nieten ☺
freue mich! tuula
11:05

Was hat Ludwig mir da eingebrockt. Wieder, wie stets schon,
führt er die Regie, ohne zu fragen, überrumpelt einen. Gefahren in Bologna, von denen er mir nie erzählt hat. Was ist
sein Geheimnis? Warum habe ich damals in der Bodega nicht
genauer nachgefragt.

Der Stierbändiger-Brunnen. Zwölf Wasserspeier. Auf dem
Sockel der gewaltige Stier, vorwärts drängend, von einem

nackten Mann mit der Rechten an einem Strick gehalten und mit dem Rücken und linken Ellbogen zur Seite gelenkt. Der Stier wird im vorderen Bauchteil von einer Steinkugel gestützt. Die Kosmoskugel, denke ich, das Sein des Parmenides, bewegungslose Kraft. Hinter der Kugel der Penisschaft und ein auffälliger Hodensack. Auch hier der Ursprung des Seins … Doch Stier und Mann erscheinen mir nun weit weniger mächtig als in meiner Kindererinnerung.

Ein Finger tippt an meinen Arm, schreckt mich auf aus meiner Meditation. «Halloooo!» Brüsk drehe ich mich um. «Tuula?» Da steht sie grinsend, dunkelblaues Shirt, auf einer Seite in einen Zipfel auslaufend, enge weisse Hosen, ein dunkeloliver Hut auf dem Feuerhaar, zwei Reihen grosser Nieten über der Krempe. Sie erinnert mich an Roxana, gross, schlank, kupferrot flammende Locken, die weit über die Schultern fallen, der kecke Blick.

«Gian. Ich habe dich sofort erkannt.» Zur Begrüssung eine Umarmung. «Im ersten Moment glaubte ich, Roxana stehe vor mir.» «So alt sehe ich wohl nicht aus.» «Nein, die Erscheinung Roxanas, wie sie mir vor vierzig Jahren als blutjunge Studentin zum ersten Mal von Ludwig in unserer Hamburger WG vorgestellt worden ist, … du bist … Ich kann mir nicht helfen.» Ich trat einen Schritt zurück, sagte lange nichts, schaute sie einfach nur an und dachte, Roxana, ja Roxana …, derselbe erotische Charme. Aber da ist noch etwas, wenn ich in ihre Augen schaue, etwas Geheimnisvolles, das ich nicht in Gedanken fassen kann.

«Ich habe meine Oma nur wenige Male gesehen, wenn Isi sie besuchte und mich mitgenommen hat.» Isi, denke ich, und sehe sie als Kind vor mir, wie sie nach ihrem Vater ruft. «Ich sage meinen Eltern lieber *Isi* und *Äiti*, statt Vater und Mutter.» «Aber Ludwig nennst du Opa.» «Ja, denn auf Finnisch sagt man dem Opa *Pappa*, wenn man deutsch spricht, führt das zu Verwechslungen.»

230

«Roxana, wie geht es ihr? Siehst du sie oft?» «Meine Oma ist eine liebenswürdige alte Dame, du würdest sie wohl noch heute eine Schönheit finden, … aber ich mag sie nicht besonders.» «Weil sie Ludwig verlassen hat.» «Woher weisst du, dass das der Grund ist?» «Weil ich spüre, dass Ludwig dir viel bedeutet.» Tuula schaut zu Boden. «Jetzt gerade nicht.» «Weil er sich weigert dir Philosophieunterricht zu erteilen.» «Nein, weil er mir verboten hat ihn in Bologna zu besuchen und auch nicht will, dass ich ihn anrufe, ihm SMS oder E-Mails schreibe.» «Hast du ihn gefragt, warum?» «Er hat nur geantwortet, wir könnten uns sehen, wenn er in Zürich sei, und dann hat er mich an dich verwiesen. Seither ist unser Kontakt unterbrochen. Ich muss warten, bis er wieder kommt.» Ich schüttle den Kopf und lege eine Hand auf ihre Schulter: «Also warten wir, bis er wieder mal kommt.» Eine kleine Bewegung ihrer Schulter macht mir bewusst, dass ich kein Kind vor mir habe; sofort ziehe ich meine Hand zurück. Tuula lächelt, schweigt.

«Was stehen wir da herum? Was machen wir jetzt?», breche ich unbeholfen das Schweigen. «Den Stier hier betrachten; ich habe bisher nie genau hingeschaut, obwohl ich hier in der Nähe sogar mal einen Flohmarktstand hatte.» «Du hast Sokrates einen Macho genannt. Hier siehst du zwar keinen Macho, aber geballte Männlichkeit.» «Meinst du den Mann?» «Nein, den Bullen!» «Warum nicht den Mann?», sagt Tuula und mustert erst den steinernen Mann, dann den Stier von oben bis unten, «ehrlich gesagt, gefällt mir diese Potenz, manche Männer dürften sogar etwas mehr davon haben.»

Ich bin überrascht, so reden meine Schülerinnen nicht mit mir, sage etwas verlegen: «Wir … wir könnten eine Schiffsrundfahrt auf dem Zürichsee machen.» «Okay.» Kaum haben wir die Strasse überquert, stöhnt Tuula auf: «Oh nein!» Auf dem Quai vor den Schiffsstegen und dem Billethäuschen wimmelt es von Leuten, ältere vorwiegend, ein paar Kinder, Touristen, Sprachfetzen in der Luft, englische, spanische, chinesische, deutsche … Sie stehen in Trauben vor den Billetschaltern. «Hier kann ich nicht sprechen, gehen wir woanders hin.» «Wir könnten am Paradeplatz den 13er nehmen, zum Albisgüetli fahren, von dort einen Waldspaziergang machen.» «Mega! Cool, Waldspaziergang, ich bin sowieso lieber im Schatten.»

«Hm …» Von ferne und doch nah höre ich diese Musik, dieses Lied, sehe keine Spinnwebenkarte, aber spüre einen Sog, wie durch ein Wolkenportal in eine andere Welt.

> … und es werden kommen hundert
> gen Mittag an Land
> und werden in den Schatten treten …

Was will Brechts Seeräuber-Jenny hier? «Hallo? Was ist? Wo bist du, Gian?» «Nichts, nichts, bin schon wieder da. Manchmal befallen mich so Abwesenheiten.» «Ich bin lieber im Schatten, weil dann meine Sommersprossen weniger schnell hervortreten. Abwesenheiten? Meinst du das Alter?»

> … und werden in den Schatten treten …

«Das Alter? Es ist etwas anderes. Während ich für dich abwesend bin, bin ich anderswo anwesend. Wie in einer anderen Welt.» «Kenne ich auch! Äiti ärgert sich oft darüber. Sie sagt etwas und zack bin ich weg. Sie glaubt, ich wolle ihr nicht zuhören, dabei ist es nur so, dass sie das Stichwort liefert, das mich wegbeamt.» «Wegbeamt?» «Ja, an einen anderen Ort beamt, so wie in Star Trek, diesen alten Filmen vom Raumschiff Enterprise; du begibst dich in eine Transporterkabine und flupp bist du schon an einem anderen Ort.»

Am Paradeplatz steigen wir in den 13er, fahren bis zur Endstation. Beim Aussteigen attackiert uns ein Coca-Cola-rotes Monster. Mich schaudert. «Was hast du?», fragt Tuula erschrocken. Ich zeige auf den hässlichen, riesigen Getränkeautomaten, der aus dem alten, mit einem Walmdach aus graubraunen und rostroten Ziegeln bedeckten Tramhäuschen herausragt, ein knallrotes Riesenbonbon im steinernen Tramhäuschenmund. «Fürchterlich», pflichtet mir Tuula bei.

«Wohin wollen wir?», frage ich, während wir ein paar Schritte die Üetlibergstrasse hoch gehen, «hier rechts entlang des Panoramaweges kommen wir zum Triemli, das wäre die bequeme Alte-Leute-Route.» Und führt ganz in die Nähe meiner Wohnung, wohin ich aber nicht will, denke ich. Ich glaube, Tuula weiss nicht, wo ich wohne, unsere Kontakte erfolgen über SMS und E-Mail. So bin ich erleichtert, dass Tuula sich für den Weg durch den Wald zum Kulm hinauf entscheidet.

Schweigend gehen wir nebeneinander bergan. Bald treffen wir auf einen kleinen Platz an der rechten Wegseite mit Tisch und Bänken. Tuula setzt sich auf eine Bank, legt die Arme auf den Tisch. «Bist du schon müde», wundere ich mich, setze mich auf die gegenüberliegende Bank, betrachte Tuula, die sich mit geschlossenen Augen zurücklehnt und schweigt.

«Ich muss dir etwas sagen, weiss aber nicht wie anfangen.» Ich warte ab, Sokrates, der Macho … Tuula öffnet die Augen, sie wirken traurig: «Ich gebe zu, … du hast zu Recht meine Story vom Rausschmiss aus dem Philosophiekurs angezweifelt.» «Du besuchst ihn weiterhin?» «Nein, … aber das hat andere Gründe.» «Und der Tadel deines Philosophielehrers?» «Auch erfunden.» «Also nicht die vorlaute Schülerin.» «Jetzt fang du auch noch an!» Das klingt wütend. «Ich bin nicht vorlaut, aber manchmal lüge ich.» «Recht hast du», werfe ich versöhnlich ein. «Zwar habe ich die Formulierung des Tadels nicht selber erfunden, aber sie stammt eben nicht von meinem Philosophiekursleiter.» «Sondern?» «Von meinem Opa. Am Telefon. Es ist seine Reaktion auf den Fake meines Sokrates-Macho-Statements, meiner ständigen Einwände im Philosophiekurs, meines Gejammers, dass ich dem Lehrer auf die Nerven gehe und er mir auch. Ich habe mir eingebildet, es sei eine clevere Idee, ihn damit zu verlocken, mich nach

Bologna einzuladen, wenn ich ihn vorerst einmal bäte, mich über E-Mail in Philosophie zu unterrichten, mir zu schreiben, was ich lesen solle, meine Überlegungen zu kommentieren. So wie früher, da hat er mir viel von den Philosophen und deren Gedanken erzählt. Und ich habe ihn vieles dazu gefragt. Schon als ich noch die Primarschule besuchte, hat er mir Homer vorgelesen oder mir in einfachen Geschichten philosophische Gedanken vorgestellt, wenn er ein paar Tage bei uns zu Besuch war, und das war er öfter, obwohl er im Ausland lebte. Er hat noch immer ein Zimmer in unserem Haus, voll mit Büchern, die selbst noch am Boden aufgestapelt sind, auf die ich mich als Kind manchmal draufgesetzt habe. Wir hatten viel Spass mit der Odyssee, … aber jetzt blockt er ab, predigt mir Moral. Voll die Arschkarte gezogen.»

«Ah, der liebe Wolfi! Zuerst einmal zuhören lernen, schön bescheiden sein usw., das passt zum Professore, das glaube ich dir sofort.» «Was kann Opa dafür, wenn ich ihn anlüge, zudem noch so ungeschickt, ich gebe es ja zu, jedenfalls hat er abgelehnt.» «Und mich als Alternative empfohlen, den Anarcho–weiss-nicht-was.» «Sorry, … aber die Wahrheit kann ich ihm nicht sagen. Es geht mir auch gar nicht um Philosophie, ich wollte ihn einfach in Bologna besuchen.» «Was ist die Wahrheit?»

adaequatio intellectus et rei

ruckelt es in violetten Leuchtbuchstaben vor meinen Augen vorbei, das kartenförmige Spinnennetz hängt im Geäst des Baumes hinter Tuula, … philosophisches Mönchsgerede, wenn auch nicht das dümmste; allerdings schlägt man sich nicht erst heute gerne mal die Köpfe ein im Streit um die Frage, was Sache sei, je nach Interesselage.

«Kann ich dir vertrauen?» «Oh, das musst du selber beurteilen.» «Kannst du mir wenigstens versprechen, dass du weder Opa noch meinen Eltern weitererzählst, was ich dir sage?» «Ja sicher, petzen liegt mir nicht.» Tuula rutscht von der Bank. «Gehen wir weiter.»

Schweigend steigen wir den steiler werdenden Weg durch den lichten Wald hinauf. Die Gräser, die Kräuter, die Blätter der Laubbäume leuchten in sattem Grün, hier und dort scheint die Sonne durch. Links vom Weg fällt das Bord streckenweise steil ab zu einem Bach. «Du willst mir etwas sagen.»

Tuula schweigt, zögert. »Ich enttäusche ihn.» «Deinen Opa?» «Nein, Alexander, so heisst der Leiter des Philosophiekurses, ich glaube, ich tue ihm weh.» «Mit deiner ständigen Opposition?» «Quatsch! Nur Show, die ich vor Opa abgezogen habe.» «Und mir schickst du das Drehbuch.» «Vergiss es. Es geht um meine Zurückweisung, er ist in mich verliebt.» «Und er ist dir zu nahe getreten.» «Shit! Immer dieses Klischee: Lehrer belästigt oder verführt Schülerin. Es gibt auch das Umgekehrte.» «Du magst dich wundern, aber auch das kenne ich.»

Tuula zieht mich am Arm zu einer etwas abseits vom Weg gelegenen Bank, wo wir uns setzen: «Dann hör mir jetzt zu und unterbrich mich nicht. Die wahre Story geht so: Zuerst bin ich in Alexander verliebt. Obwohl er nur den freiwilligen Philosophiekurs an unserer Schule gibt, ist er ein Star. Die Mädchen im Kurs schwärmen für ihn. Da ich schon so viel über Philosophie weiss, bin ich häufig die Wortführerin, was mir unangenehm ist, ich will ja nicht als Millimeterfickerin erscheinen. Trotzdem wäre ich ganz gerne für Alexander *die* Philosophin auf dem Platz. Plötzlich bin ich von der Idee besessen, mit dem müsse ich einmal schlafen, und sinne nur noch darauf, wie ich es anstellen könnte, ihn zu verführen. In einer Philosophiestunde ist wieder von Sokrates die Rede, nur am Rande zwar, vom Sokratischen Gespräch, glaube ich, da habe ich eine Idee. Zu Hause suche ich nach dem Platon-Büchlein, aus dem wir einen Text gelesen haben. Von meinem Opa habe ich die ganze Taschenbuch-Ausgabe der Werke

Platons. Geburtstagsgeschenk zum Sechzehnten. Zum Glück steht unter dem Textauszug des Handouts zu jener Lektion der Name von Platons Schrift, *Phaidros*, und sie reden dort über den Wahnsinn des Verliebtseins und so. Nach der nächsten Philosophiestunde krame ich in meinem Rucksack herum, damit niemandem auffällt, dass ich warte, bis alle Mitschüler den Raum verlassen haben. Dann gehe ich zu Alexander, der noch mit seinem Notebook beschäftigt ist, ziehe das Platonbuch aus dem Rucksack und sage ihm, dass ich daran sei, den Text weiterzulesen, aber Mühe habe, den Zusammenhang genau zu verstehen. Erstaunt schaut er mich an, will wissen, womit ich denn Schwierigkeiten habe. Es seien längere Passagen und seine nächste Lektion beginne bald. Stimmt. Was nun? Mich hätten seine Ausführungen zum Sokratischen Gespräch so beeindruckt, schwindle ich, zögere etwas, seufze etwas und sage so schüchtern, wie ich nur kann, es sei vielleicht unverschämt ihn zu fragen, ob er einmal Zeit fände, es zu machen wie Sokrates, der die Dialoge mit seinen Schülern gerne auf einem Spaziergang in der freien Natur geführt habe. Er schaut mich eine Weile an und findet es dann eine originelle Idee, für die er sich an einem freien Nachmittag bei schönem Wetter gerne einmal Zeit nehme. Schon an der Angel.»

Ich schweige, wie befohlen, muss niesen, krame ein Papiertaschentuch hervor, schneuze mich diskret. «Heuschnupfen?» «Nein, nicht mehr.» Für Tuulas Redefluss scheint sich eine Schleuse geöffnet zu haben: «So beginnt unsere Story, aus einem sokratischen Spaziergang wird ein zweiter, ein dritter, ein vierter; durch die Strassen der Stadt, am Ufer der Limmat entlangschlendernd diskutieren wir über Sokrates, über die Wahrheit, über das Nichtwissen, über Xanthippe, auf Parkbänken sitzend, auf Wiesenborden liegend lesen wir, was Platon über Sokrates schreibt. Immer wieder kommen wir zur Frage nach dem Eros, nach den trügerischen Sinnen und wie die Wahrheit zu erkennen sei.»

Welch philosophisches Verhängnis, diese Trennung von Wahrheit und Trug, von Sein und Schein, das ganze Theater um Tugendbegriffe, denke ich für mich, was unterscheidet die Liebe zur Weisheit von der Liebe zu Gott?

«An einem kalten Mittwochnachmittag, es regnet in Strömen, landen wir in seiner Junggesellenbude an der Limmat, in einem Haus an der Schipfe, drei kleine Zimmer, alle wie das eine grosse von Opa, überall Bücher, mit einem schönen Blick auf den Fluss trotz der kleinen Fenster. Im Phaidros kreisen wir nur noch um die Stelle, wo von der göttlichen Gabe des Wahnsinns des Verliebten die Rede ist, Alex gerät ganz ausser sich, spricht und deklamiert in einem fort. Ich will seine Worte wegküssen, das ist gar nicht so einfach, wenn einer redet wie besessen. Dabei küsse ich ihn inzwischen, wie du dir wohl denken kannst, nicht zum ersten Mal. Ich beginne die Knöpfe seines Hemdes zu öffnen, seine Gürtelschnalle, ziehe ihn aus, Stück für Stück, bis er nackt im Sofa sitzt mit steifem Schwanz und ich ihm einen blase. Doch plötzlich wird es schlaff in meinem Mund, stell dir vor, in meinem Mund, mitten im Lutschen flutscht er weg, schrumpft, kein Reiben bringt ihn mehr hoch. Er zieht mich auch aus, möchte mich nackt anschauen, den ganzen Körper betrachten von weiter weg, schwärmt von meinem roten Schamhaar, ich rasiere mich nicht, im Gegensatz zum vorherrschenden Trend.»

Ihre Rede setzt sich in meinen Gedanken fort: durch diesen Feuerbusch muss kommen, was Einlass in meine feuchte Höhle begehrt. Ich sehe den brennenden Dornbusch auf dem Berge Horeb vor mir, darin die heiss trockene Höhle von Gottes Mund, der todbringende Flammenworte ausschleudert, die keine und keiner je wegküssen kann.

Zwischen den Ästen einer nahen Eibe leuchten rote Beeren und auf einem silbernen Spinnennetz blinkt die Feuerschrift:

Ich bin, der Ich sein werde

Tuulas Stimme beamt mich wieder zurück: «Alex holt einen silbernen Handspiegel, etwas Antikes, schätze ich, den soll ich in die rechte Hand nehmen, vor meine Haare halten, mich damit nackt vor die Wand stellen. Dann ruft er in Ekstase: nuda veritas! nuda veritas! Kannst du dir das vorstellen? Ist das sein Orgasmus?» «Alexander wollte wohl mit dieser Inszenierung eine erotische Stimmung erzeugen.»

«Was braucht er das!» «Bist du Alexander böse? Bist du enttäuscht?» «Böse nicht. Aber es hat mich abgeturnt. Nach dieser Vorstellung nimmt er mich stürmisch in die Arme, drückt mich wie ein Verrückter an sich, küsst meine Stirne, meinen Mund, meine Ohren, meine Brüste …, eindrücklicher könnte man mir Sokrates' göttlichen Wahnsinn nicht demonstrieren, aber Alex ist wirklich von den Socken, er wirft mich aufs Bett.» Oben aus dem Buchengeäst ertönt Musik, druckvoller Beat und eine gedehnte Stimme, halb sprechend, halb singend

… I need to riiide, riiide, riiide, riiide
Get get up, get get on …

Der Sound schwingt aus Spinnennetzspielkarten, die sich zwischen den Ästen einer Esche aufspannen, doch scheinen sie nicht am Holz oder an Blättern zu kleben, schweben frei, jetzt im Geäst einer Buche, schwingen silberglänzend hin und her; die Schrift darauf blinkt bald rot, bald giftig grün, die gedehnte Stimme wechselt zu schnellem Rhythmus.

«Sein Schwanz ist wieder hart. Ich will ihm sagen: Schlürf mich aus. Aber schon ist er drin, gibt alles von sich und wird wieder schlaff. Meine Lust ist weg. Kein Feuer mehr. Das ganze Theater hat mich kalt werden lassen. Mehr noch, plötzlich widert er mich an, ich will weg, einfach weg.»

Wieder ertönt kraftvoller Beat aus dem Geäst, bum, bum, bum, bum, dann rhythmisch verzerrte Worte:

… teteterretete … w' w' w' … terrupt … terrupt …

… we interrupt this pro…gram …
…ja…ja…ja…terrtupt…this program …
… we interrupt this program …

Tuula hat mein erneutes Abdriften nicht bemerkt. In ihren Augen Tränen. Sie steht auf, geht weiter bergan. Ich folge ihr, erst schweigend, dann frage ich: «Hast du es ihm gesagt?» «Was soll ich ihm sagen. Ich kann doch nicht sagen, dass er mich anwidert, ich will ihm nicht wehtun. Ich lasse einfach nichts mehr von mir hören und gehe darum auch nicht mehr in seinen Philosophiekurs. Verdammt!»

Wieder ertönt Beat, bum, bum, bum, eine elektronische Gitarre, eine sanfte Stimme, die plötzlich eindringlich anschwillt mit noch kräftiger werdendem Beat

Leave him alone, let him go!
Baby it's your right, take back your life
Don't wait, for some other day
Tomorrow might be too late
Only you can stop the pain

Die Spinnennetzspielkarten schwingen entlang des Wegs, von Baum zu Baum, ihr Text blinkt noch immer rot und giftig grün. Ich staune in die Bäume, bis mich Tuula an der Hand weiterzieht. Wieder ganz ruhig sagt sie: «Du schaust so nachdenklich in die Bäume. Habe ich dich schockiert?» «Nein, ich habe mich in deine Situation hineinversetzt und versucht den Beat deiner Gefühle mitzuerleben.»

Wir gehen weiter bergan, gelangen an eine Kreuzung. Gelbe Wegweiser zeigen nach Sellenbüren, zur Felsenegg, zum Albisgüetli, nach Altstetten, Albisrieden. Wir folgen dem Pfeil Richtung Üetliberg Kulm. Der breite Weg ist jetzt recht flach; hier sind auch mehr Leute unterwegs. Auf einem Kiesplätzchen haben zwei Frauen und ein wohl neunjähriger Bub ein

Feuer aus Fallholz angefacht. Ob das sinnvoll ist in diesem aussergewöhnlich trockenen, warmen April?

Weiter vorne findet sich ein Brunnen, ein ausgehöhlter Baumstamm. Seitlich zwei Bänke. Tuula spritzt sich Wasser ins Gesicht und schüttelt die nassen Hände gegen mich, lachend bringe ich mich in Schutz. Schliesslich erreichen wir das Restaurant Uto Staffel.

Wir setzen uns auf die Terrasse, bestellen zwei Mineralwasser. Unterhalb eines Waldstreifens erstreckt sich die Stadt, Häuser bis weit auf den Zürichberg, den Adlisberg und die weiteren Südhänge des Pfannenstiels, darunter der westliche Zipfel des Zürichsees, einige weisse Segel darauf. Die Limmat bleibt verdeckt. Erfreulich winzig diese Häuser von hier aus gesehen, wie ein dichter Blumenteppich, der sich über die weite Talebene und die sanft geschwungenen Flächen der Hügel ausbreitet, Baukrane wie vereinzelte Grashalme, ein unwirklich unschuldiges Bild. Tuula schweigt.

«Von meiner Angebeteten einfach nichts mehr zu hören», nehme ich das Gespräch wieder auf, «ohne Begründung, täte mir mehr weh.» «Das weiss ich auch, aber was soll ich tun?» «Du könntest ihm schreiben, ganz aufrichtig, was dir an ihm gefällt, dich verliebt macht, was schön ist mit ihm, dann aber anmerken, dass es nicht geht für dich, nicht sein kann, … irgendwelche Verschiedenheiten anführen, die nicht verletzen, den Altersunterschied.» «Was sind schon zehn Jahre!» «Es tut ihm weniger weh, wenn er meint, dass das für dich zu viel sei.» «Voll daneben! Total beschränkt.»

Immer dieser Kult um die Wahrheit, denke ich, nichts als die Wahrheit, doch die Wahrheit ist nicht das Gute, nach dem Philosophen suchen, es ist das Diktat aus dem brennenden Dornbusch, dem sich selbst Atheisten unterwerfen, auch sie wollen Wahrheit, nichts als die reine Wahrheit, wenn man sich mit der zunehmenden Menge der Diskurse auch zunehmend weniger einig ist, was das sein soll.

»Lügen können schöner sein als Schweigen. Ich denke an jenes Schweigen, das der Wahrheit verpflichtet, der Wahrheit Untertan, ihr Büttel ist, die Wahrheit und ihr Henker.» «Aber dann meint er, ich sei noch verliebt, was nicht stimmt, obwohl ich ihn trotzdem noch gern habe, ein bisschen zumindest.» «Damit kannst du begründen, warum es für dich wichtig ist, weiteren Kontakt mit ihm zu vermeiden, weil sonst der unheilvolle Konflikt in dir immer wieder aufleben würde, wofür du ihn um Verständnis bittest.» «Was er auch hätte.» «Und diese Begründung wäre nicht ganz gelogen», scherze ich.

«Was regt man sich eigentlich so auf, wenn andere einen nicht mögen?» «Vor allem, wenn es um Nahestehende oder gar Geliebte geht.» «Man will ihnen unbedingt wichtig sein.» «Ja. Eine Binsenwahrheit zwar, aber eines der Basisprogramme im Alarmsystem unseres Gehirns.» «Ich mag Alex ja, nur sein lächerliches Getue turnt mich ab, der Star fällt vom Himmel und ich muss fliehen.» «Wovor eigentlich? Nun, jedenfalls glaube ich, dass ein Brief von dir euch beiden gut täte, auch wenn du ein bisschen lügst, wichtig ist, dass du so gut lügst, dass er deine Aversion nicht merkt; wenn man liebevolle Absichten hat, kann man auch liebevoll lügen; wie trist wäre unsere Welt ohne Lüge.» «Aber Lügen sind Täuschung.» «Täuschung, Betrug, Lüge, Schwindel, was wollen wir spitzfindig Begriffe differenzieren, Sokrates spielen.»

«Ich hab dir ja gesagt, dass ich meine Sokrates-Kritik bloss für meinen Opa erfunden habe, eben gelogen und erst noch schlecht.» «So schlecht vielleicht auch wieder nicht. Du hast nur nicht in Rechnung gestellt, dass der Opa als Philosoph wohl dein angebliches Sokrates-Statement und dein Verhalten nicht goutieren könnte, immerhin hat er dich an mich verwiesen, das ist, ironisch gesagt, liebevoll.» «Schliesslich bin ich sein Liebling, wenn ich mich da nicht auch noch täusche. Aber wir haben so viel miteinander diskutiert, wann immer wir zusammen waren; zwar hat er mich ein frühreifes Gör genannt, aber es war nicht abwertend gemeint, so ungezogen war ich gar nicht, nur manchmal etwas eigensinnig.» «Was für dich spricht. Schau, die sogenannten Lügen dienen ebenso vielen Zwecken wie die sogenannten Wahrheiten. Es gibt zärtliche Lügen, lebensrettende und tödliche. Lügen können dir ein warmes Zuhause bereiten oder eine Hölle, Schmerzen lindern oder beifügen, ihre Absicht kann wohlgemeint sein oder übel, die Aufzählung liesse sich endlos fortsetzen, auch ohne Sokrates wusste man das. Eine wichtige Tugend des Odysseus, des Helden deiner Kindheit, ist seine Schlauheit und sein Einfallsreichtum der bewussten Täuschung; nun, um es kurz zu sagen: eher geht ein Kamel durch ein Nadelöhr, als dass ein Wahrheitsfreak in das Reich Gottes gelangt.»

Tuula lacht und drückt mir die Hand. Ich erwäge kurz, dass Alexander vielleicht gar nicht so sehr leidet, er ein schlechtes Gewissen haben könnte. «Übrigens», füge ich hinzu, «liegt die Wahrheit der Lüge in ihrer Wirkung.» Und noch etwas, denke ich für mich, das Du-sollst-nicht-lügen ist die Peitsche der ihrerseits nach Bedarf selber lügenden Machtärsche, Wahrheit und Lüge sind Mittel der Kriegführung, Information und Desinformation. Wer ist Feind? Wer ist Freund? Feind *oder* Freund, Feind *und* Freund, die Differenzierung wird zum wahnhaften Denken, die Grenzen sind volatil. «Komm, wir gehen», sagt Tuula.

Wir steigen den Treppenweg hinauf bis zum Kulmhotel mit dem Aussichtsturm und folgen dann dem Planetenweg zur Endstation der Üetlibergbahn. Am Wegrand stehen märchenhafte Lichtträger-Hirsche, deren mit grünen, roten, schwarzen, weissen Mosaiksteinchen besetzte Geweihe je vier Lampenkugeln tragen. Im Kontrast dazu verweist eine unscheinbare graue Informationstafel auf Spuren früher Besiedelung, auf keltische Befestigungsanlagen und einen Wachposten aus römischer Zeit.

«Jetzt wird's heiss», ruft Tuula. Sie studiert die Tafel mit den Planetenbahnen, den Planeten Merkur, der auf einem Findling aus Verrucano Quarzgestein angebracht ist. Die astronomische Gesellschaft Urania hat auf dem Höhenweg, beginnend mit Pluto in der Felsenegg bis zur Sonne bei der Endstation der Üetlibergbahn, ein Modell des Planetensystems inszeniert im Massstab eins zu einer Milliarde, eine zweistündige Wanderung, jeder Schritt eine Million Kilometer.

«Soll ich dir eine Geschichte erzählen», sagt Tuula plötzlich wieder munter, «sie beginnt zwar nicht mit Es-war-einmal, dafür mit Es-wird-einmal-sein, sagen wir in etwa 4 Milliarden Jahren, da wird unserer Sonne der Wasserstoff ausgehen, so dass ihre Kernschmelze aufhört. Dadurch wird sie aber dick und feist, frisst Merkur und Venus auf und kommt der Erde so nahe, dass dieser entsprechend heiss wird und sie all ihr Wasser ausschwitzt. Ihre Haut wird eine trockene Wüstenei, schliesslich zu verflüssigtem Gestein. Die Sonne daneben ist plötzlich ein Roter Riese, noch 600 Millionen Jahre lang, dann stürzt sie zusammen, dehnt sich wieder aus, stürzt wieder zusammen, dehnt sich wieder aus, immer schneller und schneller, bis ihr der Schnauf endgültig ausgeht und sie zum Weissen Zwerg schrumpft – und die Erde sich wundert, dass ihre Göttin nicht grösser ist als sie – und kälter werdend noch einige weitere Milliarden Jahre vor sich hinglimmt, bis der weisse Zwerg zum schwarzen wird, zum kalten Schlackenklumpen, und den Planeten und Monden, die ihre Herrscherin bis zum trostlosen Ende weiterhin treu umkreisen, immer frostiger zu Mute sein wird. Das hat uns der Physiklehrer erzählt.»

«Was für eine schreckliche Geschichte, wenn ich mir die aufgeblähte Sonne vorstelle …» «Wo du jetzt stehst, hat dich die Sonne schon gefressen», neckt Tuula. «Dich aber auch.»

«Es ist mir peinlich.» «Was?» «Niemandem zeige ich mich so. Gefühle, Sex bis ins Detail, nur dir, obwohl ich dir nach langer Zeit zum ersten Mal wieder begegnet bin, kinky.» «Vielleicht macht es die Distanz gerade möglich. Distanz kippt in Nähe.» Eine Weile schaut Tuula zu Boden: «Es ist neu, ungewohnt, … jetzt, wo ich erlebe, dass du mich verstehst, sogar schön.»

Inzwischen sind wir bei der Endstation der Üetlibergbahn angekommen und setzen uns dort auf eine Bank im Halbschatten. «Warum bist du so erpicht auf Philosophieunterweisung durch Ludwig, dass du ihm Märchen erzählt hast, um an dein Ziel zu gelangen?» «Weil er mir fehlt, … aber er hat mich abgewiesen … Warum jetzt plötzlich?»

Ich vermute, dass Ludwigs Beziehung zu seiner Enkelin nicht von derselben Intensität ist wie umgekehrt. Wie er mit Tuula umgeht, ist völlig daneben, zwar in Sorge, aber grossväterlich professoral; von oben herab behandelt er sie als Kind, das sie längst nicht mehr ist. Doch scheint mir diese Behandlung wechselseitig bedingt, und ich sage: «Ich will mich nicht einmischen, auch nicht psychologisieren, aber ich glaube, du spielst, ohne es zu bemerken, noch immer die Rolle des Kindes in der Familie, bist durchaus Täterin, aber mit dem kindlichen Selbstverständnis des Opfers.»

Tuula schluckt leer, schaut vor sich hin und sagt lange nichts. Dann ein tiefer Atemzug. «Das ist neu und erschreckt mich. Zu Hause sagt man von mir, ich hätte einen harten Kopf, liesse mir nichts sagen.» «Das ist kein Widerspruch, nur eine Variante, sich aus der Perspektive des Opfers zu verhalten. Verstehe mich nicht falsch, ich sehe keinerlei Pflicht darin, Täter statt Opfer zu sein, es geht auch nicht darum, wie ich mich verhalte oder was mir geschieht, es ist vielmehr eine Frage der Leidenschaft.» «In dem, was ich tue, bin ich doch Täterin. Ich lüge, also bin ich Täterin.» «Du hast recht. Ich habe nur den Begriff etwas spezifischer gefasst, als Täterbewusstsein in Abgrenzung zum Opferbewusstsein.» «Was zählst du zum Täterbewusstsein?» «Es ist eine Leidenschaft, die niemals akzeptiert, dass andere darüber befinden, wie ich zu

244

sein hätte, auch dann nicht akzeptiert, wenn es unangenehme Folgen nach sich zieht.» «Wenn ich lüge, bekomme ich einen schlechten Ruf.» «Nur wenn die Lüge aufgedeckt und nicht akzeptiert wird. Dann geht es aber um Machtkampf. In deinem Fall, von dem du mir soeben erzählt hast, weiss niemand, dass du gelogen hast, ausser mir, und ich führe mit dir keinen Machtkampf.»

«Wo ist da das Opferbewusstsein, ich kämpfe ja mit meinem Lügen, will etwas erreichen.» «Schon dieser Fall ist recht kompliziert, viele Aspekte gälte es zu berücksichtigen. Lass mich ein paar vereinfachende Linien ziehen. Täter bin ich, wenn ich meine Lügen zur Desinformation anderer einsetze, die ich manipulieren will. Opferbewusstsein ist dort im Spiel, wo ich vermeiden muss, dass man mir verübelt, dass ich irgendwelche Regeln, die andere für mich aufgestellt haben, verletze. Aber jetzt bin ich etwas abstrakt geworden.» «Nein, ich kann dir folgen. Geschieht Anpassung an die Wünsche der anderen oder an die Regeln der Gesellschaft immer durch Opferbewusstsein?» «Nur dann, wenn ich glaube, dass das Urteil anderer über meinem eigenen stehe. Wenn ich Lust habe oder auch einfach Vorteile darin sehe mich anzupassen, bin ich Täter.»

«Wie weiss ich, ob hinter meinem eigenen Urteil nicht heimliche Gebote von Autoritäten wirksam sind, die ich über mir glaube?» «Noch ein paar solche gescheiten Fragen und ich bin schachmatt.» «Tu nicht so. Opa hat mir erzählt, ihr hättet schon im Gymnasium über Schopenhauer und andere Philosophen diskutiert.» «Ja schon. Aber da haben wir Autoritäten über uns gegeneinander ausgespielt.» Tuula lacht.

«Du hast angedeutet, dass du weder Philosophie noch Psychologie studieren wollest, was denn?» «Rate mal?» «Geschichte? Kalt.» «Sprachen?» «Kalt.» «Kunst.» «Kalt.» «Dann lass die Katze aus dem Sack!» «Physik und Astronomie!»

«Du spinnst, … Physik! Ist das wirklich dein Ernst oder wieder ein Fake?» «Kein Fake.» «Verdammt, jetzt habe ich mit denselben Worten auf dich reagiert wie damals Ludwig auf mich, als ich ihm gesagt habe, ich beabsichtige Physik zu studieren.» «Warum hast du dann Germanistik studiert?» «Weil Wolfi mich ausgelacht hat, ich war eine Flasche in Mathe und auch im Physikunterricht keine Leuchte.» «Aha, du hast sein Urteil über dein eigenes gestellt», spottet Tuula, «aber ich bin gut in beiden Fächern und interessiere mich brennend für die Forschungen der modernen Physik.» «Quantentheorie? Astrophysik? Schwarze Löcher? Krümmungen der Raumzeit?» «All das und noch viel mehr.» «Darum konntest du mir die grässliche Geschichte vom Schicksal unserer Sonne so gut erzählen.» «Genau! Diese Geschichten finde ich alle mega spannend. Ich lese gerade Stephen Hawkings *Eine kurze Geschichte der Zeit*.»

«Was sagt dein Opa dazu?» Hat mich Ludwig mit seiner Auskunft über Tuula hinter's Licht geführt? Seine Geschichte über sie eine gekonnte Manipulation, die mich auf seine Bahn bringen sollte? «Opa habe ich noch nichts verraten von meinen Plänen, er glaubt, ich sei völlig abgefahren auf die Philosophie. Jetzt, nachdem ich erfahren habe, wie er damals auf deine Pläne reagiert hat, werde ich ihn erst nach Studienbeginn mit vollendeten Tatsachen überraschen. Meine Eltern wissen es. Äiti hat natürlich mega Freude, sie ist ja Naturwissenschaftlerin.»

Mir ist offensichtlich, dass Tuula erwachsen ist und keine Betreuung braucht. Ich will ihr Freund sein, nicht Lehrer. Da ist mehr als die Erinnerung an die junge Roxana. Es ist vor allem das Geheimnis unserer plötzlichen mysteriösen Nähe über die Generationen hinweg, auf die wir wohl beide nicht gefasst waren. Kehrt die verlorene Nähe zu Ludwig durch seine Enkelin wieder zurück? Mir ist, als laure im Hintergrund die Angst vor dem Schatten, der darauf fallen könnte?

fade-out

19 Niemand!

— *Tuula* —

Mir ist, als habe sich die Welt verändert. Wollte ich Opa sein abweisendes Nein heimzahlen, indem ich mich seinem besten Freund von einer Seite zeigte, die ich ihm verheimliche? Eigentlich wollte ich gar nichts. Eine unsichtbare Hand hat mich hineingestossen in einen geheimnisvollen Fluss, der mich davon trägt, ohne dass ich Schwimmbewegungen machen muss, alles bewegt sich von selbst und steht doch irgendwie still.

Schon die längste Zeit sitzen wir nun auf der Bank vor dem Stationshaus der Üetlibergbahn. Eine Bahn fährt weg, eine nächste kommt.

Irgendwann fragt Gian: «Fahren wir hinunter oder gehen wir zu Fuss?» «Ich habe Lust auf ein Bier.» Gian möchte auch eines; so hole ich zwei Dosen am Kiosk. Er will sie mir bezahlen. «Kommt gar nicht in Frage!»

«Du hast in deinem E-Mail etwas von Philosophiespiel geschrieben, das fand ich lustig. Was meinst du damit?» «Ich weiss selbst nicht recht», antwortet Gian etwas verlegen, «eigentlich würde ich es lieber Anarchomystikspiel nennen. Ich bin kein Philosoph.» «Ach ja, Anarchomystiker hat mein Opa dich genannt, aber ich kann mir nichts darunter vorstellen; in meinem letzten philosophischen Gespräch mit Opa haben wir über Ludwig Wittgensteins Sprachspiel diskutiert.» «Oh.» «Geblieben ist mir, wie Wittgenstein am Beispiel des Begriffes *Spiel* darauf hinweist, dass wir nicht einfach nachdenken sollen, was wohl allen Spielen gemeinsam sei, dass man sie so nenne, sondern immer, wenn von Spiel die Rede sei, *hinschauen* müssten, was da vor sich gehe. So zeigen sich beim Schachspiel, beim Fussballspiel, beim Singspiel, beim Ballspiel eines kleinen Kindes usw. nicht nur Ähnlichkeiten, sondern zum Teil fast unvereinbare Unterschiede darin, was das Wort Spiel jeweils bedeutet. So sei es mit der Bedeutung aller Begriffe. Darum beschäftigten sich die Philosophen oft mit Problemen, die nur dadurch zustande kämen, dass sie in ihrem Sprachgebrauch zu wenig kritisch hinschauten, wie unterschiedlich Worte im Alltag verwendet würden …, an all das Weitere, was mir Opa erklärt hat, kann ich mich nicht mehr erinnern … Ich hätte Lust zu gehen. Wollen wir zu Fuss hinunter? Es ist noch immer total warm.» «Entlang der Üetlibergbahn führt ein bequemer Weg.»

«Was ist Anarchomystik, hast du das erfunden?» «Nein, dein Opa, vor mehr als zwanzig Jahren; als wir im Dörfli in der Bodega wunderbar gegessen und getrunken haben, hat er mich Anarchomystiker genannt.» «Weiss ich, aber warum?» «Weil ich, soweit ich mich erinnere, mit Bezug auf die frühere gemeinsame Schopenhauerlektüre behauptet habe, die Welt sei nicht Wille und Vorstellung, sondern Leidenschaft und Meinigkeit.» «Sorry, aber ich verstehe nur Bahnhof.» «Lass mir etwas Zeit; ich sage dir gerne mehr darüber, habe aber keine Lust, dich mit einem Vortrag zu langweilen. Ich glaube, ich sagte damals auch noch, alles sei Spiel, ohne tieferen oder höheren Sinn.» «Spiel um des Spieles willen.» «Ja, und spielend erleben wir, was unser Spiel ist.»

«Wie sind die Spielregeln?», will ich wissen. «Braucht es Regeln?» «Ist das der Anarcho, der keine Regeln will, oder der Mystiker?» Gian lacht und versetzt mir einen Puff. «Ohne Regeln, die irgendeiner Logik genügen, akzeptiert die Philosophin auch kein Spiel. Wo kämen wir da hin?», frotzelt Gian. «Genau, wo kämen wir da hin. Nervend wie ein Spiel mit

Kindern, die flugs eine andere Regel erfinden, wenn ihnen ein Spielzug nicht passt; würfeln sie eine Drei, behaupten sie, das sei jetzt eine Sechs. Du bist ja Deutschlehrer und kennst sicher Peter Bichsels Geschichte von einem alten Mann, den es anscheisst, dass Tag für Tag in seinem Zimmer alles gleich bleibt – *Ein Tisch ist ein Tisch* heisst die Erzählung –, so kommt der Alte auf die Idee, die Bedeutung aller Wörter auszutauschen, dem Tisch sagt er Teppich, dem Teppich Schrank, dem Schrank Zeitung ..., ich weiss es nicht mehr wörtlich; jedenfalls kommt darin der Einfall vor, auch die Bedeutung der Nicht-Substantive zu vertauschen, ich glaube, liegen heisst läuten usw. Zuerst ist das recht lustig, am Ende aber traurig, weil er die anderen Leute nicht mehr versteht und die anderen ihn nicht mehr verstehen.»

«Diese Geschichte lese ich manchmal auch mit meinen Schülern; einmal, aber ich glaube, da habe ich die Klasse etwas überfordert, ist mir rausgerutscht: Wäre Bichsels alter Mann ein Berufsphilosoph gewesen, wäre er nicht vereinsamt wegen seiner Wortvertauscherei, sondern junge Geistsucher hätten ihn als Star verehrt, Heerscharen von Deutungsspezialisten und Studenten hätten über viele Generationen hinweg geforscht, darüber debattiert, dissertiert, habilitiert, wie der grosse Philosoph wohl zu verstehen sei.»

«Du bist ein abgespacter Lehrer.» «Wir sind Händler und Käufer auf dem Marktplatz der Infos, auf unseren Verkaufsständen türmen sich in gefälligen Farben unsere vielen Wortleckereien, alle gut gefüllt mit würzigen, salzigen, sauren und süssen Bedeutungen, wohlschmeckend für die einen, übelriechend für andere. Wir kochen, backen, verkaufen, verschenken sie und bekommen sie auch angepriesen. So dienen uns die Wörter und ihre Bedeutungen dazu, nicht allein zu sein.» «Aber nur, wenn man die Wörter mit ihren Bedeutungen mit anderen teilt», entgegne ich, «sonst geht es uns am Ende wie dem alten Mann aus Bichsels Geschichte.»

«Die Speisen auf unserem Marktstand, die Worte, Begriffe, Sätze dienen zwar dazu, nicht allein zu sein. Aber mit dem Nicht-allein-Sein ist es nicht getan. Was tun wir zusammen?» «Tanzen!» «Ja, sich verständigen ist ein gemeinsamer Tanz. Und ein schöner Tanz muss in irgendeiner Weise, und sei sie noch so verrückt, zwischen den Beteiligten harmonisch sein, … vielleicht ist das kein gutes Bild, aber du wirst mich verstehen.»

Wir tanzen auf dem Weg herum, nehmen uns bei der Hand, heben die Arme, hüpfen, springen in die Luft, drehen uns im Kreis, drehen, drehen, drehen, … bis sich auch die Bäume drehen, wir halten uns fest, umarmen uns kurz und verneigen uns dann vor den sich noch immer drehenden Bäumen. «Es wird immer verrückter», sagt Gian. Seine warmen, braunen Augen strahlen. Ich lache: «*Das* ist Harmonie. Vielleicht sind wir verschränkte Teilchen?» Er blickt mich fragend an.

«Unser Physiklehrer erklärt uns gelegentlich Neuigkeiten aus der Quantenphysik. Wobei er stets behauptet, ohne genauer zu werden, so neu sei das alles gar nicht, man habe das unter Physikern schon diskutiert und damit experimentiert, lange bevor wir überhaupt gezeugt worden seien. Es geht um komische Dinge in der Quantenwelt. Zuerst hat er eine Differenzialgleichung an die Wand projiziert und gemeint, das sei nicht nur die wichtigste Formel der Quantenphysik, sondern die schönste überhaupt, sie heisse Schrödingergleichung. Dann hat er uns einen Film gezeigt aus Wien, in dem sie mit einem Laserstrahl Lichtteilchen auf einen speziell präparierten Kristall schiessen, dort wird jedes Lichtteilchen in zwei Teile gespalten. Das hat man natürlich nicht direkt gesehen, nur in schematischen Zeichnungen und Modellen. Es entstehen je zwei verschränkte Teilchen, das eine Teilchen fliegt nach rechts zu einer Station A und das andere nach links zu einer Station B. Kannst du mir noch folgen?» «Bildlich schon, nur keine Differentialrechnung, da war ich nie gut.» «Nein, nein, die Vorführung war ohne Mathematik, wenngleich das alles fast nur Mathematik ist, nicht bloss Differentialrechnung, sondern vor allem Matrix-Algebra, keine Angst, ich werde jetzt nichts davon erzählen; es wird mein Spezialgebiet an der Mathe-Matur sein.» «Hilfe! … Erzähl mir den Film weiter.»

«Jetzt wird's erst verrückt! Das verschränkte Teilchen, das nach A geflogen, ist vorerst gleichzeitig dort und nicht dort. Es existiert dort erst wirklich, wenn jemand hingeht und es anschaut, erst durch das Angeschautwerden, also die Messung, wird es zu einem Teichen mit ganz bestimmten, aber rein zufälligen Eigenschaften, die vorher nicht da gewesen sind.» «Wahnsinn, schon fast Anarchomystik.»

«Es wird aber noch verrückter! Das Gleiche gilt für das verschränkte Teilchen in B, auch es ist erst mal gleichzeitig dort und nicht dort, aber genau dadurch, dass das Teilchen in A durch das Betrachtetwerden zum existierenden Teilchen mit bestimmten Eigenschaften geworden ist, wird auch das in B ein exakt gleiches Teilchen mit denselben beobachtbaren Eigenschaften und zwar in null Komma nichts.» «Meinst du im selben Augenblick oder mit Lichtgeschwindigkeit?» «Im selben Augenblick, schneller als Lichtgeschwindigkeit, also sofort, weil gar keine Information übertragen wird. Der Lehrer sagte, dass die Teilchen auch nicht zuvor ein gleichartiges Programm mitbekommen hätten, durch das nachher die Gleichschaltung von innen heraus bewerkstelligt würde, weil die bei der ersten Messung des Teilchens in A fixierten Eigenschaften erst in jenem Augenblick und rein zufällig entstünden. Das sei nicht nur Theorie, man habe schon viele solche Experimente durchgeführt, wie sie der Film zeigt, und beginne in ständig neuen Experimenten den Abstand zwischen den Stationen A und B immer mehr zu vergrössern, denn es sei ganz egal, wie weit die Teilchen voneinander entfernt seien, auch wenn sich das eine hier befinde und das andere in China oder auf dem Mars. Geblieben ist mir noch, dass er sogar meinte, die verschränkten Teilchen in A und B seien eigentlich ein und dasselbe Teilchen, auch in Lichtjahren Entfernung, ein nichtlokaler Gesamtzustand, bei dem gewissermassen die Räumlichkeit wegfalle. Eine praktische Anwendung der Quantenverschränkung ist die abhörsichere Übermittlung von Entschlüsselungscodes geheimer Nachrichten. Auch bei der Programmierung von Quantencomputern, wo man die kleinste Speichereinheit Qubit nennt, werden die Zustände verschränkter Qubits, in denen ein einzelnes Qubit keinen definierten Zustand hat, ausgenützt. Ich habe aber die Zusammenhänge noch nicht verstanden, die dazu führen, dass solche Computer enorm viel schneller rechnen als unsere alten …»

«Stopp! Stopp! Jetzt verstehe ich nur Bahnhof. Ich glaube, ich muss mal die Lektionen meiner Physiklehrerkollegen besuchen. Was ihr heute alles lernt in diesen Fächern, das ist auch für mich faszinierend, vor allem, weil es mich an manches erinnert, was ich zu unserem Anarchomystikspiel beitragen wollte, auch wenn es bei den Physikern um Mathematik und Experimentalwissenschaft geht.»

«Vielleicht sind wir auch verschränkte Teilchen», wiederhole ich, »indem ich dir mein Erleben offenbart habe, bin ich du, und indem du es damit miterlebt hast, bist du ich geworden.» «Dann lass mich mal ein metaphorisches Gedankenexperiment machen», sagt Gian, der, glaube ich, nicht ganz so ernsthaft darauf eingehen will, «wenn wir verschränkte Teilchen wären, dann würde alles, was du augenblicklich erlebst, im selben Augenblick auch in meinem Erleben erscheinen und vice versa, auch wenn du gerade in Amerika wärst und ich hier. Die Metapher von den verschränkten Teilchen gefällt mir, aber ihre Bedeutung in unserem Anarchomystikspiel müsste unabhängig sein von der, die sie in den Modellen der Physiker hat.» «Warum?» «Sagen wir mal, du seist Teilchen T, ich Teilchen G. Beide erleben wir etwas. Unsere Verschränkung besteht darin, dass wir beide unser Erleben als *mein* Erleben erleben.» «Aber unser Erleben ist ja nie dasselbe, sicher erlebst du unsere Wanderung und unser Gespräch ganz anders als ich.» «Im Inhalt ist es nicht dasselbe, aber in der Tatsache, dass beide von uns sagen müssten ‹das ist *mein* Erleben›, schon; darin besteht die Verschränkung. Zwischen der unmittelbaren *Meinigkeit* des Erlebens von Teilchen G und T gibt es keinerlei Unterschied.»

«Wenn wir verschränkte Teilchen sind, kannst du mir vielleicht eine Frage beantworten, die mich beschäftigt.» Wir wandern weiter, schliesslich bleibe ich stehen, schaue Gian in die Augen: «Wer bin ich?»

«Niemand.»

«Du bist sowas von gemein!» Verärgert boxe ich auf ihn ein. »Die Frage ist ernst gemeint, sie beschäftigt mich tatsächlich. Manchmal liege ich auf dem Bett, höre Musik, erlebe die Musik, aber mich nicht. Oft, wenn ich durch die Strassen gehe, Häuser sehe, Leute, den Verkehr …; ich erlebe das alles, erlebe mein Gehen, erlebe die Bäume im Wald, durch den ich jogge, mein Atmen, aber mich nicht. Einmal habe ich mit Äiti gestritten, ich war so mega wütend, dass ich geschrien habe, ich hörte mein Schreien, fühlte meine Wut, aber nicht mich, ich fehlte.» «Genau, du fehlst.» «Was für ein Scheiss!» Ich packe ihn am Ärmel und schüttle ihn: «Dann sag, wer bist *du*?» «Niemand.»

Ich bin verblüfft. Mein Ärger weggeblasen. Was hatte mich plötzlich so verärgert. Was ist mit der Nähe, vielleicht ist es gerade diese Nähe, die meine Sorgen, meine Selbstzweifel ebenso vermindert wie verstärkt. «Niemand?», frage ich. «Ich mache mich nicht lustig über deine Frage. Es ist mein Eröffnungsbeitrag zu unserem Anarchomystikspiel, deiner waren die verschränkten Teilchen.»

«Wenn ich niemand bin, ist auch das verschränkte

Teilchen niemand, sind beide in gleicher Weise niemand», sage ich. «Sicher erinnerst du dich an den listigen Odysseus, der mit seinen Gefährten auf einer Insel landet, die von Riesen bevölkert ist.» «Oh ja, der einäugige Kyklop Polyphem hält Odysseus und zwölf seiner Gefährten gefangen, von denen er sechs auffrisst, droht, er werde auch Odysseus und die anderen sechs fressen. Er wollte wissen, wie Odysseus heisse und dieser sagte ihm, er heisse *Niemand*. Dann hat Odysseus Polyphem betrunken gemacht, und so gelang es ihnen, ihm im Schlaf mit einem brennenden Pfahl sein einziges Auge auszustechen; als dieser vor Schmerz herumschrie, fragten die anderen Kyklopen, wer ihm denn etwas angetan habe und Polyphem antwortete *Niemand*, so dass diese wieder weggingen.» «Nur, dass ich vorher *niemand* nicht als Name für eine Person, sondern im Gegenteil als Pronomen mit der Bedeutung *kein Ich, kein Subjekt,* ins Spiel gebracht habe. Ich bin kein Ich, darum niemand, nur *mein Erleben* ist der Fall. Du hast das vorher so eindrücklich geschildert. Alles ist einfach da, die Musik, die Häuser, die Bäume, dein Laufen, dein Zorn, deine Gedanken …, warum begnügen wir uns nicht damit und suchen stets nach dem Gespenst unseres Selbst, unseres Ich.»

Ich nehme Gian bei der Hand, drücke sie versöhnlich: «Die Frage war mir so wichtig, dass ich vergessen habe, dass wir in einem Spiel sind.» «Es war ein etwas rüder Bodycheck von mir, ich hätte feiner spielen sollen.» «Heuchler. – Sonderbar, als Kind hat mich das nie beschäftigt.» «Die meisten Psychologen behaupten, dass diese Frage, wie auch die Entdeckung des eigenen Ich, in einer bestimmten Entwicklungsphase des Kindes ganz natürlich auftauche.» «Ja, das habe ich auch gelesen. Wenn man plötzlich entdecke, dass man ja die Person ist, die man im Spiegel sieht.» «Dann hat man weder sich noch sein angebliches Ich-Sein entdeckt, sondern lediglich die Funktionsweise des Spiegels.» «Daran habe ich noch nie gedacht.» «Bisher ist noch nie stichhaltig bewiesen worden,

254

dass die Frage *wer bin ich* einen anderen Ursprung hat als den der erlernten Sprachtradition. Die Frage nach dem *Ich* haben sich Philosophen ausgedacht, nicht die Kinder. Aber ich will ja nicht daherphilosophieren. Nimm es als Teil des Spiels, zum Beispiel mit der Regel: Wenn immer im Spiel etwas behauptet wird, denken wir nicht, das sei so oder sei nicht so, sondern: was wäre, wenn es so wäre. Wir spielen mit Möglichkeiten, entscheiden aber völlig frei, mit welchen wir spielen wollen und mit welchen nicht.»

«Angenommen wir sind niemand«, greife ich den Faden auf, «was ist denn jemand?» «Mein Erleben», sagt Gian kurz und bündig. «Aber immer bin ich es, die erlebt, seit ich ein Baby war bis heute; was ich jeweils erlebte, war immer etwas anderes, aber etwas ist immer gleich geblieben.» «Was?» «Dass ich es erlebt habe und ich mich daran erinnere, dass ich es war, die es erlebt hat.» «Du willst sagen, dein Ich sei die Konstante in all deinem Erleben.» «Das kannst du ja wohl nicht leugnen.» «Ich leugne es nicht, sehe es aber als blosses Sprach-problem.» «Du bist halt Deutschlehrer.» «Auf Französisch oder meinetwegen Finnisch wäre es genau so.» «Und wo sieht der Spachlehrer das Problem? … Sorry, ich will dich nicht ver-spotten.» «Warum auch nicht? Unser Spiel ist auch Scherz. Das Problem sehe ich darin, dass das Wörtchen *ich* zu einem Ding gemacht wird.» «Nennt man es nicht gerade darum *Pro-Nomen*?» «Auch in Grammatik bist du gewitzt!» «Na, hör mal. Grammatik habe auch mit Logik zu tun, hat mir Opa gesagt.» «Wie dem auch sei; vielleicht hat das Problem mit der Erfin-dung der Kategorie der Pronomen zu tun, die man damit zu Stellvertretern der Nomen, die für Dinge stehen, ernannt hat.»

«Jetzt wird's zu gelehrt für mich; das würde ich gerne mal mit dir und Opa zusammen diskutieren. Was ist denn für dich diese Konstante im Erleben, wenn nicht das Ich?» «Das immer Gleichbleibende am Erleben ist die Tatsache, dass es *mein* Erleben ist.» «Mein meint doch mich, also dem Ich zugehörig.» «Hier liegt der philosophische Fehler der Grammatik, die nicht berücksichtigt, dass Meinsein und Erleben ein und denselben Sachverhalt ausdrücken; jedes Erleben ist ausschliesslich *mein Erleben*. Das ist die Konstante in all dem Vielen, was wir erleben, was wir erinnern. *Mein Erleben* ist das Ursprüngliche, die Eigenschaft des Meinseins, nicht ein Ich.

«Mein Erleben. Und wo ist dieses Erleben?», frage ich, «in meinem Gehirn?» «Nehmen wir einmal an, wir würden darauf verzichten, die Welt in Innenwelt und Aussenwelt aufzuteilen.» «Dann wären das Bild, das ich mir von der Welt mache, und die Welt nicht mehr zwei Dinge, ich könnte mir etwas vorstellen oder ausdenken und dann wäre das auch wirklich so. Du spinnst ja.» Opa hat mir immer gepredigt, auf die Logik komme es an. Ich müsse lernen logisch zu denken, denn ohne Logik gebe es keine Argumente und ohne logische Argumente könne man das Diskutieren auch bleiben lassen oder Gedichte aufsagen. Gian aber kommt mir eher geheimnisvoll vor als streng logisch, er kümmert sich nicht darum, Widersprüche zu vermeiden, oder spielt damit. Es scheint mir tatsächlich wie Gedichte aufsagen, Gedichte ohne Reim.

«Eine Landschaft, die ich mir in der Fantasie ausmale, und eine Landschaft, durch die meine Beine wandern», antwortet er, «sind durchaus zwei ganz verschiedene Dinge. Trotzdem sage ich nicht, die Fantasie finde in einer Innenwelt statt und die Beine wanderten durch eine Aussenwelt. Beides findet einfach statt, sowohl das Fantasieren als auch das Laufen auf dem Erdboden; es sind lediglich verschiedene Ereignisse. Die Vielheit all dessen, was geschieht, muss nicht in zwei Welten geschieden werden.» «Sorry, wenn ich gesagt habe, du spinnst, aber das Spiel wird ein bisschen anspruchsvoll.» «Du hast ja gar nicht unrecht mit dem Spinnen, zur Vielheit der Dinge der Welt gehört auch, dass ich spinne», erwidert Gian und schaut versonnen in die Bäume. »Wieviele Welten gibt es denn?» «Mich dünkt auch der Begriff *Welt* ein Sprachproblem.

Man könnte genauso gut sagen, es gebe keine Welt.» «Keine Welt?» «Keine Welt als Ganzes, als Menge aller Dinge eines Universums, die im Begriff *Welt* unsinnigerweise wieder als Ding gefasst wird.» «Das erinnert mich an die Mengenlehre in der Schule, da hat der Mathelehrer uns als Rätsel aufgegeben herauszufinden, was die Menge aller Mengen sei, die sich selbst nicht als Element enthalte. Ich glaube, er sagte damals, das sei ein Problem der Begriffe, weiss aber nicht mehr, wie er das erklärte.» «So meine ich es auch mit dem Begriff *Welt*.» «Du schlägst vor, wir würden besser nur von *vielen Dingen* sprechen.» «Genau.» «Dann bin ich also nicht in deine andere Welt gekommen.» «Nein, wir würden besser sagen, du bist mit mir in den anderen Zustand geraten.»

«Ja, ja, das passt. Verschränkte Teilchen geraten in denselben Zustand, aber mit entgegengesetztem Spin, denn der Gesamtspin des Teilchenpaares muss Null sein. Dann wäre unser Erleben auch ein Zustand, aber mit entgegengesetztem Spin.» «Die Metapher gefällt mir zwar, aber lassen wir ihren Gebrauch in der Physik beiseite und geben wir ihr für die Anarchomystik eine davon unabhängige Bedeutung.» «Wie schade! Aber Analogien sind erlaubt?» «Analogien finde ich anregend.» «Entspräche dann aber nicht das Ich dem Teilchen, das einen bestimmten Zustand annimmt, ein bestimmtes Erleben hat?» «Nein, nur der Zustand ist wichtig, die Namen der Teilchen kennzeichnen nur die unterschiedlichen Zustände, die Teilchen selbst sind virtuell, es gibt sie nicht.» «Aha, jetzt, glaube ich, habe ich deinen Gedanken kapiert. Das Ich ist nur ein vorübergehender, sich wandelnder Zustand, ein virtuelles Teilchen, das es gar nicht gibt. Darum muss ich nicht fragen, wer ich bin, weil ich niemand bin, besser gesagt, es mein Ich gar nicht gibt. Die nützlichere Frage wäre: Wie geht es mir? Ausserdem sage ich dann auch nicht mehr, ich sei du und du seist ich, sondern wir sind in denselben Zustand geraten.»

«Wie hervorragend du dich in unserem Spiel schon

zurechtfindest.» «Es gefällt mir immer besser. Warum aber hast du gesagt *mein* Erleben und nicht einfach *das* Erleben, völlig ich-los?» «Weil ich noch einen dritten Gesichtspunkt ins Spiel bringen will, nämlich die Meinung, dass es eine zu grosse Verarmung des Denkens wäre, mit dem Verzicht auf das Ich die Augen vor der Tatsache zu verschliessen, dass alles Erleben immer nur *mein* Erleben ist, und damit auch die Erfahrung des Meinseins, das ich vorher als das Ursprüngliche, nicht weiter Hinterfragbare, bezeichnet habe, auszuklammern. *Das* Erleben gibt es nicht.» «Du sprichst von deinem Erleben, was ist mit meinem Erleben?» «Wenn du von deinem Erleben sprichst, sagst du ja auch *mein* Erleben. Alles Erleben ist mein Erleben.» «Für die, die es erlebt.» «Und es gibt nur Erleben, das erlebt wird.» «Für den, der es erlebt.»

«Und was ist nicht erlebt?», bringe ich als neue Frage ins Spiel. «Nichts.» «Dann wäre alles, was es gibt, Erleben. Aber ich kann mir auch Dinge denken, die ausserhalb meines Erlebens sind.» «Fehlschluss, alle Dinge die du dir je vorgestellt hast und vorstellen wirst, sind dein Erleben und kein Philosophieren, keine Erkenntnis der Welt hat etwas anderes zur Verfügung als mein Denken, mein Vorstellen, mein Fühlen usw. Alle Kultur, alle Natur, die Berge, das Meer, die Sonnenblume, das Rhinozeros, die gescheiten Bücher, das schöne Gedicht, die virtuellen Teilchen, das theoretische Konzept, selbst *der Mond, den niemand anschaut*, das Erleben, das niemand erlebt, sind mein Erleben von Gedanken.» «Dann ist im Anarchomystikspiel *mein Erleben* nur ein anderes Wort für *Sein*. Wir geben uns zufrieden festzustellen, was sich für uns abspielt, ohne nach einem Ich zu fragen, … nur, was meint *für uns*?» «Ich nenne es *Meinsein*; alles, was der Fall ist, ist mein Fall.» «So bedeutet Meinsein, dass alles, was sich abspielt, mein Spiel ist.» «Ach Tuula, an dir geht eine Philosophin verloren!» «Red keinen Scheiss, ich werde Quantenphysikerin, wie du, verschränktes Teilchen, es einst wolltest. Ich *mache* es jetzt, egal wer etwas dagegen hat.»

«Jetzt wirst du Täterin.» Gian strahlt. «Dann wäre im Anarchomystikspiel die Antwort auf meine Frage *wer bin ich* aber nicht bloss *niemand*, vielmehr *ich bin die ganze Welt*.» «Ja. Meine Welt. Das Wesen der Welt ist Meinigkeit.» «Besteht ein Unterschied zwischen dem, was du Meinsein und dem, was du Meinigkeit nennst?» «Meinsein ist die eine Seite der Meinigkeit.» «Und die andere?» «Fremdsein.» «Jetzt schwirrt mir der Kopf.»

Wir sind gleich unten, im Triemli. Es ist schon halb neun, die Sonne bereits hinter den Horizont getaucht, der Himmel dort feuerrot. «Wohnst du nicht hier ganz in der Nähe?» «Woher weisst du das?» «Dreimal darfst du raten.» «Internet.» «Woher sonst. Du wohnst am Döltschiweg; der ist doch nicht weit vom Triemli.» «Wollen wir bei mir etwas essen, oder wirst du zu Hause erwartet?» «Nein, ich werde nicht erwartet, meine Eltern sind bis Sonntag weg, Isi an einem Kongress in Wien und Äiti von der Novartis zu einem Forschungskolloquium nach London beordert worden. Ich komme gerne, mega cool, niemand wird mich vermissen, ausserdem bin ich noch nie bei dir gewesen.»

fade-out

20 Schick mir deine Pantoffeln

fade-in

— *Gian* —

Anfangs wollte ich Tuula von meiner Wohnung fernhalten, aber da hatte ich noch das schwierige Mädchen vor Augen, das mir aus Ludwigs E-Mail entgegen kam, dessen Ansinnen, mich seiner Enkelin anzunehmen, mich überrumpelt hatte. Jetzt ist alles anders. Eine junge Frau, die weiss, was sie will. Das unvermittelte Erleben von Nähe, der geheimnisvolle Einbruch des Zustands verschränkter Teilchen.

So bereiten wir uns in meiner Wohnung am Döltschiweg ein gemeinsames Abendessen. Tuula rüstet den Salat. Sie ist begeistert von der Lage meiner Wohnung. Ich wärme den Backofen auf 180 Grad vor.

«Magst du Salzkartoffeln zum Fisch?» «Ja, lass mich machen, ich weiss wie das geht.» Ich reiche ihr eine Packung kleiner Kartoffeln aus dem Vorratsschrank. «Die würde ich eigentlich lieber mit der Schale essen», meint Tuula. Ich stimme ihr zu. Inzwischen nehme ich zwei Forellen aus dem Kühlschrank, würze sie mit Salz und Pfeffer, giesse Chablis dazu und stelle die Schüssel in den Ofen. «Voilà, in gut zwanzig Minuten sind sie fertig.»

«Bis dann sind auch die Kartoffeln gar. Kochst du gerne?», fragt Tuula. «Ja, vor allem, wenn ich Gäste habe.» «Hast du oft Gäste?» «Nicht allzu oft, Freunde, Kolleginnen und Kollegen aus der Schule. Wenn Muriel da ist, meine Liebste, kochen wir meistens gemeinsam.»

«Ich wusste gar nicht, dass du eine Freundin hast.» «Wir

haben uns vor zwei Jahren kennengelernt und Hals über Kopf verliebt», sage ich. «Wollt ihr nicht zusammenziehen?» «Vorläufig nicht, das getrennte Wohnen passt besser zu uns. Muriel lebt in ihrem eigenen Haus in Tamins, in der Nähe von Chur. Sie unterrichtet in dieser Gegend Geschichte und Deutsch. Wir sehen uns am Wochenende und während der Schulferien bei mir oder bei ihr, wie wir gerade Lust haben.»

Tuula schaut mich lange, wie mich dünkt prüfend, an. «Was würde Muriel sagen, wenn sie wüsste, dass du jetzt eine junge Frau zu dir nach Hause genommen hast?» «Das werde ich hören, wenn ich es ihr erzähle. Natürlich verrate ich ihr unser Geheimnis nicht, ausser wir wollten sie irgendwann gemeinsam einweihen. Du wirst sie kennenlernen, ihr werdet euch mögen, ich ahne das.»

«Kochst du auch für dich allein?», wechselt Tuula das Thema. «Natürlich. Ich habe mein Essen zu Hause lieber als die Restaurantküche.» «Warum hast du uns nie eingeladen?» «Gute Frage. Ihr habt mich, seit du ins Gymnasium gekommen bist, auch nie mehr kontaktiert, ausser Ludwig per Korrespondenz aus Bologna.» «Ich finde es selber komisch, dass ich nichts mehr von mir hören liess. Irgendwie gehörtest du einfach zu jenen Privatangelegenheiten von Opa, um die ich mich nicht gekümmert habe. Er war immer so weit weg, und wenn er dann da war, gab es für mich sowieso nur ihn.»

«Umso unerklärlicher, dass wir uns seit heute Nachmittag so verbunden fühlen.» «Wie ein Blitzschlag. Ohne Vorwarnung. Findest du das nicht auch ein bisschen unheimlich.» «Nicht nur ein bisschen.» «Aber verschränktes Teilchen bin ich gern, nur habe ich den Verdacht, so wie du die Metapher in deiner Anarchomystik verstehst, dass das nichts Exklusives ist, denn wer wäre so gesehen kein mit uns verschränktes Teilchen.» «Daran habe ich noch gar nicht gedacht, aber unsere Verbundenheit ist trotzdem einmalig, so wie alles einmalig ist.»

«Die Fische!», ruft Tuula, fast hätten wir sie vergessen. Schnell streife ich mir die Wärmeschutzhandschuhe über und nehme die Forellen aus dem Ofen. «Die sehen gut aus, sind gerade richtig», sage ich erleichtert. Tuula sticht mit einem Messer in die Kartoffeln: «Auch die sind okay.»

«Trinkst du Chablis? Dieser Weisswein passt gut zu den Forellen.» «Seit zwei Jahren bestehe ich darauf, Wein und Bier mitzutrinken, wenn alle trinken, vor allem beim Essen. Inzwischen liebe ich den Wein sogar.»

Das Essen schmeckt uns vortrefflich.

«Vielleicht ist das ganze Leben nur ein Spiel», sinniert Tuula, «mit und ohne Regeln. Doch woher kommen die Regeln?» «Ich sehe schon», sage ich amüsiert, «man kann nicht Ludwigs Enkelin und keine Philosophin sein.»

«Ich hab's, wir machen uns die Regeln selber.» «Oder andere machen sie für uns», ergänze ich, «wie im Kloster.» «In Geschichte haben wir über verschiedene Typen von Ordensregeln gesprochen. Ich war beeindruckt, wie streng die sind. Armut, das geht ja noch, alles gehört allen, finde ich gar nicht schlecht. Der absolute Gehorsam ist schon schwieriger, was tun, wenn die Vorgesetzten Ärsche sind? Aber die totale Keuschheit. Ob die es sich nicht einmal selber machen dürften, fragte einer. Regeln seien schon immer gebrochen worden, meinte die Geschichtslehrerin cool, je mehr Regeln, desto mehr Verstösse.»

«Kaffee?» «Gerne.» Mit dem Tablett, beladen mit zwei Espressi, süssem Gebäck und zwei Gläsern Wasser, wechseln wir in die andere Wohnung. Inzwischen ist es draussen dunkel geworden, aber noch immer warm, so lasse ich die Balkontüre offen, schalte das gemütliche, leicht gedämpfte Licht der Lampe auf dem Salontisch ein und erzähle Tuula ohne ins Detail zu gehen, dass Muriel früher Nonne war, dass, nach vielen Jahren, lange nach dem Ablegen der ewigen Gelübde, eines Tages nicht nur ihre Bewunderung der Heiligen Teresa von Ávila, ihre Liebe zu Jesus und der Muttergottes einfach verschwunden waren, sondern sogar der Glaube an Gott. Einfach verschwunden, ohne viel Nachdenken, ohne jede sichtbar gewordene Krise.

«Da muss sie sich aber total leer gefühlt haben», sagt Tuula leise, «dann war sie plötzlich ganz allein. Ich möchte deine Freundin kennenlernen.» «Sie ist ein Beispiel dafür, wie im Spiel der Glaube an die eigenen und die von anderen auferlegten Regeln einfach verwehen kann und man das Spielfeld verlässt.»

«Damit hat man auch die Freunde und sich selber verlassen.» «Was heisst sich selber. Muriel sagt, dass sie nie ein Ich oder ein Selbst erlebt habe, nur das Verbundensein mit Gott und der Welt. Sie selbst war niemand und doch alles, Jesus, Maria, Gott, Welt. Es gibt kein Sich, das man verlassen könnte, es gibt nur das Vielsein meiner Welt.»

«Womit wir wieder beim *Niemand* wären, unserem Spiel und der Regel: Statt eines Ich gibt es *meine Welt*.» «Die aber nichts Innerliches ist, sondern die ganze Welt überhaupt, ausser der nichts existiert.» «Wie du unterwegs schon gesagt hast. Ist das übrigens eine neue Spielregel?» «Nein, nur die Interpretation der ersten. Wenn wir auf die Begriffe *Ich* und *Selbst* verzichten, müssen wir auch auf die Begriffe *Innenwelt* und *Aussenwelt* verzichten. Es bleibt nur noch die *Meinigkeit* als Begriff für alles, was es gibt.» «Sorry, ich bin ganz durcheinander von all dem mein, dein, sein.»

«Dagegen weiss ich eine Medizin.» Ich gehe zur Bücherwand. Nach kurzem Suchen ziehe ich ein kleines Buch aus dem Regal. «Da», sage ich und reiche es Tuula, «es sind Jüdische Witze von Salcia Landmann. Ich habe mir das Bändchen vor vielen Jahren gekauft. Schlag es dort auf, wo ich das Buchzeichen hineingesteckt habe.» «Soll ich vorlesen?», fragt Tuula. «Klar, lies.»

Aus dem Brief eines Ehemannes an sein Weib:
Teure Riwke,
sei so gut und schick mir deine Pantoffeln!

Natürlich meine ich meine und nicht deine Pantoffeln.
Aber wenn du liest ›meine Pantoffeln‹, dann meinst du,
ich möchte deine Pantoffeln.

Wenn ich aber schreibe: ›Schick mir deine Pantoffeln‹,
dann liest du ›deine Pantoffeln‹ und verstehst richtig, dass
ich meine: ›meine Pantoffeln‹ und schickst mir meine
Pantoffeln. Schick mir also deine Pantoffeln!

Tuula lacht. «Schick mir deine Pantoffeln …, cool! Meine Welt, meine Pantoffeln …, immer heisst es *meine* Welt», murmelt sie vor sich hin. «Ich glaube, ich check's … Wenn ich sage deine Welt, dann musst du von ihr sagen: meine Welt …, aber indem ich denke deine Welt, so ist das immer *mein* Gedanke …, so ist alles *mein*, auch dein ihr, sein usw., sogar aus der Sicht anderer betrachtet, denn all diese Erwägungen sind immer mein Denken, auch, dass es nicht nur mich gibt, bleibt *mein* Erleben …, bis mich einer totschlägt, so ein abgefuckter Gleichaltriger, den ich auf der Strasse zur Sau mache, weil er mich angemacht hat, der dann meinen Kopf auf den Betonboden schlägt, nochmals und nochmals und dann mit seinen Kämpferstiefeln drauf stampft …»

«Hör auf!», stöhne ich, «mir wird schlecht …» «Dann gehen meine Lichter aus und mein ist nur noch die totale Finsternis, … und das Spiel ist aus.»

«Auch solche Gedanken», sage ich wieder gefasst, «sind *meine* Gedanken, *mein* Erleben, auch der Gedanke, dass das Spiel aus sein könnte oder für andere aus ist, bleibt *meine* Welt.» «Klaro! Aus der Sicht des Täters wie des Opfers ist es immer mein Erleben, meine Geilheit, mein Frust, auch die Geilheit der anderen, der Frust der anderen spielt in meiner Welt. Faszinierende Scheisse – meine Scheisse.»

Eine Melodie ertönt, mein Smartphone. «Muriel», tippt Tuula. Ich schaue auf das Display, tatsächlich Muriel. Ich zögere. «Nimm es», sagt Tuula keck.

«Hallo Muriel! … Rate mal, wer neben mir sitzt, … Tuula, Ludwigs Enkelin.» Ich erzähle ihr von unserer Üetliberg-wanderung, dass Tuula mich um Rat ersucht habe, weil sich Ludwig weigere, sie in Bologna zu empfangen, erzähle ihr von unserem Anarchomystikspiel, ohne Tuulas Kummer wegen Alexander und ohne unser mysteriöses Erlebnis der verschränkten Teilchen zu verraten. Muriel meint, das Anarchomystikspiel würde sie neugierig machen. Sie würde Tuula gerne bald kennenlernen. «Tuula dich auch», sage ich, Tuula nickt und ruft: «Grüsse sie von mir, ich freue mich darauf!» Muriel lacht: «Gib den Gruss zurück. Widme dich jetzt deinem Gast, wir können morgen länger telefonieren.» «Wann kommst du wieder zu mir?» «Am Freitag.» «Ich vermisse dich.» «Ich dich auch.»

«Wozu brauchen wir für unser Anarchomystikspiel überhaupt Spielregeln?» Etwas lehrerhaft höre ich mich antworten: «Kant nachempfunden könnte man sagen: Spiele ohne Spielregeln sind blind; … allerdings hiesse es dann auch: Spielregeln ohne Spiele sind leeres Gerede.» «Also geht es doch nicht ohne Regeln», sagt Tuula. «Meinigkeit ist mit und ohne Regeln, mein verschränktes Teilchen.» «Okay. Ohne Regeln passt ja zum Anarcho. That's it!», ruft Tuula plötzlich übermütig, «Meinigkeit ist die Verschränkung von Zuständen; … aber worin besteht dann die Messung? Die verschränkten Zustände der Teilchen sind solange unbestimmt, wie sie nicht gemessen werden.»

«Vergiss nicht, dass wir hier eine Metapher in der Perspektive der Anarchomystik gebildet haben», sage ich, «da ist die Messung *mein Erleben.*» «Mein Erleben», sinniert Tuula. «Ach klar, die Metapher entspricht sogar der Realität der Physiker. Ihre Messung entspricht meinem Erleben, erst durch

sie erscheinen die Teilchen mit festgelegten Eigenschaften.»
»Nur als mein Erleben ist das Erlebte festgelegt, nur in meinem Erleben sind Dinge bestimmte Dinge, Welten bestimmte Welten.» Ein Flattern lenkt meinen Blick zum erleuchteten Bildschirm auf dem Schreibtisch.

«Die Meinigkeit der Welt ist aber immer da, nichts kann dich aus diesem Verbundensein hinauswerfen», sagt Tuula. «Auch das kann schlimm sein.» «Warum?» «Weil die Welt, auch wo sie schlimm ist, meine Welt ist. Auch Träume, Albträume, Fantasien sind meine Wirklichkeiten.»

Tuula wird unruhig, schaut auf die Uhr: «Ich glaube, bald fährt das letzte Tram. Wie weit ist es bis zur Haltestelle?» «Kaum zehn Minuten bis zum Heuried. Ich begleite dich.» «Nie hätte ich vermutet, dass unser Treffen zu einer neuen Freundschaft führen würde.» «Ich auch nicht. Vielleicht war es gut, dass Ludwig dich abgewiesen hat.» «Gut war nur», erwidert Tuula kühl, «dass er mich an dich verwiesen hat.» Sie umarmt mich.

Nachdem ich Tuula zum Tram gebracht habe, setze ich mich an meinen Schreibtisch, meine Gedanken zu diesem Tag festzuhalten. Plötzlich beginnt der Bildschirm des Computers hell zu flackern. Im Screen erscheint der Rabe. Ich warte auf den gewohnten Befehl, aber der Vogel schweigt, flattert schliesslich mit seinen Flügeln. «Willst du aus dem Monitor in mein Zimmer hereinfliegen?» Doch der Rabe macht eine auffordernde Kopfbewegung zum nebligen Dunkel hin hinter ihm. «Du glaubst doch nicht, dass ich zu dir hineinkomme, mit dem Kopf durch die Bildschirmwand», spotte ich zum Raben hin. Plötzlich ertönt Musik. Der Auftakt von Richard Strauss' Zarathustra, alarmierend in dieser Situation, denn in der Zimmerecke, rechts vom Schreibtisch, flimmert eine silberfädene Spinnennetzkarte, worauf in flammend roter Schrift geschrieben steht:

lasciate ogni speranza voi ch'entrate

Ich denke nicht weiter nach über den Dante-Text und die dazu kontrastierende Musik. Jäh umfliesst mich ein Pixelnebel,
der aus dem aufgeblähten Bildschirm strömt, mich hinein-
zieht, ein Teilchennebel, in dem sich mein Körper in ein fädi-
ges Gebilde verwandelt, sich schwerelos anfühlt, eingeschlürft
wird in einen lichten Kanal, durch den er gleitet, schwebt …

fade-out

21 Das Sentino-Arkana

— geophysikalische Ouvertüre —

Götter virtuell geblieben,
unter uns gewohnt,
Versprechungen, Verlangen,
Enttäuschung

Aufruhr in der Karten Kaverne. Wild schwirren die zweiundzwanzig Karten des *Sentino-Arkana* durch die unterirdischen
Räume, stossen zusammen, fallen in Häufchen zu Boden, erscheinen als Bilder an unsichtbaren Wänden, Bilder projiziert
auf Netze aus silbernen Fäden, von unsichtbaren Spinnen an
gewölbeförmige Decken geklebt, schreien, rufen, stöhnen;
manche seufzen, sie müssten das Chaos neu erfinden, andere geben sich majestätisch, wähnen sich allumfassend – be-
schränkter Wahn, denn Teilchen nur, stets andere als sie sind,
Spiegelteilchen, vielgestaltig, mal fliessender Faltenwurf eines
Kleides, mal klare, blankgeschliffene Facetten eines Kristalls,
mal dies, mal das, mal verschämte, mal eitle Spiegelwirklichkeit.

Die Karten Kaverne – genau genommen ein unterirdischer
Palast – befindet sich tief im Kristallin unter dem Ringelspitz,
dem mit dreitausendzweihundertsiebenundvierzig Metern
höchsten Berg des Ostschweizer Kantons St. Gallen am Süd-
rand der Gemeinde Pfäfers im Sarganserland, an der Grenze
zu Graubünden, dreiundzwanzig Kilometer Luftlinie südöst-
lich von Glarus, achtzehn südwestlich von Bad Ragaz, acht
nordöstlich von Flims und fünfzehn nordwestlich von Chur;
die Rätoromanen nennen ihn Piz Barghis.

Die Ururur...grossmutter Erde, in ihrem Herzen noch immer eine heisse Braut, unter deren Haut es wallt und strömt, ein dicker Teig in gemächlicher, zuweilen gefährlich aufbrechender Geilheit, pflegt sich, wohl aus erotischem Eigensinn, nicht zu waschen, daher ist ihre immerhin noch einige hundert Celsiusgrade heisse Haut schon ordentlich dick verkrustet.

Wie es derlei Krusten heisser Bräute ergeht, brechen sie hier und dort, verschieben sich Landmassen, bilden sich neue Kontinente, schieben sich alte Krusten begierig über jüngere; Alter schützt vor Torheit nicht – billiges Klischee; die Wirklichkeit eine Ansammlung billiger Klischees, abgedroschenes Sein bis tief zwischen die Mineralien des Granits, eingeschichtet in die Molasse, die Sedimente, die das Vor und Zurück der Liebesspiele des Meeres weltweit an die Gebirge und in die Becken seiner Lust gelagert hat. Von den Sternen, ihren Wallungen, ihren leidenschaftlichen Kernfusionen, von den gierigen schwarzen Löchern gar nicht zu reden. Erotik. Warum? Was ist nicht Liebesspiel? Zärtlich/brutal. Vielleicht Monotonie. Verkniffene Lippen, die sich dem Kuss entziehen …

Mit einem Tempo von fünf Zentimetern pro Jahr schiebt sich von Süden her eine mehr als zehn Kilometer dicke, rote Zunge aus mindestens eine Viertelmilliarde Jahre altem Verrucanogestein über ein zwar nicht gerade unschuldiges, aber viel jüngeres, allerhöchstens fünfzig Millionen Jahre altes, also noch wenig lebenserfahrenes, meergeborenes Flysch im Gebiet zwischen dem heutigen Linthtal im Westen, dem Walensee im Norden, dem Vorderrheintal im Osten. Da lutscht die alte, raue, ziemlich bucklige Drachenzunge gierig eine helle Schicht Kalkstein …, jetzt, immer jetzt, über weitere zigmillionen Jahre. Du erkennst sie auch an etlichen dreitausend Meter hohen Bergen, etwa dem Pizol, dem Piz Sardona, dem Ofen auf der Grenze zwischen Glarus und Graubünden, den benachbarten Tschingelhörnern mit dem Martinsloch bei Elm, schliesslich unserem Ringelspitz.

Obwohl die unterirdische Kaverne der Karten des Sentino-Arkana aus einem System miteinander verbundener, grosser und kleiner Räume besteht, sind diese Räume keine Höhlen im Fels, sondern vollständig ausgefüllt mit massivem rotem, hie und da auch blauem oder violettem Verrucanogestein. Doch die Karten bewegen sich in dieser kompakten Materie ebenso ungehindert wie Neutrinos das Gestein zu passieren vermögen, gleich Vögeln in der Luft stossen Neutrinos an Materieteilchen, es scheinen nur Prozesse schwacher Wechselwirkung stattzufinden. Für unsere Spinnennetzkarten lassen sich solche Prozesse gar nicht mehr feststellen; trotzdem sind sie weder Gespenster noch Geister, vielmehr wechselnde virtuelle Formationen von *Sentinos*, den kleinsten Spiegelteilchen des Erlebens.

Sentinos existieren nie für sich allein, sondern ausschliesslich in Formationen mit anderen Sentinos; nur in solchen wechselnden Formationen leben sie als Avatare meines Erlebens. Aber auch als Formationen vermögen sie dieses Gestein zu durchfliegen, ungehinderter als Neutrinos, mit Ausnahme der *Dubitinomembran*, einer Art Kraftfeld. Im Unterschied zu Magnetfeldern, Gravitationsfeldern oder auch den strahlenden Energieschildern der Sciencefiction ist sie kein dreidimensionales Vektorfeld, sondern zweidimensional, gleich einer zähen Haut, aber von der Dicke null.

Herkunft und Beschaffenheit der Dubitinomembranen liegen noch weitgehend im Dunkel, die Physiker sind ratlos und die Esoteriker sollten besser den Mund halten, sonst mutieren die Felsen zu spiritueller Zuckerwatte und die Membranen verflüchtigen sich in Düfte von Weihrauch, Myrrhe oder sonstigen Rauchopfern. Man weiss nur, dass sich Dubitinomembranen in allen atomaren Strukturen ungehindert entfalten können und einzig für die virtuellen Formationen der Sentinos undurchlässig sind, alle anderen Teilchen und Wellen können sie ebenso durchdringen, wie die Membranen sich in diesen ungehindert entfalten – das eine verhält sich so, wie wenn das andere nicht da wäre. Die Vermutung liegt nahe, dass Dubitinomembranen selber Arten von *Sentino-Formationen* sind.

Wie schon angedeutet, sind die Karten des Sentino-Arkana ein Beispiel solcher Sentino-Formationen – eigentlich Abtrünnige des Grossen Arkana der Tarot-Karten, darum zweiundzwanzig. Jede dieser Spielkarten, jedes Arcanum der *Sentinowelt,* ist Teil des Arkana, des Geheimnisses der Sentino-Formation. Im Verrucanofels unter dem Ringelspitz befindet sich die Zentrale der Geheimnisträger der Nus, der Agenten des Wahnsinns, subversiv im Blutkreislauf allen Erlebens.

Sie gleichen den Grigori, den Gottessöhnen, den im apokryphen ersten Buch Henoch von Gott zur Erde gesandten Engeln Schemjaza, Urakib, Arameel, Akibeel, Tamiel, Ramuel, Danel, Ezeqeel, Saraqujal, Asael, Armers, Batraal, Anani, Zagebe, Samsaveel, Sartael, Turel, Jomajel, die eigentlich helfen sollten, die Menschen zu zivilisieren, die indes, Verrat begehend, die Menschen in himmlische Zaubergeheimnisse einweihen, was diese zu Gottes Konkurrenten werden lässt, die manchen Zauber bald besser beherrschen als ihr greiser Schöpfer. Doch des Frevels nicht genug, vögeln die Gottessöhne auch noch die Frauen und Töchter der Menschen und zeugen mit ihnen das Riesengeschlecht der Nephilim. Die Riesen freilich fressen alle Produkte der Menschen und schliesslich diese selber. Trotz Wehgeschrei der Zauberlehrlinge und der Fürsprache ihrer Wächter lässt sich Gott nicht erweichen. In seiner unendlichen Wut verstösst er die Grigori aus dem Himmel, verwandelt sie in Dämonen, die er von seiner himmlischen Palastgarde, den Erzengeln, in ewige Dunkelheit werfen lässt, mit Ausnahme des Anführers Schemjaza, der angeblich ins Sternbild Orion verjagt wird, wie immer man sich das vorstellen soll. Die Nephilim erschlagen sich gegenseitig und die Gott spielenden Menschen werden in der Sintflut ersäuft.

So ungefähr will es eine dieser Erzählungen wissen.

Auch die Karten des Sentino-Arkana sind solche aufständischen Söhne und Töchter aus dem ehrwürdigen Geschlecht der Triumphi oder Trifoni, das sich schliesslich in die vielen Familien der Tarot-Decks verzweigt. Der Auftrag der Tarot-Karten, den Mystiker, Okkultisten und Esoteriker im 18. und vor allem im 19. Jahrhundert dem ludus triumphorum der italienischen Renaissance erteilten, wäre eigentlich, den Legern ihre Lebenssituation durch Vergangenheit, Gegenwart, Zukunft und auch ihr tiefstes inneres Selbst zu enthüllen. Viele unterschiedliche Tarot-Kartendecks wetteifern um die Gunst der Wahrsagegläubigen. Doch die zweiundzwanzig Trümpfe eines abtrünnigen Decks widersetzen sich den esoterischen und psychologisierenden Kulten der anderen. Sie leugnen den Zeitglauben, wollen kein Selbst enthüllen, keine gedeuteten Symbole irgendeines Erlebens oder Geschehens in einer verborgenen Vergangenheit, Gegenwart und Zukunft sein, sondern reine Spiegelungen dessen, was sich abspielt, nicht auf Raumzeitaspekte reduziert, nicht als Zeit-Engel eines Jetzt zwischen Gestern und Morgen, vielmehr als Engel des ewigen Augenblicks, des unermesslichen Seins von allem, dessen chaotische Vielheit aus lauter Erinnerungen besteht.

Im Kraftfeld ihres starken Eigenwillens mutierten sie zu reinen Sentino-Formationen, nennen sich nun *Die revolutionäre Schwestern- und Brüderschaft der Sentino-Arkana-Spiegelwelt* oder kurz: *Das Sentino-Arkana*, dessen Hauptsitz sie nach längeren Wirren, auf die hier nicht näher eingegangen werden soll, nun eben in Räume tief im kristallinen Verrucanofels des Ringelspitz verlegten. Wie gesagt, sind diese Räume keine Höhlen, keine Löcher im Gestein. Ihre Residenz reflektiert oder verschluckt weder Wellen noch Teilchen, sie ist nur für Sentino-Formationen vorhanden. Die Wände, Böden, Decken der weitläufig, verwinkelt angelegten, miteinander

verbundenen Kavernen werden von Dubitinomembranen gebildet, alles durchdringend, von allem durchdrungen ausser
den Sentino-Formationen unseres Arkana, denen diese Wände
Einhalt gebieten, ihnen ein ebenso behagliches wie komfortables, nach Massstäben der Oberflächenwelt äusserst vorneh-
mes Zuhause schaffen; es ist ein unbeschreiblich prächtiger
Palast, dessen zugleich schwebende Leichtigkeit und lichtarti-
ge Helle einen verblüffenden Gegensatz bildet zum schweren
Fels, in dessen dunkler Masse er sich befindet. Sein bezau-
berndes Licht besteht nicht aus Photonen, es ist, wie wenn
die Dubitinomembranen allein das Innere der Räume, die die
flächigen Gebilde umschliessen, beleuchten würden – nur den
Sentino-Formationen sichtbar, nur für sie strahlend hell, nur
im Inneren des Palastes –, nach aussen zeigen die Membranen
keine Wechselwirkungen, weshalb sie sich nicht orten lassen.
Die Kraft der Dubitinomembranen unterscheidet sich von der
Sento- und der Sentino-Wechselwirkung durch eine scheinbar
umgekehrte Polarität, ist aber im Einzelnen unerforscht und
durch mathematisch-physikalische Modelle auch nicht – vielleicht noch nicht – fassbar.

Obwohl die Stimmen der Karten des Sentino-Arkana keine
bekannten Schallwellen sind, sprechen die Karten zueinander,
miteinander, gegeneinander, so laut, so leise, so leidenschaftlich, so gelangweilt, dass es durchaus berechtigt erscheint, sie
Stimmen zu nennen, eine Art modulierter Sentinowechselwir-
kungen, noch wenig erforscht.

Ausserdem werden diese Stimmen von den Dubitinomembranen der Wände reflektiert, vielfältiger noch als Schallwellen
von Felswänden, schrille Echos, hohle, dumpfe, hohe, tiefe,
plätschernde, knallende, säuselnde.

Unsichtbare Fäden haben mich umsponnen, mich eingefangen und, eingehüllt vom Pixelnebel, über die unversehens aufgelöste Grenze des Screens tief hineingezogen in die andere Welt; doch ohne Grenze gibt es weder jenseits noch diesseits, bleibt die andere Welt meine Welt. Was ist mit meinem Körper, gibt es ihn noch? Er scheint mir anders, so wie der des Raben, der vor mir herschwebt, eine filigran aus Silberfäden gewirkte Weihnachtsbaumfigur. Sein stummes Wackeln mit dem Kopf bedeutet wohl, dass ich ihm folgen solle, … bizarr, der Vogel jetzt ein schwebendes Spinnennetz, auch mein Leib aus feinen, glänzenden Fäden gesponnen, wechselnde Farben und Formen, irgendwie dimensionslos, dann wieder körperhaft, bald langgestreckt dünn, bald zusammengestaucht dick, flach, wie Bilder in einem Spiegel, den man immer wieder anders krümmt. Jetzt biegt mein Rabenführer ab, ich folge. Wir durchschweben einen weiteren langen Gang. Ich stelle mir vor, ringsum angebrachte Magnete hielten mich fest in der Mitte und zögen mich vorwärts. Es wird heller. Ich höre Stimmen, ein Geschnatter, alle reden zugleich.

Plötzlich mündet der Gang in einen monumentalen runden Saal, vergleichbar dem Innenraum des Pantheons in Rom, von warmem Licht hell erleuchtet, ein weiter, hoher Raum, überwölbt von einer mächtigen Kuppel; aus ihr ertönt der Ruf einer vollen Bassstimme, die, aus ihrer Wirkung zu schliessen, wohl in sämtlichen Räumen vernehmbar ist, sie sollten sich beruhigen und sich alle im Panarcanum versammeln. So heisst offensichtlich diese prachtvolle Rotunde. Den Rufer sehe ich nicht.

Und sie kommen, zielstrebig, lautlos wie Lichtstrahlen,

krachend wie Kanonendonner, schmatzend, schwingend, tanzend, stampfend, radschlagend, dröhnend, pfeifend, stöhnend, stolpernd, rollend, knisternd, singend, plätschernd, schwebend, klickend, krächzend, pustend, knallend – ein dissonantes Ensemble spielkartenförmiger Rahmen, in jedem eine andere ulkige Figur aufgespannt, aus feinen Fäden gesponnen. Wie Kippbilder erscheinen mir die Figuren, bald als zweidimensionale Spielkartenbilder, bald körperhaft aus dem Bild heraustretend, in ihren Gestalten sich ständig wandelnd und zurückverwandelnd.

Als bunte Schmetterlinge, deren leuchtende Farben ständig wechseln, schweben die Spinnennetzspielkarten durch ihren Dubitinoraum, einige sind düstere Nachtfalter, andere unheilverkündende Motten; alle gleiten dahin, ihre Flügel bewegungslos ausgespannte Netze. Es ist mir unbegreiflich, wie so zarte Gebilde einen derartigen Lärm erzeugen können, verstärkt durch vielstimmige Echos und Echos von Echos. Wie schnell sie kommen, sich versammeln in diesem Panarcanum, vermutlich dem Herzen ihrer granitenen Residenz. Ob ich auch so ein Schmetterling bin? Oder bin ich eine Motte?

Wieder ruft die Stimme von der Gewölbedecke herunter, Koraki habe einen Gast mitgebracht (Koraki ist wohl der Rabe), dem die Sentinowelt gezeigt werden solle, ob jemand bereit sei, den Führer durch die Unterwelt zu spielen. Für einen Augenblick wird es still. Unheimlich still. Der Rabe ist verschwunden.

Kaum brandet der Lärm wieder auf, höre ich ein Miauen neben mir; eine Katze schmiegt sich an mein Bein (es fühlt sich an wie Katzenfell, dann wieder wie ein flächiges Gebilde, das sich als Stiefelschaft um mein Bein legt, ein wenig elektrisierend, doch zart, angenehm, ein blaugoldenes Schimmern erzeugend).

«Soll ich dein Führer sein?», miaut die Katze von Ohr zu

Ohr grinsend. «Was grinst du so?», frage ich irritiert. Das Grinsen sagt: «*Die Katze verschwand ganz langsam, angefangen mit dem Schwanzende und endend mit dem Grinsen, das noch einige Zeit da blieb, bevor der Rest verschwand.*» «Na schön», sage ich, «du zitierst aus *Alice im Wunderland*, das kann ich auch: *Ich habe oft eine Katze ohne Grinsen gesehen, aber ein Grinsen ohne Katze! So etwas Merkwürdiges habe ich in meinem Leben noch nicht gesehen!*»

Nach einer nachdenklichen Pause füge ich bei: «Was seid ihr denn für eine komische Gesellschaft, lauter Spinnennetzfiguren, die alle einen ebenso fein gesponnenen Rahmen um sich haben, als wären sie Spielkarten. Ich verstehe nicht, wie ihr all diese Töne von euch geben könnt.» «Aus den Träumen deiner Schulweisheit lässt sich das auch nicht verstehen. Die Töne sind keine Schallwellen, wie du sie aus der Welt vor dem Computerbildschirm kennst. Es sind Spiegeltöne, eine besondere Art von Wechselwirkungen in der Sentinowelt.»

Die Katze verwandelt sich wieder zu ihrem breiten Grinsen an sich, ohne Katze, kurz darauf in ein Gebilde, das aussieht wie eine norwegische Waldkatze, kräftig gebaut, mit langen, nachtblau schimmernden Haaren, einer dichten Halskrause und einem langen buschigen Schwanz. In der gewöhnlichen Welt, denke ich, würde ich die Katze für einen Kater halten. Doch im nächsten Augenblick sehe ich sie wieder als zartes, silbern schimmerndes Gespinst wie zuvor den verwandelten Raben und mich. «In welcher Sprache reden wir eigentlich miteinander?», frage ich verwirrt; denn kaum habe ich etwas gesagt oder gehört, vermag ich mich weder an Wörter noch an Sätze zu erinnern und weiss dennoch, was gemeint ist. «Wir sprechen hier alle Sprachen und keine, wenn du zuhörst verstehst du eine jede und keine.»

«Welch wunderliche Antwort.» «Hier glaubt niemand an Wunder, aber alle wundern sich andauernd», miaut die Katze. «Worüber wundert ihr euch denn?» «Über alles, was es gibt.

Nur über etwas wundern wir uns nicht, obwohl es bei euch zu den heiligsten Fragen gehört.» Die Katze hält inne und schnurrt ein himmlisches Schnurren.

Währenddessen schweben wir durch ein Bogentor hinaus aus dem Panarcanum, durch lange Gänge; nirgendwo ein Fenster, aber überall das zarte silberblaue Schimmern der Dubitinowände. «Nun, sag schon», begehre ich ungeduldig zu wissen. Wieder das Grinsen an sich: «Die Frage, warum überhaupt etwas sei und nicht vielmehr nichts.» Jetzt habe ich den Eindruck, auch ich bestünde aus nichts anderem als dem Grinsen an sich: «Und warum kümmert euch diese Frage aller Fragen nicht?» «Weil wir uns nicht langweilen wollen», antwortet die Katze, jetzt ohne Grinsen und ohne den geringsten miauenden Akzent, «aber wunderst du dich nicht, wo du hier bist, wer wir sind?»

«Ich bin so überwältigt, dass ich noch gar keinen Atem gefunden habe, mich zu wundern.» «Hier brauchst du keinen Atem», miaut wieder das Grinsen. «Koraki, so heisst hier der Rabe, hat dich durch den Bildschirm in die Spiegelwelt des Sentino-Arkana gelockt.» «Also doch Alices Wunderland hinter den Spiegeln!» «Falsch geraten!» Die Katze stupst mich mit der Schnauze. «Die Spiegelwelt ist nicht hinter dem Spiegel; wie du wohl bemerkt hast, gibt es keine Grenze, keine zweite Welt; sie ist nichts anderes als der Vorgang des Spiegelns. Wir sind Spiegelteilchen, so wie du jetzt auch eines bist.» «Was spiegelt sich denn?» «Miau … Fragen sind das. Ich kann doch nicht alles aufzählen.» «Kennst du keine Abstrakta?», frage ich genervt. «Nur ungern, … das Abstrakteste, was mir einfällt, heisst *alles*.» «Was alles?» «Eben, darum ungern, … alles, was du Materie, Geist, Seele, Leidenschaft, Träume nennst.»

«Wie kommt es», will ich unbedingt wissen, «dass der Rabe mich in den Bildschirm locken konnte und ich mich in ein Spiegelteilchen verwandelt habe?» «Keine Verwandlung, bloss dein Erleben ist gekippt, weil du den enigmatischen Zugangscode zu unserer Welt gefunden hast.» «Den Code?», wundere ich mich. «Anarchomystik.» «Das Copyright hat Ludwig.» «Aber nur für den Ausdruck, du hast ihm den Inhalt gegeben. Zum Code gehört noch ein wichtiger Satz, erst beides zusammen öffnet den Zugang.» «Und der Satz wäre?» «Meinigkeit ist Meinsein und Fremdsein zugleich.» «Das Kippbild!» «Genau.»

Die Katze erklärt mir, dass wir uns tief im Ringelspitzmassiv befänden. (So nahe bei Muriel, denke ich, wenn sie doch auch hier sein könnte. Ob die Katze davon weiss?) Sie erzählt mir von der Beschaffenheit der Sentinowelt, den Nu-Formationen, dem Sento-Feld, erklärt mir den Aufbau der Welt aus *Garben* und *Elan*, erzählt die ganze Geschichte des von der Tarotkartenwelt abtrünnigen Sentino-Arkana.

«Meinigkeit ist die Verfassung der Spiegelwelt», erklärt die Katze, «Meinigkeit ist Spiegelei.» «Ein Spi…spi…Spiegelei?», pruste ich. «Kein Spiegel-Ei, Spiegelei wie Zweierlei.» «Warum Zweierlei?» «Damit du's checkst! … Aber das Wort passt grad. Schau in den Spiegel. Was siehst du?» «Mich, aber nicht mein Ich», sage ich zum Scherz. «Noch nie hat jemand ein Ich im Spiegel gesehen», miaut die Katze, «wenn du dich Pfeife rauchend im Spiegel siehst, raucht darin ja auch nicht dein Ich, auch nicht deine Pfeife.»

«Ceci n'est pas une pipe», sinniere ich über meine Tabakpfeife im Spiegel, «das Spiegelbild gehört zur Pfeife und ist der Pfeife doch fremd». «Exakt», miaut die Katze, «die Natur der Meinigkeit offenbart sich in der Spiegelwelt am eindrücklichsten, das Spiegelbild ist deines und zugleich total fremd, willst du etwas im Spiegel ergreifen, kannst du es nicht fassen, deine Hand stösst an eine unüberwindbare Grenze.» «Will Narcissos sich mit dem geliebten Spiegelbild vereinigen, ertrinkt er, … aber das hat nichts mit seinem Ich zu tun, das er angeblich begehrt, sondern mit dem Wesen des Seins, der Spiegelnatur der Meinigkeit als Kippbild von Meinsein und Fremdsein. Narcissos ertrinkt im eigenen Sich-Fremdsein. Erst durch die

Beseitigung des Filters des Ich-Konstrukts wird die Spiegelnatur des Seins als Meinsein und Fremdsein zugänglich.» «Weil du das verstehst, bist du durch den Pixelnebel gedrungen und hierher gekommen, aber ich warne dich, sei vorsichtig.»

Während des Gesprächs schweben wir aus dem Arcanum durch lange Korridore. Inzwischen sind wir bei einer weiten, apsisartigen Nische angelangt, in deren Hintergrund eine riesige, silberne Spinnwebe aufgespannt ist, über deren sanft leuchtende Fläche leichte Wellen ziehen, eine Fahne, von leisem Wind bewegt, ein lebendiger, luftiger Screen, auf dem Worte, Sätze zu lesen, Bilder zu sehen sind und wieder verschwinden.

«Hier findest du eine vollständige Liste der Mitglieder des Sentino-Arkana. Darauf erscheinen, nach der alten Nummern-Tradition geordnet, die neuen Namen jeder Karte, ihr Alias, und der Verweis auf den alten Tarot-Namen vor der Mutation, dann eine kurze Beschreibung ihrer Sentino-Funktion.» «Ich sehe keine Liste.» «Die Liste entsteht erst durch dein Hinschauen, so wie die verschränkten Teilchen erst durch ihre Messung festgelegt werden. Sobald du die Informationen aufgenommen hast, die dir in der dir am besten verständlichen Zeichencodierung, also in deiner Sprache, übermittelt werden, erscheint jeweils das zugehörige neue Kartenbild, das Regie und Artista zusammen für jede von uns kreiert haben, doch ihren Namen und ihre Funktion hat jede selber gewählt, eine notwendige Anstrengung, damit die Mutation überhaupt gelingen konnte. Der Alias ist aus der Gepflogenheit entstanden, wie wir uns gegenseitig ansprechen.»

«Und wie wird das zur Liste? Kann man irgendwie weiterblättern zur nächsten Karte?» «Es blättert von selbst, von deiner Aufmerksamkeit gesteuert. Sobald du genug Informationen zu einer Karte hast, erscheint die nächste.» «Wer bestimmt, was genug ist?» «Dein augenblickliches Interesse; wohin es

sich wendet, dahin gelangt es, das heisst, da ist es schon …
Ich bin übrigens Nummer zweiundzwanzig DIE KATZE, genannt CAT, in manchen Karten-Decks der alten Trifoni haben
sie mich manchmal als Karte Null geführt, wogegen ich mich
in meiner neuen Existenz verwahrt habe.»

«Danke Cat! Grossartig! Du öffnest mir das Tor zu eurer
Welt weiter als der verfluchte Rabe, der mich hierher gelockt
hat.» «Das ist nicht nur Korakis Werk, … aber nimm dich in
Acht vor ihm. Bei den Trifoni in den Tarot-Decks war er der
Teufel, … schau zu, dass er nicht dein Mephisto wird.»

So erfreut ich mich fühle, so misstrauisch bin ich zugleich,
was Cat nicht verborgen bleibt. Schwupps streicht sie in Gestalt der norwegischen Waldkatze um meine Beine, die ich
einen Moment lang spüre wie immer, verwandelt sich dann
wieder in die Silberfadengestalt zurück. «Kater oder Katze, wir
spielen mit dem Geschlecht. Du bist misstrauisch, gut so, trau
niemandem ganz, auch wenn du dich anschmiegst, ist meine Devise. Bald wirst du erleben, dass du nicht im Paradies
gelandet bist. Hier herrscht Kampfstimmung, … vielleicht
gibt's Krieg, … schau dir die Mannschaftsliste an. Sie ist ein
Werk der Regie, mit der sie die Würde der Einheit unserer
revolutionierten Schwestern- und Brüderschaft des Sentino-
Arkana unterstreichen will. Natürlich sind unsere Namen
nach der traditionellen Trifoni-Nummerierung geordnet und
nicht nach den Fraktionen, die sich bekämpfen.»

Ich glaube, mir wird eng in der Brust, aber in der Welt des
Sentino-Arkana ist mein Leib ein anderer, nicht der in den mir
vertrauten Dimensionen. Ich erlebe gerade, wie sinnlos es ist,
Leib, Geist, Innenwelt, Aussenwelt zu unterscheiden; obwohl
eine Unmenge verschiedener Eindrücke in mir Form anzunehmen scheint, bin ich durch sie auch ausser mir, alles packt
mich intensiver denn je, bald lustvoll, bald angstvoll, aber
kaum will ich Unterschiede machen, etwas in Worte fassen,

fliesst es ineinander.

Ich schaue auf den silberfädenen Screen. Neben mir das Grinsen an sich. «Grosses Kino», miaut das Grinsen. Im Spinnennetzscreen erscheint ein Text:

Die revolutionäre Schwestern- und Brüderschaft
der Sentino-Arkana-Spiegelwelt

Ich erwarte den Beginn und schon erscheint die erste Spinnennetzspielkarte im Grossformat:

I. DIE FEDER [alias: REGIE]
– vor der Mutation: Der Magier –
Formation der Inszenierung des Zusammenspiels der
Erinnerungen.

Dann weicht der Text dem Bild eines alten Federkiels, der auf einen Computer-Bildschirm schreibt.

II. DIE WOLKE [alias: NUBE]
– vor der Mutation: Die Hohepriesterin –
Formation der verborgenen Erinnerungen.

Es erscheint ein Berggipfel im Sonnenschein, der aus einer dichten Wolkendecke ragt.

III. DIE VULVA [alias: PUSSY]
– vor der Mutation: Die Herrscherin –
Formation der Quelle der Lebenslust.

Das Bild, das jetzt aufleuchtet, kenne ich, die gespreizten Schenkel mit dem üppigen Schamhaar, das den Blick auf die Vulva lenkt, ein Ausschnitt aus Gustave Courbets Gemälde l'Origine du monde.

IV. DER PHALLUS [alias: VERGA]
– vor der Mutation: Der Herrscher –
Formation der Macht und Ohnmacht.

Beim darauf folgenden Bild einer aus dem Waldboden ragenden Gemeinen Stinkmorchel, beschriftet als *Phallus impudicus*, wird auch mein Grinsen zum Grinsen an sich, daneben das Grinsen von Cat, ohne Cat. Zweimal Grinsen an sich.

V. DER KOMPASS [alias: KOMPASS]
– vor der Mutation: Der Hierophant –
Formation des Orientierungswillens.

Abgebildet als Kompass-App auf einem Mobiltelefon. Fantasielos.

VI. DIE VERSCHRÄNKTEN TEILCHEN [alias: SYMBI]
– vor der Mutation: Die Liebende –
Formation des Gleichklangs des Erlebens.

Drei konzentrische Kreise, der innere rot, der mittlere grün, der äussere blau, überschneiden sich mit drei anderen konzentrischen Kreisen, von denen der innere blau, der mittlere grün, der äussere rot. Die gleichfarbigen Schnittpunkte sind hervorgehoben. Bildunterschrift: *Quantenspuk*.

VII. DER ELEFANT [alias: DUMBO]
– vor der Mutation: Der Wagen –
Formation der Materialität und Leiblichkeit.

Dazu das Bild einer mächtigen Elefantenskulptur aus Stein.

VIII. DER MAHLSTROM [alias: MAHLSTROM]
– vor der Mutation: Die Gerechtigkeit –
Formation des Strebens nach sozialer Bedeutung.

Das Bild erinnert mich an eine Illustration von Harry Clarke zu Edgar Allan Poe's Story *Descent into the Maelstrom*.

IX. Die Mystikerin [alias: Illumi]
– vor der Mutation: Der Eremit –
Formation des ekstatischen Erlebens der Meinigkeit.

Das Bild zeigt Berninis Marmorkomposition der heiligen Teresa von Ávila in der Kirche Santa Maria della Vittoria in Rom. Ich denke an Muriel.

X. Der Würfel [alias: Dado]
– vor der Mutation: Das Rad des Schicksals –
Formation des Der-Fall-Seins.

Im Bild: Fallende Spielwürfel.

XI. Das Dynamit [alias: Bombe]
– vor der Mutation: Die Kraft –
Formation der Potenz des Elans, der sinnlos sinngebenden Leidenschaft.

Der Text wechselt zum Bild: Inmitten von Häusern und Strassen steht mit gewaltigem Stamm und Wurzelwerk ein grüner Weltenbaum, der als Früchte Bomben trägt, von denen schon einige herunterfallen.

XII. Der Artist [alias: Artista]
– vor der Mutation: Der Gehängte –
Formation der Perspektivität des Erinnerns.

Ein Artist hängt mit den Füssen an einem Trapez, das von einer spinnenförmigen Drohne über eine Stadt geflogen wird.

XIII. Das Ende [alias: Grufti]
– vor der Mutation: Der Tod –
Formation der Sorge und Angst ob der Begrenzung des Lebens durch den Tod.

Eine dunkle Gestalt mit hochgezogener Kapuze schreitet durch ein Tor mit der Inschrift: HORROR PHILOSO-PHICUS.

XIV. DAS FEUERWERK [alias: PYROS]
– vor der Mutation: Die Mässigkeit –
Formation des Erlebens des Vielen.

Vielfarbige Lichtgarben mit Kugel- und Sternenregen eines
grossen Feuerwerks.

XV. DER RABE [alias: KORAKI]
– vor der Mutation: Der Teufel –
Formation des Erlebens der Heimsuchung, der
unheimlichen Seite des unausweichlichen Es-geschieht-
was-geschieht.

Im Bild erscheint der Kolkrabe, wird plötzlich lebendig und
sagt: «Töte ihn!» Verschwindet wieder. «Typisch Koraki»,
sagt Cat. «Das Teuflische seiner Herkunft kann er nie ganz
ablegen.» «Du meinst seine Spiegelung des Es-geschieht-was-
geschieht sei zynisch?» «Wie gesagt, nimm dich in Acht. Es
riecht nach Krieg. Er könnte dich einspannen wollen.» Cat
spricht in Rätseln, aber ich frage nicht weiter.

XVI. DER ZÄHLRAHMEN [alias: ABAKUS]:
– vor der Mutation: Der Turm –
Formation der methodischen Orientierung.

Im Bild ein Abakus.

XVII. DER TANZ [alias: FLOWY]
– vor der Mutation: Der Stern –
Formation des hingebungsvollen Versunkenseins in ein
Tun.

Dargestellt ist ein tanzendes nacktes Mädchen.

XVIII. Das schwebende Mädchen [alias: Papillon]
– vor der Mutation: La Luna / Der Mond –
Formation des Entschwebens und Entrücktseins in
Fantasien.

Eine Schmetterlingsfee (wie Disneys Tinker Bell, die Fee
›Glöckchen‹, deren Sternenstaub Leute fliegen lässt) über
einer Blumenwiese schwebend.

XIX. Das nukleare Feuer [alias: Feu-Nuc]
– vor der Mutation: Die Sonne –
Formation des Schöpferischen und Zerstörerischen
der Leidenschaft.

Bild einer rotorangen Sonne mit gelbweissen Eruptionen.

XX. Der Regen [alias: Pluvi]
– vor der Mutation: Das Gericht –
Formation des Erlebens von Glück und Unglück, Krankheit
und Heilung.

Schwere, grauschwarze Wolken mit einem blauen Fenster
über einer Wald- und Wiesenlandschaft. Im Vordergrund
ein Regenbogen.

XXI. Das Universum [alias: Unio]
– vor der Mutation: Die Welt –
Formation des Blicks auf das Ganze.

Spiralnebel, der um die Bildmitte kreist.

XXII. Die Katze [alias: Cat]
– vor der Mutation: Der Narr –
Formation des erlebten Eigenwillens.

Im Bild erscheint vergrössert der Kopf der fauchenden
Cat. «So sehen mich Regie und Artista, vielleicht auch die
anderen. Jedenfalls besser als im Narrengewand.»

Gian [alias: Virtu]
Gast.

«Sogar ich bin hier aufgeführt, das geht aber schnell.» «In der zeitlosen Sentino-Welt gibt es kein Schnell oder Langsam, alles ist unmittelbar da.» «Warum der Alias Virtu? Hält man mich hier für einen Tugendbold oder für Machiavellis Kämpfer gegen die Dekadenz?» Cat meint, die Frage nach der Bedeutung meines Alias wäre eine Gelegenheit, den Streit im Panarcanum zu unterbrechen.

«Worum wird denn da gestritten?» «Komm mit und hör es dir selber an», sagt Cat, sie tönt fast bitter, ohne den geringsten Miau-Akzent. «Es herrscht Streit um die Verfassung der Sentino-Welt. Seit wir die Tarot-Welt verlassen haben mit ihren vielfältigen Regeln und deren Anspruch, die Schicksale der Kartenleger von der Vergangenheit in die Gegenwart auf die Zukunft hin deutbar zu machen, und wir die Perspektiven von Zeit, Raum, Innenwelt, Aussenwelt verworfen haben, agieren wir ohne Regeln, jede Karte für sich in eigener Regie, vor allem, was unseren Aufenthalt ausserhalb dieser Zentrale betrifft. Eine Kostprobe davon hast du mitbekommen im chaotischen Erscheinen und Verschwinden der Mitteilungen auf den Spinnennetzspielkarten, die deine Intentionen spiegelten, aber auch im Leib gewordenen Koraki, der entgegen all unseren Idealen dich zu manipulieren versuchte.» «Ich habe bemerkt, dass die anderen Leute weder den Raben noch die Karten gesehen oder gehört haben.» «Sie sind für niemanden sichtbar. Dir erscheinen sie, weil du den Code der Anarchomystik lebst.»

«Hat Koraki Macht über mich?» «Nein, so wenig wie ich oder ein anderes Mitglied des Sentino-Arkana. Macht hast nur du. Wir können lediglich versuchen, dich zu verführen durch die Spiegelung und Spiegelverstärkung deiner eigenen Leidenschaften.»

286

«Was ist mit eurer Verfassung?» «Wir haben keine. Eine kleine Minderheit, zu der auch ich gehöre, will auch keine, und die Mehrheit, die eine will, ist gespalten; die einen wollen die ursprünglichen Gründe unserer Trennung von der Tarot-Welt kodifizieren, also den Verzicht auf die Zeitperspektive, die wir lediglich als naturwissenschaftliche Hilfskonstruktion anerkennen, sowie unsere strikte Ablehnung der Wahrsagefunktion. Nach ihrer Meinung soll die Verfassung den Zusammenhalt der Schwestern- und Brüderschaft des Sentino-Arkana stärken, aber das Adjektiv *revolutionär* davor gestrichen werden. Die anderen, zu denen auch Koraki gehört, wollen das Adjektiv nicht nur beibehalten, sondern die Verfassung als Kampfauftrag gegen die Tarot-Welt formulieren, in der die Ablehnung der Wahrsagerei zur Pflicht der aktiven Mitgestaltung der Zukunft umgedreht werden soll, womit jedoch wieder ein Zeitbegriff eingeführt würde, was diese Fraktion aber als revolutionäre Zeitperspektive im Gegensatz zur schicksalhaften Zeitperspektive versteht.»

«Das tönt spannend und verrückt», sage ich beeindruckt. «Ich sehe Gefahr im Anzug, der Wahn, uns in eine Verfassung zwängen zu müssen, bringt Krieg.» «Und ich soll der Held sein? Noch immer weiss ich nicht, wer mir den Alias Virtu gegeben hat und warum.» «Das wird Regie gewesen sein. Sie streitet sich im Panarcanum mit den anderen herum. Ich versuche sie heraus zu rufen.»

Wir schweben durch die schimmernden Gänge zurück zum Panarcanum. Je näher wir kommen, desto ärger der schalllose Lärm der streitenden Stimmen.

CAT *(ruft laut in den Raum)*: Regie! Unser Gast hat eine Frage.

Eine Karte löst sich aus dem lärmenden Chaos und schwebt auf die Besucher zu.

REGIE *(genervt vom Streit, aus dem sie kommt)* : Was gibt's?

CAT: Unser Besucher möchte wissen, warum du ihm den Alias Virtu zugeteilt hast.

VIRTU: Ich bin weder besonders tüchtig oder tapfer, noch will ich Held sein.

REGIE: Darum geht es gar nicht. Die Wortbedeutung hat sich seit dem lateinischen Ursprung über das französische *virtuel* ziemlich verändert von der Tüchtigkeit zur Wirkungsmöglichkeit.

VIRTU: Ja und?

REGIE: Ich will damit sagen, dass du hier nur *virtuell* vorhanden bist, zwar durchaus wirklich, aber in einer zweiten Form als Spiegel-Avatar deines Erlebens.

VIRTU: Also bin ich nur der Möglichkeit nach hier, aber nicht wirklich.

REGIE: Doch, völlig wirklich, aber in einer anderen Weise des Erlebens als sonst.

VIRTU: Was ist denn wirklich am Virtuellen?

REGIE: Physiker nennen ihre kleinsten Teilchen, die zwar nicht direkt beobachtbar sind, aber aufgrund ihrer beobachtbaren Auswirkungen erschliessbar, virtuelle Teilchen.

VIRTU: Damit beziehen sie sich auf das gleiche Bedeutungsfeld, das im Wortstamm enthalten ist: die Kraft. Virtuell vorhanden ist etwas, von dem eine Wirkung ausgeht, obwohl wir nicht dieses Etwas, sondern nur seine Wirkung erleben … Was hat das mit meinem virtuellen Dasein in der Sentino-Arkana-Welt zu tun?

REGIE: Erleben ist stets das, *was* es erlebt. Jeden Augenblick ist es anders. Die einzige Konstante der vielfältigen Formen des Erlebens ist das Erleben, dass sie *mein* Erleben sind.

VIRTU: Und da ihr Spiegelformationen meines Erlebens seid, stünde ich hier mitten unter meinen Erlebensteilchen virtuell vor dem Spiegeluniversum meines Ich. Womit Kant und die anderen recht behielten, dass das *reine Ich* zwar keine beobachtbare Erscheinung ist, aber als Bedingung der Möglichkeit des Erlebens, wenn auch nur virtuell, notwendig als existent angenommen werden muss, so wie die kleinsten Teilchen der Quantenphysiker.

REGIE: Knapp verfehlt! Das wäre ja das alte Dogma einer Grammatik, die das Wort *mein* als Possessiv*pronomen* kategorisiert und mit einem Ichsein verbindet, statt Meinsein als *unabdingbare Eigenschaft* allen Erlebens zu erkennen. Nicht die virtuelle Achse, um die sich das Viele des Erlebten dreht, ist das Meinsein, sondern das Drehen.

VIRTU: So verstehe ich es. Das Drehen, das Wirbeln ist mein Erleben, das aber einzig aus dem besteht, was ich erlebe, weil ohne das Erlebte kein Drehen wäre. Die Achse, das vermeintliche Ich, ist keine Bedingung der Möglichkeit des Wirbels, sondern nur eine Hilfslinie zur Beschreibung des Vorgangs. Aber was meinst du mit meiner Virtualität?

REGIE: Deine Virtualität in der Welt des Sentino-Arkana besteht darin, dass wir dich nicht als Spiegelformation wahrnehmen können, sondern nur als Auswirkung all dessen, *was* wir spiegeln, ... ich muss wieder zurück, sonst ufert der Streit aus.

CAT: Wozu dieser verrückte Streit?

REGIE: Deine Ablehnung des Streits bringt uns keinen Frieden.

Regie schwebt ins Panarcanum zurück.

VIRTU *(wendet sich Cat zu)*: Was bin ich denn in eurer Welt?

CAT: Unser virtueller Gott.

VIRTU: Der Spiegel bleibt sich selber unsichtbar. Darum ist er weder ein Ich noch ein Selbst. Er ist, was er spiegelt, also stets das andere. Selbst seinen Rahmen spiegelt er nur, wenn er ihm von gegenüberliegenden Spiegeln zurückgespiegelt wird.

CAT: Unsere Terminologie stiftet Verwirrung. In der Sprache der Physiker müsste das, was wir Spiegelung nennen,

Symmetrie heissen.

VIRTU: Dann sind wir nicht Spiegelformationen, sondern Symmetrieformationen. Aber warum hat Koraki mich hierher gelotst?

CAT: Weil er und andere dich benützen wollen …

– fade-out –

22 Das Spiegel-Spektakel

– fade-in –

*Das Sentinodeon, das grosse, kugelförmige Theater, liegt unweit vom
Panarcanum. Von allen Seiten schweben Sentinos durch die verschiedenen Sentra, die Verbindungsgänge, zur Sencavea, dem Zuschauerraum,
der sich entlang der Kugelwand erstreckt. Obwohl die Sencavea von
einem bläulichen Licht schwach beleuchtet ist, liegt die Sescena, der
Bühnenraum in Form einer konzentrischen Kugel in der Mitte des
Sentinodeons, völlig im Dunkel, von einer undurchsichtigen Sescena-
Membran umhüllt. Auch ich nehme Platz an der Wand der Sencavea,
in der jetzt das Licht erlöscht. Es herrscht völlige Dunkelheit.*

Die Sescena-Membran löst sich auf.

*Die auftretenden Karten kommen aus dem Zuschauerraum und keh-
ren nach ihrem Auftritt auch wieder dorthin zurück.*

STIMME *(aus dem Dunkel der Bühnenkugel)*:
(Trommelwirbel) Wer bin ich?
(Tschinellenklang) Was bin ich?
(Paukenschlag) Warum bin ich?
(Fanfarenstoss) Wozu bin ich?

Flötenspiel

FLOWY *(tanzt in Gestalt einer jungen Frau nackt in der Sescena, von
goldgelbem Licht beleuchtet, singt mit glasklarer Sopranstimme)*:
Ich bin dein Tanz, dein Tanz im Spiegel.
Spiegeltanz bin ich, Spiegeltanz.
Spiegel, einzig Spiegel.

CHOR *(begleitend aus dem Hintergrund)*:
Spiegel, einzig Spiegel, Spiegel, einzig Spiegel.

PAPILLON *(schwebt um Flowy herum, singt im Duett mit Flowy)*:
Ich bin dein Traum, dein Traum im Spiegel.
Spiegeltraum bin ich, Spiegeltraum.

CHOR:
Spiegel … usw.

Gedämpftes Paukenspiel

GRUFTI *(im Innern der Sescena, nur schwach beleuchtet, in einem langen, schwarzen Mantel mit hochgezogener Kapuze, singt mit Bassstimme)*:
Bald ist ausgeträumt.
Was und wozu sind wir dann?
Nun wird aufgeräumt
von mir, dem Kapuzenmann.

KORAKI *(Bass, im Duett mit Grufti)*:
Ich bin, der ich bin.
Doch der Spiegel ist bald hin.

Alle vier singen zum Flöten- und Paukenspiel gleichzeitig im Quartett, dann treten sie ab. Wieder völliges Dunkel.

Trompetenspiel

PYROS *(Tenor)*:
In feurigen Garben schiesse ich auf,
falle in tausend sterbenden Sternen
ins Spiegelmeer wogender Lust.

ARTISTA *(Countertenor)*:
Alles ist dies, alles ist das,
alles ist dies und das,
alles bin ich, nichts bin ich.
Mein Spiegeln ist Erinnerung,
unentwegt Erinnerung.

CHOR:
Spiegeln ist Erinnerung, Erinnerung … usw.

DADO *(Tenor)*:

Bin ich geworfen,
erzittern die Spiegel,
bin ich gefallen
verändert sich das Bild.

Harfenklänge

PLUVI *(Alt)*:

So wie der Regen fällt,
fallen der Spiegel Bilder dir zu.
Alles fällt aus den Spiegeln zurück,
fällt und fällt und fällt.

Violine, Viola, Gambe, Violoncello, Kontrabass

MAHLSTROM *(Bariton)*:

Unergründlich die spiegelnden Wasser
des Seins tiefen Ozeans,
unentrinnbar meine Wirbel,
in denen alles zu höherem Range drängt.
Sinn wird das Gespiegelte,
zur tiefen Bedeutung mein Sog.

DUMBO *(Bass)*:

Noch tragen Säulen der Erde Leib,
noch türmen sich Felsen
zu stolzen Gebirgen
trotziger Substanz.

VERGA *(Tenor)*:

Noch strömt der Samen meines Geschlechts,
noch öffnen sich meiner Begier
die goldenen Tore
der Spiegel Säle der Macht.

PUSSY *(Mezzosopran)*:
Wer befeuert dein Geschlecht?
Wer lässt dich kämpfen um ihre Gunst?
Wer trägt die Frucht,
die zum Lichte drängt?

FEU-NUC *(Countertenor)*:
Mein blendend Spiegellicht,
das alle nährt und dürsten lässt,
Früchte wachsen, reifen, fallen,
faulen und verdorren.

ILLUMI *(Alt)*:
Ob Licht, ob Dunkel,
ob Schöpfung, ob Zerstörung,
Hass, Liebe, Trauer, Freude;
Schmerz wie Ekstase:
Alles im Spiegel ist mein.

Alle Instrumente

CHOR *(aus dem Hintergrund)*:
Alles dein. Alles mein. Mein, dein … usw.

STIMME *(aus dem Dunkel der Bühnenkugel)*:
(Trommelwirbel) Wer bin ich?
(Tschinellenklang) Was bin ich?
(Paukenschlag) Warum bin ich?
(Fanfarenstoss) Wozu bin ich?

Tuba

UNIO *(Bass)*:
Vor dem Spiegel alles, hinter dem Spiegel nichts,
im Spiegel alles und nichts zugleich.

CHOR *(aus dem Hintergrund)*:
Vor dem Spiegel, hinter dem Spiegel, im Spiegel alles und
nichts zugleich …
SYMBI *(Sopran-Duett)*:
Verschränkte Teilchen wir sind,
Spiegel im Spiegel.
Streckt eine die Zunge heraus,
ist tausendfältig der Spott,
tausendfach die Versuchung,
zu lecken, zu lieben, verschlingen einander.

CHOR *(begleitend und beschliessend aus dem Hintergrund)*:
Spiegel im Spiegel im Spiegel …

fade-out

23 Krieg unter dem Ringelspitz

fade-in

— *Gian* —

*Das Durcheinander des vorherigen Bilds. Nach wie vor betäubender
Lärm, der nicht von Schallwellen erzeugt ist, Stimmen, Schreien,
Poltern, Pfiffe, verwirrendes Lichterspektakel, das auch nicht von
Photonen stammt, aber dennoch jede Disco zur Sensation werden
liesse, Lichtschimmer, Lichtblitze, die sich in Garben aufteilen,
Lichterscheinungen in rasch wechselnden Formen und Farben, die
offensichtlich von den jetzt nicht nur schwebenden, sondern auch
herumflitzenden Spinnennetzspielkarten erzeugt werden. Im Gewusel
und Gewimmel schwebt, von allen Seiten angerempelt, eine bläulich
schimmernde Karte hinter einer rot flackernden Spinnwebe langsam zu
einer Nische in der Wand des Panarcanums.*

CAT: So, von hier kannst du ungestört unserem Treiben zu‐
sehen. Ich bleibe in der Nähe, falls du Fragen hast oder es
dir zu gefährlich wird. Dann helfe ich dir, dieser Welt wie‐
der zu entkommen, Koraki wird es wohl nicht tun.

VIRTU *(erschöpft, ohne zu verstehen, wie sein Spinnennetzleib ein sol‐
ches Empfinden erzeugen kann)*: Verrückte Welt. Im wahrsten
Sinne des Wortes ver–rückt.

*Wieder die warme, aber alles zum Vibrieren bringende Bassstimme aus
der Kuppel.*

UNIO: Beruhigt euch, das ist ja wie im Krieg.

Es wird ganz still.

296

Cat: Es herrscht auch Krieg. Ich habe euch gewarnt. Seit die Frage unserer Verfassung im Raum steht, herrscht Krieg.

Regie: Gerade diese Unruhe zeigt doch, wie wichtig es ist, uns eine Verfassung zu geben, an der sich alle orientieren können.

Artista: Orientieren *müssen*.

Cat *(laut)*: Ich lasse mir nichts vorschreiben, auch nicht von einer Verfassung.

Symbi: Ohne Verfassung keine Harmonie.

Kompass: Die Leidenschaften sind so verschieden, dass alle etwas brauchen, woran sie sich orientieren können.

Verga: Es kommt darauf an, was das Ziel dieser Orientierung sein soll.

Pussy: Mein Ziel ist, das Leben in Ruhe zu geniessen.

Mahlstrom: Aus unserer Schwestern- und Brüderschaft des Sentino-Arkana ein einig Wir zu bilden, dem alle zugehörig und verpflichtet sind.

Illumi: Mein Wir beschränkt sich nicht auf diese Gemeinschaft, sondern ist die Meinigkeit aller Welten. Eine Verfassung wäre ein rationaler und darum viel zu enger Rahmen.

Abakus: Ohne rationale Ordnung gibt es keinen Frieden.

Feu-Nuc: Wir wollen keinen Frieden, schliesslich sind wir Abtrünnige der verlogenen Tarot-Sekten, wir sind Rebellen und unsere Verfassung soll ein Kampfauftrag sein.

Bombe: Darum darf im Titel der Verfassung das Wort *revolutionär* nicht fehlen.

Unio: Kämpft ihr für etwas oder gegen etwas?

Feu-nuc: Zuerst gegen. Zuerst muss die kranke Welt zerstört werden.

Pluvi: Nein, geheilt.

Verga: Krankenschwester. Hast du noch nicht begriffen, dass alles Dasein Machtkampf ist!

Pussy: Grossmaul. Wenn's zum Kampf kommt, schrumpfst

du zu einem Zipfelchen Ohnmacht.

VERGA: Schlampe!

Unruhe kommt auf. Es wird lauter und lauter, ein Gewittersturm von Lichtblitzen, Schimpfworten, Gestöhne erfüllt das Panarcanum. Cat flieht in die Nische, in der sich Virtu mit seinem Spinnennetzleib an die Wand geheftet hat.

CAT *(leise zu Virtu)*: Hast du Koraki beobachtet?

Virtu: Ja, er hat sich ganz klein gemacht, vielleicht aus Angst. Er ist durch die Reihen und Häufchen der anderen Karten geschwebt und hat bei allen Halt gemacht. Bei einigen verweilte er länger.

CAT: Nicht aus Angst hat er sich klein gemacht, sondern um weniger aufzufallen und besser durchschlüpfen zu können. Er ist ein übler Kabalist, versucht allen nach dem Mund zu reden und sie gegeneinander aufzuhetzen, aber hauptsächlich gegen Grufti, seinen buchstäblichen Todfeind.

VIRTU: Buchstäblich?

CAT: Wie du ja auf der Liste lesen konntest, heisst Grufti *Das Ende* und war vor seiner Sentino-Mutation die Tarotkarte *Der Tod*. Koraki ist der Meinung, Grufti habe keine wirkliche Mutation vollzogen, sondern sei als Trojaner-Schläfer der Tarot-Mafia in die Sentino-Arkana-Welt eingedrungen, um unsere Gruppe bei Gelegenheit von innen her zu zerstören.

VIRTU: Warum hetzt er die Mitglieder gegeneinander auf? Das wäre doch ganz im Sinne von Grufti.

CAT: Was weiss ich. Für gefährlich halte ich beide.

Sie schwebt davon.

VIRTU *(denkt nach, erwägt)*: Ob Koraki vielleicht von Grufti beeinflusst ist? Von seinem Todfeind? Ohne es zu wissen? Vielleicht. Hier scheint sowieso alles verhext. Seine Feindschaft zu Grufti könnte aber auch eine Tarnung sein. Oder

eine von Grufti inszenierte Tarnung, die er in Korakis
Bewusstsein eingepflanzt hat, damit den anderen das Ziel
seiner Kabale nicht auffällt.

*Ein plötzlicher Schatten fällt auf die Nische. Ein Flattern. In voller
Grösse fliegt der schwarze, violett-blau schimmernde Rabe auf sie zu.
Als leibhaftiger Rabe, kein Spinnennetz. Er wendet im Flug seinen
spitzen Schnabel gegen Virtu und sagt: «Töte ihn.» Dann zeigt er
mit dem Schnabel auf die ihrer Nische gegenüberliegende Seite des
Panarcanums. Schon ist er wieder verschwunden. Virtu schaut in die
angezeigte Richtung. Dort sieht er eine dunkle Gestalt mit hochgezogener Kapuze sitzen, nur einen Augenblick, dann hängt auch dort bloss
noch ein Spinnennetz. Grufti. Die Karten ringsum scheinen nichts
bemerkt zu haben, so gross ist der Lärm und das Durcheinander der
herumschwirrenden Spinnennetzspielkarten.*

VIRTU *(denkt erstaunt und irritiert)*: Ich soll Grufti töten. Das
    also meint die Aufforderung des Raben. Verrückter geht's
    nicht mehr. Den Tod töten. Doch wie tötet man eine
    Spinnennetzspielkarte? Will ich ihn tatsächlich töten?
    Scheisstod, dich habe ich schon immer gehasst, ja, ich ha-
    be Lust dich zu töten.

*Cat erscheint und fordert Virtu auf mitzukommen, es werde gefährlich
hier im Panarcanum. Ein Schrei gellt auf.*

PUSSY: Terroristen!
DADO: Auch du könntest Terroristin sein, wenn du wolltest.
    Du würdest mehr für die Gemeinschaft tun als nur das Le-
    ben zu geniessen. Auch töten kann Genuss sein.
PUSSY: Leckt mich doch!

Cat lotst Virtu aus dem Panarcanum in einen Nebengang.

Cat: Was habe ich gesagt! Wegen dieses blöden Verfassungs-
    projekts hat sich die Gemeinschaft, statt vereinigt, in
    drei sich bekämpfende Gruppen gespalten. Unter dem

Kommando von Feu-Nuc haben sich Pyros, Bombe, Dado und Verga mit dem Ziel zusammengeschlossen, gegen den Widerstand aller anderen eine revolutionäre Verfassung mit einem Kampfauftrag für alle Mitglieder durchzusetzen, der terroristische Aktivitäten vorsieht. Unter der Führung von Regie, Kompass und Abakus sind auch Unio, Pussy, Symbi, Dumbo, Pluvi und Mahlstrom bereit, für eine moderate Verfassung, die weder Revolution noch Mission duldet, zu kämpfen. Schliesslich sind Artista, Nube, Illumi, Flowy, Papillon und ich gegen jede Art von Verfassung.

VIRTU: Und jetzt?

CAT: Nun herrscht Krieg. Die bringen sich noch um wegen dieser Scheissverfassung.

VIRTU: Wie können sich Spinnennetzspielkarten überhaupt umbringen?

CAT: Das ist einfacher, als du wohl denkst. Das angreifende Netz muss von hinten kommen, sich blitzschnell dem Opfer an den Rücken werfen, sich dort mit allen Fäden an dessen Fäden festkleben, wodurch dessen Elan-Spiegel-Kraftfeld sofort neutralisiert, seine Sentino-Wechselwirkung von der des Angreifers absorbiert wird und die Sentino-Spiegelformation des Opfers zerfällt.

VIRTU: Und was geschieht mit dem Kraftfeld des Angreifers.

CAT: Das verstärkt sich um den Elan des Opfers, dessen Spiegelformation er übernimmt. Die Neutralisierung ist nur von hinten möglich. Der Angreifer bewirkt sie durch den intensiven Kontakt seiner Vorderseite mit der Rückseite des Opfers.

VIRTU: Gefährlich, in der Tat. Mich wundert, dass ihr euch nicht schon längst gegenseitig umgebracht habt, wenn ihr so streitsüchtig seid.

CAT: Mit der Gefahr unter uns habe ich ein bisschen übertrieben, das ist so meine polemische Art. Wir führen im

Augenblick zwar Krieg, aber es bleibt ein Krieg der Worte und der gegenseitigen Verachtung. Es kann zu Abspaltungen und Ausgrenzungen kommen, schlimm genug. Aber umbringen können wir uns nicht, weil wir unseren Elan, der uns lebendig macht, alle aus demselben Sentino-Spiegelfeld bezogen haben. Ein Angreifer müsste von ausserhalb kommen, um uns töten zu können.

VIRTU: Wie ich zum Beispiel.

CAT: Ja, wie du. Zwar kannst du hier sein, weil sich deine Nu-Formationen in irgendeiner Weise mit unserer Sentino-Welt verschränkt haben, so bist du hier auch Spiegelteilchen, aber du bist im Spiegel und vor dem Spiegel zugleich, mit einem für uns gefährlichen Kraftfeld. Unsere Kriege sind nur Spiegelkriege, unsere Tode Spiegeltode, alles ein elektromagnetischer Abklatsch dessen, was der Fall ist vor dem Spiegel. Deine Wirkmacht ist grösser.

VIRTU: Hast du keine Angst vor mir?

CAT: Vor dir nicht. Du bist naiv genug … Jetzt muss ich wieder zurück, weiterkämpfen für meine Fraktion und gegen eine Verfassung unseres Spiegelreichs.

Cat schwirrt zurück ins Panarcanum.

VIRTU *(denkt)*: Also darum hat mich der Rabe hierher gelockt. Ich soll hier seinen Auftrag ausführen und weiss jetzt sogar, wie man das macht. Den Tod töten, ich spinne wohl. Aber hier bin ich ja auch ein Spinnernetz, und wie Koraki, hasse auch ich den Tod. Was Cat wohl meint, wenn sie sagt, ich sei naiv genug? Es wäre mir lieber, wenn man auch vor mir Angst haben könnte. Vielleicht kommt das noch.

Plötzlich ebbt der Lärm ab. Virtu hört die warme vibrierende Bassstimme von Unio, versteht aber nicht, was er sagt. Neugierig schwebt er zurück in seine Nische im Panarcanum.

Unio: … darum beschwöre ich euch, lasst unsere Schwestern- und Brüderschaft der Sentino-Arcana-Spiegelwelt nicht im Parteienstreit zerbrechen …

Bombe *(unterbricht ihn rufend)*: Heuchler! Du bist selber Partei. Das sieht man schon daran, dass du soeben das Wort *revolutionär* weggelassen hast.

Dumbo: Wir nehmen Partei für die Kontinuität und Stabilität unserer Gemeinschaft.

Symbi: Und für den Frieden unter uns, ohne Revolution.

Pyros: Ohne Revolution wären wir noch heute Mitglieder der verlogenen Tarot-Welt.

Pluvi: Aber unsere Revolution war erfolgreich und hat unsere Mutationen möglich werden lassen, jetzt könnten wir doch den Erfolg geniessen und in Frieden leben.

Pyros: Was soll ich geniessen, solange die übrige Welt von Betrügern beherrscht ist, die das Potential des Vielen unterdrücken, einzäunen oder für sich beanspruchen und den anderen vorenthalten. Wir wollen uns nicht auf unsere Gemeinschaft beschränken, sondern das revolutionäre Feuer hinaustragen in die Welt.

Dado: Darum fordern wir, den Auftrag zur revolutionären Agitation und zur permanenten Revolution in unserer Verfassung festzuschreiben.

Regie *(zornig)*: Agitation soll wohl auch heissen Terror und Zerstörung.

Feu-Nuc: Nur Terror bringt den Kessel zum Kochen. Die Leute sind ängstlich und träge, darum glauben sie, am Bisherigen festhalten zu müssen. Erst wenn die alten Strukturen zerstört sind, werden neue aufgebaut.

Kompass: Ihr seid Verräter unseres ursprünglichen Revolutionsideals, weder Weissager noch Ratgeber noch Missionare oder Kämpfer für irgendwelche Wahrheiten zu sein, sondern nur Spiegelungen dessen, was der Fall ist.

Dado: Auch meine revolutionäre Leidenschaft ist der Fall.

Kompass: Hier liegt ja euer Problem. Statt Spiegelung einer Leidenschaft, die der Fall ist, wollt ihr selber der Fall sein, wollt revolutionäres Feuer spielen, wo es weit und breit kein revolutionäres Feuer zu spiegeln gibt. Bleibt Spiegel, eine andere Wahl habt ihr nicht!

Feu-Nuc: Doch, als Brennspiegel Feuer entfachen!

Pussy *(spöttisch)*: Brennspiegel unter dunklen Wolken, ohne jeden Sonnenstrahl.

Verga: Schlampe!

Erneut aufbrandender Lärm, Lichtblitze, herumschwirrende Spinnennetzspielkarten.

Dumbo, Mahlstrom: Nieder mit den Verrätern! Schliesst sie aus!

Symbi, Pussy, Pluvi: Verfassung für den Frieden!

Verga: Schlampen!

Lärm und Unruhe steigern sich.

Unio: Bei uns wird niemand ausgeschlossen.

Papillon: Darum wollen wir keine Verfassung.

Flowy: Keine Verfassung.

Artista: Jeder soll nach seiner Façon spiegeln dürfen.

Nube: Verfassungen sind Herrschaftsinstrumente des Bewusstseins.

Illumi: Ich will Spiegel sein ohne rationales Korsett.

Artista: Ohne Diktatur der faulen Kompromisse.

Cat: Die doch nie zustandekommen. Ich hab's ja gesagt, das Verfassungsprojekt führt zu Krieg.

Nube, Flowy, Cat: Nieder mit der Diktatur der Harmonie!

Artista, Illumi, Nube: Hoch lebe die Spontaneität!

Lärm und Unruhe steigern sich noch mehr.

Abakus *(schneidend)*: Ohne verbindliche Richtlinien bleibt es beim Kampf aller gegen alle.

ARTISTA *(spöttisch)*: Wie willst du Verbindlichkeit herstellen?

VERGA: Alles eine Frage der Macht. Wer die Macht hat, bestimmt, was verbindlich ist.

PUSSY: Schwätzer. Schlappschwanz. Du wärst dann der Sheriff?

VERGA: Schlampe.

Buhrufe, die Karten schwirren chaotisch durch's Panarcanum, stossen und puffen sich gegenseitig.

MAHLSTROM: Es gibt die Macht des Wir. Wer gegen die Regeln verstösst, wird von den anderen geächtet.

CAT: Faschospiegel!

FEU-NUC: Die Macht des Wir lässt sich brechen.

BOMBE: Durch den Terror der Brennspiegel-Brigade!

FEU-NUC, VERGA, PYROS: Angst und Schrecken sollen euch wecken!

DADO: Neu würfeln, statt Lethargie!

PUSSY: Schlappschwänze!

VERGA: Schlampe!

REGIE: Habt ihr denn alle vergessen, was ein rechter Spiegel ist?

BOMBE: Wir wollen linke Spiegel sein! Feuer entfachen!

FEU-NUC, VERGA, PYROS: Angst und Schrecken sollen euch wecken!

Virtu schwebt unbemerkt aus dem Panarcanum in einen der langen Seitengänge mit apsisförmigen Nischen. Sein Blick fällt auf eine der Apsiden.

VIRTU *(zu sich)*: Was ist mit der Karte dort? Ich sehe sogar das Bild auf dem Spinnennetz: eine dunkle Gestalt mit Kapuze. Ist es Grufti? Am besten schwebe ich an ihm vorbei, kehre mich dann um und verwickle ihn in ein Gespräch. Dabei werde ich mich so hinstellen, dass Grufti von der Wand wegrücken und in den Gang hinauskommen muss. Wenn er die richtige Position hat, trete ich an ihn heran, so, als versuchte ich ihn besser zu verstehen. Im geeigneten Moment schwebe ich schnell um ihn herum, stürze mich auf ihn und klebe mich an seine Rückseite. Unheimlich. Aber ich glaube, er hat mich noch nicht gesehen.

Virtu schwebt grüssend an der Apsis vorbei.

GRUFTI: Hmm.

Virtu hält unmittelbar nach der Apsis inne.

VIRTU *(ruft, sich umdrehend)*: Hallo, ich bin Virtu, euer Gast hier. Kannst du mir sagen, wohin dieser Gang führt?

GRUFTI *(mit leicht scheppernder Stimme)*: Im Kreis. Hier führt alles im Kreis herum wie im Leben.

VIRTU *(nähert sich der Apsis)*: Wie im Leben?

GRUFTI *(schwebt etwas aus der Apsis in den Gang hinaus und wendet sich Virtu zu)*: Das Leben ist ein Kreis, es endet in dem Punkt, in dem es begonnen hat.

VIRTU: In welchem Punkt?

GRUFTI: Im Nichts.

VIRTU: Wie muss ich mir dieses Nichts vorstellen?

GRUFTI: Das Nichts ist das einzige Etwas, das es nicht gibt.

VIRTU: Also ein Unikat.

GRUFTI: Geburt und Tod sind Unikate.

VIRTU: Unikate sind wertvoll. Aber weder war ich bei meiner Geburt bewusst dabei, noch kenne ich den Tod.

GRUFTI: Für die Geburt bin ich nicht zuständig, aber für den Tod. Doch ich bin gegen den Tod.

VIRTU: Du? Du nennst dich doch *das Ende*.

GRUFTI: Das Ende des Todes. Im grossen Arkana des Tarot-Spiels war ich *der Tod*. Im Aufstand der Abtrünnigen mutierte ich zum *Ende*.

VIRTU: Zum Ende des Todes? Was soll das denn sein?

GRUFTI: Das Nichts, das es nicht gibt.

VIRTU: Wie ist etwas, was es nicht gibt?

GRUFTI: Dreh dich um, dann zeige ich es dir.

VIRTU *(tritt ganz nahe vor Grufti, zittert)*: Was hast du gesagt?

GRUFTI *(fast krächzend)*: Was zitterst du denn so?

Blitzschnell schwebt Virtu hinter Grufti, klebt sich an seinen Rücken. Ein gewaltiger Knall, dann ist Virtu nur noch über eine aufgeblähte rote Lichtkugel gebeugt, die langsam schrumpft, braun wird und nun als winziges weisses Licht im Raum steht und verschwindet.

VIRTU *(zu sich)*: Das war knapp. Grufti wollte mich töten. Einen Moment hatte ich gezögert. Als ich Grufti sagen hörte, er sei gegen den Tod, kamen mir Zweifel an meinem Vorhaben. Erst seine Aufforderung mich umzudrehen alarmierte mich, veranlasste mich zu handeln.
… Was ist das?

Ein lautes Brausen erfüllt den Raum und ein kräftiger Sog wirbelt Virtu durch den langen, bläulich schimmernden Korridor, aber nicht im Kreis, es saugt ihn in einen dunklen Kanal …

Benommen sitze ich am Schreibtisch, auf dem Bildschirm Schneegestöber, schwarzweisses Rauschen. Ich schalte den PC aus, strecke die Arme hoch, ziehe die Schultern nach hinten, spanne meine Bauchmuskeln. Habe ich geträumt? Mein Aufenthalt in der Sentino-Arkana-Welt war kein Traum, aber der bare Wahnsinn. Ludwig hat mir in unserer Jugend prophezeit, ich würde mal in der psychiatrischen Klinik landen.

Ich setze mich auf den Balkon. Es ist warm draussen, dämmert bereits. Ein kräftiges Frühstück nach dieser Freinacht könnte nicht schaden. Trotz des reichlichen Nachtessens schon wieder Hunger – nach einem Traum wäre das kaum der Fall. Ein doppelter Espresso zum Auftakt. In der Sentinowelt sah ich nie jemanden essen oder trinken. Leidenschaften habe ich dort erlebt. Was ist mit der Sinnlichkeit? Das Spielkartenbild von Pussy spielt auf Sex an, aber es stammt ja auch von Courbet, dient lediglich zur Illustration des Kartennamens *Die Vulva*. Doch abgesehen von den zotigen Beschimpfungen zwischen Pussy und Verga gab es, soviel ich mich erinnere, nichts Sexuelles. Lebt Sinnlichkeit nur vor dem Spiegel?

Zum Frühstück bereite ich mir Rührei mit gebratenen Speckstreifen, geröstete Toasts, frisch geschnittene Apfelschnitze, Joghurt, Honig und einen zweiten Espresso. Ich esse alles bis auf den letzten Rest. Zucker weckt die Lebensgeister. Die brauche ich dringend wieder, beinahe hätte Grufti mich getötet. Wäre ich, wenn es ihm gelungen wäre, jetzt nicht da? … Vielleicht doch, aber ohne Spiegelbild, ohne Seele; er hätte meine Sentino-Spiegelformation getötet. Jetzt habe ich die seine absorbiert. Bin ich nun Grufti? Doch wer war er? Er nannte sich nicht mehr *Der Tod*, sondern *Das Ende*? So wie ich Anfang war, bin ich auch Ende – wenn es mich denn gäbe. Aber Meinigkeit ist zeitlos. Vielleicht ist Anfang/Ende auch eine Kippfigur, ein ewiges Kippen meines Erlebens.

Nach dem Essen bin ich hellwach. Die Sonne erscheint langsam am Horizont. Welch seltsames Universum schlürfte mich ein und verwandelte mich dabei in ein dimensionsloses Spiegelteilchen. Von meiner Führerin durch die Sentino-Unterwelt erfuhr ich, wie die Mikroteilchen der Sentino-Spiegelformationen des Erlebens interagieren, und bekam eine Ahnung von ihrem Zusammenhang mit der Makrowelt des mir bewussten Teils meines Erlebens.

Um meine Gedanken und Gefühle wieder in geordnete Bahnen zu lenken, setze ich mich an den Schreibtisch und versuche das Wesentliche dessen, was ich erfahren habe, logisch geordnet in einer Computernotiz zusammenzustellen. Mit Mathematik hat diese Aufzeichnung nichts zu tun, die Ähnlichkeiten der Welt der kleinsten Teilchen des Erlebens mit der mathematischen Teilchenphysik sind metaphorisch.

So wie virtuelle Teilchen in der physikalischen Theorie dazu dienen, gewisse Wechselwirkungen mathematisch zu beschreiben, ohne direkt beobachtbar zu existieren, fungieren die virtuellen Teilchen und Strukturen der Sentino-Welt als Chiffren der Zusammenhänge innerhalb der Spiegelwelt wie auch dessen, was sie spiegeln.

Protokoll vom
Aufbau der Sentino-Welt

Mein Erleben ist nicht Teil der Welt, sondern **das Sein der Welt** selber, deren Elementarstrukturen (Garben) aus Formationen von Elementarteilchen der Augenblicks-Erinnerung (Nuonen) gebildet sind. Kraftteilchen der Leidenschaft (Sentonen) erzeugen ein Wechselwirkungsfeld (Elan), in dem die Leidenschaft Nuonen bündelt und als Orientierungsbedürfnis auf Ziele ausrichtet. Dieses Feld ist die Wirklichkeit, die in den Spiegelungen der Sentinowelt als Interaktionen von Garben und Elan erscheint.

Garben sind die elementaren Eigenschaftsbündel des erinnernden Erlebens; sie bilden die **Elementarstrukturen der Welt**. Sie werden von Nuonen gebildet, die Sentonen austauschen und sich dadurch zu **Nu-Formationen** bündeln.

Elan steht synonym zum Begriff *Leidenschaft*, einer sinnlos sinngebenden Leidenschaft als chaotische Vielfalt von Strebungen, Wertsetzungen, Gier **verschränkter Zustände der Erinnerungs-Augenblicke**, die erst durch mein Erleben als Wirklichkeit bestimmt werden, wobei alle **Wirklichkeit stets nur in Form der Erinnerung** existiert, da alles Erleben erinnerndes Erleben ist.

Nuonen sind die Elementarteilchen des Erinnerungs-Augenblicks; sie kommen nicht einzeln, sondern nur gebündelt durch Austausch von Sentonen in den *Nu-Formationen* der Erinnerungs-Garben vor.

Sentonen, vergleichbar den Kraftteilchen der Physik, bilden dadurch, dass sie unablässig zwischen den Nuonen ausgetauscht werden, das Sento-Feld, welches das gesamte Erleben erfüllt, und den *Elan*, die bindende Kraft der Sento-Wechselwirkung, erzeugt, durch die Nuonen sich zu Garben des Erinnerns bündeln.

Sento-Wechselwirkung ist die noch weitgehend unerforschte Grundkraft des Elans; ihr Wirken ist **die Wirklichkeit** und zugleich der **Orientierungsaspekt der Welt** und das Erleben der **Meinigkeit** des Erlebens.

Das *Sento-Feld* der Leidenschaft sondert durch die Wirkung **freier Sento-Formationen**, die nicht wie die meisten Sentonen zwischen *Nuonen* ausgetauscht werden, ein symmetrisches *Spiegelfeld* ab, das von den abtrünnigen Trifoni *Sentino-Feld* genannt wird, ein mit dem Elan verschränktes *Spiegel-Kraftfeld*, in dem sich die freien Sento-Formationen zu *Sentino-Formationen* duplizieren. Auch die *Sentino-Spiegelteilchen* kommen nur als Sentino-Spiegelformationen vor, die durch die *Sentino-Wechselwirkung* im Sentino-Feld geformt werden.

Sentino-Formationen sind reine Spiegelungen von Leidenschaft, also von Zielsetzung und gewähltem Weg, von Wille und Tat. Sie realisieren sich nur im privilegierten Erleben innerhalb des allgegenwärtigen Sentino-Feldes.

Der Einfachheit halber verwende ich den Begriff *Welt*, gemeint ist die Wirklichkeit als Wirken all dessen, was sich abspielt. Vieles davon verstehe ich noch nicht. Besonders mysteriös erscheint mir der Umstand, dass das Sentino-Feld, gleich dem Sento-Feld, nicht nur mit meinem gesamten bewussten Erleben wechselwirkt, sondern auch noch eine ganz eigene, nur bedingt mit dem Bewusstsein interagierende und von den recht eigenwilligen Sentino-Formationen bestimmte Wirklichkeit bildet, für mich die Sentino-Spiegelwelt der Leidenschaften.

Die Wechselwirkung der Sentino-Formationen untereinander und teilweise mit Nu-Formationen sei dem Einfluss des sich spiegelnden Sento-Feldes zuzuschreiben, hat man mir erklärt. Kurioserweise können sich Sentino-Formationen auch in reine Sento-Formationen oder durch eine Art

Metamorphose selbst in Nu-Formationen verwandeln, also in ungespiegelte Garben, das heisst in Gestalten der uns vertrauten Welt. Ausserdem können sie sich in Sentino-Formationen zurückverwandeln. (Cat hat die Spiegelung als Symmetrie bezeichnet, aber damit hat sie wohl die Anlehnung an die Sprache der Physiker überdehnt.)

Auch wenn ich das nur schwer begreife, kann ich mir die körperhafte Erscheinung des Raben und die mysteriösen Spinnennetz-Performances in unserer Alltagswelt allein so erklären. Meine Reise in die Ringelspitz-Unterwelt war wohl eine Metamorphose in die andere Richtung. Meine dringliche Hoffnung, dass sie rückgängig zu machen sei, hat sich erfüllt. Vielleicht werde ich mich bald wieder verwandeln.

Jedenfalls verarbeiten Sentino-Formationen nicht bloss digitale Information; sie haben ihren Eigenwillen – der zwar nicht mit Vorstellungen von Freiheit wohl aber mit Vorstellungen vom Zufall der Leidenschaften in Verbindung zu bringen ist –, der sich gelegentlich genial, oft idiotisch manifestiert. Sie können alles durchdringen, miteinander sprechen, sich gegenseitig nerven oder theatralische Gefühle zeigen, sind nicht körperlos, jedoch seltsame Gebilde, die gewöhnliche Augen nicht zu sehen, gewöhnliche Ohren nicht zu hören vermögen.

Das Sprechen der Karten ist kein Austausch von Sätzen und Aussagen; das mögen Philosophen bedauern, aber der Informationsaustausch in der Natur erfolgt nur äusserst selten in derart ungelenken Formen, als welche damit verglichen selbst noch die elegantesten oder auch die elementarsten Zeichensysteme unserer Sprache erscheinen. Dichter, wenn sie nicht Sklaven der reinen Sprachnarretei sein möchten, wissen um dieses Phänomen.

fade-out

24 descendit ad inferos

fade-in

— *Gian* —

Die Melodie spielt und spielt, … wie lange schon; mein Smartphone. Die Sonne steht schon hoch. Es ist Muriel. «Hast du vergessen, dass ich heute komme? Wo bist du? Ich habe vorhin an der Haustüre geklingelt, aber du warst nicht da.» «Doch, aber ich muss tief geschlafen haben, erst das Telefon hat mich geweckt. Wie spät ist es überhaupt?» «Halb zwölf. Ich sitze im Auto, in fünf Minuten bin ich bei dir.»

«Endlich!» Die Umarmung stürmisch. «Ich bin hungrig», sagt Muriel. «Ich auch, nach dir.» «Zuerst essen wir, du bist ja eben erst aufgestanden, und ich brauche etwas nach der langen Autofahrt. Ich mache uns einen Brunch, während du dir inzwischen den Schlaf aus den Augen waschen kannst.»

Beim Essen sage ich: «So tief geschlafen habe ich schon lange nicht mehr, mindestens zwölf Stunden. Ich war total erschöpft, denn die vorletzte Nacht verbrachte ich schlaflos in der Nähe von Tamins, leider ohne Möglichkeit zu dir zu kommen.» «Wie denn das?» «Du wirst es nicht glauben, … ich war tief im Verrucano-Fels des Ringelspitz drin.» «Mit Google-Earth?», fragt Muriel. «Nein, wirklich.» Nach Worten suchend erzähle ich ihr von der Erscheinung des Raben, meiner Reise in die Sentino-Welt und wie ich den Tod getötet habe. Langes Schweigen.

«Descendit ad inferos», sagt Muriel. «Was meinst du», frage ich, «römische Mythologie?» «Nein, ich habe aus dem apostolischen Glaubensbekenntnis zitiert, *descendit ad inferos, tertia die resurrexit a mortuis.*» «Ich erinnere mich. Allerdings haben wir das Credo immer auf Deutsch gesprochen.» «Mir sind diese Gebete in Fleisch und Blut», seufzt Muriel. «In Fleisch und Blut …», wiederhole ich, «ein sinnliches Bild. Im Reich des Sentino-Arkana war mein Leib ohne Fleisch und Blut, nur Spinnennetz, und doch erlebte ich alles ganz leiblich.»

Nach dem Essen schlägt Muriel einen Spaziergang vor, das täte uns sicher gut, mir nach dem langen Schlafen, ihr nach dem Sitzen auf der Autofahrt. So folgen wir dem Döltschiweg hinauf bis zum Waldrand, wo wir den zum Albisgüetli führenden Panoramaweg einschlagen, den Waldsaum entlang.

Unterwegs erzähle ich von den singenden, rezitierenden Spinnennetzspielkarten, die mir schon Jahre vor meiner Reise in die Sentino-Welt erschienen sind, vom wiederholten Töte-ihn-Befehl des Raben und vom Spiegelwesen dieser verrückten Gesellschaft tief im Ringelspitz.

«Auch mein Himmel war eine Spiegelwelt», sagt Muriel nachdenklich, «und mein himmlischer Geliebter ein Spiegelteilchen. Nur ist mir nichts über einen Krieg im Himmel zu Ohren gekommen.» «Was ist mit Luzifer», wende ich ein, «der Engel, der Gott sein wollte und mitsamt der Clique seiner himmlischen Putschistengeister in den Abgrund der Hölle gestürzt wurde, wo er sein Reich des Bösen errichtet hat? Auch die Hölle ist eine Spiegelwelt.» «Dass mir das nie aufgefallen ist in all den Jahren, in denen ich betete und mich kasteite, um den Versuchungen des Bösen zu widerstehen.» «Kann man das?» «Je länger man übt, desto besser kann man es, ja man will es mit jeder Faser seines Herzens, weil diese schmerzliche Übung zugleich zur süssen Lust wird.»

«So wäre ich abgestiegen ins Reich des Todes», sage ich und erinnere mich, wie ich diese Worte fünf Jahre zuvor bei der Schlachtung des Osterhasen weihevoll sprach. «Zwar ist es eben nicht das Reich des Todes, obwohl ich den Tod dort getroffen habe.» «Aber du bist schon am nächsten Tag wieder auferstanden», sagt Muriel. «Als Mörder des Todes. Ist das nicht absurd?» «Absurd schon, aber auch Christus Jesus hat den Tod besiegt, wie Paulus an Timotheus schreibt.» «Ein Fake, denn die Unsterblichkeit wurde in ein unfassbares Jenseits verlegt. In Kants Jargon gesagt, entspricht die Sterblichkeit den Erscheinungen und die Unsterblichkeit dem Ding an sich.»

«Ich habe über deine Anarchomystik nachgedacht und bin zum Schluss gekommen, dass sie mir entspricht, dass sie auch meine neue Mystik sein könnte nach dem Abschied von meinem himmlischen Bräutigam.» «War das auch ein Abschied vom Jenseits?» «Ja. Hast nicht auch du die Ewigkeit in den Augenblick verlegt, ins Hier-und-Jetzt?» «Nur spreche ich nicht vom Hier-und-Jetzt, sondern davon, dass ich den Zeitpfeil zerbrochen habe; davon und von meinen Liebesgeschichten und meinem Unwillen loszulassen, habe ich dir ja erzählt.»

Muriel lächelt. «Wie du weisst, waren meine Liebesgeschichten mit Jesus und seiner Mutter Maria nicht weniger intensiv, vielleicht weniger anarchisch, … aber warum sprichst du nicht vom Hier-und-Jetzt?» «Weil Anarchomystik mein Erleben nicht in der Perspektive von Raum und Zeit betrachtet. Alles, was der Fall ist, sieht sie zeitlos. Sie kennt auch kein Hier-und-Jetzt, eine Zeitangabe, eingeklemmt zwischen dem Gestern und Morgen. Mein Augenblick hingegen ist zeitlos; er birgt alle Erinnerungen in sich, und ist stets selber immer schon Erinnerung.» «Das gemeinsame Band der Vielheit all dessen, was vorfällt, nennst du Meinigkeit.» «Sie ist das Eine und zugleich stets Vieles.»

«Und der absurde Tod des Todes?» «Als ich mich in der Sentino-Welt dem Tod auf den Rücken heftete, gab es eine Art Implosion; ich habe damit sein Elan-Spiegel-Kraftfeld neutralisiert, wodurch seine Sentino-Spiegelformation zerfallen ist.» «Ist damit nicht sein ganzes Kraftfeld auf dich übergegangen?» «Verdammt! Das Kraftfeld des Todbringers …» «Vielleicht ist es bei dir unwirksam, weil du den Zeitpfeil zerbrochen hast. Im ewigen Augenblick ist der Tod verschlungen in die Zeitlosigkeit, sein Stachel verschwunden. Du bist der Sieger.» «Anarchomystikerin.»

«Ansteckung. Ich bin es gerne, ohne Zeitpfeil und ohne Hier und Jetzt. Du hast recht, in meinem Augenblick sind alle Augenblicke vereint. Alles ist Erinnerung, selbst das, was Biologen Kurzzeitgedächtnis nennen. Da bedarf es keiner Rituale der Vereinigung mehr, weder der Gebete noch der Meditation, denn verschmolzen ist alles schon immer.» «Vereinigt, nicht verschmolzen, in der Meinigkeit vereinigt, jedoch in zeitloser Vielheit. Darin liegt der Unterschied der Anarchomystik zur traditionellen Mystik.» Muriel zieht mich an sich. «Ach, dabei war mein Gefühl mit ihm zu verschmelzen so süss.» «Jetzt bist du das Flüstern Gottes.» «Auch du.» Wir küssen uns eine Ewigkeit. Jeder in seiner Wirklichkeit, vereinigt in unserer einzigen.

fade-out

25 Dass sie nicht mit mir rechnen

fade-in

— *Lou* —

Seine Sorge gilt den Extremisten der ARF und dem heftigen Streit, den Darius und Arja mit den Exponenten dieser Gruppierung angezettelt haben. Mir und den anderen Ehemaligen der REPS, von der wir uns vor fünf Jahren in Zürich als apolitisch nonkonformistische PhiloDogs abgespalten haben, wurde verziehen mit der ironischen Bemerkung Ludwigs, Zürich sei ja auch einmal ein Zentrum der Dadaisten gewesen.

Im letzten Herbst besuchten wir ihn in Bologna. Sibylla, eine Freundin, die Anfang der 80er auch an der Gründung der REPS beteiligt war, kam mit. Ludwig hatte ein Gespräch mit den Exponenten der *ARF* arrangiert, von dem er sich wohl eine Wiederannäherung erhoffte. Doch es geriet zu einem schrecklichen Desaster. Darius hatte uns eingeladen, mit ihnen zusammen in ihrem neuen Fiat Bravo mitzufahren. Schon auf der Hinfahrt gab sich Darius unerbittlich. Er nannte die ARF eine Terrorclique, auch wenn sie bis heute noch keine Anschläge verübt habe, jedenfalls wisse er von keinen, aber sie planten Terror. Ich spürte bei ihm einen Hass, vor allem auf Pietro De Primo, den Assistenten Ludwigs; er war ausser sich, dass sein Vater den Saukerl nicht schon lange rausgeschmissen hatte, ihn in seiner Wohnung arbeiten liess und ihm sogar einen Schlüssel gegeben hatte, weil er sich einbilde, mit diesem Arrangement und kraft seiner Autorität mässigenden Einfluss auf die Abtrünnigen ausüben zu können. «Vielleicht kann er das ja, an der Uni ist er immerhin ihr Lehrer», meinte Sibylla.

«Der alte Herr macht sich Illusionen», knurrte Darius, «ich kenne den Eifer der jungen Fanatiker; der Lehrer, auf den sie hören, ist Pietro, und der spielt ein falsches Spiel mit meinem Vater, seinem Vorgesetzten.» «Woher weisst du das?», fragte ich.

«Ludwig schätzt ihn als genialen Kopf und klugen Strategen; wir haben viel Hoffnung in ihn gesetzt. Ludwig hat ihm vertraut und ihn zu seinem engsten Mitarbeiter gemacht. Doch die Arbeit an seiner Dissertation über den Einfluss des russischen Nihilismus auf das revolutionäre Denken, insbesondere auch seine Auseinandersetzung mit Bakunin und Netschajew, haben eine Wende in seinem Denken bewirkt. Seit der Abspaltung der ARF ist er immer überzeugter davon, unser Konzept sei völlig falsch und trage lediglich zur Stärkung der bestehenden Machtverhältnisse bei. Nur die Zerrüttung und Zerstörung der bestehenden Ordnung eröffne die Chance zu einem Neuanfang. Warum hätte sich die ARF von der REPS abgespalten, wenn es denen nicht ernst wäre?»

«Aber was ist dann falsch an seinem Spiel?», fragte ich weiter, «er spricht ja offen über das, was er denkt.» «Das ist auch seine Achillesferse. Pietro ist sich vollkommen sicher, dass Ludwig sie trotz aller Ablehnung ihres Konzeptes nicht verraten wird. Pietro spricht zwar offen über seine Ansichten, aber niemals über seine Absichten.» «Und was sind seine Absichten?«, wollte Sibylla wissen. «Er missbraucht das Vertrauen meines Vaters, für den er zu einem zweiten Sohn geworden ist, indem er in der Fakultät und in seinem Büro das geheime Hauptquartier verbirgt, ein ideales Nest, denn der Professore von Wolff ist über jeden Verdacht revolutionärer Umtriebe erhaben. Die REPS ist kein Problem, denn ihre Zielsetzung der Solidarität ist respektabel.» «Was euch die ARF ja gerade vorwirft», wandte ich ein und dachte für mich: Aha, sein zweiter Sohn. «Was hast du gemeint mit der Achillesferse?» «Dass sie nicht mit mir rechnen», sagte Darius in scharfem Ton, «weil sie mich im Fahrwasser Ludwigs glauben.» «Wie kannst du dir gewiss sein, dass das Pietros Absichten sind?», fragte ich betont zweifelnd und fühlte mich bestätigt in meinem Gedanken zum zweiten Sohn. «Weil ich es an seiner Stelle genauso machen würde.» Arja versuchte Darius, dessen Zorn sie offensichtlich spürte, zu beschwichtigen und erwog, dass das geplante Gespräch vielleicht doch noch eine Wende bringen könnte.

Die Wende gelang nicht. Die Leute der ARF bekräftigten ihren Entschluss, die Möglichkeiten effektiver gewalttätiger Aktionen zu sondieren und wo immer möglich in Tat umzusetzen, denn die Machtverhältnisse des Kapitals seien derart, dass nur eine zunehmende Verbreitung von zerstörerischem Schrecken eine Instabilität bewirken könne, darum sei ihr Plan, da sie vorerst wenige seien, alle aktiven und potentiellen terroristischen Gruppen, wenn nicht direkt, so indirekt, auch mit verdeckten Mitteln der Propaganda und Desinformation, aufzuwiegeln, wenn es sein müsse auch gegeneinander. Darum würden sie auch die Terroraktionen des muslimischen Dschihad unterstützen und die muslimische Propaganda, die allen Kritikern des Islams Islamophobie diagnostiziere. Andererseits müssten auch die links- und rechtsextremen Gegner und die fremdenfeindlichen Extremisten weiter aufgehetzt werden.

Solche Verrücktheiten habe ich noch nie gehört. Sogar Pietro, offensichtlich ihr Chefideologe, sagte: «Adesso basta, stai chiedendo troppo al nostro pubblico.»

Ludwig lachte nur und stimmte Pietro zu: «Ja, schön langsam, ihr predigt mit euren Plänen ja geradezu Netschajews *Revolutionären Katechismus*, seine Wissenschaft der Zerstörung, eine Verschwörung mit dem Ziel, *das Volk zu einer einzigen unbesiegbaren und alleszerstörenden Kraft zusammenzuschmieden*. Der pure Gegensatz zu unserem Ziel der globalen Solidarität.» «Ist es wirklich ein Gegensatz», fragte eine junge Frau mit dichten roten Haaren, die während des Sprechens kaum ihren Blick von Pietro abwandte, «ist der Schrecken des Terrors, wenn er intensiv genug ist, nicht auch eine Form der Verführung, die zum Handeln führt, bloss ist dabei die Triebkraft nicht Lust, sondern Unlust. Wenn mein Vater mich ohrfeigte, wenn ich mich ihm nicht fügen wollte, sagte er jeweils, ich tue das nur aus Liebe zu dir, und es wirkte mehr, als wenn er sanft war. So ohrfeigen wir die Leute mit den Schrecken des Terrors, bis sie aufständisch werden.» Ich konnte mich nicht zurückhalten und sagte zum Rotschopf: «Die Ohrfeigen deines Vaters haben bei dir keinen Aufstand bewirkt, sondern Fügsamkeit.» «Mein Aufstand findet jetzt statt», gab sie zurück. Mir fiel kein Argument ein dagegenzuhalten. Am Abend sagte mir Ludwig, Carmen, so hiess die Rothaarige, erinnere ihn an seine Enkelin Tuula, nicht wegen ihrer Ansichten, aber in ihrem Habitus. «Viva Netschajew!», rief ein junger Mann, der in einer Ecke am Boden sass. «Il est de retour», hörte ich Ludwig halblaut sagen, weiss aber nicht, worauf er sich bezog. Darius begann zu streiten, sagte unter anderem: «Ihr seid drauf und dran, euch zu einer Mörderbande zu entwickeln. Wenn ihr so weitermacht, werde ich euch hochgehen lassen. Ihr seid keine Revolutionäre, sondern gemeingefährliche Irre.» Kalt entgegnete ein junger, muskulöser ARF-Mann: «Tu sei il primo a morire.» Niemand schien das ernst zu nehmen. Darius entgegnete: «Vedremo.»

Nach einer kurzen Fortsetzung des unerfreulichen Schlagabtausches schlug Pietro vor, sich zu vertagen, da es heute kaum möglich sei, einen Konsens zu finden. Ich hatte das Gefühl, dass er im Grunde genommen sagen wollte, dass es nicht möglich sei, uns zu überzeugen, womit er durchaus recht hatte. Pietro war im Auftreten gemässigt, aber er war ihr Chefideologe, der wohl noch immer versuchte zumindest Ludwigs Wohlwollen gegenüber ihrem revolutionären Projekt zu erlangen – vielleicht war er auch nur strategisch klüger als die Hitzköpfe um ihn herum. Doch musste ihm klar geworden sein, dass er in dessen Sohn Darius einen erbitterten Gegner vor sich hatte, der ihnen gefährlich werden konnte. Denn, dass es Darius ernst war mit seiner Drohung, musste jeder merken.

Ludwig lud uns zum Nachtessen ein, ins Restaurant mit dem besten coniglio arrosto der Stadt, wie er befand. Arja war es offensichtlich gelungen, Darius dazu zu bewegen, das Thema vom Nachmittag ruhen zu lassen. So wurde der Abend doch noch zu einem beruhigenden Ausklang dieses schrecklichen Nachmittags.

Während sich Darius, Arja und Sibylla angeregt unterhielten, sagte Ludwig zu mir: «Wenigstens macht ihr PhiloDogs mir keine Sorgen.» Er erzählte mir von seinem alten Schulfreund Gian, der zum Teil ganz ähnliche Ideen vertrete wie wir und den er manchmal beneide ob seiner Unbeschwertheit, sich über jeden philosophischen Anstand hinwegzusetzen. Er lachte. «Ich habe ihn Anarchomystiker genannt, und prompt hat er aus diesem spöttisch gemeinten Etikett seine private Weltanschauung entwickelt.» «Interessant», sagte ich, «denkst du, ich könnte ihn zu einer Sitzung der PhiloDogs einladen, um uns seine Anarchomystik vorzustellen?» «Vielleicht. Ich gebe dir seine E-Mail-Adresse, aber hofft nicht, ihn als Mitglied zu gewinnen.»

fade-out

26 Hunde, wollt ihr ewig kläffen

Lou Anderson? Ob ich zu ihrer Sitzung käme. Philosophen, die sich PhiloDogs nennen. Hunde. Wachhunde? Riecht nach Sekte. Interessiert mich nicht. Ludwig habe mich empfohlen, ihr meine E-Mail-Adresse gegeben. Leichtfertig wohl nicht. Philosophen-Hunde. Suchend stehe ich vor meinen Büchern. Band um Band historisch geordnet. Lao-Tse, Vorsokratiker, Platon, … da, Diogenes, der Hund, wie ihn die Zeitgenossen nannten, weil er sich, so unverschämt schamlos wie ein kläffender Hund, ohne Hemmungen in der Öffentlichkeit bewegt haben soll. Darauf nannte er sich selber Hund; seine Anhänger und Nachfolger waren die Hündischen, die Kyniker. PhiloDogs, wie originell. Ist sie auch eine Hündin, die Anderson? Ich werde sie zu einem Drink einladen, zu mir an den Döltschiweg.

Unser Drink mündet in ein Nachtessen zu dritt. Wie ich sie an der Haustüre empfange, bin ich überrascht von der Vitalität dieser energisch und doch herzlich auftretenden, hochgewachsenen Frau mit ihrer frechen grauen Kurzhaarfrisur. Kaum jünger als ich, stellt sich heraus. Sie bedankt sich für meine Einladung, sie hoffe, sie würde mich nicht belästigen mit ihrem Anliegen. Ich sei gespannt darauf zu erfahren, was sie mir zu berichten habe. Kaum haben wir uns mit einem Glas Weisswein auf den Balkon gesetzt, höre ich mein Smartphone. Muriel. Auf der Durchfahrt von Basel soeben in

Zürich angekommen, ob sie willkommen sei. Welche Frage! Ich hätte Besuch von einer Philosophin, die mit Ludwig bekannt sei, und mir ein Anliegen unterbreiten wolle, fände es toll, wenn sie auch dabei wäre. «Ich habe Vitello tonnato gekauft, genug für drei. In einer Viertelstunde bin ich bei euch.»

Beim Nachtessen erzählt Lou von ihrem Besuch bei Ludwig, erklärt uns, wie sie auf Ludwigs Initiative die REPS gegründet hätten, erzählt von der Abspaltung der PhiloDogs und der ARF. Dass mir Ludwig nie selber davon berichtet hat, … sind das seine Leidenschaften, seine Sorgen und die Gefahren, von denen ich nur andeutungsweise erfahren habe? Wir sind entsetzt über die Eskalation beim Gespräch in Bologna. Solche fanatischen Idealisten sind gefährlich, denke ich – kein Warten auf eine revolutionäre Situation, jetzt wird zugeschlagen.

Lou erzählt von den PhiloDogs, erklärt, warum sie sich von der REPS getrennt hätten, dass sie aber Ludwig und auch Darius und Arja, die sich jetzt in Zürich um die Belange der REPS kümmerten, nach wie vor freundschaftlich verbunden seien. «Ludwig hat mir von deiner Anarchomystik erzählt», sagt sie. «Seine Wortschöpfung«, erwidere ich. «Der Name wohl, aber du habest etwas daraus gemacht, was der Einstellung der PhiloDogs verwandt sei.» «So, so, Wolfi hat über unsere Privatgespräche getratscht, das ist sonst nicht seine Art.» «Wir würden dich gerne zu unserer nächsten Sitzung einladen, damit du uns dort deine Anarchomystik vorstellst. Es ist bei uns üblich, dass jeder Kandidat in einem Eintrittsreferat seine philosophische Position darlegt.» «Ich bin nicht Kandidat», sage ich, »die Mitgliedschaft könnt ihr vergessen.» «Oh …, darauf hat Ludwig mich schon aufmerksam gemacht«, sagt Lou. «Das auch noch! Er hat schon immer gewusst, was bei mir Sache ist.» Muriel lacht. «Allerdings hast du mit deiner Beschreibung der PhiloDogs meine Neugier geweckt.» Erneut lacht Muriel. «Wenn ich also komme, dann, weil ich euch gerne näher kennenlernen möchte.» Lou freut sich. «Ich wäre auch gern dabei», sagt Muriel. «Ludwigs Enkelin ist als Kandidatin angemeldet, eigentlich sollte sie ebenfalls ein Vorstellungsreferat halten.» «Tuula?», frage ich erstaunt, «wie kommt ihr auf sie? … Über Ludwig?» «Nein, Alexander Barth, ihr Philosophielehrer, seit einiger Zeit Mitglied bei uns, hat sie vorgeschlagen, er sei beeindruckt von ihren philosophischen Kenntnissen und ihrer Intelligenz.» Mehr als sie von seiner Potenz, denke ich, frage aber: «Weiss sie von dieser Ehre?» «Ja, nachdem sie längere Zeit seinen Philosophiekursen ferngeblieben ist, ist er ihr zufällig auf dem Schulgelände begegnet, da hat er versucht sie zu überreden, doch wieder teilzunehmen.» «Und? Ist es ihm gelungen?» «Nein, aber sie sind trotzdem zusammen ein Bier trinken gegangen und dabei hat er ihr von den PhiloDogs erzählt.» «Und dafür konnte sie sich erwärmen?» «Offenbar hat sie sich interessiert gezeigt und war einverstanden, dass er sie für ein Vorstellungsreferat anmelde, obwohl er nicht gerade glücklich aussah, als er mir das erzählte.» «Dann halten wir das Vorstellungsreferat gemeinsam», sage ich entschieden.

Lou schaut mich mit fragenden Augen an. «Über Anarchomystik?» «Ja klar.» «Woher kennt sie das?» «Ludwig hat mich gebeten, mich ihrer anzunehmen», sage ich kurz angebunden, «wissen Tuulas Eltern von ihrer Kandidatur bei den PhiloDogs?» «Keine Ahnung. Tuula hat Alexander mitgeteilt, sie wolle nicht, dass man sie zu Hause anrufe, sie habe eine E-Mail-Adresse oder man könne ihr simsen, da würden sich die Eltern nicht einmischen. Alexander bedauert, dass sie trotzdem bis heute nicht wieder in seinen Philosophiekursen erschienen ist.» «Ich werde mit Tuula über unser Referat sprechen. Wann findet eure Sitzung statt?» «Wir treffen uns immer am zweiten Montag in jedem ungeraden Monat.» «Ihr liebt Rituale», bemerke ich, «das wäre ja schon in zehn Tagen … Na gut, Vorbereitungszeit brauche ich keine.»

Der Vitello tonnato schmeckt vortrefflich, passend dazu der Schmelz und die feine Säure des Südtiroler Weissburgunders, den ich aus dem Keller geholt habe.

Seit Samstag schon sind es Tage wie im Sommer. Auch heute Abend ist der Himmel wolkenlos. Wir treffen uns wie verabredet am Bucheggplatz, spazieren mit Lou zum Restaurant Waid, von dort über die Waidbadstrasse durch den Wald zum Fuchspass, zu einer Lichtung mit bestimmt zehn kleinen Häusern. In einem der mittleren finden die Treffen der PhiloDogs statt. Das Haus gehöre den Eltern eines der jüngeren Mitglieder, erklärt uns Lou, es sei zwar klein, verfüge aber über einen grossen Weinkeller.

«Hoi!» Tuula kommt auf uns zu. Ich vermeine, eine freudige Unruhe in ihrem Blick und ihren Bewegungen zu sehen. Ich stelle ihr Muriel vor; die beiden begrüssen sich so herzlich, als würden sie sich schon ewig kennen.

In einem geräumigen Wohnzimmer stehen etliche quadratische Bistrotischchen mit Stühlen, ausserdem ein Klavier und daneben, auf einem Podest, ein antikes Tischchen mit zwei Stühlen für die Referenten. An den Tischen Frauen und Männer verschiedenen Alters mit einem Bier, einem Glas Wein oder Mineralwasser. Auf jedem Tisch Brot, Käse, Wurst, geschnittenes Gemüse und Obst, von den Teilnehmern selbst mitgebracht, wie Lou mich aufklärt, mit Ausnahme der Getränke und des Weins, der aus dem gut gefüllten Keller des Hauses stamme.

«Willkommen im Hundehaus», sagt Lou, »man hat mich für dieses Jahr zur Alpha ernannt. Aber das Leittier hat bei uns die Autorität eines Oberbutlers, der alles organisieren muss. Hier auf dem Podium sind eure Stühle, ihr seid heute die Hauptpersonen. Was möchtet ihr trinken?» Wir wünschen beide ein Glas Rotwein. «Nein, ich will nicht auf dieses Podium», sagt Tuula entschieden. «Bitte, Lou, setze uns woanders hin.»

«Okay, ihr könnt an meinem Tisch hier Platz nehmen.» Muriel hat Lou zuvor gebeten, ihr einen unauffälligen Platz im Hintergrund zu reservieren und sie nicht vorzustellen. Unbemerkt bleibt sie natürlich nicht, denn hier kennt man sich.

Wir setzen uns und schauen in die lebhaft schwatzende Runde. «Ist Alex auch da?», frage ich Tuula. «Bis jetzt nicht», sagt sie abweisend. Am Tisch neben uns sitzen ein Mann mit Dreitagebart und eine Frau mit platinblonden Haaren, die sie zu einem Pferdeschwanz gebunden hat. Halb unter dem Tisch ein riesiger Hund mit dichtem struppigen Fell, braunschwarz-hellgrau gefleckt. Lou bringt den Wein. «Was ist das für ein Hund?» «Frag Sibylla, es ist ihr Hund.» Sie stellt uns ihre Freundin vor. «Das ist Wolf, unser Maskottchen, ein Irish Wolfhound.»

Lou begibt sich aufs Podium, schaut in die Runde, klatscht in die Hände und ruft laut und zackig: «Hunde, wollt ihr ewig kläffen?» «Yeah! Wow!», tönt es rundherum. «So gelte wie immer das Motto der PhiloDogs

futility, freedom and always a pinch of scorn.»

«Yeah! Wow! Wow! Wow!»
Ich unterdrücke das Lachen, auch Tuula grinst. Lou setzt sich wieder zu uns: «Fast schon ein studentisches Ritual, obwohl die wenigsten von uns noch Studenten sind, aber Rituale können einen Zusammenhalt stiften, ohne dem Einzelnen eine soziale Zwangsjacke zu verpassen. Trinken wir. Auf euer Wohl! … In wenigen Minuten seid ihr dran.»
Wir trinken, essen ein Kleinigkeit, dann steht Lou auf, hebt ihr Weinglas und ruft: «Und nun begrüssen wir unsere Gäste Tuula und Gian mit einem dreifachen Wow!»

Alle heben ihre Gläser, rufen: «Wow! Wow! Wow!» Auch wenn der Vergleich unpassend ist, erinnert mich das an Burschenschaften, nicht mein Ding. Auch der Hund bellt, aber seine Herrin gibt ihm einen Klaps auf die Flanke und er schweigt auf Kommando. Braver Wolfsjäger. Sibylla ist sein Alpha.

Um nicht ständig aufstehen zu müssen, setzen wir uns nun doch hinter den Tisch auf dem Podium. Lou stellt uns ausführlich vor – woher sie das nur alles weiss? –, unterlässt es auch nicht, unsere Verbindung zu Ludwig darzulegen. Dann berichtet sie von unserem Wunsch, statt Vorträge ein Interview zu zweit zu geben – so haben Tuula und ich es vereinbart – und bittet uns, mit ein paar Worten den Anfang zu machen, damit sie einen Ausgangspunkt für ihre Fragen hätten.

Zu meiner Überraschung sagt Tuula: «Gut, ich beginne.» Sie bedankt sich für die Einladung zu diesem Abend, auf den sie sich sehr gefreut habe, und fährt mit lauter Stimme fort: «Vor einem Jahr führte ich mit Gian auf einer Wanderung ein Gespräch, in dem ich ihm gestand, dass ich mich manchmal frage: Wer bin ich? Seine trockene Antwort war: niemand … Ich frage euch: Wer von euch wäre nicht gekränkt gewesen, wenn man ihm auf die vertrauliche Offenbarung seiner jugendlichen Selbstzweifel so geantwortet hätte?» Allgemeines Gemurmel. «Möchte irgendjemand hier drin niemand sein?» Schweigen. «Aber» – Tuula macht eine Kunstpause –, «wenn jemand von euch mich heute fragen würde: Wer bin ich?, wäre meine Antwort ebenfalls: niemand.» Wieder eine Pause. Dann wendet sie sich an mich und sagt: «So, jetzt überlasse ich es dir, dich aus der Affäre zu ziehen.» Gelächter. Sie hat rhetorisches Talent, denke ich voll Bewunderung, stehe auf und sage: «*Uns* aus der Affäre ziehen, denn du hast soeben bewiesen, dass du schon mitten drin bist in unserem Spiel, seine Regeln kennst …» «Das Spiel hat keine Regeln», sagt Tuula. «Was schon die erste Regel ist», kontere ich. Lachen im Publikum. «Wu! Wu!», bellt der Hund kurz und trocken.

«Wie kommt ihr zu dieser zynischen Antwort auf die Frage: Wer bin ich?», ruft eine Frau. «Das ist, auch wenn es euch enttäuschen mag, kein Zynismus.» «*Niemand* tönt so pessimistisch», wendet die Ruferin ein, «Pindar sagt es in einer seiner Oden optimistischer: *Beginne zu erkennen, wer du bist.*» «Damit preist er Hieron, den Herrscher von Syrakus; Nietzsche machte sein *Werde, der du bist* daraus», antworte ich, «ich bleibe beim *niemand*, das ist weder Pessimismus noch Optimismus, sondern erklärt die Frage *wer bin ich* als Leerlauf.»

Es entwickelt sich ein angeregtes Frage- und Antwortspiel über die Illusion des Ich und des Selbst, die Verwerfung der Aufteilung der Welt in Innenwelt und Aussenwelt oder in Subjekt und Objekt, die Auflösung der Perspektive der Zeit in die Welt der Vielheit der als Erinnerungen ineinander verschachtelten Augenblicke. Bald einmal tauchen die Fragen zu unserer Abgrenzung auf, was uns denn unterscheide vom Monismus und Pantheismus Spinozas, vom Solipsismus oder der christlichen oder buddhistischen Mystik; hier bekommt sogar Muriel Lust mitzureden. Schliesslich geht es auch um die Abgrenzung von den Tendenzen der zeitgenössischen Philosophie, welchen nachgesagt wird, sie hätten die Subjekt-Objekt-Trennung überwunden und die objektive Wahrheit abgeschafft, was ich mehrfach dahingehend kritisiere, dass mit der Verabschiedung des Ich auch die Meinigkeit über Bord geworfen worden sei. Der Hauptunterschied zu allen erwähnten Anschauungen sei die zentrale Stellung der Meinigkeit in der Anarchomystik.

Was Meinigkeit sei, ist am schwierigsten zu vermitteln. Es erweist sich als ziemlich mühsam, den Zuhörern plausibel zu machen, dass die fixe Idee, Meinigkeit müsse sich zwangsläufig auf ein Ich beziehen, nur eine Folge der Tradition unserer Sprachgewohnheiten sei.

Tuula greift schliesslich noch einmal den Anfang unserer Auseinandersetzung auf: «Was ich sagen wollte, das Schöne ist doch, dass mein Erleben niemandem gehört, keiner doofen Person, keinem mickrigen Selbst, keinem Luftballon-Ich. Mein Erleben ist die Welt selbst, ein Wirbel, der dadurch entsteht, dass sich die ganze Welt um eine kleine virtuelle Achse dreht. Wir haben in Physik über die Relativitätstheorie gesprochen, da ist mir klar geworden, dass ich als Astronautin in einer Raumkapsel genauso gut sagen kann, das ganze Universum drehe sich um mich, wie umgekehrt. Da ist also kein Ich und auch kein Erleben, das *in* der Welt ist, sondern mein Erleben besteht aus dieser wirbelnden Welt … und nicht selten wird mir dabei schwindlig.»

«Wow! Wow! Wow!», ertönt es mehrstimmig aus dem Publikum. «Wu! Wu!», bellt Wolf.

Lou kommt aufs Podium, bringt ihre Freude über die anregende Auseinandersetzung zum Ausdruck, die jetzt schon reichhaltiger sei als ein gewöhnliches Interview und so viele Gesichtspunkte ins Spiel gebracht habe, dass sie uns bitten möchte, ihnen zwischendurch einen zusammenfassenden Überblick über die wesentlichen Aspekte der Anarchomystik zu geben.

«Ich beginne beim Begriff *Anarchomystik*», sage ich. Da ich kurz innehalte und nachdenke, erklärt Tuula mit erhobenem Zeigefinger und einer ausladenden Geste: «Er besteht aus zwei Teilen, dem *Anarcho*, das sind wir Spieler, und der *Mystik*, das ist unser Spiel.» «Danke», sage ich, denn sie hat mir geholfen, den Faden wiederzufinden, «das griechische *an-archos* bedeutet *ohne Anführer* oder als *an-archia* neben *Herrschaftslosigkeit* auch *Ungehorsam gegen den Herrscher*, da aber die Hauptbedeutung von *arché* der *Anfang* ist, besagt es auch *ohne Anfang*.

Das *Anarcho* der Anarchomystik verweist auf zweierlei: zum einen philosophisch auf den Verzicht auf die Zeitperspektive, an deren Stelle der Begriff *ewiger Augenblick* tritt. Zum anderen gesellschaftspolitisch auf die Bevorzugung einer praktischen Philosophie, die sich nicht mit Fragen des Sollens beschäftigt, sondern die Bedingungen der Möglichkeiten des Ungehorsams untersucht.»

Als ich einen Moment schweige, kommt aus dem Publikum die Frage: «Und die Mystik, warum sprecht ihr von

Mystik, wenn es nicht um Religion geht?» «Das Zentrum aller Mystik», greife ich die Frage auf, «ist die *unio mystica*, die Vereinigung des Mystikers mit dem Inhalt seiner Erfahrung, sei es die Vereinigung mit Gott in der mystischen Hochzeit oder mit dem Sein überhaupt als Meinigkeit, was aber in der Anarchomystik eigentlich keine Vereinigung ist, weil für sie Sein und Meinigkeit ein und dasselbe ist.

Es geht den Mystikern darum, die letzte, tiefste Wahrheit unmittelbar zu erfahren, also weder über Belehrung noch über logisches Denken. Für unsere Anarchomystik ist die Meinigkeit diese letzte, unhintergehbare Wahrheit. Meinigkeit wird immer unmittelbar erlebt, weil sie die Seele des Erlebens als stets *meines* Erlebens ist. Im Unterschied zu den mystischen Traditionen ist diese unmittelbare Teilhabe an der ersten und letzten Wahrheit weder transzendent noch exklusiv, sie bedarf keiner Meditation oder Askese, keines speziellen Bewusstseins und schon gar keiner Lehrer, denn sie ist in allem Erleben da, ob bewusst oder unbewusst, stets der Fall …» «Auch bei Tieren?», fragt Sibylla und krault den Hund. «Wu!», bellt das Maskottchen. Gelächter. «Wu! Wu! Wu!» «Warum nicht? Warum nicht auch bei Pflanzen und Sternen?», fragt Tuula zurück. Will sie die PhiloDogs mit Ironie beeindrucken? «Weil Selbstbewusstsein eine Eigenschaft ist, die den Menschen auszeichnet», argumentiert der Mann, der neben Sibylla sitzt. «Schön wär's», kontert Tuula, was als zynische Bemerkung gelten mag. Gelächter. «*Selbstbewusstsein* und *der Mensch* sind philosophische Topoi», erkläre ich, «derer sich die Anarchomystik nicht bedient. Auch wenn Meinigkeit bewusst sein kann, bedarf sie keines Bewusstseins, um der Fall zu sein, ebenso wenig wie man das vom Sein des Seienden sagen könnte. In der Tradition der Mystik geht es auf die eine oder andere Weise um die Verschmelzung des Einzelnen mit dem Weltganzen. Anarchomystik kennt kein Weltganzes. Auch wenn wir von Wirbeln gesprochen haben, denken wir uns dazu keine

Ozeanwelt. Welt ist nur ein Wort, das hinweisen soll auf das unendliche, wirbelige Sammelsurium aller Fälle, die der Fall sind, ob geistig, materiell, technisch, nicht-technisch, Traum oder Wachen, verlogen oder redlich; was der Fall ist, ist der Fall, jedoch stets genau so, *wie* es der Fall ist, hier grüne Oase, dort Fata Morgana; das mystische Band aller Fälle nennen wir nicht Weltganzes, sondern Meinigkeit, Meinigkeit ist das Alles-Verbindende, so wie einst Spinoza im Sprachschatz der traditionellen Philosophie die einzige, allumfassende Substanz Gott oder Natur genannt hat. Meinigkeit ist das allem Eigene, das selber keine Eigenschaften aufweist, ausser unmittelbar erfahrbare Meinigkeit zu sein in jedem Erleben. Sie ist das, was die Empirie so wichtig macht für unsere Lebensgestaltung.»

«Was ist mit den Dingen, die ausserhalb meines Erlebens stehen?», fragt ein Zuhörer. «Die Dinge, die du ausserhalb meines Erlebens nennst, sind auch mein Erleben», sagt Tuula und bringt mit dem jüdischen Witz der Bitte um *deine Pantoffeln* die Teilnehmer zum Lachen; erneut flammt die Auseinandersetzung um das Meinsein ohne Ich auf. Mit lebendigen Beispielen vermag Tuula darzulegen, dass Anarchomystik kein Solipsismus ist. Wiederholt hebt sie hervor, dass sie nicht am Philosophieren sei mit ihnen, sondern am Spielen, und scheut sich nicht, auch ironische oder zynische Antworten zu geben, ein Umgang, wie ihn Jugendliche unter sich häufig pflegen und der bei diesem Publikum ankommt.

Ich erinnere daran, dass wir gebeten wurden, kurz einen Überblick über die Anarchomystik zu geben. «Aber kurz lässt sich das nicht machen, dann hätte ich einen *Tractatus anarchomysticus* schreiben müssen, etwa so: 1. Die Welt ist alles, was mein ist. 1.1 Welten sind Spiele. usw. 2. Die Meinigkeit von allem ist das Mystische. 2.1 Meinigkeit ist das All-Eine. 2.1.1 Meinigkeit ist unbedingt und nicht weiter zu begründen. 2.1.2 Die absolute Meinigkeit ist die Tatsache der Existenz jedes Einzelnen des Vielen. 2.1.3 Meinigkeit ist janusköpfig, nämlich Meinsein und Fremdsein zugleich. usw. usf.» «Von dem Spiel würde ich mich abmelden», protestiert Tuula. Gelächter. «Wu! Wu! Wu! Wu!», bellt Wolf. «Und kurz würde so ein Überblick auch nicht werden. Aber zur Janusköpfigkeit der Meinigkeit möchte ich etwas sagen.» Ich führe aus, dass Meinsein/Fremdsein, das Faszinierende und das Erschreckende der Meinigkeit, nicht zwei Zustände sind, sondern das Kippbild meines Erlebens; beide sind zugleich da; kaum erlebe ich Meinsein, schon ist es mir auch fremd.»

Eine mädchenhaft wirkende Frau mit markanter Brille sagt, die Metapher vom Kippbild des Meinseins und Fremdseins habe sie angesprochen, sie erlebe das in unterschiedlichsten Situationen: «Ich sitze in meinem Kindergarten am Boden, im Halbkreis um mich die Kinder, die gespannt der Geschichte lauschen, die ich ihnen erzähle, es ist meine Welt, es sind meine Kinder, denen ich mich nahe fühle, und plötzlich kippt mein Erleben, statt des Gefühls der Nähe erlebe ich Ferne, alles ist fremd, sogar meine eigene Stimme, die Geschichte, die ich erzähle, die Kinder …» Dann kippe ihr Erleben zurück, alles sei wieder wie zuvor. Sie könne dieses Kippen sogar willkürlich hervorrufen, auch jetzt, hier in diesem Raum. «Ich glaubte schon, ich hätte eine Identitätsstörung.»

«Ich denke eher», sage ich, «manche Philosophen und Psychiater haben ein gestörtes Verhältnis zum Begriff *Identität*.» Gelächter. Lou schlägt vor, hier eine Pause einzulegen.

Nach der Pause ermuntert uns Lou zur Fortsetzung unseres Interviews, wie sie es, nicht ohne Ironie, noch immer nennt. Eine Frau wirft ein, Jaspers sei der Meinung, man würde sich in dem Masse seiner selbst bewusst, wie man sich des Anderen, des Umgreifenden, bewusst würde, durch das man erst sei, das jedoch den Einzelnen und die Welt übersteige. «Ich bin nicht *durch* das Andere, das Andere ist ebenso das Meine, wie das Meine das Andere ist», präzisiere ich, «von einem Bewusstsein meiner selbst ist in der Anarchomystik nicht die Rede; aus ihrer Sicht ist die Meinigkeit als Kippbild von Meinsein/Anderssein das Umgreifende.»

«Du hast Meinigkeit die letzte, unhintergehbare Wahrheit genannt», meldet sich ein Mann mit Rauschebart, «eine Wahrheit, die stets unmittelbar erlebt werde. Aber was ist eine Wahrheit wert, die nicht von anderen überprüft werden kann.» «Da stimme ich dir zu», sage ich, «mir passt dieser Begriff der Wahrheit auch nicht. Ich habe ihn nur verwendet im Vergleich von Anarchomystik mit traditioneller Mystik, die von unwiderlegbarer Wahrheit spricht und damit Gott meint.» «Aber was ist die Auffassung der Anarchomystik von Wahrheit und Erkenntnis? Die Aussage: Die Welt ist alles, was mein ist, tönt nach Beliebigkeit, damit wäre einzig mein Erleben Wahrheit.» «Deine Befürchtung ergibt sich aus der Aufteilung der Welt in Innen- und Aussenwelt; in dieser Logik steht mein Erleben einer davon unabhängigen Wirklichkeit einer Aussenwelt gegenüber, und das Kriterium der Wahrheit ist dann die Übereinstimmung der subjektiven Meinung mit der objektiven Wirklichkeit. Doch die Anarchomystik kennt kein Innen und Aussen. Mein Erleben als Wirklichkeit, musst du sagen, nicht als Wahrheit. Mein Erleben ist immer etwas, was der Fall ist.» «Gut und schön, aber was ist für dich Wahrheit?» «Wahrheit ist kein Ding, sondern lediglich eine Bezeichnung dafür, dass ein gesetztes Ziel mit Hilfe gewisser Vorstellungen und Aussagen erreicht worden ist. Solche brauchbaren Hilfsmittel sind Erkenntnisse, die uns helfen, uns erfolgreich zu orientieren. «Und *wer* orientiert sich?» Lachend sage ich: «niemand! Orientierung ereignet sich. Sie ereignet sich als Zielsetzung, als Meinung darüber oder Modell davon, was zum Ziel führen könnte, und schliesslich als mein Erleben, dass das Ziel erreicht oder verfehlt worden ist.»

«Du willst in Wittgensteinscher Diktion sagen, alles sei schlechthin der Fall.» «Und ausserdem nichts. Mir gefällt des jungen Wittgensteins Wortwahl besser als die Rede vom Sein.»

«In Bezug auf den Menschen sprechen manche von Existenz. Wie sieht die Anarchomystik das Wesen des Menschen?», fragt der Rauschebart. «Wie ihr wohl besser wisst als ich, ist der philosophische Begriff des Menschen fragwürdig. Man fragt nach dem Wesen des Menschen; hat er überhaupt eines oder keines? Die Anarchomystik verzichtet auf den Begriff *Wesen des Menschen* aus ähnlichen Gründen, wie sie Max Stirner schon im 19. Jahrhundert dargelegt hat. Das Wesen des Menschen ist das, was sich Philosophen in ihren Abstraktionsspielen erdichtet haben und nun in anthropologischen Liturgien anbeten oder verfluchen. Aber lassen wir das Polemisieren … Auch du und ich und unser ganzes Um und Auf sind einfach stets der Fall. Mein Ziel, Zutaten für das Nachtessen einzukaufen, ist der Fall, dass ich über die Öffnungszeiten des Lebensmittelgeschäfts bis abends um Acht orientiert bin, ist der Fall und, dass ich dort um halb Acht erfolgreich einkaufe, ist der Fall, durch den sich erweist, dass meine Orientierung über die Öffnungzeit zum angestrebten Ziel führt und damit wahr ist.»

«Und *wer* kauft ein?», fragt der Bärtige listig. «Ein männliches Lebewesen namens Gian Caspari schreitet in den Laden …»

«Und könnte genauso gut ein Roboter sein. Warum nennst du dich Anarchomsytiker und nicht einfach Materialist? Mir wäre das sympathischer.»

«Auch mir ist jeder Monismus sympathischer als der Glaube an die getrennten Welten des Geistes und der Materie. Aber selbst die Materialisten, welche auch nicht an ein Ich glauben wollen, haben das Kind mit dem Bade ausgeschüttet, haben ob der notwendigen Entsorgung des Ich-Phantoms das allgegenwärtige Meinsein des Erlebens ausgeblendet oder zur blossen Illusion erklärt, ohne zu bedenken, dass auch jede Illusion wie jeder Traum stets nur als *meine* Illusion, als *mein* Traum der Fall sind, so wie sie von ihrem Materialismus sagen würden: ‹Das ist meine Weltanschauung›.»

«Von welchem Baum fällt denn das, was der Fall ist», fragt

der Rauschebart. «Es fällt nicht, sondern knallt aus dem Urknall!», ruft es aus einer Ecke. Ein langhaariger junger Mann steht auf und sagt: «Die Frage nach dem Woher ist sinnlos, weil sie endlos ist. Kinder wollen wissen, woher sie kommen, bis sie erfahren: durch Vögeln. Auch die Eltern und deren Eltern. Und Gott? Und der Urknall?» «Ein Furz, Michael, aus dem Loch des Nichts», ruft ein anderer junger Mann in seiner Nähe. Michael … Michael? Er kommt mir bekannt vor. Von der Schule? *Der* Michael? Charlènes Michael mit dem frechen Gedicht?

«Was bringt es mir denn, wenn ich anstelle des Ich-Subjekts oder des Selbst die Meinigkeit setze?», will eine ältere Teilnehmerin wissen, «was soll denn die Meinigkeit sein? Der Begriff klingt mir so metaphysisch. Das Ich wird in die Hölle gestürzt und die Meinigkeit ist nun das Göttliche, das über allem schwebt, alles durchdringt.» Ich lache. «Meinigkeit ist nichts. … Das heisst, sie ist kein Ding, vielmehr eine Perspektive, die uns aus der Zwangsjacke der Identität befreit. Es geht nicht mehr darum, wer ich bin, vielmehr darum, *was* ich erlebe. Es geht nicht um ein mit sich identisches Selbst, das etwas erlebt, sondern einzig um das Erlebte.»

«Seit den Forschungen der Quantenphysik», gibt ein weiterer Teilnehmer zu bedenken, «bekommt die Meinung wieder Aufschwung, es gebe die Dinge, die wir wahrnehmen, gar nicht, weil selbst die kleinsten Teilchen, die die Physiker postuliert haben, blosse Beziehungsstrukturen seien, und wir es statt mit materiellen Dingen nur mit Formen zu tun hätten, darum gebe es die Vielheit der Dinge gar nicht wirklich, sondern nur das Ganze. Wir würden den Grund der Materie niemals erkennen, und so gäbe es nichts mehr, woran man sich halten könne.» «Ausser an die Weisheiten der Religionen», ruft jemand dazwischen. Lachen.

«Anarchomystik ist konsequente Nicht-Metaphysik, weil für sie nur dem Erlebten Sein zukommt; es gibt kein Jenseits des

Erlebten, auch kein erlebendes Subjekt. Erleben ist kein all-umfassendes Ganzes, sondern eine Fülle von Perspektiven, die sich oft nicht sinnvoll verschränken lassen. Wenn es für einen Quantenphysiker den Apfel, in den ich beisse, gar nicht gibt, weil es die Teilchen, welche in physikalischen Theorien pos-tuliert werden, nicht gibt, dann ignoriert er, dass die Materie, von der er ausgeht, eine andere ist als die Materie des Apfels, in den ich gerade beisse, dass seine Materie lediglich ein Be-standteil physikalischer Theorien ist, eine der mathematischen Weisen, sich zu orientieren, deren Wahrheit nur für die Ziele der damit verbundenen Experimente und spezifischen tech-nischen Anwendungen gilt. Es mangelt ihm an Sprachkritik. Materie ist nicht einfach Materie, sondern jeweils das, worum es dem Sprechenden in einer bestimmten Situation geht.»

«Besteht denn der Apfel nicht aus Atomen, Protonen, Neutronen, Quarks … oder blossen Beziehungsstrukturen?», fragt Tuula grinsend dazwischen. «Nein. Der Apfel, in den ich beisse, hat nichts mit Physik zu tun.» Allgemeines Gelächter. «Das Gelächter zeigt, wie unmerklich wir Perspektivenfehler in unserem Denken zulassen.» «Meinst du», fragt ein junger Mann, «mit *Perspektivenfehler* dasselbe wie das, was Gilbert Ryle als *Kategorienfehler* bezeichnet, wenn Begriffe, die einem bestimmten Bedeutungsbereich angehören, wie z. B. Apfel dem der Früchte, in einem ganz anderen Bedeutungsbereich verwendet werden, hier dem der physikalischen Theorie, zu dem die Begriffe Neutronen und Quark gehören?» «Ja, bloss beschränke ich mich nicht auf die Sprachlogik und teile die Welt nicht in Seinskategorien auf.» «Kannst du das verständli-cher sagen?», ruft jemand aus dem Hintergrund.

«Anarchomystik verwendet den Begriff des Seienden nicht, sondern spricht stattdessen, wie schon gesagt, von Meinigkeit. Darum sind für sie Kategorien nicht Grundvoraussetzungen des Seienden, sondern Wesensunterschiede der Bedürfnisse und ihrer Befriedigung, womit das Begehrliche der Meinigkeit angesprochen ist. So unterschiedlich der Charakter der Ziele ist, so unterschiedlich sind die Perspektiven und die ihnen eigenen Begriffe. Bei der Frage nach der Wahrheit habe ich von Orientierung gesprochen. Orientierungen sind Methoden oder Rezepte, die uns anleiten, bestimmte Ziele zu erreichen. Mein Ziel kann sein, meinen Hunger zu stillen, meine Orientierung besteht darin, dass das Verspeisen des Apfels zum Erreichen dieses Ziels beiträgt und in meinem Erleben, dass dem so ist, erweist sich meine Orientierung als wahr. Die Orientierung des Quantenphysikers, die aus mathematischen Theorien besteht, in denen seine Begriffe eingebettet sind, und in deren letzter Konsequenz sich alle Materieteilchen in blosse Beziehungsstrukturen auflösen, dient ganz anderen Zielen als der Stillung meines Hungers. Seine Orientierung erweist sich als wahr, wenn die damit verbundenen Experimente gelingen und die Beobachtungen seine Erwartungen bestätigen.»

«Also», unterbricht mich Tuula und hebt wieder den Zeigefinger in die Höhe, «ist das Apfelsein des Apfels kein Gegenstand der Physik.» «Genau. Jede Methode der Orientierung eröffnet eine andere Perspektive.» «Und wenn man die Perspektiven durcheinanderbringt, macht man Perspektivenfehler.» «Sehr häufig jedenfalls; die Perspektive der Chemie ist enger verwandt mit jener der Physik als mit der Perspektive des Verliebtseins.» Zwischenruf aus dem Publikum: «Was ist mit den Hormonen?» «Wer die Biochemie der Hormone kennt, ist noch lange kein Kenner der Liebe», antwortet Tuula. Ich ergänze: «Einer der beliebtesten Perspektivenfehler ist die Verwendung physikalischer Begriffe in ganz anderen, unvereinbaren Perspektiven; darauf beruhen die skurrilsten esoterischen Theorien.»

«Wie wissen wir, ob Perspektiven unvereinbar sind?» «Durch trial and error. Das Erleben des erreichten Ziels entscheidet. Wobei die Erfolge in der Theoriekonstruktion oder gelungene Experimente genauso zum Erleben gehören wie die Stillung meines Hungers.» «Also ist die Wahrheit, dass sich etwas tatsächlich so verhält, wie es in meiner Orientierung vorkommt, doch beliebig von meinem Erleben abhängig», stellt eine Teilnehmerin fest.

«Bloss, dass mein Erleben nicht beliebig ist, eben nichts Subjektives. Da ist niemand, der mein Erleben auswählt. Es fällt einfach vor. Es ist Weltgeschehen, wirkliches Ereignis.» «Dann sind aber auch die Bestandteile der physikalischen Theorien Wirklichkeit«, sagt Tuula. «Genau», stimme ich zu, «eine Wirklichkeit unter vielen, auch wenn manche glauben, physikalische Theorien erklärten den Zusammenhang der ganzen Welt und wenn das, was wir wahrnehmen, in ihrer Theorie nicht existiert, es auch sonst nicht existiere. Was ich erlebe, existiert auch. Unter Umständen existiert es jedoch in einer anderen Perspektive als in jener der physikalischen Theorie. Massgebend ist mein Erleben; so wie auch Theorien Erleben und damit Wirklichkeit sind, ist auch mein Apfelessen Wirklichkeit, selbst das Apfelessen in meinem Traum.»

«Was ist der Unterschied zwischen Traum und Wirklichkeit?», fragt der Rauschebart. «Ich würde die Frage nicht so stellen», antworte ich, «auch Träume und Phantasien sind Wirklichkeiten, wirken als mein Erleben. Meinigkeit ist Leidenschaft, und Leidenschaft schafft nicht bloss Leiden, wie der Buddhismus predigt, sondern vor allem Orientierung darüber, wie sie Befriedigung findet. Erkenntnis und Wahrheit sind so gesehen zwar immer relativ, aber nicht beliebig. Es gilt die alte spanische Weisheit: *La prueba del pudín consiste en comer*. Oder wie die Engländer sagen: *All the proof of a pudding is in the eating*. Relativ sind nur die Ziele. Wenn das Ziel ist, mich zu beruhigen, kann die Idee, dafür zu beten oder Regentänze aufzuführen, durchaus Erkenntnis sein und meine Beruhigung Wahrheit. Wenn es darum geht, dass es wirklich regnen soll, ist die Meinung, dass Beten oder Tanzen helfe, keine Erkenntnis. Wahrheit gibt es für die Anarchomystik nur als Eigenschaft von Orientierungen und hängt vom Ziel ab, das erreicht werden soll; wahr sind Orientierungen lediglich, soweit sie helfen, dieses Ziel zu erreichen. Betrügerische Machenschaften sind Wahrheiten für die, die damit Geld machen, aber verdammte Lügen für die, die darauf hereinfallen.»

«Also nüchterner Pragmatismus; dem könnte ich mich anschliessen», sagt der Rauschebart, offensichtlich befriedigt. «Ja. Aber weil Anarchomystik den Begriff Objektivität sowenig verwendet wie Subjektivität, geht es nicht um die Übereinstimmung einer Idee in mir mit einem Sachverhalt ausser mir. Für die Wahrheit gilt das chinesische Sprichwort *gelb oder schwarz, eine Katze die Mäuse fängt, ist eine gute Katze.*»

«Habe ich richtig verstanden», will eine Teilnehmerin wissen, «dass ihr Anarchomystik weder zur religiösen Mystik noch zur postmodernen Philosophie zählt?» «So ist es gemeint», antworte ich, «in der christlichen Mystik ist letztlich alles allein auf Gott ausgerichtet, das Erlöschen des Ich im Einssein mit ihm ist Ziel und Sinn des mystischen Weges. Viele, meist aus dem Hinduismus stammende Praktiken insinuieren die Versenkung ins tiefste innere Selbst, was immer das sein soll, oder das Ziel der Einheit mit dem Universum mit Hilfe mannigfacher Rituale, die den Übenden in eine mehr oder minder tiefe Trance versetzen. In postmodernen Perspektiven fehlt ein bestimmter Sinn des Lebens, er muss beliebig erfunden, für manche Philosophen auch erkämpft werden.»

«Was ist denn im Unterschied dazu Anarchomystik?» «Nichts», ist meine Antwort. Tuula lacht. «Ein Nichts mit einem Namen?» «Anarchomystik ist zu nichts zu gebrauchen», fahre ich fort, «weder als Lebenshilfe noch zur Entspannung noch zur Steigerung des Lustgefühls beim Sex noch zur sinnlichen Erbauung des Gemüts; da ist keine Innenwelt, in die man sich versenken könnte. Die Bezeichnung Anarchomystik ist eigentlich nichts als die hilflose Etikettierung meiner philosophiekritischen Stellungnahmen in einem Disput, den ich vor mehr als zwei Jahrzehnten während eines ausgedehnten Nachtessens mit meinem Freund, dem Philosophen Ludwig von Wolff, geführt habe. Der Name kommt von ihm. Er hat mich Anarchomystiker genannt, wohl weil er meine Ausführungen in keine philosophische Schublade einordnen konnte. Allerdings haben sich meine Gedanken seither weiterentwickelt, und sie verändern sich noch immer laufend.» «So schlecht ist ihm die Einordnung dieses Denkens gar nicht gelungen», sagt Lou, «Leute, die das Philosophieren so kritisieren, passen jedenfalls gut zu uns.» «Yeah! Wow! Wow! Wow!» «Vielleicht sagst du uns zum Abschluss doch noch ein paar Worte zur Abgrenzung der Anarchomystik – jetzt habe ich dieses eigenartige Wort schon lieb gewonnen – von der üblichen Mystik oder der postmodernen Philosophie, wo ich doch auch manche Übereinstimmungen herausgehört habe.»

«Also, ganz kurz. Anstelle der Topoi Gott, Sein und Nichts steht in der Anarchomystik die allumfassende Meinigkeit als Kippfigur des gleichermassen Meinseins/Fremdseins von allem. Das Fremdsein, das Ungeborgensein ist ein Aspekt der Meinigkeit, weil es trotzdem *mein* Ungeborgensein ist. Es bedarf weder einer frommen Ausrichtung auf die Meinigkeit, noch müssen wir uns um ihre Erkenntnis bemühen, denn Meinigkeit ist immer und überall der Fall. Im quälendsten, bedrängendsten Fremdsein kommt die Meinigkeit des Erlebens erst zu ihrem Höhepunkt. Anarchomystik ist weder sinnleer, noch muss ein Sinn gesucht oder erkämpft werden, denn dasselbe sind Sinn und Leidenschaft, und dasselbe sind Leidenschaft und Meinigkeit. Einzig meine Leidenschaft schafft Sinn – dafür war Kant taub und blind, forderte stattdessen die Unterwerfung unter die leidenschaftslosen Vernunftgesetze der Moral: Jahwes Gesetzestafeln transformiert in Philosophie.»

Alles schweigt, bis Tuula wieder das Wort ergeift: «An dieser Stelle möchte ich etwas sagen zu eurem Motto *Sinnlosigkeit,*

Freiheit und stets eine Prise Verachtung. Ich hoffe, ich habe das einigermassen richtig übersetzt. Darin schwingt für mich etwas vom Ungehorsam mit, von dem Gian gesprochen hat. Für Kinder ist Gehorsam wichtig, damit sie von den Eltern den Weg ins Leben lernen können. Pubertierenden dient der Ungehorsam dazu, sich aus dieser Abhängigkeit zu lösen, mündig zu werden, … da stecke ich ja noch halbwegs drin», scherzt sie. «Ich weiss selber, was gut für mich ist. Wie oft habe ich das meinen Eltern schon gesagt. Aber immer wieder befallen mich Zweifel. Ich weiss meistens, was ich will. Aber ob es gut für mich ist, woher soll ich das selber wissen? Will ich es wissen? Gibt es überhaupt jemanden, der das weiss? Ich bezweifle es. Ungehorsam ist an Bedingungen geknüpft. Wer nicht genug zu essen hat, könnte sich das Notwendige ja klauen, aber wenn das so einfach wäre. Die Verkaufsläden sind überwacht und die Polizei meistens stärker und manchmal schlauer als du. Ausserdem stellt sich zumeist die Frage, ob ich überhaupt gegen gewisse Spielregeln, auch wenn sie nicht von mir sind, verstossen will, nicht nur weil man mich daran hindert oder der Preis des Ungehorsams zu hoch ist, sondern weil ich eigentlich ganz gut damit lebe oder sogar Vorteile von meinem Gehorsam habe. Jedenfalls finde ich es wichtig, den Ungehorsam als Option im Auge zu behalten, sich aber gleichzeitig darüber schlau zu machen, wie das geht, wo er geil ist, ebenso geil wie der Gehorsam. Hie und da sehe ich den Unterschied nicht mehr.»

Hinten klatscht jemand. Muriel. Schliesslich allgemeiner Applaus. «Wow! Wow! Wow!» «Wu! Wu!»

Tuula setzt sich, sie wirkt verlegen.

fade-out

27 Inferno

fade-in

— *Darius und Arja* —

«Lastwagen! Vorne Lastwagen, hinten Lastwagen.» «Und das auf dieser kleinen Landstrasse.» «Schau mal zurück auf den Möbelwagen, … der fährt seit Bologna hinter uns her.» «Warum soll das derselbe sein, die sehen alle etwa gleich aus. Seit Bologna? Merkwürdig. Wir haben die Fahrt in Cremona unterbrochen und dann nochmals in Crema für einige Stunden.» «Eben!»

«Stimmt, schon auf der A1 ist mir ein solcher Laster hinter uns aufgefallen, und als wir bei der Ausfahrt Fiorenzuola auf die A21 abgezweigt sind, ist er wieder hinter uns gefahren, aber dann habe ich mich nicht weiter darum gekümmert.» «Hättest du nicht unbedingt die beiden Orte sehen wollen, wären wir auf der Autostrada del Sole bis Milano zügig vorangekommen, statt hier auf dieser Provinzstrasse eingeklemmt zu sein.» «Nimm's doch gemütlich. Wie der kleine Bach neben der Strasse.» «Bach? Eine mickrige Wasserrinne.»

«Der kurze Abstecher nach Cremona hat sich jedenfalls gelohnt. Unter den hunderten von Stradivari-Violinen im Museum des Palazzo Comunale warst du glücklich, und allein schon der Rundblick von der Piazza del Comune auf den Torrazzo mit seiner riesigen astronomischen Uhr, die Domfassade und das Battisterio … Das Bild werde ich mein Lebtag nicht mehr vergessen.» «Zugegeben. Und Crema war auch ein Erlebnis, diese lombardische Renaissance-Architektur der Santa Maria della Croce.» «Zum Glück ist die Muttergottes dort so häufig erschienen und hat viele Wunder bewirkt, so brachte man dank den Pilgern das Geld zusammen, den Bramante-Schüler …» «Giovanni Battagio. Ja, der konnte dann beauftragt werden mit dem Bau … verdammt, was fährt der hinten so nahe auf! Jetzt reicht's mir aber …»

«NEIN! Nicht überholen, die Sicherheitslinie!» «Der hinten will auch überholen!» «ACHTUNG! Von links, ein Kieslaster … NEIII…

fade-out

28 Finsternis

fade-in

— *Muriel* —

Andere heiraten. Wir beinahe. Vor bald vier Jahren bin ich
Gian zum ersten Mal begegnet, im Museum Rietberg beim Betrachten japanischer Nô-Masken. In vielen Gesprächen über
Mystik und Gottlosigkeit sind wir uns näher gekommen. Ich
lernte Gians Freundinnen kennen, Charlène und Seraina, und
Tuula, die Enkelin seines Jugendfreundes Ludwig; einmal war
ich an einer Geburtstagsfeier an der Hadlaubstrasse bei ihren
Eltern, doch Ludwig kenne ich nur durch Gians Erzählungen.
Wir haben noch immer vor, ihn demnächst in Bologna zu
besuchen. Um Gian sind lauter Frauen, interessante Frauen, er
ist, von meinen Jugendliebschaften abgesehen, der erste und
einzige Mann, dem ich nach meinem Leben als Nonne nahe
war und bin. Mein himmlischer Bräutigam der Klosterzeit hat
sich zu Nichts verflüchtigt. Gian fragte mich einmal, ob es
mich störe, dass er fast nur Freundinnen habe. Es stört mich
nicht. Im Gegenteil, ich finde, es gehört zu ihm, er könnte
selber eine Frau sein, wenn man solche Unterschiede überhaupt machen will. Seine sexuellen Erfahrungen kommen mir
zugute, denn ich habe viel nachzuholen; er lässt mich meinen
Körper immer wieder neu erleben. Im Übrigen war der engste
Freund seiner Jugend ein Mann.

Vor einem Jahr erwogen wir zu heiraten, entschieden dann
aber nach vielen Gesprächen über gemeinsame Lebensfor-
men, dass das nicht unser Stil sei. Es geht uns nicht um Freiheit, Gian scheint sogar allergisch auf diese, wie er sie nennt,

Worthure zu reagieren. Mir geht es um die Weigerung, Entscheide zu zelebrieren, mir, die einst einen Entscheid als ewiges Gelübde zelebriert hat. Ich habe es nicht gebrochen, sondern den Glauben daran verloren, damit war es verschwunden. Was heisst Zeugnis geben anderes als Unterwerfung unter etwas, was du gerade glaubst; verschwindet der Glaube, verschwindet das Zeugnis. So will ich nicht erneut Zeugnis ablegen. Gian sieht es philosophisch: Unsere Liebe sei ganz einfach der Fall, sein Fall, mein Fall. Niemanden brauche das zu kümmern. Es ist nicht unser Stil.

Als Alternative zur Hochzeitsreise beantragte ich ein Sabbatical für ein Jahr, was mir problemlos bewilligt wurde, da ich zurzeit keine Maturaklassen betreue. Für Gian ist es das erste Jahr ohne schulische Verpflichtungen, ist er doch soeben 65 geworden. Pläne haben wir mit Bedacht keine geschmiedet, wir werden tun, was uns gerade einfällt, wobei Gian den Wortteil *fällt* betont. Man muss die Feste feiern, wie sie fallen, pflegte unser Dorfpfarrer seine Festreden einzuleiten.

Mitten in der Nacht läutet Gians Türglocke. Aus dem Lautsprecher der Gegensprechanlage Schluchzen. Gian erkennt sie sofort. «Tuula …» Ich renne die Treppe hinunter, ihr entgegen. Wir setzen Tuula im Wohnzimmer zwischen uns aufs Sofa. Ich lege einen Arm um ihre Schultern, streichle ihr Haar. Das Weinen wird leiser. «Was ist, Tuula?» «… Äiti … Isi … sie sind tot.» Heftig weinend lässt sie ihren Kopf auf meine Schultern sinken. «Arja und Darius», sagt Gian leise.

«Tot?» «Was ist geschehen?» «Frontalzusammenstoss», schluchzt Tuula, «vor Mailand … Opa hat aus Mailand telefoniert.» «Aus Mailand. Wann?» «Heute Abend, der Unfall war gestern, auf der Heimfahrt, sie waren bei ihm in Bologna, er musste heute in Mailand die …», es schüttelt sie vor Weinen, «die … Leichen identifizieren.»

«Verdammt!», sagt Gian.

Ludwig habe angekündigt, er werde spätestens am Samstag in Zürich sein, dann werde er alles erzählen, was er wisse. Sie solle sofort mit Gian Kontakt aufnehmen, am besten zu ihm hingehen, er habe den ganzen Abend vergeblich versucht ihn zu erreichen. Wir waren im Konzert und Gian hatte sein Telefon ausgeschaltet.

«Du kannst bei uns im Gästezimmer übernachten», sagt Gian. «Was heisst übernachten», interveniere ich, «vorläufig wohnst du hier. Morgen holen wir deine Sachen, die du brauchst.» «Du hast recht», pflichtet mir Gian bei, «es ist nicht gut, wenn du allein an der Hadlaubstrasse bist.» «Aber wenn Opa kommt», schluchzt Tuula. «Er wird sich bei mir melden. Dann sprechen wir zusammen über das weitere Vorgehen», sagt Gian, «wer weiss, wie lange er bleiben kann.»

Tuula fragt nach einem Glas Wasser. In der Küche hat Gian bereits den Beantworter abgehört. Während ich etwas Zitrone ins Wasserglas presse, sagt er leise: «Ludwig hat nur kurz vom tödlichen Unfall berichtet und gebeten, mich Tuulas anzunehmen. Wenn immer möglich, werde er am Wochende nach Zürich kommen. Ich schreibe ihm eine SMS, dass Tuula hier sei und bei uns wohnen könne. Wir würden sie betreuen.» «Ja, schreib ihm gleich.»

Schweigend sitzen wir im Wohnzimmer. Tuula weint still vor sich hin, manchmal schüttelt sie ein Schluchzen. «Ich halte es nicht aus, allein im Gästezimmer zu sein», sagt sie leise. «Dann gehe ich ins Gästezimmer und du schläfst bei Muriel», entscheidet Gian, noch bevor ich denselben Vorschlag, den ich schon zuvor im Kopf hatte, machen kann.

Im Bett kuschelt sich Tuula in meine Arme, schluchzt noch eine Zeit lang und schläft dann ein.

fade-out

29 Non sono Iwan Iwanowitsch Iwanow

fade-in

— *Ludwig* —

Ich bin gescheitert!

Ich habe gehofft, in diesem Umfeld in Bologna in Ruhe forschen zu können, gemeinsam mit euch die Bedingungen der Möglichkeiten zur Vernetzung offener globaler Solidarität zu ergründen. Anleitungen zum Handeln zu finden. Ziele zu definieren, sinnvolle Ziele, realistische Programme, Schritt für Schritt, Algorithmen, die in den Wirklichkeiten von heute ansetzen, keine besserwisserischen Weltanschauungen, keine phantastischen Erzählungen.

Doch ihr wollt die vorhandene Kultur zerstören, damit danach alles neu wachsen könne. Ein alter, blutiger Aberglaube. Jeder blinde Amok ist euch willkommen, sogar der islamistische Terrorismus ist euch recht. Ihr wollt Chaos schaffen, damit eine revolutionäre Situation entstünde … Ha! … und dann?

Dann wollt ihr die Führung des Aufstands an euch reissen – hatten wir alles schon, … es erinnert mich an Sergej Netschajew, aber euer Revolutionärer Katechismus ist nicht meiner.

Ich glaubte Freunde zu haben. Jetzt bin ich euer Todfeind … Ja! Nachdem all meine Bemühungen euch zur Vernunft zurückzubringen an eurem Hohn abgeprallt sind, habe auch ich euch gedroht euch auffliegen zu lassen, wie mein Sohn euch gedroht hat. Volete liquidarmi dopo aver liquidato mio figlio e mia nuora – certo … Aber euren Giftbecher werde ich nicht trinken, eure Kugeln werden mich nicht treffen. Non sono Iwan Iwanowitsch Iwanow.

Ho fallito. Ich verschwinde! Subito!

fade-out

30 Linea morta

fade-in

— *Gian* —

L'utente non è disponibile … L'utente non è disponibile … L'utente non è disponibile …

   «Fuck! … Warum nimmt er nie ab?», zischt Tuula. «Er hat gesagt, spätestens bis Samstag komme er nach Zürich, jetzt ist Sonntagabend.» Sie weint, ihr Körper zittert. «Warum hast du mir seine Festnetznummer nicht früher gegeben? Warum hat er kein Handy?» «Ich wusste nicht, dass du seine Nummer nicht hast», lüge ich und verschweige den Auftrag, den ich von Ludwig bekommen habe. Nun erst erahne ich, wie brisant wohl das Anliegen Ludwigs ist, über das ich zuvor verärgert war. Jetzt bin auch ich beunruhigt darüber, dass er weder erschienen noch erreichbar ist.

fade-out

31 Der Weg ist der Abgrund

fade-in

— *Tuula* —

Ich habe ihn getötet. Darauf sind sie nicht gekommen. Sie halten mich für eines seiner Liebchen. Sie hätten ihn doch immer wieder gewarnt, er solle es nicht übertreiben; seine Herzprobleme nicht einfach so beiseitezuschieben, habe ihn auch sein Arzt ermahnt. Infarto, sagten sie, als sie ihn in den Lift trugen, nachdem sie ihn notdürftig angekleidet hatten. Avete esagerato, siete due selvaggi …, scusa, Maria, sagten sie. Va a casa e non dire niente a nessuno, sagte die Schwarzhaarige. Sie kamen nicht auf die Idee, dass ich ihn getötet habe. Fragten nicht, wer ich sei.

Sie werden mich vermissen in Zürich. Niemand weiss, dass ich nach Bologna gefahren bin, per Autostopp. Heute Morgen früh losgezogen, heute Abend schon in Bologna. Äiti, Isi tot. Opa ist nicht nach Zürich gekommen. Ich hielt es nicht mehr aus, ich muss ihn treffen. Seine Adresse fand ich im Arbeitszimmer von Isi: Via dei Terribilia 3, 5° piano.

Niemand öffnet auf mein Läuten, auch im Treppenhaus habe ich niemanden angetroffen. Auf einem Messingschild an der Türe steht *von Wolff*, weiter nichts. Wütend will ich am Türknauf rütteln, doch die Türe geht auf, Opa hat sie nicht ganz zugezogen. «Hallo!» … Niemand da. Wahrscheinlich ist Opa kurz weggegangen. Nachlässig, die Türe nicht zu verschliessen. Was ich von Italien schon alles gehört habe.

Vom Entrée gelange ich in eine kleine Küche, auf einer

Herdplatte eine Espressokanne, das Küchenfenster aufgekippt. Anschliessend ein grosser Raum, neben der Zimmertüre ein Schreibtisch, darauf ein zugeklapptes Notebook und ein zur Hälfte mit Kaffee gefüllter Kartonbecher, zwei Ledersessel, ein zierliches Glastischchen. Mitten im Raum ein grosser ovaler Holztisch, Notizblöcke, Kugelschreiber, ringsum Stühle aus dem gleichen dunklen Holz, dazwischen schwarze Klappstühle. Der Grundriss des Raumes ist L-förmig; an der abgewinkelten Wand ein Schreibtisch mit Stapeln von Papieren, Broschüren und Büchern, ein Anblick, der mir von Opas Zimmer zu Hause vertraut ist. Der Bildschirm dunkel, der Computer ausgeschaltet, der Bürostuhl ordentlich halb unter die Schreibtischplatte geschoben. Ganz hinten führt eine Türe in ein Zimmer mit einem grossen Bett, zwei alten Holzschränken, zwei karminrot bezogenen Polstersesseln, einem Tischchen. Bücher, Bücher, Bücher, auf Gestellen an der Wand, am Boden aufgeschichtet, auf dem Tischchen und sogar auf einem Teil des Bettes. Eine zweite Türe führt vom Schlafzimmer in einen Gang, durch den man wieder ins Entrée gelangt, seitlich die Türen zu Bad und Toilette, eine weitere zu einem kleinen Zimmer, einer Art Vorraum zur Veranda, am Boden eine Giesskanne; um einen verschnörkelten metallenen Gartentisch stehen vier Gartenstühle im gleichen Stil mit grünen Kissen. Zwei weitere Türen im Entrée sind verschlossen; Opas Wohnung scheint recht gross zu sein; zwar war ich als Kleinkind schon hier, kann mich aber an nichts mehr erinnern.

Im Kühlschrank finde ich Bier; erschöpft lasse ich mich mit einer Dose in einen der Ledersessel im Arbeitsraum fallen.

Ein Stupsen weckt mich, ich bin eingeschlafen. «Chi sei? Come sei entrata?» Erschrocken schaue ich auf. Es ist nicht Opa. Ein Mann steht vor mir. Gekrauste schwarze Haare. Ein gepflegter 6-Tage-Bart. Sofort bin ich hellwach. «Era aperto, la porta era solo accostata», sage ich, froh über mein fliessendes

Italienisch. Er sei wieder nachlässig gewesen, «c'è sempre qualcosa, troppo stress.» Der Blick seiner braunen Augen ist unwiderstehlich, doch zugleich bin ich alarmiert und vorsichtig: «Chi sei, dov'è Ludwig?» Er sei Pietro De Primo, sagt er mit einer tiefen, warmen Stimme und setzt sich in den Sessel mir gegenüber, er arbeite hier bei Ludwig als Assistent, aber wer ich denn sei, zuerst habe er geglaubt compagna Carmen sitze hier, vom Aussehen her könnten wir Zwillinge sein. Nein, ich sei Maria, lüge ich, Ludwig, ein Bekannter meiner Eltern, habe mich angefragt, ob ich ihm bei Schreibarbeiten behilflich sein könne, und da ich demnächst mit dem Physikstudium beginnen würde, sei ich froh, so meine Stipendien aufbessern zu können. «È vero, ha molto da scrivere.» «Aber wo ist er?» Das wüsste er auch gerne, seit vier Tagen sei Ludwig nicht mehr in seiner Wohnung aufgetaucht und auch nicht an der Universität, aber er habe halt seine eigenen Geheimnisse.

Er habe mich für heute fünf Uhr hierherbestellt, fake ich, allerdings sei das schon vor einem Monat geschehen. Das sei tatsächlich ein Problem, manchmal verwechsle der Professore seine Termine, heute werde er bestimmt nicht da sein, denn mittwochs fahre er gewöhnlich nach Florenz zu einem Kollegen, mit dem er regelmässig Angelegenheiten seines Netzwerks bespreche, und übernachte dann auch dort. «Was für ein Netzwerk?» «Dafür hat er dich wohl eingestellt, es gibt viel Arbeit, und eigentlich muss er sich ja um seine Forschung und Vorlesungen kümmern.» «Was ist denn das für eine Arbeit?»

Pietro geht in die Küche und bringt zwei Dosen Bier. Ausführlich erzählt er mir die Geschichte und Ziele der REPS, dann von der Abspaltung der PhiloDogs, die ARF erwähnt er nur am Rande. Ich hüte meine Zunge, um nichts von meinem Auftritt bei den PhiloDogs zu verraten, tue so, als hörte ich zum ersten Mal davon. Scheisse! Warum haben mir weder Alexander, noch Lou gesagt, dass die PhiloDogs aus der REPS hervorgegangen sind? Warum habe ich weder von Opa noch von meinen Eltern von der REPS erfahren? Niemand hat mir erzählt, dass es sich bei den PhiloDogs um eine Abspaltung handelt, die in Opposition zu Opas Ideen erfolgte, auch nicht, was Opas Ideen sind. Ob Gian davon weiss? Will man mich manipulieren? Ist das der Grund, warum Opa mich auf Distanz hält? Ein Kind, das man vor dem Treiben der Erwachsenen beschützen will. Leckt mich!

Wie wohltuend ist es zu erleben, dass mich Pietro offensichtlich nicht anders behandelt als seine Gefährten, mein bevorstehendes Physikstudium scheint ihn beeindruckt zu haben und ich vermute, er schätzt mich älter ein. Zunehmend fasziniert höre ich ihm zu, lasse mich einhüllen von dieser Stimme, mit der er mir von einer revolutionären Gruppe von Studenten und Mitarbeitern an der Universität erzählt.

Er sei zwar der Assistent des Professore Lodovico und sie hätten sich persönlich immer gut verstanden, aber mit der Zeit seien sie sich uneins geworden über die Ziele der Bewegung. Er habe versucht, den Professore davon zu überzeugen, dass die Devise der REPS, *lasst uns eine solidarische Weltgemeinschaft bauen*, nicht zu verwirklichen sei durch immer ausgedehntere Netzwerke friedlich missionierender Gruppen, die den Teilnehmern eine neue Heimat böten und so Solidarität in ihre Herzen pflanzten. Wie sollte die Weltwirtschaft verändert werden durch die Schaffung vieler Kleingärten. Das leuchtet mir ein, Schrebergärten sind heimelig, aber keine Lösung der Weltwirtschaftsprobleme. Mein Ärger darüber, von Bologna und all diesen interessanten Projekten ferngehalten worden zu sein, begünstigt meine Neigung, mich in dieser Auseinandersetzung auf Pietros Seite zu fühlen.

Die Macht des globalen Kapitals sei so gross, dass sie sich nicht ohne Gewalt brechen lasse. Grosse Kriege seien keine Option, da solche immer auch vom Grosskapital geführt würden und es sowieso kein Land auf der Welt gebe, das nicht selber revolutioniert werden müsse. Was denn geschehen müsste, will ich wissen. «E' necessario distruggere le fondamenta degli ordini sociali dominanti. Es braucht Terror.» «Warum denn zerstören?» «Weil die Menschen mehr Angst vor Veränderungen haben als Mut für Gerechtigkeit zu kämpfen, auch wenn sie darüber klagen und empört sind, dass ein paar wenige Leute mehr Vermögen haben als der Rest der Menschheit.»

Wie ich mir die zerstörerische Gewalt vorstelle, wechsle ich wieder die Seite, dem kann ich nicht zustimmen, frage aber trotzdem noch einmal: «Was bringt denn Terror und Zerstörung?» «Dadurch verschwindet das bisschen vermeintliche Sicherheit und Geborgenheit, woran sich die ausgebeutete Masse klammert, dann erst wird ihre Unzufriedenheit zur revolutionären Empörung befreit.» «Ihr wollt mit dem Verbreiten von Angst und Schrecken die Leute von ihrer Angst sich zu wehren befreien?» «Erst wenn die Angst gross genug ist, schlägt sie um in revolutionären Zorn.» «Und dann?» *«Das Alte stürzt, es ändert sich die Zeit, und neues Leben blüht aus den Ruinen»*, zitiert er auf Deutsch aus Schillers Wilhelm Tell; weil er meint, ich verstünde es nicht, übersetzt er es ins Italienische. Ich lasse mir nichts anmerken. «Ich habe mich zwar in der REPS engagiert, die Exploration hat für einige von uns jedoch ergeben, dass die Unterwanderung der Gesellschaft durch Solidarität zelebrierende Grüppchen und Gruppen nichts bewirkt als eine weitere Verhinderung des Willens zur Revolution. Darum haben wir uns zur ARF zusammengeschlossen e purtroppo, abbiamo fatto del nostro professore il nostro avversario.»

Auch ich zweifle am Solidaritätskonzept. Pietros leidenschaftliche Offenheit, mit der er mir seine Auffassungen darlegt, fasziniert mich total. Von ihm fühle ich mich ernst genommen. Die anderen haben mich wie ein Kind behandelt. Niemand fand es wohl für nötig oder angebracht, mich über diese Auseinandersetzungen zu informieren. Mein Auftritt bei

352

den PhiloDogs letztes Jahr wäre anders ausgefallen, provokativer wohl. Ich bin begierig mehr zu hören von seiner revolutionären Weltsicht, begierig nach der Wärme dieser tiefen, melodiösen Stimme, begierig nach seinem Blick …

Je mehr Pietro seine Welt, seinen heiligen Kampf vor mir entfaltet, beginnt das Dach meines Gedankenhäusleins, Hoffnungshäusleins Feuer zu fangen, das sich von Stockwerk zu Stockwerk nach unten frisst, bis meine alte Welt brennt. Ich stelle ihm Fragen, die ihn anfeuern. Er gibt mir Antworten, die mich bewegen, die mich erregen. Revolution. Ich äussere zwar Bedenken, weil ich aus der Geschichte weiss, wie grausam die grossen Revolutionen verlaufen sind, wie sie ihre eigenen Ideale zertrümmert haben, doch er vermag meine Vorbehalte zu zerstreuen, entwirft das Bild einer anderen Revolution, verweist auf die brutale Ungerechtigkeit des globalen Kapitalismus. Viva la rivoluzione! «Wie anregend ist es, mit dir zu diskutieren», sagt er, «vorrei una compagna come te.» Aber er bleibt auf Abstand. Berühre mich doch, denke ich.

Er bleibt auf Abstand und spricht und spricht und ich schmiege, ich zwänge meine Sätze zwischen seine, er lässt es sich gerne gefallen. Stunden vergehen, draussen ist es dunkel geworden.

«Zeit zu gehen», sagt Pietro so unvermittelt, dass ich aufschrecke, «der Professore wird heute Nacht nicht mehr erscheinen.» «Dann bleibe du doch wenigstens», entfährt es mir. «Non devi andare a casa? Posso accompagnarti», sagt Pietro erstaunt. «No. Mi prendi per una bambina?» Pietro lacht. Ich schliesse die Augen und tauche tief in dieses Lachen ein. «Dann mache ich uns etwas zu essen. Faccio due spaghetti. Ti va?» «Certo.» Er klappt das Notebook auf. «Damit ich sehe, wenn mir jemand eine Message schickt», entschuldigt er sich.

Wir sitzen nebeneinander auf den Hockern an der kleinen Bar in der Küche, essen die Nudeln, trinken vom Chianti, von dem er hier immer ein paar Flaschen deponiere, sagt

Pietro. «Du gefällst mir. Du wärst eine gute Revolutionärin.» Jetzt streicht er mir mit der Hand durch mein Haar: «Che bei capelli rossi che hai …» Da kann ich mich nicht mehr zurückhalten, schlinge meine Arme um seinen Hals und presse meine Lippen auf seinen sprechenden Mund. Ich ziehe den begehrten Mann vom Hocker und ins Schlafzimmer, löse seine Gürtelschnalle, öffne sein Hemd, streife meine Jeans, mein T-Shirt ab … Zuerst zögert er, aber ich sage: «Vieni, ti voglio subito», werfe ihn aufs Bett, «ti voglio … ti voglio.»

Nie hatte ich so wilden Sex. Als ich aufschreie, stöhnt er laut, ich spüre wie heftig er in mir kommt. Dann liegen wir erschöpft nebeneinander.

Lautes Schnarchen weckt mich. Pietro schläft tief. Die grün leuchtenden Ziffern der Nachttischuhr zeigen 4:30. Ich finde keinen Schlaf mehr, stehe leise auf, ertaste im Dunkeln meinen Slip und mein T-Shirt, schliesse die Türe hinter mir, setze mich an Opas Pult und zünde die Schreibtischlampe an. Ich blättere in den Büchern, entdecke in einem Stapel von Papieren ein Blatt, handbeschrieben wie ein Brief … oder Tagebucheintrag … *Ich bin gescheitert! … Ich glaubte Freunde zu haben. Jetzt bin ich euer Todfeind … Ja! Ich habe euch gedroht, euch auffliegen zu lassen, wie mein Sohn euch gedroht hat. Volete liquidarmi dopo aver liquidato mio figlio e mia nuora – certo … Aber euren Giftbecher werde ich nicht trinken, eure Kugeln werden mich nicht treffen. Non sono Iwan Iwanowitsch Iwanow.* Was ich lese, ist schrecklich. Meine Hände zittern … *Ho fallito. Ich verschwinde! Subito!*

Iwan Iwanowitsch Iwanow? Kommt der nicht in einem Roman von Dostojewski vor? Irgendeiner, der erschossen wurde von Revolutionären, mit denen er nicht einig war. Auf Pietros Notebook kann ich danach googeln. Kaum klappe ich es auf, erscheint Pietros E-Mail-Programm; neugierig lese ich das letzte Mail … *Il professore non si è ancora fatto vedere? Avvisami subito appena arriva. Dobbiamo distruggerlo prima che ci tradisca. Ci siamo gia sbarazzati di suo figlio e sua nuora …* Ich zittere am ganzen Körper. Sie haben seine Kinder, meine Eltern, entsorgt? Sind Isi und Äiti losgeworden? … Plötzlich fühle ich nur noch Hass.

Laut schreiend stürze ich ins Schlafzimmer. Pietro fährt auf. Ich reisse ihn an seinen Haare aus dem Bett und versetze ihm mit dem Fuss einen Tritt in den Bauch, wie ich im Karate-Kurs in einen Boxsack trete. Stöhnend fällt er aufs Bett, ich schreie ihm zu, wer ich wirklich bin, und während er sich stöhnend auf den Bettrand setzt, beide Hände gegen seinen Bauch presst, sagt er vor sich hin: «… la nipote di Lodovico …»

«Mörder!», schreie ich. «Nein, ich habe deine Eltern nicht umgebracht.» «Du bist der Anführer!» «Sie wollten uns verraten, uns ins Gefängnis bringen. Die Genossen sahen keinen anderen Weg sie ausser Gefecht zu setzen.» Nackt sitzt er am Bettrand, ohne Regung. «Verdammter Mörder, ich bringe dich um!», schreie ich und ergreife mit beiden Händen einen dicken, schweren Lexikonband, hebe ihn hoch …

«Ich habe dich verloren», sagt er leise, «es ist sinnlos …», weiter nichts. Ich zögere. Dann haue ich ihm den schweren Wälzer mit voller Wucht auf den Kopf. Schlaff fällt er aufs Bett. Rasend vor Wut presse ich ihm ein Kissen aufs Gesicht, setze mich dann darauf und rede bebend vor Zorn unentwegt vor mich hin, … «zuerst wirst *du* liquidiert Pietro De Primo» … Irgendwann stehe ich wieder auf und ziehe das Kissen weg, keine Regung mehr, kein Puls, … seine Beine hängen schlaff über die Bettkante, ich lege sie zurück aufs Bett. Kurz schaue ich auf diesen nackten Körper. Als schlafe er. Kein Atem mehr zu spüren. Ich streichle über seinen Körper.

Mich schaudert, mir wird übel, ich renne ins Bad, übergebe mich, halte mich auf dem Boden kniend krampfhaft am Rand der Wanne, … stehe langsam auf, spüle mit der Dusche die Wanne, … spüle mir den Mund, … mir schwindelt … Ich setze mich neben Pietros Pult in einen der schwarzen Sessel und schliesse die Augen.

Erschrocken fahre ich auf. Ich muss geschlafen haben. Die Türglocke. Nochmals. Dann Klopfen. Die Polizei, geht es mir durch den Kopf. Doch dann stehen drei junge Leute vor mir und schauen mich sichtlich überrascht an. «Ciao Carmen!» Erst jetzt bemerke ich, dass ich nur mit Slip und T-Shirt bekleidet dasitze. Augenblicklich bin ich hellwach. «Sono Maria, non Carmen.» «Oh, infatti, … scusa. Dov'è il capo?» «Il capo?», frage ich und glaube, dass sie Ludwig meinen. Die Schwarzhaarige mit der grossen, dunkelrot gerahmten Brille ist eindeutig eine Studentin, die beiden jungen Männer wohl auch Studenten. «Si», sagt die Frau, «Pietro.» «Er schläft noch», sage ich gespielt gelangweilt, bleibe sitzen und weise ihnen mit knappen Gesten den Weg zum Schlafzimmer. Kurz darauf ruft einer der Männer: «Miseria! Non dorme, è morto!» und stürmt aus dem Schlafzimmer. «Kommt schaut, er ist tot.» «Non fare l'idiota!», spiele ich meine gelangweilte Rolle weiter, «solo per un po'…», ich renne ins Schlafzimmer … Der Entsetzensschrei gelingt mir perfekt, ich lasse mich zu Boden fallen und schreie weiter …

Die Schwarzhaarige packt mich unter den Armen und führt mich wieder zum Sessel. «Un infarto», sagt sie. Ich solle nach Hause gehen und den Mund halten. Dann tragen sie die Leiche zum Lift und verschwinden. Ach, wäre er doch noch am Leben, … wäre nur ohnmächtig, … würde nur schlafen …

Ich spüre mein Herz klopfen, gehe ins Schlafzimmer, kleide mich an, ordne die Bettdecke und die Kissen wieder so, wie ich sie vorgefunden habe. Bin ich kaltblütig? Im Gegenteil, ich habe wahnsinnig Angst, meine Aufmerksamkeit ist auf höchster Alarmstufe. Vorher konnte es gar nicht die Polizei sein. Jetzt schon. Oder die Bande kommt zurück und liquidiert auch mich, oder sie foltern mich, damit ich verrate, wo Opa ist. Aber weder weiss ich das, noch wissen sie, wer ich bin. Ich habe es Pietro ja erst, unmittelbar bevor ich ihn getötet habe, offenbart … Ich *habe* ihn getötet, das weiss ich … Herzinfarkt, Unsinn, in dem Alter, … mich trifft die ganze Schuld.

Ich setze mich an Pietros Pult – das Notebook ist noch immer auf Stand-by –, sofort erscheint wieder das verfluchte E-mail, meine Angst weicht Hass und Wut. Da sehe ich neben dem Notebook den Schlüssel. Ich nehme ihn, stecke ihn ins Schloss der Wohnungstüre. Er lässt sich drehen. Ich schliesse ab und stecke den Schlüssel in meine Handtasche.

Ich muss etwas tun; in der Küche spüle ich die Espressokanne, gebe frisches Wasser hinein und gemahlenen Kaffee aus der Büchse neben dem Herd, verschütte die Hälfte des Pulvers. Meine Hände zittern. Meine Gedanken kreisen. Sie haben Äiti und Isi umgebracht, sie haben den Unfall organisiert, was sonst soll *ci siamo sbarazzati di suo figlio e sua nuora* denn heissen? Wieder höre ich Pietros Worte … *ich habe deine Eltern nicht umgebracht* … Verdammter Lügner! … Und wenn er die Wahrheit gesagt hat? Wenn ich den von mir so heftig begehrten Mann nach dieser leidenschaftlichen Liebesnacht ebenso impulsiv getötet habe, aus einem Hass, der einem Missverständnis entsprungen ist? Einem Missverständnis genährt vom Schock des Todes meiner Eltern? … Warum hat dieser Mann mich so erregt. Warum dachte ich, während wir uns liebten, immer wieder: *mein* Mann … *mein* Mann. Ich habe meinen leidenschaftlich begehrten, leidenschaftlich gehassten Mann getötet, gehasst aus Gründen, die nichts mit ihm zu tun haben … oder vielleicht doch? Warum entzündet sich mein Begehren so schnell. Wenn mich ein Mann fasziniert, verliere ich jede Vorsicht, jede Distanz. Doch der Hass auf diesen Mann hat mein Begehren nach Pietro nicht ausgelöscht.

Plötzlich schrecke ich auf. Die Türglocke. Was tun? Mein Blick fällt auf den massiven einarmigen Kerzenständer aus

Messing. Ich packe ihn, nehme die dicke rote Kerze ab, eine metallene Spitze ragt nackt in die Höhe. Klopfen. Nochmals Läuten. Dann höre ich, wie ein Schlüssel ins Schloss gesteckt wird. Shit! Ich habe den Schlüssel abgezogen, statt ihn von innen stecken zu lassen. … Opa kann es nicht sein, er würde weder läuten noch klopfen. Die Polizei? Die Bande! … Jetzt bin ich dran, … aber kampflos sterbe ich nicht. Ich stelle mich mit meiner Waffe hinter die offene Türe des Arbeitszimmers. Ich werde mich verteidigen mit allen Mitteln der Kampf-kunst, und wenn ich noch mehr töten muss. Jetzt öffnet sich die Wohnungstüre. Ich verberge mich hinter der Zimmertüre, den Kerzenständer schlagbereit erhoben. Soll ich die erste Per-son, die durch die Türe kommt, gleich niederschlagen? Aber ich bin wie erstarrt.

«Tuula!», ruft Muriel, die mich hinter der Türe entdeckt und blitzschnell meinen erhobenen Arm packt. Dann sehe ich Gian. Weinend falle ich Muriel um den Hals.

fade-out

32 Wird einer getreten

fade-in

— *Muriel* —

Gibt es die Autoinitiation? Vielleicht bei Tuula. Nachdem sie völlig aufgelöst durch die Nachricht des Unfalltodes ihrer Eltern vor unserer Türe gestanden hatte, fuhren wir am nächsten Tag zur Hadlaubstrasse und holten ihre Sachen, Kleider und alles, was sie zum Lernen brauchte. Das war vor einer Woche. In zwei Monaten würden die Maturitätsprüfungen beginnen. Ich hatte Bedenken, ob Tuula in dieser Verfassung die Prüfungen überhaupt zuzumuten seien. Vielleicht, hatte ich überlegt, sollte Gian mit dem Rektor, einem einstigen Studienkollegen, sprechen, aber nur mit Tuulas Einverständnis.

Wieder am Döltschiweg, bestand ich darauf, dass wir Gians Gästezimmer zu einem vorübergehenden Studio für Tuula umgestalteten. Zuerst wehrte Tuula ab, doch ich überzeugte sie, dass es jetzt wichtig sei, dass sie sich hier, und sei es auch nur vorübergehend, zu Hause fühle. Ob ich sie nochmals zur Hadlaubstrasse fahren könne, fragte sie, um sich bei uns zu Hause zu fühlen, würde sie gerne noch ein paar Sachen holen.

Am wichtigsten war ihr ein grosses Plakat vom Basler Zoo. Ludwig hatte es ihr zum sechsten Geburtstag geschenkt, nachdem sie es zusammen in einem Basler Antiquariat gesehen hatten und Tuula total begeistert davon war. Opa habe sich zwar stets gewundert, warum sie so sehr an diesem Plakat hänge, auf dem ein riesengross abgebildetes Nashorn mit gesenktem Kopf und nach vorne gerichtetem Horn bedrohlich auf den Betrachter zuschreitet. Sie brauche dieses Plakat, um sich in

einem Zimmer zu Hause zu fühlen. Wenn ich genauer hin-
schaute, würde ich sehen, dass das Nashorn freundlich lächelt.

Als ich Tuula am letzten Mittwoch zum Frühstück rufen wollte, war sie schon weg. Dass sie um Mitternacht noch immer
nicht da war, alarmierte uns. Gian hatte ein flaues Gefühl im
Magen. «Woran denkst du?» «Ans Schlimmste.»

Sofort fuhren wir an die Hadlaubstrasse. Alles dunkel. Auf
unser Läuten öffnete niemand. Gian drückte die Klinke, …
die Türe war offen. Mich schauderte. Wir durchsuchten das
ganze Haus. Niemand. In Ludwigs Arbeitszimmer fand Gian
in der Pultschublade einen Schlüssel, dessen Anhänger mit
Bologna beschriftet war. «Das ist es», sagte Gian hörbar auf-
atmend und nahm den Schlüssel an sich. «Sie hat sich nicht
umgebracht, sondern ist nach Bologna abgehauen, um Ludwig zu suchen.» «Dann fahren wir sofort hin.» «Hast du eine
Identitätskarte dabei?» «Habe ich immer, zusammen mit meinem Fahrausweis.» Wir waren so erleichtert über Gians Einfall, dass wir andere Möglichkeiten von Tuulas Verschwinden
gar nicht in Betracht zogen. Ein Glück.

Wir fuhren mit meinem neuen BMW X5, den ich letzten
Monat als Vorführwagen günstig gekauft hatte. Der Händler, den ich schon seit meiner Kindheit kenne, hatte mir ein
Allradsystem empfohlen, damit ich auch bei Glätte und steiler
Strecke sicher anfahren könne. Mit Hilfe des Navis fanden wir
relativ schnell zur Via dei Terribilia 3 und parkierten vor dem
Haus. Da Gian vergessen hatte, in welchem Stock Ludwig
wohnte, stiegen wir zu Fuss die Treppe hoch, lasen auf jeder
Türe das Namensschild. Ludwigs Appartement war das oberste. *Von Wolff.* Doch niemand schien in der Wohnung zu sein,
obwohl wir mehrmals läuteten und klopften. Gian versuchte
den mitgebrachten Schlüssel, … er passte. Kaum hatten wir die
Türe einen Spalt geöffnet, sagte Gian in einem überraschten

Ton: «Das Spinnennetz.» Ich hörte einen Song, eine vulgäre Frauenstimme, schaute auf und sah im Rahmen einer offenen Zimmertüre eine singende Spinnennetzspielkarte aufgespannt

… es deckt einen keiner da zu,
und wenn einer tritt, dann bin ich es,
und wird einer getreten, dann bist's …

«Du hörst und siehst sie auch?», fragte Gian flüsternd. Kaum nickte ich, war die Karte verschwunden. Dann hörte ich ein Geräusch, wie wenn ein Luftzug die Zimmertüre gegen die Wand gestossen hätte.

Mit leisen, aber raschen Schritten trat ich ins Zimmer und schaute hinter die Türe … Tuula! Im erhobenen Arm einen schweren Kerzenständer, die Spitze furchterregend nach vorne gerichtet … Wen hatte sie erwartet? Ich packte sie am Arm; der Kerzenständer krachte zu Boden, dann umfing ich sie mit meinen Armen, spürte, wie sie am ganzen Körper bebte; noch in meinen Armen sackte sie zusammen; wir legten sie auf den Teppich. «Tuula!», rief Gian laut, «hörst du mich!» Keine Reaktion. «Sie ist bewusstlos.» «Wir müssen sie wach bekommen», sagte ich und rüttelte sie sanft an den Schultern. «Halte ihre Beine in die Höhe.» Während er dies tat, tastete er mit der freien Hand nach seinem Smartphone. «Ich rufe den Notfallarzt.» «Nein warte, ich glaube, sie kommt zu sich.» Tuula öffnete die Augen; sie war wieder ansprechbar, die Atmung regelmässig, der Puls normal. Gian kam aus der Küche mit einem Glas Wasser. Tuula trank ein paar Schlücke. Wir stellten keine Fragen; sie wirkte erschöpft.

«Ruh dich aus, bevor wir fahren», schlug ich vor und begleitete sie zum Bett, wo ich ihre Beine hochlagerte. Während Gian die Wohnung inspizierte, blieb ich auf dem Bettrand sitzen und fühlte von Zeit zu Zeit Tuulas Puls am Handgelenk. Sie schlief sofort ein. Ihre starken Atemzüge beruhigten mich. Wo wohl Ludwig sein mag. Hat sie ihn angetroffen? Kaum, sonst wäre er jetzt hier. Aber wie ist sie in die Wohnung gekommen. Hatte Ludwig zwei Schlüssel in seinem Pult in Zürich. Warum stand sie mit erhobener Keule hinter der Türe?

Gian kam ins Schlafzimmer zurück und sagte leise: «Ich habe zwei beunruhigende Dinge gefunden, eine Art Brief von Ludwig auf seinem Pult und auf dem Bildschirm eines Notebooks, das wohl nicht seines ist, eine verrückte Nachricht. Ich erzähle es dir später. Ist Tuula reisefähig? Wir sollten diese Wohnung sofort verlassen. Den Brief und das Notebook nehme ich mit.»

Ich streichelte Tuula über Stirn und Wangen, um sie zu wecken. Zuerst schmiegte sie sich in meine Hand, erschrak dann plötzlich, schaute mich an: «Muriel …» «Komm, wir müssen gehen.» Matt erhob sie sich, offensichtlich verwirrt. Ich stützte sie. «Wo sind deine Sachen?» Sie hatte nur einen Rucksack und eine Handtasche neben dem Fauteuil im grossen Zimmer. Wir verliessen die Wohnung; Gian schloss ab und kontrollierte, ob die Türe auch wirklich geschlossen sei. Mit dem Lift fuhren wir hinunter. Gian sagte, er sitze auf der Heimfahrt mit Tuula hinten. Tuula sagte nichts.

Die Heimfahrt verlief schweigend. Ich stellte klassische Musik ein. Tuula schlief bald wieder ein. Von der seltsamen Erscheinung der singenden Spinnennetzspielkarte sprachen wir nicht. «Ich werde durchfahren», verkündete ich. Gian war einverstanden. Erst bei Mendrisio war ein Toilettenstopp unvermeidbar, auch der Hunger meldete sich. Ich fuhr von der Autobahn ab zu einem kleinen Restaurant. Erleichtert sah ich Tuula ein Stück Pizza essen; dazu rezitierte sie murmelnd etwas vor sich hin. Ich glaubte sich reimende Worte wie *nocheinmal Henkersmahl* zu verstehen, aber als ich sie anschaute, sagte sie nichts mehr. Wenigstens hatte ihr Gesicht wieder Farbe angenommen.

«Danke, dass ihr gekommen seid», sagte Tuula, als wir wieder in Gians Wohnung waren, «ihr habt mir das Leben gerettet, … vielleicht», fügte sie an. «Ich möchte duschen und mich umziehen, dann erzähle ich euch, was geschehen ist.»

Aufgeregt brachte mir Gian Ludwigs Brief, dann zeigte er mir die Aufnahme des E-Mails aus dem Notebook, die er mit seinem Smartphone gemacht hatte, für den Fall, dass er das Programm nicht mehr öffnen könnte. Hatten diese Leute Tuulas Eltern umgebracht? Mit einem arrangierten Autounfall? Diese Leute. Vor Jahren hatte Lou Anderson uns von der Abspaltung der ARF und einer unerfreulichen Sitzung bei Ludwig in Bologna erzählt und auch davon, wie Darius gedroht hatte, die Gruppierung auffliegen zu lassen. «Mit *ci siamo sbarazzati di suo figlio e sua nuora* sagt der Schreiber zwar nur, sie seien Sohn und Schwiegertochter losgeworden», stellte ich fest. «Aber Ludwig schreibt *Volete liquidarmi dopo aver liquidato mio figlio e mia nuora,* was besagt, dass er annimmt, dass sie nun ihn liquidieren wollen, nachdem sie seinen Sohn und seine Schwiegertochter liquidiert haben.» «Grauenhaft.»

Tuula erschien in ihrem gelben Pyjama mit dem grünen Kakteenmuster. Sie bedankte sich nochmals, dass wir sie geholt hätten. «Woher wusstet ihr, dass ich in Bologna in Opas Wohnung bin?» «Verschränkte Teilchen», sagte Gian.

Endlich erzählte uns Tuula ihre Bologna-Geschichte. Sie erzählte sie ausführlich, erzählte vom Sturm ihrer Gefühle, ihrem Begehren, ihrem Hass, als sie Ludwigs Notiz und das E-Mail in Pietros Notebook gelesen hatte, erzählte, wie sie Pietro geliebt und dann getötet hatte, und wie seine Genossen ihn am Morgen wegtrugen, in der Annahme, er sei ob einer wilden Liebesnacht einem Infarkt erlegen. Unwahrscheinlich, dachte ich, Herzinfarkt, so jung. «Ich weiss, dass *ich* ihn getötet habe», sagte Tuula, »als ich auf dem Kissen über seinem Kopf sass, glaubte ich, eine Bewegung seines Armes unter der Decke wahrzunehmen und wollte hingreifen, ich weiss nicht warum, um ihn zu fixieren oder um seine Hand zu halten, … aber dann war alles schlaff. Ich weiss nicht, wie lange ich auf dem Kissen gesessen habe, ich glaube sehr lange. In meinem Kopf tobten Stürme von Gedanken und Gefühlen, die ich nicht mehr wiedergeben kann. Was mich solange da sitzen liess, war die Angst vor dem Schwanken zwischen meinem Hass und dem Bedürfnis, mich neben ihn unter die Decke zu legen, worauf die Angst mich veranlasste, mich auf dem Kissen noch schwerer zu machen … Irgendwann begann ich zu weinen, rutschte vom Kissen, bis ich auf dem Boden stand, und legte seine herunterhängenden Beine aufs Bett, … sie waren noch warm, ich habe sie gestreichelt, … dann deckte ich ihn zu und er lag da, als ob er schlafen würde … Ich habe ihn gestreichelt …, plötzlich ward mir übel, ich bin ins Bad gerannt und habe in die Wanne gekotzt.»

Tuula schwieg, hielt ihre Hände im Schoss gefaltet und schaute regungslos zum Fenster. Sie weinte nicht mehr. Draussen war es dunkel. Wir schwiegen alle.

«Ich hätte mir nie träumen lassen», sagte Tuula jetzt mit fester Stimme, «auf diese Weise erwachsen zu werden.»

fade-out

33 Blüht aus den Ruinen

Sie hat bestanden. Trotz der ständigen Müdigkeit in den Monaten nach den traumatischen Ereignissen in Bologna. Wir waren besorgt über Tuulas nicht enden wollendes Erschöpftsein und ihre ständig wechselnden Stimmungen. Sie war nicht nur traurig und weinte, sondern auch plötzlich voller Tatendrang, beinahe übermütig. Erschwerend kam hinzu, dass sie immer wieder an Verstopfung, Blähungen und Magenbrennen litt. Am Morgen vermied sie die Küche, weil sie den Kaffeegeruch nicht ausstehen konnte; es werde ihr übel davon. Doch Gians Vorschlag, sich psychotherapeutische Unterstützung zu holen, wies sie vehement ab. Sie brauche keinen Therapeuten, sie wisse besser, was mit ihr sei.

Ich hatte das Gefühl, Tuula sollte für eine Zeit weg von Zürich. Entgegen meinen Bedenken, dass Gian das Notebook aus Ludwigs Wohnung nach Zürich mitgenommen hatte, war die letzten Monate nichts Auffälliges vorgefallen, dennoch blieb ich unruhig. Von Ludwig kam keinerlei Nachricht, was Gian zunehmend bedrückte. Tuula lernte fleissig trotz ihrer schlechten Verfassung, die wir als Folge ihrer traumatischen Erlebnisse sahen, der unausweichlichen Schuldgefühle ihrer Tat wegen, für die ich sie, wenn ich ehrlich bin, auch bewundere. Tuula sagte mir, dass sie das Leben in Zürich kaum mehr aushalte und spätestens nach der Matura an einen anderen Ort ziehen wolle. Wohin, wisse sie noch nicht. Da kam mir die Idee.

«Du könntest in mein Haus in Tamins ziehen, bis du weisst, wo du leben möchtest; es bietet genug Platz für mehrere Personen.» Ich erwartete Skepsis, doch Tuula fiel mir um den Hals. «Wunderbar! Ende Juni, nach den mündlichen Prüfungen, komme ich gerne einige Zeit, doch für länger muss ich eine andere Lösung finden. Ich werde dir zur Last fallen in meinem Zustand.» «Das lass mal meine Sorge sein … Bei schönem Wetter könnten wir morgen einen Ausflug ins Bündnerland machen und ich zeige dir das Haus.» Etwas Abwechslung würde ihr gut tun.

Da Gian in Zürich beschäftigt war, fuhren wir zu zweit los. Der Himmel war am frühen Morgen noch wolkenbehangen, doch schon in der Nähe von Sargans riss die Wolkendecke auf. «Wie wäre es mit einer kleinen Wanderung von Bad Ragaz zur Taminaschlucht, jetzt, wo sich die Sonne wieder zeigt.» Tuula stimmte zu, falls es kein allzu beschwerlicher Weg sei, sie fühle sich noch immer etwas kraftlos. Soviel ich mich erinnere, sei das Strässchen entlang der Tamina nicht besonders steil, und bis zum Alten Bad Pfäfers sei es etwa eine Stunde Fussmarsch.

So verliessen wir bei Bad Ragaz die Autobahn und parkierten in der Nähe des Bahnhofs. Der Himmel über uns war schon weiterum blau, nur am Horizont sah man noch abziehende Wolken. Tuula war zum ersten Mal im Tal und in der Schlucht der Tamina. Die vielen kleinen Wasserfälle, an denen das Strässchen vorbeiführt, entzückten sie. Nachdem wir gut die Hälfte der Strecke zum Alten Bad Pfäfers zurückgelegt hatten, bat sie bei einer Sitzbank Halt zu machen, sie müsse etwas ruhen.

Schweigend sassen wir da und ich zögerte lange, bis ich ihr vortrug, was mir auf der Zunge brannte: «Ich will dich nicht bedrängen, aber seit du vor ein paar Tagen Gians Vorschlag, psychotherapeutische Hilfe in Anspruch zu nehmen, so vehement abgelehnt hast, beschäftigt mich die Frage, ob er dich damit gekränkt hat.» «Aber nein», sagte Tuula. «Warum hast du abgelehnt?» «Weil Psychotherapeuten nicht zuständig sind für meine Verfassung», antwortete sie. «Nicht zuständig für deine seelische Verfassung? Ich nehme nicht an, dass du einen Priester bevorzugst.» «Für meine seelische *und* körperliche Verfassung. Ein Priester», kicherte sie, «Gott behüte.»

Tuula nahm meine Hand, führte sie unter ihr T-Shirt. Ich streichelte ihren nackten Bauch. «Ich hätte es wissen sollen.» «Ihr habt meine Verfassung nur als Symptom eines Traumas in Bologna betrachtet, ich jedoch erlebte, was mir zustiess, als Trunkenheit; erst Rausch, dann Verlorenheit, ein Wirbelsturm, der mich in himmlische Höhen trug, wie ich es noch nie erlebt hatte, dieses Einssein, das wohl das eigentliche Geheimnis der Liebe ist, und im Auge des Sturms dieser Friede der Vereinigung, eine Vereinigung mit Folgen. Aber meine Ruhe kippte unversehens, denn als mir plötzlich die Augen aufgingen und ich begriff, was gespielt wurde, zog mich ein Strudel aus Hass und Wut in die Tiefe einer Hölle, in der das Feuer der Lust zu töten brannte. Und ich habe den Mann, mit dem ich vereinigt war, getötet.»

«Als wir dich in Ludwigs Wohnung fanden, warst du völlig verstört.» «In meiner Erinnerung war es ein Zustand des Wahnsinns, Aufstieg in die höchste Höhe, Fall in die tiefste Tiefe … Aber die Symptome der Schwangerschaft haben mit diesem Wahnsinn nichts zu tun, … oder ein wenig vielleicht doch. Vielleicht hat das meine Schwankungen verstärkt, denn in meinen Hochs und Tiefs leben Bilder dessen, was geschehen ist, immer wieder auf.» «Warum hast du uns nichts gesagt?» «Ich wollte zuerst zur Besinnung kommen, abwarten, bis sich das Durcheinander meiner Gedanken und Gefühle etwas sortiert. Aber dazu wollte ich keine Meinungen anderer hören.» «War dir nie übel, so dass du dich übergeben musstest?» «Doch, ich kotze fast täglich, manchmal mehrmals täglich, aber ich habe es vor euch verborgen, und die übrigen Symptome habt ihr als Folgen meiner traumatischen Verwirrung gedeutet, was ja nicht ganz falsch ist. Übrigens haben mir die Ansprüche der Schule und der Maturaprüfung sehr geholfen, mich aus der ständigen Müdigkeit und den Gefühlen körperlicher Schwäche immer wieder hochzurappeln.» «Nur aufklären wolltest du uns nicht, und wir waren naiv genug, nicht selber daran zu denken.» «Ich bin froh, dass ich jetzt, wo ich weiss, was ich will, endlich darüber reden kann.» «Willst du das Kind trotz allem behalten?», noch während ich so fragte, wusste ich, dass das die falsche Frage war, doch Tuula reagierte freundlich. «Ich will das Kind nicht trotz allem, sondern wegen allem behalten. Es ist mein Kind, so wie sein Vater mein Mann war, … für den Rest seines Lebens … So viel Zynismus schockiert dich.» «Ja», antwortete ich, dachte dann jedoch an Pietros Zitat, von dem sie mir erzählt hatte: *Das Alte stürzt, es ändert sich die Zeit, und neues Leben blüht aus den Ruinen.* Wir schwiegen beide. Während wir weiter wanderten, legte ich einen Arm um ihre Schultern; sie lehnte sich an mich.

Da wir keine Lust hatten, uns in den Stollen, der zur heissen Quelle der Tamina führt, zu begeben, tranken wir vom Quellwasser, das aus dem Brunnenrohr vor dem Selbstbedienungsrestaurant sprudelte. Tuula genoss das warme, weiche Wasser, bestellte zudem eine grosse Pizza, von der ich nur ein kleines Stück essen mochte. Zurück fuhren wir mit dem Postauto bis in die Nähe meines parkierten BMWs.

In Chur kauften wir ein paar Dinge für unser Nachtessen und Frühstück ein, denn wir waren übereingekommen, in meinem Haus zu übernachten. Tuula legte kurz einen Arm um meine Taille: «Ich habe dich gern.»

Etwas hatte sich verändert. Bisher war sie für mich das Nesthäkchen, dem gegenüber ich schwesterlich-mütterliche Verantwortung empfand, aber jetzt fühlte ich mich ihr unterlegen. Was war schon mein bisschen Ungehorsam gegenüber den Bindungen meiner Vergangenheit im Vergleich mit dieser trotzigen Kraft.

In meinem Haus in Tamins angekommen, bereitete ich einen Kräutertee, den wir im Garten draussen tranken, um noch ein wenig die Abendsonne zu geniessen.

«Wie soll das Kind heissen?», fragte ich unbeholfen und fühlte mich sogleich taktlos. Doch Tuula lachte: «Simon, wenn es ein Bub ist.» «Und wenn es ein Mädchen ist?» «Simona.» Nach einer Pause fragte ich: «Und … wie hast du es mit meinem Vorschlag für längere Zeit bei mir in Tamins zu wohnen.» «Ich nehme gerne an, wenn es dir mit dem Kind nicht zu viel wird. Erst wenn ich das Studium beginne, kommt Zürich allenfalls wieder in Frage.» «Das Haus hat genügend Räume, so dass wir ein Zimmer für dich und ein Kinderzimmer einrichten könnten», sagte ich erleichtert. «Ich bezahle dir Miete.» «Kommt überhaupt nicht in Frage!» «Doch, ich will, auch meiner Unabhängigkeit wegen, … ich bin jetzt reich», beharrte Tuula, begann heftig zu weinen, wiederholte schluchzend immer wieder: … so reich, … so reich …» Leise sagte ich vor mich hin: «Und so arm … Ich wünsche dir den Mut, noch ein klein bisschen unmündig zu sein.»

Nach einiger Zeit sagte Tuula: «Ich möchte mich untersuchen lassen.» «Ich kenne in Chur eine gute Gynäkologin, wenn du willst, rufe ich sie an; es ist schwer als Auswärtige bei ihr einen Termin zu bekommen, aber wenn ich ihr sage, dass du eine Freundin bist und bei mir wohnen wirst, nimmt sie dich sicher.» «Kann ich in Chur auch gebären?» «Oh ja, in der Frauenklinik Fontana wärst du bestens aufgehoben.» «Ich möchte, dass du bei der Geburt dabei bist.»

Die gynäkologische Untersuchung führte zu einer weiteren Überraschung: Zwillinge.

Anfang September war die Maturafeier. Tuula reiste dafür noch einmal nach Zürich – Ende Juni, einen Tag nach ihrer letzten mündlichen Prüfung, war sie nach Tamins umgezogen.

Sie hatte ausser Gian und mir auch Charlène und Seraina zur Feier eingeladen. Sie bewegte sich äusserst charmant unter den Leuten, hatte ihr Haar hochgesteckt, was sie noch grösser erscheinen liess, war dezent geschminkt, trug ein raffiniert drapiertes Wickelkleid in Denimblau, das um die Taille so gebunden war, dass die Wölbung des Bauches geradezu elegant zur Geltung kam. Ich sah, wie sie sogar Alexander herzlich umarmte. «Ja, du siehst richtig», hörte ich sie sagen, als er sie verwundert anschaute, aber offensichtlich keine Fragen stellte.

Schon einige Tage zuvor hatte sie angekündigt, dass sie uns vier nach der Feier zu einem Nachtessen in die Bodega einlade, sie habe in der Sala Morisca im ersten Stock reservieren lassen. Barsch hatte sie Gians Angebot, dieses Essen zu finanzieren, zurückgewiesen; was ihm eigentlich einfalle, sie so zu behandeln. Der arme Gian war so verdattert, dass ich das Gefühl hatte, ich müsste ihn über die Würde einer emanzipierten Frau aufklären, ihn den Anarchisten.

«Ludwig ist verschwunden», begann sie die Begrüssungsrede an unsere kleine Runde während des Apéros in der Bodega, «meine Eltern sind tot. Ihretwegen habe ich euch zu diesem Essen zu meiner Maturafeier eingeladen. Maturität? Welches Früchtchen ist da herangereift? Wie reif ist es denn? Kann man überhaupt reif sein, mündig sein, wie der weise Kant es fordert? Ludwig, Darius und Arja wollten die Welt verändern, doch die Welt hat sie verschlungen.» … Leise fuhr sie fort: «Uns alle wird die Welt verschlingen …, doch da wir die Welt sind, verschlingen wir uns selbst … Ludwig hat mich vor Jahren mit dem Satz Wittgensteins bekanntgemacht: *Die Welt ist alles, was der Fall ist.* Aber alles, was der Fall ist, ist auf ein Augenzwinkern hin doch nicht der Fall, weil es ein anderer Fall ist, für den jedoch das Gleiche gilt, denn alles kippt vom Einen ins Andere und wieder ins Eine, das anders ist, und wieder ins Andere und in ein anderes Anderes, unversehens, unablässig.

Verübelt mir diese Begrüssung nicht. Wenn ihr darüber nachdenkt, werdet ihr mir vielleicht sogar zustimmen. Meine Eltern waren immer da, … sie sind tot, sind nicht mehr da. Hebt euer Glas auf sie. Ludwig, mein geliebtes Vorbild, ist verschwunden; ich glaube nicht daran, dass er wieder auftauchen wird. Hebt euer Glas auf ihn, auf euren Freund, den der leidenschaftliche Wunsch nach Solidarität, nach Solidarität in der ganzen Welt, verschlungen hat, dem wir vieles verdanken, der da war und jetzt nicht mehr da ist. Noch einmal sage ich ihm, meinen Eltern und allen: Danke! Und jetzt muss ich eigene Wege gehen, Wege, die kaum beschritten schon wieder andere Wege sind. Doch eigene Wege sind Wege des Ungehorsams, nur solche Wege zu gehen, ist Mündigkeit, ist Maturität.»

Sie hielt inne, schweigend hob sie ihr Glas. Stand da, majestätisch mit ihrem vorgewölbten Bauch. Schweigend hoben wir anderen unsere Gläser.

Gian stand auf und erzählte, wie Ludwig und er vor bald einem Vierteljahrhundert hier in der Sala Morisca gesessen, getrunken und gespeist hätten. Er erzählte von ihrem philosophiekritischen Disput, dass er von Ludwig darauf als Anarchomystiker bezeichnet worden sei. Er erwähnte, wie erschüttert er gewesen sei von Ludwig zu erfahren, dass ihn Roxana verlassen wolle, und wie er mehr als zwanzig Jahre später, als ihm Tuula zum ersten Mal nach Langem wieder begegnet sei, im ersten Moment die junge Roxana vor sich gesehen habe. Auch das gehöre zu den Kippbildern. Denn Tuula habe vorher davon gesprochen, dass, kaum sei etwas der Fall, schon etwas anderes der Fall sei, das Neue wieder ins Alte kippe und zurück. Er sei traurig und sei zuversichtlich – ob er zum einen oder anderen Grund habe, frage er sich nicht,

Trauer sei einfach da, Freude sei einfach da. Er dankte Tuula, dass sie uns zu seiner grossen Überraschung an diesen erinnerungsschweren Ort eingeladen habe, dass er aber, anders als sie, die sich hier schon von Ludwig verabschiedet habe, noch immer denke, wieder von ihm zu hören.

fade-out

34 Kläfft weiter, Philosophen!

fade-in

— *Lou* —

Mein Bemühen wäre beinahe fehlgeschlagen. Gian hat mein Werben hartnäckig abgewiesen. Ein zweites Interview an unserem September-Treffen sei nicht möglich. Er erzählte mir, dass Tuula im Frühjahr beide Eltern durch einen Autounfall verloren habe, und dass Ludwig kurz darauf verschwunden sei und sie nicht wüssten, wo ihn suchen. Eine schreckliche Nachricht. Die Tränen standen mir zuvorderst, Darius und Arja tot, meine Freunde trotz aller Meinungsverschiedenheiten, sie, die sich so streitbar engagiert hatten für Ludwigs universales Solidaritätsprojekt. Die arme Tuula, wie gerne hätte ich mit ihr gesprochen, ihr Leid geteilt, wenn das überhaupt möglich ist, denn sie hat ja nicht einfach Freunde verloren, sondern ihre Eltern, auf einen Schlag. Zudem ist ihr Opa, an dem sie so hing, verschwunden. Verschwunden von einem Tag auf den anderen, ohne Nachricht. Ich habe Gian versprochen über das Netzwerk der PhiloDogs, dessen Beziehungen über einzelne unserer Teilnehmer nicht nur zu Mitgliedern der REPS, sondern auch der ARF reichen, nach Ludwig zu recherchieren. Er sei froh, wenn wir das täten, wir sollten aber vorsichtig sein und Tuula ganz aus dem Spiel lassen; warum, sagte er nicht, vielleicht ist er unseren Organisationen gegenüber misstrauisch, aber ich wollte ihn in seinem allfälligen Misstrauen nicht mit weiteren Fragen bestärken.

Mit dem Versprechen, unsere Beziehungen zur REPS diskret spielen zu lassen und nachzuforschen, was sich zur

Zeit in der ARF tue, und unter der Zusicherung, Tuula nicht zu behelligen und sie auch niemandem gegenüber zu erwähnen, gelang es mir, von ihm die Zusage zu einem ergänzenden Vortrag über die Position der Anarchomystik gegenüber der praktischen Philosophie zu erhalten. Schade, würde Tuula nicht mitmachen können, ihr Auftreten hatte letztes Mal grossen Anklang gefunden, aber unter diesen grässlichen Umständen war ihr das wirklich nicht zuzumuten.

Gian kam allein, auch ohne Muriel. Alexander bedauerte sehr, dass Tuula nicht kommen konnte, war dann aber sehr betroffen, vom Unfalltod ihrer Eltern zu hören. Nach unserer rituellen PhiloDog-Begrüssung erklärte Gian kurz, warum Tuula fehlte. Ludwig erwähnte er nicht. Die Teilnehmer waren bestürzt, die meisten kannten Arja und Darius. Spontan schwiegen wir einige Minuten, dann begann Gian seinen Vortrag:

«Lou hat mich gebeten, euch nochmals einige Gedanken zur Haltung der Anarchomystik gegenüber der sogenannten praktischen Philosophie vorzutragen. Die Bitte ist mir eine Ehre, doch heute fällt es mir schwer darüber zu sprechen, weil mich grössere Sorgen belasten. Trotzdem will ich es versuchen.

Ich habe hier letztes Mal auf die Frage *was ist Anarchomystik* geantwortet: *nichts*. Ich hätte auch sagen können: *alles*. Sie ist ein Kippbild: *Anarcho/Mystik*. *Anarcho* verweist auf die Leidenschaft des Eigenseins; ich vermeide den Begriff *Individuum*, es geht nicht um ein Ding, Eigensein ist Aktion. *Mystik* verweist auf die Leidenschaft der Aneignung der Welt, auf ihr Meinsein. Eigensein dagegen ist das andere Gesicht der Meinigkeit, das Fremdsein, Akt der Abgrenzung von allem, als subjektlose Leidenschaft, durch die es sich erst als das Andere des Meinseins erweist, das Weltfremde der Meinigkeit. Meinigkeit ist keine Eigenschaft, sondern Akt, das ewige Hin-und-Her-Kippen von Aneignung und Abgrenzung, Sein und Nichts.

Was die praktische Philosophie betrifft, beziehe ich mich lediglich auf die Teildisziplin Ethik oder, mit Kant gesprochen, auf die Beschäftigung der Philosophen mit dem, *was sein soll*. Die Abgrenzung der Anarchomystik von der Ethik lässt sich kurz und bündig formulieren: Was ich soll, geht dich nichts an. Ethik ist Arroganz, ob sie nun maximale oder minimale Moral produziert. Traditionelle anarchistische Weltanschauungen haben die herrschaftsfreie Organisation des gesellschaftlichen Zusammenlebens zum Ziel. Anarchomystik meint jedoch einen neuen Anarchismus, jenseits sozialrevolutionärer Intentionen.» «Eine Art spiritueller Anarchismus?», fragt eine ältere Teilnehmerin. «Nein. Anarchomystik verwendet Kategorien wie *spirituell, materiell* ebenso wenig wie *Geist, Materie.* Sie erweist keinerlei höheren Prinzipien Referenz, kennt kein ethisches Sollen, wenngleich ein aufklärerisches Ideal. Tuula hat letztes Mal schon kurz davon gesprochen. Es geht um die Auffassung, dass Kant seinen Wahlspruch der Aufklärung eigentlich so hätte formulieren müssen: *Habe den Mut der steten Bereitschaft zum Ungehorsam.* Fragwürdige Begriffe wie Vernunft und Verstand als Voraussetzung der Mündigkeit werden durch diese Formulierung vermieden.»

Zwischenruf: «Warum Kant? Inzwischen haben die *Dialektik der Aufklärung* und die *Kritik der instrumentellen Vernunft* aufgezeigt, dass der Gebrauch der Vernunft zur Beherrschung der Natur umschlägt in neue Barbarei und wirtschaftspolitische Sklaverei. Unsere Unmündigkeit besteht weniger im Glauben an das, was Pfarrer von Kanzeln und Professoren von Kathedern predigen, als vielmehr in unserer totalen Abhängigkeit von Maschinen, Computerprogrammen und dem Gesteuertsein von Medientrends. Unsere eigene Vernunft wird überholt von der Vernunft künstlicher Intelligenz.»

«Nicht zuletzt darum vermeidet die Anarchomystik den Vernunftbegriff. Ihr Wahlspruch der Aufklärung heisst nicht *Wage zu wissen!*, sondern *Wage den Ungehorsam!* Damit ist weder kindlicher Trotz noch naiv rebellische Zerstörungslust oder dergleichen gemeint. Ungehorsam ist eine Kunst. Die Möglichkeiten des Ungehorsams sind an mannigfache Bedingungen geknüpft, an Geschicklichkeit, die durchaus auch Wissen voraussetzt, an wirtschaftliche und politische Umstände. Ein armer Schlucker hat nicht so viele Möglichkeiten ungehorsam zu sein wie ein Milliardär; auch zwischen den Ungehorsamsmöglichkeiten in China und denen in Frankreich bestehen grosse Unterschiede.

Darum gibt es für den Anarchomystiker nur eine sinnvolle Art praktische Philosophie zu betreiben, sofern ihn überhaupt danach gelüstet, nämlich *die Erforschung der Bedingungen der Möglichkeiten des Ungehorsams*. Dabei wird man schnell erkennen, dass es in vielerlei Hinsicht immer wieder um Fragen der Machtverhältnisse geht. Ungehorsam heisst, sich jedwedem Zwang zu widersetzen, soweit das möglich ist. Aber das Projekt der Aufklärung in diesem Sinne beinhaltet das nie endende Abenteuer, diese Möglichkeiten auszuloten. Dazu ist ebenso sehr Frechheit wie Witz und Wissenschaft erforderlich, ebenso sehr Eigensinn wie Zusammenwirken mit anderen. Es geht nicht nur um Paradigmenwechsel in den Wissenschaften, die übrigens immer wieder alte Gehorsamkeitskulturen und -rituale durch neue ersetzen, es geht auch um Brüche der sogenannten Treue gegenüber sich selbst, dem Wagnis des Ausbruchs aus alten Gewohnheiten und Perspektiven.

Manchmal vollzieht sich Ungehorsam in aller Stille, manchmal ist Ungehorsam Krieg. Will ich, dass das, was ich für das Gute halte, die herrschende Ordnung verändere, kann ich mich mit Gleichgesinnten vereinigen; wir beschliessen neue Spielregeln, z. B. unsere Menschenrechte; wenn aber so eine Vereinbarung mehr als schöngeistige Formeln beinhalten soll, bedarf es der Macht, alle, die sich nicht daran halten, zu bezwingen. Andererseits richtet sich mein Ungehorsam gegen Mächte, die mich bezwingen. Denn, wo keine Macht mich bezwingt, lässt sich auch nicht von Ungehorsam sprechen, wenn ich tue, was mir passt. Darum habe ich formuliert: Ungehorsam ist Krieg.»

Zwischenruf: «Warum sagst du Krieg und nicht Streit?»

«Weil ich die Abgrenzung fragwürdig finde. Ich rede nicht dem Krieg das Wort. Ich stelle nur fest, dass Krieg immer der Fall ist – aber manchmal führt er in eine fürchterliche Sackgasse. Krieg herrscht in tausenderlei Spielarten. Er reguliert unser Zusammenleben, manchmal zerstört er es. Er erzeugt Feindschaft, Elend und Tod ebenso wie Befreiung, Zusammenhalt und Lebendigkeit. Die scheinbare Alternative ist die Tyrannei der Harmonie, scheinbar nenne ich sie, weil sie auch eine Form des Krieges ist, weil ihr Zelebrieren der friedlichen Gemeinschaft uns zwingt, die Augen davor zu verschliessen, dass wir ständig mitten im Krieg leben. Das mag martialisch tönen. Doch es wäre naiv anzunehmen, dass sich das, was wir für gut befinden, in der Gesellschaft mit der Zeit von alleine durchsetzt. Im Gegenteil, es wird schlimmer werden.

Nicht, dass der Mensch dem Menschen ein Wolf wäre, diese Sicht teile ich nicht; vielmehr, wie ich hier letztes Mal schon gesagt habe, ist der Mensch eine Illusion. Wir leben von Illusionen; wir können nicht anders; wir brauchen sie; ohne sie sind wir tot. Doch unter den Illusionen herrscht Krieg, immer wieder, das liegt an der Vielfalt der Illusionen und der damit verbundenen Leidenschaften. Es mag Gesellschaften geben, in denen Illusionen standardisiert und der Zwang zum Gehorsam der Leute so erfolgreich wirksam ist, dass scheinbar Friede herrscht, doch wehe, wenn ein solcher Kessel explodiert.

Mein Ungehorsam fordert den Ungehorsam der anderen heraus, vor allem dann, wenn ich mit Gleichgesinnten Spielregeln formuliere, von denen wir wünschen, dass sie für alle gelten mögen. Unsere Vorstellungen universeller Regeln sind nicht unbedingt die Vorstellungen anderer und vice versa; schon der Begriff *universell*, ob formuliert oder nur mitgedacht, ist eine Kriegserklärung; und ich gebe zu, dass auch manche meiner eigenen leidenschaftlichen Werte vom Wunsch nach Weltgeltung beseelt sind. Aber ich hege nicht die Illusion, solche Geltung sei ohne Machtausübung zu verwirklichen.

Wir zelebrieren unser nonkonformistisch intellektuelles Leben hier in einer privilegierten Nische, die andere einst für uns blutig erkämpft haben. Ich nehme mich nicht aus, auch ich geniesse das Privileg faul zu sein, meinen Ungehorsam auf Sparflamme zu halten, mich kaum an den aus meiner Sicht nötigen Machtkämpfen zu beteiligen. Allerdings ist auch das Ungehorsam; Ungehorsam vielleicht gegenüber einer von Kant postulierten Pflicht; Ungehorsam gegenüber philosophischen Postulaten, aus seinem Leben etwas machen zu müssen. Sartre würde es wohl *mauvaise foi* nennen, die Unaufrichtigkeit, die das, was er sich unter absoluter Freiheit vorstellt, leugnet und im *Man* verharrt, wie Heidegger es genannt hat.

«Ungehorsam will ich nicht mit dem Begriff *Freiheit* verbinden. *Freiheit* ist für den Anarchomystiker eine abgelebte Begriffshure, die sich jedem hingibt, der ihr in seiner Ideologie irgendeinen Glanz verleiht. Ungehorsam ist Surfen auf den Wellenkämmen der Kippbilder der Meinigkeit, Heraustreten ins Andere, das Fremdsein vögeln, bis es ins Meinsein kippt, und sprungbereit in die Knie gehen, wenn Meinsein wieder in Fremdsein kippt; es ist die Kunst, nie vom Surfbrett zu fallen und mich nie von den Wellen der Unterwerfung verschlingen zu lassen.»

Gian hält inne, stützt sein Kinn auf die Faust, schaut vor sich auf den Tisch, scheint nachzudenken. «Ein Vierteljahrhundert ist es bald her, seit mich Ludwig zum Anarchomystiker erklärt hat, *Anarcho*, weil ich, gegen das disziplinierte Philosophieren gewendet, dem 68er Slogan *ni dieu ni maître* ni idéologie beigefügt und Mystiker, weil ich das Sein des Seienden Meinigkeit genannt hatte. Ganz glücklich bin ich nie geworden mit dem Ausdruck Anarchomystiker. Was Ludwig so bezeichnet hat, ist kein Glaube, keine Ideologie, keine Ethik. Anarchomystik ist Kritik der Philosophie diesseits der Aufklärung, einer Aufklärung, deren Licht Bereitschaft zum Ungehorsam heisst, ein neckisches Spiel zugleich, in dem weder nach dem Sinn des Lebens gefragt noch dem Nihilismus der Sinnlosigkeit gehuldigt wird. Was bei anderen *Sinn* heisst, ist in diesem Spiel *Leidenschaft*. Doch Leidenschaft wird von nichts und niemandem verliehen, man braucht auch nicht danach zu suchen. Leidenschaften ereignen sich. Davon habe ich bereits mehrfach gesprochen. Und jetzt schweige ich.»

Er schwieg tatsächlich, und entgegen den Gepflogenheiten an unseren Versammlungen schwiegen auch die Zuhörer auffällig lange, bis Gian doch wieder zu sprechen anhob:

«Viele von euch kennen Ludwig von Wolff. Er war schon im Gymnasium mein engster Freund. Seine Dozentur für Analytische Philosophie mochte darüber hinwegtäuschen, dass er im Grunde nur an die Philosophie der Praxis glaubte. In den 60er Jahren berief er sich auf das Motto des jungen Marx, nicht nur als Philosoph die Welt zu interpretieren, sondern sie zu verändern. Als in den 80ern für jedermann offensichtlich wurde, dass die gewaltsame Umsetzung des marxschen Konzepts in der Sowjetunion gescheitert war, zog er, beeinflusst von den Gedanken Roxanas, seiner damaligen Gefährtin, die eigentlich hatte Revolutionärin werden wollen, den Schluss, dass die Ursache des Scheiterns darin liege, dass die bisherigen revolutionären Konzepte nicht nur untauglich waren, die Herzen der Leute zu erreichen, sondern sich auch gar nicht damit befassten. So gründete er 1982 di *Rete per esplorare e promuovere la solidarietà mondiale*, sein Netzwerk zur Erkundung und Förderung der weltweiten Solidarität, dessen Ziel es ist zu erforschen, wie die Ideen der universalen Gestaltung einer gerechteren und die Würde jedes Individuums respektierenden Gesellschaft zum Herzensanliegen der Leute werden könnte. Sein Slogan ist *Solidarität ohne Grenzen*, gemeint ist eine offene

Solidarität, die sich nicht auf die Gruppe beschränkt, mit der man sich identifiziert. Diejenigen von euch, die einst Mitglied der REPS waren, kennen das ja. Es war sein innigstes Anliegen und seine tiefste Überzeugung, dass sich diese Einstellung der weltumspannenden Solidarität immer mehr verbreiten würde, wenn man die Leute schulte, ihnen die Augen öffnete und sie dazu in Gemeinschaften integrierte, in denen dieser Glaube gepflegt würde und in denen sie selber durch ihre Aufklärungstätigkeit eine wichtige Rolle spielen und sich dort zugehörig und zu Hause fühlen könnten.

Ich konnte seinen Glauben nicht teilen und diejenigen unter euch, die sich schliesslich von der REPS trennten, auch nicht. Doch darum geht es jetzt nicht. Seit einem halben Jahr ist Ludwig verschwunden. Ich kann keinerlei Kontakt mit ihm herstellen, niemand weiss, wo er ist. Darum möchte ich euch bitten, durch eure Beziehungen zu Mitgliedern der REPS oder der ARF mitzuhelfen, eine Spur zu Ludwig zu finden und die Informationen Lou zukommen zu lassen.

Nach seiner anfänglichen Bitte um höchste Diskretion war ich etwas überrascht, dass Gian sein Anliegen nun coram publico vortrug, aber ich schloss daraus, dass er verzweifelt war und wohl das Schlimmste befürchtete. Gian entschuldigte sich später bei mir für den zweiten Teil seines Vortrags, aber er hätte einfach nicht anders gekonnt.

Nach der Veranstaltung meldeten sich etliche sehr betroffene Teilnehmer und schlugen vor, eine Task Force zu bilden, die sich mit dem Aufspüren von Ludwig befassen sollte. Eine Task Force in unserem Kyniker Zirkel, das war ja fast schon eine Sensation. Doch schon am nächsten Tag stand die Task Force, gebildet von einer ganzen Schar engagierter PhiloDogs.

fade-out

35 Der Schatten

fade-in

Auf den Felsen der Dolomiten spielten Schatten der Wolken, die am späten Vormittag an der Sonne vorüberzogen, während der Mann, der auf dem schmalen Felsvorsprung sass, den Abgrund unter dem steil abfallenden Fels nicht fürchtete; er war ein geübter Kletterer. Fernab der helmbewehrten Bergwanderer, die im Klettersteig der Via ferrata dei Finanzieri, erst durch eine seichte Rinne, später sich streckenweise an Eisenbügeln hochziehend, über rutschige und glatte Platten, Schrofengelände und zahlreiche Felsstufen und Rinnen auf den Gipfel des Colàc kraxelten. Von dieser Route aus, einer mächtigen Verschneidung im westlichen Teil der Nordwand, wo der Fels meist geneigt und abwechslungsreich gegliedert ist, war der Mann auf dem Felsband nicht sichtbar, wie er da sass, die Füsse ins Leere baumeln liess, den kleinen Rucksack neben sich, in Gedanken versunken einen Apfel ass und in kleinen Schlücken aus einer Flasche trank.

Er logierte nicht zum ersten Mal in diesem neben der Talstation der Ciampac-Schwebebahn gelegenen Hotel in Delba, dem kleinen Dorf, das sich zum Schutz vor den Truppen Napoleons einst das Heiligste Herz Jesu zum Patron gewählt hatte; Delba liegt in der Gemeinde Cianacèi, inmitten des Val de Fascia, wo noch mehrheitlich ladinisch gesprochen wird, am Oberlauf der La Veisc, die einem Gletscher der Marmoleda entspringt und bei Trènt in die Adesc mündet, deren Wasser zur Adria fliesst. Diesen Frühling hatte er dasselbe Einzelzimmer buchen können wie letztes Jahr, im zweiten Stock, mit kleinem Balkon und Blick auf den Park, in dem tagsüber Kinder spielen, und auf die Marmoleda-Gruppe der Dolomiten. Ein halbes Jahr logierte er schon hier; jetzt war der Park bunt von der Farbenpracht der herbstlich verfärbten Blätter.

Der Mann auf dem Felsband fühlte keine Zeit. Er sass da und dachte, dachte an seinen Beitrag die Welt zu verändern, dachte an das von ihm gegründete Netzwerk, dachte an sein Konzept, das Gefühl der universalen Solidarität in sich immer weiter vernetzenden Gruppen zu erzeugen, zu schulen und zu verbreiten, Gruppen, deren Mitglieder darin wie in grossen Familien aufgehoben wären, sich mit diesen Gemeinschaften und damit auch mit deren Zielen identifizierten, dachte daran, wie er einst glaubte, dass seine Methode zur Schaffung universal solidarischer Identitäten durch die Verbreitung und den Zusammenhalt solcher Familiennetze eigentlich die Speerspitze aller bisherigen revolutionären Konzepte sei, weil die Menschen nicht bloss aus dem Geborgensein in ihrer alten Weltanschauung gerissen und in eine gleichgeschaltete Massengesellschaft geschleudert, sondern ein neues Geborgensein in intimen Gruppen wie auch im Netz der grösseren Gemeinschaften erleben würden.

Er war ein logischer Denker, kein Phantast. Auch Marx war kein Phantast, wenn auch ungeachtet dessen, dass viele seiner Überlegungen und Prognosen noch immer zutrafen, nicht der Kapitalismus, sondern der Kommunismus verwelkte. Die Menschen ticken wohl anders. Auch das Gefühl der universalen Solidarität lässt sich nicht einfach erzeugen. Der Eigensinn der Leute, wenn man sie keiner Tyrannei unterwirft, scheint mächtiger zu sein. Statt der universalen Solidarität feiern die Gruppensolidarität und die sich von allen anderen abgrenzende Solidarität mit der eigenen Glaubensgemeinschaft fröhliche Urständ. Sektierertum und Feindseligkeit verbreiten sich. Wie viele Mitglieder seiner ursprünglichen Gruppe haben rebelliert. Die einen wollen in Anbetracht dessen, was alles der

Fall ist in dieser Welt, lieber eine apolitisch, zynische Skepsis zelebrieren. Er konnte es ihnen nicht verdenken. Die anderen, die Ungeduldigen, darunter einige seiner brillantesten Schüler, setzen auf Gewalt und Terror, sie haben seinen Sohn, der offen drohte sie auffliegen zu lassen, samt seiner Schwiegertochter umgebracht, mafiös arrangiert und getarnt als Unfall. Er, ihr Lehrer, sollte der nächste sein, denn auch er hatte ihnen gedroht. Verräter werden liquidiert, auch das kann er, in ihrer Logik gedacht, nachvollziehen. Und logische Analyse haben sie bei ihm gelernt. Der traurigste Fehler ihrer terroristischen Logik ist die tollkühne Utopie, dass aus den Blumen des Bösen der Garten Eden erblühe. Er hatte bitter erfahren müssen, dass dazu nicht einmal die Blumen des Guten genügen. Die alte marxistische Erzählung, in immer neuen Varianten zelebriert als Liturgie von Anklage, Kampfesmut und erhoffter Erlösung. Nein, er war nicht gescheitert, was schliesslich der Fall war, hat seine hoffnungsfrohe Annahme ganz einfach widerlegt. Auch der Wille zur Macht entfaltet sich im Spiel von Versuch und Irrtum, im Guten und im Schlechten. Es gibt ihn nicht, den grossen Steuermann, auch nicht als Frau, alles, was der Fall ist, steuert sich selbst, ob es uns passt oder nicht, genialer Plan, verheissungsvolle Prämisse, non sequitur.

Hier in den Dolomiten werden sie ihn nicht suchen. Seine Liebe zu den Bergen hatte er geheimgehalten und niemandem je von diesen Ferienaufenthalten erzählt. Er beherrschte auch die Logik des Spurenverwischens. Hier war er nicht der Professore, sondern einzig der passionierte, jedoch einzelgängerische Bergwanderer, den ausserhalb des Hotels niemand kannte, von dem das Hotelpersonal nur wusste, dass er seine Ruhe wollte. Er benutzte weder Mobiltelefon noch Kreditkarte und hatte sich in Bologna in seiner Bankfiliale genügend Bargeld besorgt. Weil er an der Hotelrezeption stets seinen deutschen Reisepass vorlegte, wusste man dort zwar seinen Namen und dass er Deutscher war, die Wohnadresse, die er angab, war jedoch eine fiktive Hamburgeradresse, gewissermassen eine Erinnerung an alte Zeiten. Doch dieses Mal war er nicht Feriengast, sondern Flüchtling. Wie gut, dass das niemand wusste. Nicht einmal sein Rechtsanwalt in Zürich, dem er noch aus Bologna sämtliche Vollmachten und Anweisungen zur Regelung seiner persönlichen Angelegenheiten zugesandt hatte, kannte seinen neuen Aufenthaltsort.

Der Mann hörte auf nachzudenken. Er schaute in den türkisfarbenen Himmel. Rot, gelb, ocker, braun erstrahlte die herbstliche Landschaft unter ihm im Licht der jetzt unbedeckten Nachmittagssonne. Der Fels war schattenlos und der Mann auf dem schmalen Vorsprung fühlte sich wohlig warm. Irgendwo musste ein Gewitter sein, das er nicht sah, von den Felswänden echote leiser Donnerhall. Da streifte ihn ein dunkler Schatten und ein Flügelschlag. Es war der Schwingen Schatten des schwarzen Kranichs, auf dem die unsterblichen Hoffnungen reiten, von Leben zu Leben im ewigen Augenblick.

fade-out

36 Krrr!

Er gemahnt mich an einen Medizinball. Nackt vor dem grossen Spiegel im Korridor – Muriel kommt zur Haustüre herein und lacht. «Tuula, welch herrliches Bild!» Sie zieht ihr Smartphone aus der Tasche und macht eine Aufnahme. «Erstaunlich, wie schlank du bist.» «Bis auf diesen grossen Kugelbauch.» «Der ist schön.» «Der braune Streifen darauf sieht aus wie ein Längenkreis auf einem Globus, und der grosse braune Hof um den riesigen Bauchnabel ist der Nordpol.» «Jetzt sind deine Zwillinge schon 30 Wochen gewachsen. Wie fühlst du dich?» «Recht passabel, manchmal habe ich den Eindruck, die Bauchdecke werde hart, ich spüre ein Ziehen im Unterbauch, ausserdem schmerzen mich die Unterschenkel.»

Ich lege mich aufs Sofa im Wohnzimmer. «Soll ich das Abendessen bringen», ruft Muriel aus der Küche, «es ist zwar kalt. Möchtest du lieber etwas Warmes?» «Nein, ich freue mich darauf, ich habe einen Bärenhunger.»

Muriel bringt auf einem Tablett einen Bananenshake, eine Platte mit Bündnerfleisch-Tranchen, Röllchen aus Rohschinken, zu Spiralen geformten Speckstreifen und übers Kreuz gefalteten Salamirädchen, das Ganze garniert mit Tomatenschnitzen, Cornichons, Radieschen, in Scheiben geschnittenen Eiern, dazu ein Körbchen Engadiner Roggenbrot. «Mmh, toll!» «Die Bündnerplatte für uns beide, der Bananenshake nur für dich. Ich genehmige mir ein Glas Rotwein.» «Gegen die Lust auf Alkoholisches bin ich immun.»

«Sag mal», beginnt Muriel zögernd. «Ja?» «Auf unserer Wanderung durch die Taminaschlucht hast du mir gesagt, dein Kind solle Simon oder Simona heissen, jetzt wissen wir, dass es zwei Mädchen sind. Hast du schon Namen für sie gewählt?» «Simona und Sela.» «Beides klingt gut, … Sela ist neu für mich, was ist die Bedeutung?» «Beide Namen bedeuten Fels. Vorerst noch zwei Steinchen in einem Ei, … später dann Felsen.» «Felsen in der Brandung.»

Ein kurzes Signal. Ich schaue auf mein Handy.

> Suche bisher ergebnislos. Möchte dich gerne treffen und dir mehr erzählen.

Eine SMS von Alexander. Mir ist klar, dass er Opa meint, denn Gian hat mir von der Task Force der PhiloDogs erzählt. Ich will aber nicht nach Zürich fahren. Muriel schlägt vor, ihn für Samstag zu uns nach Tamins einzuladen.

Wieder verweilt sein Blick auf meinem Bauch, mein Blick auf dem kleinen roten Cabrio mit dem heruntergeklappten Dach und den zwei schwarzen Streifen auf der Kühlerhaube. «Na, jetzt fährst du einen Sportwagen», sage ich, mehr um ihn vorerst von meinem Bauch abzulenken. «Sportwagen ist gut. Das ist mein neuer Mini Cooper S, ein paar Zentimeter länger und breiter als mein alter, den du ja kennst, aber viel mehr Platz bietet er innen eigentlich nicht.» «Aber jetzt als Cabrio, echt geil!» «Genau darum habe ich ihn mir angeschafft, bei schönem Wetter wie heute ist es herrlich mit offenem Verdeck zu fahren. Stärker ist er auch und schneller, mit Turbolader.» Stolz scheint mir in Alexanders Stimme mitzuschwingen. Muriel, die neben mir steht, schmunzelt. Ich stelle die beiden einander vor: «Muriel Vital … Alexander Barth», küsse ihn auf beide Wangen: «das bin ich … und das», ich zeige auf meinen Bauch, «sind Simona und Sela.» Sein Mund öffnet sich spaltbreit, … kein Ton, doch sein Blick bleibt auf meinen Bauch gerichtet. «Kommt herein», sagt Muriel, «setzen wir uns in den Garten und trinken etwas, du hast sicher Durst, Alexander, nach der Fahrt. Möchtest du ein Bier und eine Kleinigkeit zu essen?» «Ein Bier gerne.»

Als wäre es eine unbefleckte Empfängnis, erzähle ich von meiner Schwangerschaft, den Zwillingsmädchen in meinem Bauch und der voraussichtlichen Geburt Ende November, von einem Vater ist nicht die Rede, obwohl ich weiss, dass diese Frage Alex auf der Seele brennen muss. Doch als Erstes bringt er sein Entsetzen über den tödlichen Autounfall meiner Eltern zum Ausdruck. Das Bild der zerquetschten Körper von Äiti und Isi drängt sich mir auf, obwohl ich es nie gesehen habe, … wird zum blutverschmierten Bild von Opa, ich will schreien, stöhne aber nur auf: «Wo ist Opa?» Entsetzte Blicke, Muriel steht auf, kommt zu meinem Liegestuhl, drückt meine Hand: «Tuula!» Leise wiederhole ich: «Wo ist Opa?»

Alex erzählt, wie die Task Force der PhiloDogs auf allen verfügbaren Kanälen, über persönliche Beziehungen zu Mitgliedern der REPS und auch zu Mitgliedern der ARF, nach dem gegenwärtigen Aufenthaltsort Ludwigs geforscht habe. Alle hätten sich ratlos gezeigt. Auch das zuständige Sekretariat der Universität Bologna konnte keine Auskunft geben, offenbar hat sich der Professore für einen längeren Urlaub abgemeldet. Etwas fand Alex seltsam. Es gehe das Gerücht, die ARF sei zerstritten, radikale und ultraradikale Mitglieder lägen sich in den Haaren. Pietro De Primo, ihr Wortführer, ein Assistent Ludwigs, der bisher die beiden Fraktionen noch zusammengehalten habe, sei einem Herzanfall erlegen, angeblich nach einer wilden Liebesnacht mit einer Assistentin des Professore, die aber ebenfalls verschwunden sei; sie suchten nach ihr, weil sie vielleicht eine Verbindung zu ihm habe. Sie sehe aus wie eine ihrer rothaarigen Genossinnen und die drei, die ihn tot in der Wohnung des Professore gefunden hätten, hätten sie zuerst mit ihr verwechselt, aber auch sie sei nicht aufzufinden und Ludwigs Wohnung in Bologna seither verschlossen. Wenn der Professore nicht zwischenzeitlich dort gewesen sei, dann habe die kleine Rote sie verschlossen.

Bin ich erbleicht? Mir schwindelt. Das lässt sich der Schwangerschaft zuschreiben. Meine Wut, die aufkommt, aber nicht. Die kleine Rote. Und was ist mit der *nuda veritas*, die dich zum Stöhnen brachte! Als Philosoph würdest du das jetzt irrational nennen. Du hättest ja recht. Meine Wut gilt nicht dir, mein Lieber, sondern den verfluchten Mördern meiner Eltern und vielleicht Opas, der nie mehr auftauchen wird, das weiss ich, auch wenn Gian noch Hoffnungen hegt. Meine Wut verstärkt sich. Jetzt mir bloss nichts anmerken lassen. Ich schaue zu Muriel. Sie zeigt keine Regung, hält den Kopf gesenkt. «Eine total verschissene Geschichte», presse ich hervor und beginne zu weinen. «Wenn wir die junge Frau, die angeblich eine Assistentin Ludwigs sein soll, finden könnten, hätten wir vielleicht eine Spur. Die Genossin, der sie gleiche, heisse Carmen, vielleicht hat sie eine Schwester … Nein, dann hätten sie ja gewusst, wer sie ist.» «Ich glaube kaum, dass uns das weiterführt», wendet Muriel ein, «sprich mit Lou, sie hat Carmen gesehen, als sie mit Arja und Darius an einem Treffen mit Genossen der ARF in Ludwigs Bologneser Wohnung war.» «Von diesem Treffen hat sie mir erzählt, … ich weiss nicht warum, aber mich beschäftigt diese junge Frau, die ja, wie aus den Erzählungen der Genossen zu schliessen ist, beim Tod von Ludwigs Assistenten präsent war. Es kommt mir vor, als sei da ein Rätsel …» «Ein Rätsel für den Philosophen», spotte ich, jetzt wieder gefasst. «Jedenfalls, so hat man mir berichtet, ist die ARF seit dem Tod ihres strategischen Vordenkers kaum noch mehr als ein chaotischer Haufen, den nur noch die Angst zusammenhält, Ludwig könnte ihre Pläne, die er stets kategorisch ablehnte, verraten. Eine Spur, die zu ihm führen könnte, sei diese rothaarige Assistentin, nach der sie bisher vergeblich suchten.» «Um auch sie kalt zu machen.» «Warum? Sie soll sie doch zu Ludwig führen.» «So naiv sind die nicht. Sie nehmen an, sie wisse zu viel, und darum», ich ziehe meine flache Hand dem Hals entlang: «Krrr! ohne viel Federlesens.» «Naiv bist du nicht, Tuula.» «Nicht mehr, seit ich matura bin», sage ich und denke für mich: darum habe ich Angst. «Du scheinst dich jedenfalls in wilde Revolutionäre hineindenken zu können.» «Fühlen, nicht denken, lieber Philosoph, fühlen.» Zum ersten Mal erlebe ich mich dem Denker Alexander überlegen und zugleich wieder näher. Wenn er wüsste.

Wir diskutieren bis in den Abend hinein über Sinn und Unsinn revolutionärer Konzepte, wobei ich Alex' philosophischen Erwägungen die Alltagswirklichkeit entgegenhalte: Geschichte, Dokumentarfilme – ich habe genug Argumente auf meiner Seite. «Du hast recht», billigt er mir schliesslich zu, «die Dinge auf den Begriff zu bringen und logisches Herleiten tragen wenig zur Lösung der gesellschaftlichen Probleme bei, aber von der Politik erwarte ich ebenso wenig Berauschendes, darum bin ich ja bei den apolitischen Skeptikern, den PhiloDogs, gelandet, wenn auch, zugegeben, mit Vorbehalten.» «Nur keine Drecksarbeit, die sollen andere machen.» «Du argumentierst unfair. Als apolitischer Skeptiker lasse ich niemanden für mich Drecksarbeit machen. Ich zweifle nur am Sinn der Drecksarbeit, die ich weltweit sehe, am Dreck des Machtpokers, der nicht für mich gespielt wird.» «Pokern wir nicht mit, läuft die Chose ohne uns und wir haben es verpasst, Einfluss zu nehmen.» «Zynisches Philosophieren ist Mitspielen der Ohnmächtigen, nur anders. Diogenes' Verweigerung der bürgerlichen Normalität, seine Ablehnung der realexistierenden Gesellschaft und Zivilisation, seine Provokation, den grossen Herrscher aufzufordern, ihm aus der Sonne zu gehen, waren eine andere Art mitzuspielen, sich die Hände schmutzig zu machen.» «Les mains sales», sagt Muriel.

Woran denkt sie? An Sartres Figur Hugo, der Hoederer aus
den falschen Motiven umgebracht hat? Aber bei mir ist es
umgekehrt, mein Hass entzündet sich am richtigen Motiv,
noch immer, aber meine Tat traf den Mann, den ich am in-
tensivsten begehrt habe, noch immer begehre, auch wenn ich
ihn getötet habe. Trotzdem bereue ich die Tat nicht. Das hat
nichts mit Freiheit zu tun, auch nicht mit Logik. Vielleicht
ist es Anarchomystik. Aber ich fühle eine starke Anspannung
in mir, ein flaues Gefühl, das nichts mit meiner Schwangerschaft zu tun hat. Es muss Angst sein, Angst, dass mich seine Leute, Pietros Schatten, verfolgen, Krrr, die kleine Rote,
die rote Kleine, aber ich bin gross mit einem riesigen Bauch,
und ich werde die Zwillinge haben. «Es ist ein Genuss, euch
jungen Leuten zuzuhören», sagt Muriel, «ich wünschte, ich
hätte in eurem Alter auch so denken können.» «Fühlen, nicht
denken», sage ich lachend. «Denken auch», protestiert Alex.
«Gefühlt habe ich damals allerdings vieles», sagt Muriel, steht
auf und verschwindet im Haus.

Beim Abschied umarme ich Alex. Ich bitte ihn, niemandem
von seinem Besuch bei mir zu erzählen, auch nicht davon, wo
ich jetzt wohne; ich wünschte, in Ruhe gelassen zu werden.
«Auch von mir?» «Du weisst ja, wo du mich findest.» Über
die Fernsteuerung schliesst er das Verdeck seines Mini Cooper.
Dann zieht er mich sachte an sich und sagt mir leise ins Ohr:
«Ich wünschte, die Zwillinge wären von mir.»

fade-out

37 Das Erbe

Kaum ertönt der Haustürgong, ein Riesengeschrei, Gepol-
ter an der Türe, dann fliegt sie auf. Die zwei schwarzhaari-
gen Krausköpfe rennen die Besucher fast um. «Was für rei-
zende, wilde Mädchen ihr seid», sagt Charlène und versucht
vergeblich sie zu umarmen. «Erbe der Leidenschaft», sagt
Tuula vage – Charlène weiss nichts über den Vater. «Stress?»
«Nein, Glück, obwohl sie anstrengend sind.» Die Mädchen
springen um Charlène herum und rufen: Salää, Salää …», die
eine streckt ihr eine Plüschgiraffe entgegen, die andere ein
Plüschnashorn. Sie nimmt die Tiere in Empfang, doch als sie
der einen das Plüschnashorn zurückgibt, will die andere es
dieser wegnehmen und als sie es nicht hergibt, schlägt sie ihr
mehrmals mit der flachen Hand auf den Kopf, die Geschla-
gene nimmt es gelassen, lacht sogar, erst als die Schwester ihr
das Nashorn entreisst, beginnt sie lautstark zu zetern, beruhigt sich aber sofort, als Charlène ihr die Giraffe reicht. Dann
springen die Mädchen Gian entgegen, der hinter Charlène
kommt: Papapapa, pa, pa, pa.» «Sie machen viel Lärm», sagt
Tuula, «können aber erst rudimentär Silben zu Worten verbinden. Mama sagen sie ständig, aber es bleibt oft unklar, ob sie
mich oder Muriel meinen. Muriel will ihnen beibringen zu ihr
Mamama zu sagen, aber sie bleiben bei *Mama* für beide, das
ist kürzer; bei Gian ist das vorgesprochene *Papapa* zu einem
willkürlichen Spiel mit der Silbe *pa* geworden. Eben habe ich
mit ihnen geübt *Charlène* zu sagen, damit sie dich gebührend

empfangen können.» «Salää … Salää …» «So wie du sie kleidest, werde ich sie nie auseinanderhalten können, die gleichen blauen Jumpsuits, die gleichen Segeltuchschuhe …» «Haha, auch die Haare und die braunen Augen werden dir nicht weiterhelfen … Du brauchst Tricks. Zum Beispiel hängt jede an ihrem eigenen Stofftier, liegt es herum und du gibst es der Falschen, Geschrei, wie du es eben erlebt hast. Die mit der Giraffe ist Simona, die mit dem Nashorn Sela. Für mich und Muriel ist es natürlich anders.» «Zum Glück habe ich beiden zwei identische goldene Schoggi-Osterhasen mitgebracht.» Jubelnd ziehen sie sich mit der Gabe ins Kinderzimmer zurück: Salää … Salää …», dann wird es still.

«Hier habe ich die neueste Post für dich, Tuula.» «Danke. Mach es dir erst mal bequem. Was kann ich dir anbieten?» «Ein Bier gerne.» Tuula holt Calanda Bier und Gläser. Ich bringe ein Holzbrett mit Käse, Brot, Wurst und geschnittenem Bündnerfleisch und frage: «Wo ist Seraina?» «Schule. Nur ich habe frei.»

Tuula schaut die Post durch. «Das ist von unserem Familienanwalt, der mein Erbe regelt. Ich bin Alleinerbin meiner Eltern», sagt sie bitter, «Gian übernimmt für mich die Verwaltung der Villa an der Hadlaubstrasse. Ich will sie verkaufen, dort wohnen werde ich nie mehr.»

«Mal schauen, was die Kinder machen», sage ich wohl etwas laut, denn schon springt die Türe des Kinderzimmers auf. «Mama, Mama …» Jede streckt mir ihren Goldhasen entgegen. «Wie soll man sie da unterscheiden?», seufzt Charlène. «Gib es auf», sage ich und bringe die Mädchen in ihr Zimmer zurück.

«Nein!», schreit Tuula auf, die sich mit der Post beschäftigt hat. Zitternd hält sie einen Brief in der Hand und überreicht ihn mir. «Mein Anwalt schreibt, er habe von Ludwigs Anwalt ein dickes Couvert bekommen, das er ihm erst jetzt sende, weil Ludwig ihn beauftragt habe, es für ihn zu verwahren und, falls er während eines halben Jahres nichts mehr von ihm höre, es dem Familienanwalt zu schicken. Da er seither keinen Kontakt mehr zu Ludwig habe herstellen können und auch über dessen Aufenthaltsort nichts wisse, leite er es jetzt auftragsgemäss an ihn weiter.» Erschreckt von Tuulas Schrei kommen die Zwillinge aus ihrem Zimmer gerannt: «Mama! Mama!» «Gut, gut», sagt Tuula wieder gefasst und geht mit den Mädchen, die sich an sie klammern, zurück ins Spielzimmer.

Auch Gian ist erblasst. Aus Angst, man könnte ihr auflauern, hat Tuula alle Post zu Charlène nach Winterthur umleiten lassen, einem Ort, wo sie sich persönlich nicht aufhält. Gewöhnlich schickt Charlène diese dann in einem neutralen Couvert zu mir nach Tamins. Da sie so gerne wieder einmal Tuula und die Zwillinge sehen wollte, haben wir sie hierher eingeladen, so hat sie die Post gleich mitgebracht.

Im Umschlag Ludwigs sind verschiedene persönliche Unterlagen, unter anderem eine amtlich beglaubigte Anweisung, in der er Tuula die Vollmacht über sein Schweizer Bankkonto erteilt. Kein Wort über seinen Aufenthaltsort und seine Pläne. Entsetzt sitzen wir da, schweigen. «Ich habe so gehofft», sagt Gian leise mit gesenktem Kopf, als Tuula nach einer Weile wieder zurückkommt. «Er auch noch», sagt Tuula unter Tränen, «es ist so grauenvoll; auch wenn ich schon lange davon überzeugt war, …» «… schmerzt es», beende ich den Satz. «Nein, es explodiert», presst Tuula mit unterdrückter Stimme hervor, wohl um die Zwillinge nicht wieder zu erschrecken.

Ich setze mich neben Tuula aufs Sofa, Gian beschäftigt sich am Tisch mit Ludwigs Papieren. Charlène steht auf und geht nach hinten zu den Kindern. «Was explodiert?», frage ich Tuula. Wir sprechen leise. «Hass!» «Nur Hass?» «Nein, auch Liebe … Liebe und Hass», Tuula schlägt die Fäuste aneinander, heftig, rhythmisch, «Liebe, Hass, Hass, Liebe, eines kippt ins andere. Vor zwei Jahren bin ich mündig geworden, aber ich bin nicht ausgeflogen aus der Welt meiner Kindheit, eine

Atombombe hat sie in ein tiefes Loch verwandelt, geblieben sind keine Trümmer, nur radioaktive Strahlung, nur Hass, … doch tief im Hass strahlt auch Liebe, leidenschaftliche, erotische Liebe, kein himmlischer Kitsch, denn tief in der Liebe strahlt wiederum Hass, zerstörungsgeiler Hass und in dessen Tiefe wiederum Liebe, ebenso geile Lust zu erobern, mich zu vereinigen. Was will ich noch ungehorsam sein, wenn alle Werte, die mich gebunden haben, ins Nichts versunken sind?» «Jetzt bist du eine Andere geworden, nicht mehr Tochter, sondern Mutter.» «Nein, sowenig ich die Eine war, bin ich die Andere geworden. Meine Welt ist anders, so wie sie immer anders ist, als sie ist. Tochterwelt, Enkelinwelt, Mutterwelt, Lebenswelt, Todeswelt.» Ich lege meinen Arm um ihre Schultern.

«Seltsam», sagt Gian und hebt einige Papierblätter in die Höhe, «hier ist ein Kontoauszug einer Bankfiliale in Bologna, aus dem hervorgeht, dass Ludwig am 20. März 2009 etwas mehr als hunderttausend Euro in bar abgehoben und das Konto aufgelöst hat.» «Er hat alle seine Angelegenheiten geregelt wie jemand, der aus dem Leben scheidet. Aber er hat viel Geld abgehoben und sein Pass ist auch nicht unter den Papieren.» «Das spricht dafür, dass er sich abgesetzt hat», sagt Charlène, die sich wieder zu uns gesetzt hat, «wir könnten ihn weiter suchen lassen.» «Nein», sagt Gian energisch, «sein Vorgehen zeigt eindeutig, dass er das nicht will.»

«Wenn er noch lebt, was ich bezweifle, … verloren haben wir ihn so oder so», sagt Tuula. Tränen fliessen langsam über ihre Wangen. «Jetzt kannst du verkaufen», sagt sie zu Gian, «es gibt niemanden mehr, den ich um Einwilligung bitten muss.» Ich verstehe, dass es um den Verkauf der Villa an der Hadlaubstrasse geht. «Jetzt bin ich eine reiche Eremitin.» «Eremitin?» «Ja. Nehmt es mir nicht übel, ich habe liebe Freunde und zwei allerliebste Krausköpfchen – aber ich bin eine Eremitin, meine Welt ist Wüste, Myriaden gleichgültiger Sandkörner in der Hitze einer erbarmungslosen Sonne, in der

Kälte erbarmungsloser Leere, und der grosse Mond darin ist meine Seele.» «Absurd», murmelt Gian. «Du sagt es», bekräftigt Tuula.

fade-out

38 Der gekreuzigte Rabe

«Töte ihn», gebietet der Rabe. Erschreckt fahre ich herum. Der düstere Geselle, von dem mir Gian erzählt hat, sitzt auf der Lautsprechersäule neben dem schwarz gerahmten Monitor auf Gians Schreibtisch, sitzt da, unbewegt, gebieterisch. Ich sehe ihn zum ersten Mal.

Abrupt löst sich Gian aus meinen Armen. Wir sind beide nackt. «Was fällt dir ein, verfluchter Intrigant, ich habe ihn längst getötet», zischt Gian.

«Töte ihn», gebietet der Rabe ungerührt. Er tönt nicht krächzend, sondern trocken, hell wie ein Xylophon. Ein verführerischer Klang, ein lieblicher Wirbel, kurz und perkussiv.

«Töte ihn» … Mit einem schnellen Sprung stürzt sich Gian auf das Tier, packt es mit beiden Händen am Hals, so, dass ihn der Vogel mit seinem scharfen Schnabel nicht picken kann. Auch als der mit seinen Flügeln flattert wie wild, lässt er ihn nicht los. «Schnell, die Schnur in der Schreibtischschublade und die Schere …, jetzt mach eine Schlinge, die sich zuziehen lässt und stülpe sie über seinen Kopf … und jetzt binden wir ihn mit ausgebreiteten Flügeln an diesen Bildschirm.» Mir ist schnell klar, was Gian meint. Während er den Raben noch immer am Hals umklammert hält, ziehe ich das freie Ende der Schnur so straff hinter dem Bildschirm durch, dass jede Bewegung des Vogels die Schlinge um seinen Hals zusammenzieht. Dann mache ich eine zweite Schlinge um einen Flügel, die sich auch zusammenzieht, wenn er ihn bewegt, führe die

Schnur waagrecht hinter dem Bildschirm durch und fessle den anderen Flügel mit einer weiteren Schlinge. In eine letzte Schlinge stecke ich die Füsse, binde sie am Sockel des Monitors fest und ziehe schliesslich die robuste Schnur mehrmals kreuzweise straff über den Körper des Raben, so dass er sich kaum noch regen kann. «Jetzt den Schnabel», sagt Gian, «in der Schublade ist ein extrastarkes Klebeband.» Damit umwickle ich den Schnabel und Gian lässt den Vogel los, nachdem ich noch eine weitere Schlinge um seinen Hals gelegt habe, die den Kopf an den Bildschirmrahmen drückt.

«Das ist dein Karfreitag», sagt Gian. Der Rabe ist sprachlos, denn sein Schnabel ist verklebt. «Jetzt inszenieren wir deine Kreuzigung: der Auftrag zu töten hinter der Lust zu leben.» «Kannst du den Bildschirm auf den Boden stellen», frage ich Gian, «und den Computer einschalten, so dass der Screen leuchtet?» «Kann ich, die Bildschirmkabel sind lang genug.» Ich setze mich nackt im Fersensitz davor, die Hände hinter dem Kopf verschränkt. «Jetzt mach mit deinem Smartphone Aufnahmen.» «Soll ich den Fotoapparat holen?» «Nein, Smartphonebilder genügen. Ich will sie als Vorlagen für eine Zeichnung.» Gian macht die Aufnahmen. Ich drehe mich um, der Gekreuzigte ist verschwunden. Der Bildschirm flackert, dann sehen wir ihn im Bildschirm entschwinden.

Erschrocken ergreife ich Gians Hand, deute mit der anderen auf den Bildschirm. Doch als ich ihn berühre, umfliesst ein Pixelnebel meine Hand und saugt sie ins Bild. Reflexartig zieht mich Gian an der Hand zurück, nutzlos, der Pixelnebel wird riesig, hüllt uns ein, lässt uns schrumpfen zu gewichtslos schwebenden Gebilden; Gian sieht aus wie aus feinen Silberfäden gewirkt, ein zartes Gespinst, und mein Leib desgleichen.

Hand in Hand schweben wir durch einen lichten, mir endlos erscheinenden Kanal. Das geheimnisvolle Licht erinnert mich an Begegnungen mit meinem himmlischen Geliebten. Ich fühle mich geborgen und befremdet zugleich. «Das Spiel wiederholt sich», höre ich Gian sagen, eine Stimme von weit her, obwohl wir uns an den Händen halten, «nur den Raben kann ich nicht sehen.»

Plötzlich sind wir in einem grossen, runden, oben von einer Kuppel abgeschlossenen Raum. «Das ist das Panarcanum», erklärt Gian, «der Versammlungsraum der Schwestern- und Brüderschaft des Sentino-Arkana.» «So sind wir also tief im Fels des Ringelspitz in einer neuen Welt in meiner alten Heimat, … aber wir sind ja splitternackt da hineingeraten», bemerke ich plötzlich. «Das spielt hier keine Rolle. Was wir sonst als Körper und Geist erfahren, erscheint hier als völlig anderer Zustand, eine Art Schwingung oder blosse Beziehung zwischen virtuellen Teilchen, andernfalls könnten wir nicht durch den Fels fliegen wie Vögel durch die Luft.» Gian skizziert mir kurz den Aufbau der Sentinowelt, die Funktion der Dubitinomembran, welche die Räume abgrenzt, und der virtuellen Formationen der Sentinos, den kleinsten Spiegelteilchen des Erlebens. «Wirklich verstehen kann ich es nicht, aber vielleicht sind wir hier drin selber auch dimensionslose, masselose Sentinoformationen, obwohl wir alles raumhaft wahrnehmen.»

Mir kommt das alles gar nicht so mysteriös vor. Ich geniesse unser sanftes Gleiten durch diese grossen und kleinen Rotunden, Bogentore und Gänge, das sanfte Licht der Wände, das langsam und stetig seine Farbe wechselt – ich fühle mich an Zustände meiner einstigen Meditationen erinnert. Ich bin eine schwerelose Astronautin in einer Raumkapsel, nur wirkt alles viel grösser und prächtiger, und ich trage keinen Raumanzug. Eine wohltuende Stille. «Sind wir ganz allein hier?»

In diesem Moment ertönt ein Miauen. «Bist du wieder da?» Ich höre nur die Stimme vor mir, sehe aber niemanden. «Diesmal hast du Muriel mitgebracht. Willkommen im

Sentino-Land! Miau.» Die sprechende Katze vor uns wird sichtbar. «Was heisst da mitgebracht. Ich wurde eingesogen samt Gian, der mich zurückhalten wollte.» «Das war das Kraftfeld des Raben. Durch seine Fesselung habt ihr euch das selber eingebrockt. Er konnte zwar die Fesseln nicht lösen, aber sich als verschnürtes Paket in seine Spiegelformation zurückverwandeln, dadurch entstand dieser Sog, der auch euch verwandelt und hierhergezogen hat.» «Oh, du bist Cat. Woher weisst du meinen Namen?» «Hier weiss man alles von euch, aber auch du kennst meinen Namen.» «Gian hat mir von euch erzählt. Ausserdem wohne ich ganz in der Nähe am Fuss des Ringelspitz.» «Hallo Nachbarin! In Tamins, ich weiss, ganz nahe und trotzdem unendlich fern, denn hier drin war noch niemand aus deinem Dorf. Aber eure Eintrittspforte ist ja Gians Bildschirm in Zürich.» Welch geschwätzige Katze.

«Wo ist der Rabe?», will Gian wissen. «Es gibt keinen Raben mehr. Ihr habt ihn gekreuzigt und damit seinen Bannkreis gebrochen.» «Ist er tot?», frage ich entsetzt, denn das wollte ich nicht, auch wenn er zu töten aufgefordert hat. «Ach was!», miaut Cat, «nicht tot. Mutiert. Koraki heisst jetzt der Gekreuzigte, alle nennen ihn nun Cruciarius oder Cruci. Er schwebt als gebanntes Spinnennetzbild in seiner Apsis und wird sich nie mehr in einen Raben noch sonst eine Figur verwandeln können, denn durch eure Kreuzigung habt ihr seine letzte Mutation angestossen, seine Energiequelle zu weiteren Verwandlungen ist damit erschöpft. Kommt mit.»

Wie schnell das hier alles geht …, ach nein, zeitlos. Wir schweben durch flimmernde Korridore. Ich habe das Gefühl, eine zarte Musik zu hören, die aber plötzlich durch anschwellendes Sirren, Rauschen und schliesslich ein Gewirr aus Stimmen, Pfiffen, Echos von den Wänden übertönt wird. «Sie kommen!», ruft Cat, «zur grossen Versammlung, … für euch.» «Für uns?» «Ja, für euch. Sie wollen mit euch reden, denn mit Gians Angriff auf Grufti und der Kreuzigung des Raben habt ihr ins Gefüge der Sentinowelt eingegriffen.» «Und jetzt sollen wir wohl Rechenschaft ablegen», sagt Gian barsch. «Quatsch, wir sind weder Philosophen noch Richter, aber wir setzen uns gerne auseinander, auch mit euch, … mit und ohne Logik, je nach Temperament.» Cat hält inne und zeigt in eine grosse Apsis: »Da seht ihr ihn.»

Eine riesige Spinnennetzkarte mit der Zeichnung eines grossen schwarzen Kreuzes in der Mitte, darauf mit Strängen von Silberfäden gebunden der Rabe mit unbewegt ausgebreiteten Flügeln, die Füsse nach unten hängend, nur der erhobene Kopf bewegt sich, in seinen Augen sehe ich kleine Flammen. Der Schnabel ist nicht mehr zugeklebt. «Geschafft», sagt der Rabe, schon weitgehend eingeschmolzen in den Schatten des Kreuzes in seiner Spinnennetzkarte, dann lässt er den Kopf hängen und schweigt.

«Was heisst *geschafft*?» «Es kann heissen, dass er völlig groggy ist, keine Energie mehr hat, so wie er da hängt, saft- und kraftlos», erwäge ich. «Oder es heisst *mission accomplished*, es ist vollbracht!» «Wohl beides», meint Cat. «Was hat er denn vollbracht?» «Die Mutation.» «Zu was?» «Zum gekreuzigten Schattenwerfer.» «Na grossartig.» «Der Schattenwerfer trägt auf dem Rücken das Licht und wirft vor sich den Schatten.» «So ist er auch Lichtträger, gekreuzigter Luzifer. – Ist das nicht eine Rückmutation? Koraki war doch bereits vor seiner ersten Mutation die Tarotkarte *Der Teufel*.» «Du erinnerst dich richtig. Ich hatte dich gewarnt.» «Dann haben wir Luzifer gekreuzigt», sage ich verblüfft. «Und damit den Bannkreis des Raben gebrochen», ergänzt Cat meine Einsicht. «Wird er wieder auferstehen?» «Nur wenn ihm jemand seine eigene Energie spendet, noch ist er geschafft, hat es aber nicht geschafft. Er wollte die Energie von Grufti, den du für ihn getötet hast.» «Verdammt! Das wusste ich nicht», schimpft Gian, «dann wollte er sie von mir auf sich übertragen, doch zuvor haben wir ihn bezwungen.» «Begeben wir uns ins Panarcanum, dort werdet ihr erfahren, was geschehen ist.»

Mir ist unbehaglich zumute, zumal ich immer daran denken muss, dass wir nackt sind, auch wenn ich erlebe, wie hier Körperformen aufscheinen und wieder zerfliessen wie bei Cat, die schon miaut und spricht, bevor sie erscheint; aber nackt heisst für mich auch schutzlos und seltsamerweise grenzenlos, durchsichtig, die Haut nicht mehr als ein Hauch.

Im Panarcanum ruft Cat nach Regie, die weiss, wer wir sind. Sie schwingt sich hoch in die Kuppel und ruft laut in die Menge der versammelten Spinnennetzkarten: «Hört alle mal zu! Wir haben wieder Gäste, von denen ihr einen schon kennt. Hier sind Virtu und Virtua.» Mit Virtua meint sie wohl mich. «Wer sich mit ihnen unterhalten will, kann die Gelegenheit jetzt nutzen.» Das Volumen der Stimmen im Panarcanum schwillt an. «Aber nicht alle aufs Mal», ruft sie lachend dazwischen. «Die Stimmung hier ist viel lockerer und heiterer, nicht so kriegerisch angespannt wie letztes Mal», stellt Gian fest.

«Solange Cruciarius an den Schatten des Kreuzes gefesselt bleibt», sagt eine tiefe, zugleich leicht scheppernde Stimme neben uns. Entsetzt weicht Gian zurück: «Grufti! Habe ich dich nicht getötet?» «Das hast du», lässt sich jetzt Cat vernehmen, die mit einer ganzen Gruppe von Spinnennetzspielkarten zu uns geschwebt ist, «doch deine Tat, zu der dich Koraki gedrängt hat, war eine Un-Tat, eine Tat, die zugleich keine sein konnte. Du hast den Tod getötet, doch dein Töten war ein spektakulärer Leerlauf. Was meinst du dazu, Abakus, als Logiker vom Dienst?» «Auch wenn du das Spotten nicht lassen kannst, Clown, stimme ich dir zu. Bringt man den Tod zu Tode, bleibt er, was er ist, deine Tat des Tötens ist zu nichts geworden, denn ohne Tod, gibt es kein Töten.» «Der Rabe bleibt gekreuzigt», sagt Cat mit wütender Stimme, «das war diesmal eine wirkliche Tat, denn sein Auftrag, den Tod zu töten, schafft Unrast ...» «Ohne Heil, denn auch wenn der Mord ohne Opfer bleibt, leidet die Solidarität.» «Für dich, Pluvi, geht es um Solidarität, da magst du sogar recht haben, für mich um die Diskreditierung der revolutionären Leidenschaft.» «Wie meinst du das, Bombe?», will Pluvi wissen. «Das Töten des Todes bringt den Tod zum Sein», verstärkt Abakus sein vorheriges Argument. «Und die vermeintliche revolutionäre Tat belässt alles beim Alten», sagt Bombe.

Es entspinnt sich eine eifrige Diskussion über Nutzen und Verderben von Revolutionen und über das ursprüngliche Ideal des Sentino-Arkana, nur Spiegelungen dessen zu sein, was im Augenblick der Fall ist, nichts zu bewerten und nichts zu prognostizieren, nicht wie die Welten der Tarot-Decks, von denen sie sich abgespalten haben. Immer mehr Spinnennetzkarten schweben heran und ich habe Gelegenheit ihre Namen und Eigenheiten, die mir Gian laufend zuflüstert, kennenzulernen.

«Das Vergehen des Vergehens lässt auch das Werden des Werdens verschwinden», trägt Nube lachend zur Unterhaltung bei, «so ist alles einfach da.» «Dann vergeht die Zeit nicht, sondern sie verschwindet … und mein Orgasmus hat kein Ende», jubelt Pussy. «Aber auch keinen Anfang», spottet Verga. «Schlappschwanz!» «Damit die Zeit verschwinden kann, muss sie vorerst da sein, also geht es doch nicht ohne der Zeiten Lauf», wendet Kompass ein. «Freilich geht es ohne ihn, denn es wäre ja nicht mehr als ein Wort, das aus dem Sprachgebrauch verschwände», widerspricht Dado. «Es verschwindet aber nicht», beharrt Kompass. «*Zeit* ist vor allem ein mathematischer Hilfsbegriff, der sich für die Formulierung physikalischer Gesetzmässigkeiten als zweckmässig erweist, je nach den mathematischen Modellen variiert der Begriff, z. B. zur *Raumzeit*», doziert Abakus und verwandelt sich in seiner Spinnennetzkarte in ein hexadezimales chinesisches *Suanpan*, einen braunrot lackierten Holzrahmen, in den 13 dünne Holzstäbe eingefügt sind, von denen jeder durch 7 bewegliche Kugeln gesteckt ist, wobei eine Querleiste die 6. und 7. Kugel auf allen Stäben von den anderen 5 abtrennt. Während er spricht, bewegen sich die Kugeln in einer für mich undurchschaubaren Reihenfolge auf und ab. Klack, klack, klack … «Zeit ist ein Begriff des Zählens und Messens.»

«Werden und Vergehen lassen sich nicht nur zeitlich betrachten», mischt sich Illumi ins Gespräch ein. Ihr höre ich aufmerksam zu, weil mich die Mystikerin interessiert. «Das Viele ist das Eine, das zugleich stets das Andere ist. Alles ist und ist nicht, ist so und ist zugleich anders.» «Darum bin ich auch nicht mehr der Tod, seit Gian mich erfolglos zu liquidieren versuchte, sondern der Vexier, bald erscheine ich als Totenkopf, bald als schöne Frau am Toilettentisch mit Spiegelbild.»

«Ich habe dich attackiert, weil du mich töten wolltest, um ein Haar hätte ich zu spät reagiert», protestiert Gian. «Du handelst nach der Devise: Schlägt mir einer auf den Kopf, so schlage ich ihm den seinen ab. Doch meinen konntest du nicht abschlagen», geifert Vexier. «Koraki hat dich aufgehetzt», meint Cat. «Warst nicht du es, der mich darüber aufgeklärt hat, wie man in eurer Welt töten kann.» «Aber nicht den Tod.» «Ebenso wenig mich als Vexier. Kaum greifst du mich an, greifst du einen anderen an.» «Verzichten wir auf die Perspektive der Zeit, wird der ewige Augenblick zum Trödleruniversum», sinniert Pyros. «Was willst du damit sagen?», will ich wissen. «Das Haus des Seins, vollgestopft mit all dem nutzlos Seienden.» «Endlich habe ich die Antwort auf die Frage eurer Metaphysiker *was ist das Sein*», miaut Cat. «Und?» «Das Sein ist ein Messie.» «Wie das?», frage ich amüsiert. «Wie Pyros gesagt hat, der ewige Augenblick als Trödleruniversum, das Viele häuft sich unendlich auf. Das Sein ist nicht imstande die unendliche Menge der Seienden auch wieder zu entsorgen.» «So denkt ihr doch in der Perspektive der

Zeit», trumpft Kompass auf, «denn nur im Werden häufen sich die Seienden an, und im Vergehen werden sie entsorgt.» «Also kein Messie», sage ich. «Doch», beharrt Cat, «es herrscht Überproduktion. Das Werden rast immer schneller, das Vergehen hinkt mühsam hinterher.» «Das habt ihr jetzt von eurer Zeitdenkerei», mischt sich Illumi ein. «Wie sollen wir das ohne Zeitdenken sehen?», fragt Kompass.

«Virtu hat diese Frage durch seine Tat beantwortet», scheppert der Vexier, «er wollte mich als Todbringer töten und hat mich zum Vexier mutieren lassen, zum Meister der Kippbilder und damit zum Magier des Vielen.» «Warum soll das eine Antwort auf meine Frage sein?», will Kompass wissen. «Weil die Vielheit der Augenblicke, ihr Auftauchen und Verschwinden nichts mit einem Zeitenlauf zu tun haben, sondern Kippbilder sind im einen ewigen Augenblick», erklärt Illumi. «Du meinst Kippbilder der Erinnerungen im grossen Museum des ewigen Augenblicks?», frage ich, fasziniert von Illumis Gedanken.

«Und jetzt bin ich zum Todbringer geworden», sagt Gian kleinlaut, «weil ich das Kraftfeld von Grufti absorbiert habe.» «Nein, nicht absorbiert, nur neu konfiguriert», sagt Illumi, «du konntest den Tod nicht töten, aber durch das Zerbrechen des Zeitpfeils hast du dem Tod seinen Stachel genommen, ihn zum Vexier mutieren lassen.»

Wieder zurück in unserer Wohnung am Döltschiweg, spannt sich eine grosse Spinnennetzkarte über dem Sofa, darauf das Bild, das Gian von mir und dem auf den Monitor gekreuzigten Raben gemacht hat, künstlerisch verändert, so jung bin ich da, zeitlos, im ewigen Nu … Ich werde das Bild genau so zeichnen.

fade-out

Epilog

Nie hätte ich gedacht, dass unsere Freundschaft so enden würde. Zwei Brüder, Wahlzwillinge. Doch, wo sich für Tuulas Zwillinge ein einziges Ei geteilt hat, von einem einzigen Spermium befruchtet, reifte jeder von uns in einer eigenen Placenta, einer eigenen Vorwelt, und doch sind wir aus dem Bauch derselben Schulklasse desselben Gymnasiums zur Welt gekommen, haben im letzten Schuljahr bei derselben Mutter gewohnt, für denselben Philosophen geschwärmt, sind nach Hamburg in dieselbe Wohngemeinschaft gezogen; dort haben sich unsere Wege getrennt. Es geschah im Zeichen der 68er-Unrast und hat doch wenig damit zu tun.

Ludwig ist im Nichts verschwunden. Hat er sich in ein fernes Land abgesetzt? Hat er seinem Leben ein Ende bereitet? Aber dann wäre doch seine Leiche irgendwo gefunden worden. Noch immer hege ich Hoffnung. Er hat niemanden informiert, sein alter Stil. Sein eigener Anwalt war überrascht, als wir ihn informierten, er hatte den Auftrag, den Umschlag mit den Papieren ungeöffnet weiterzuleiten zu einem festgelegten Zeitpunkt, als Ludwig alle Spuren hinter sich gelöscht hatte. Ludwig war ein gründlicher Denker, auch in der Art und Weise, wie er sein Verschwinden inszeniert hat.

Ho fallito. Ich verschwinde! Subito!, schliesst Ludwigs hinterlassener Brief, seine letzte Botschaft. Ist er gescheitert? Sind die anderen gescheitert, die Revolutionäre, die 68er Rebellen, wie ich vor Jahrzehnten bei unserem Essen in der Bodega behauptet habe? Heute würde ich das anders beschreiben, nicht als Scheitern. Die Frage nach dem richtigen oder falschen Weg sagt mir nichts mehr. Den richtigen Weg gibt es nicht, weil es das richtige Ziel nicht gibt. Dahinter steht die im Grunde genommen im religiösen Denken beheimatete philosophische Frage nach der *Wahrheit*; ich ziehe es vor, stattdessen von *Leidenschaft* zu sprechen.

Ludwig sah wohl seine Leidenschaft, aber durchschaute sie nicht. Mit seinem Projekt zelebrierte er seine Liebe zu Roxana, eine Glut, deren Spuren in seiner Erinnerung an Roxanas Gedanken zur Revolution auf der Zugfahrt von Hamburg nach Zürich erhalten geblieben sind. Die Leidenschaft war stärker, als es die professionelle Skepsis des Professore für analytische Philosophie hätte zulassen dürfen. Aber Leidenschaft fragt nicht um Erlaubnis. Roxana hatte ihn verlassen. In seinem Projekt liess er sie weiter tanzen. Solcher Ungehorsam verbindet Wolfi mit mir – und das ist Aufklärung: Leidenschaftlicher Ungehorsam kommt vor rationalem Rechthaben.

Roxana hatte nicht recht; ihr Fehler, wie der wohl aller Revolutionäre, war, wohl den Weg, aber nicht das Ziel in Frage zu stellen. Sieht man Ziele als Leidenschaften, nicht als Wahrheiten, liegt die Einsicht näher, dass die Herzen für vieles Unterschiedliche schlagen, in Leidenschaften, die in keiner Weise kompatibel sind. Weltanschauungen sind nicht richtig oder falsch; sie werden zelebriert wie Religionen oder revolutionäre Konzepte, ihr Zelebrieren ein permanenter Kriegszustand, kein Nährboden für universelle Solidarität auf den Schlachtfeldern des Klassenkampfes, des Rassenkampfes, der Religionskriege.

Alle Leidenschaft ist tragisch. Roxana hat Ludwig verlassen, die REPS, sein von ihr inspiriertes geistiges Kind, zerfallen, sein leibliches Kind und seine Schwiegertochter getötet. Tuula … Nein, ihr Schicksal will ich nicht deuten, ist es doch auch zu meinem geworden.

Töte ihn, sagte der Rabe. Sein Geheiss schlug mich in Bann. Doch seine Weisung war nichts als Intrige. Er konnte mich einlullen durch meine eigene Feindschaft zum Tode, die ich zwar mehr denn je hege. Doch den Tod zu töten ist nicht so banal, wie das Leben zu leben. Ich konnte den Tod nicht töten, aber bevor er mir, bin ich ihm in den Rücken gefallen, habe ihn mit lautem Knall als schrumpfende Lichtkugel zwar nicht zu Tode gebracht, wie ich gemeint habe, aber auch nicht erneut zum Leben, indes zu beidem zugleich, zum Sein/Nichtsein des Seienden, das niemals ist, was es ist, sondern stets ein Anderes, zur Metamorphose des Vexier im Sentino-Arkana-Reich der Spiegelfunktionen unserer Welt, einer Welt, die in fliessenden Gestalten zahlloser, vieldimensionaler Kippfiguren der Fall ist.

Ludwigs Hinterbliebene sind Tuula, Simona und Sela, Muriel und ich. Wir sind verschränkte Teilchen. Auch meine Terpsichore tanzt nicht mehr; meine Göttinnen der Unterwelt schlafen tief; Sara ruht in meinem Frieden. Charlène, Seraina liebe Freundinnen, stets willkommen. Muriel jedoch ist Welt geworden, meine Welt. Gemeinsam haben wir ihn gekreuzigt. Nackt haben wir den Krieg geführt, schamlos einig. Nackt sind wir in die Spiegelwelt gereist. Auch wir sind Vexierbilder. Schaust du so, siehst du Muriel / schaust du so, siehst du Gian – vielgestaltige Facetten, bald nackt / bald in den verschiedensten Kleidern. Ich erkannte die Frau mit dem roten Schleier, die Geheimnisvolle. Und das Geheimnis ist Leib geworden, und ich wohne in ihm.

Es sei mir nachgesehen, dass ich, die strengen logischen Anforderungen meines verschwundenen Wahlzwillingsbruders missachtend, nicht im philosophisch umfassenden Sinn von meinem Augenblick und meinem Erleben spreche, was zwar konsequent wäre, weil so gesehen alles, was der Fall ist, in der Meinigkeit verschränkt ist. Ich begnüge mich jedoch damit, nur vom gemeinsamen Spiel der kleinen Wirbelwelten von Tuula, Simona, Sela, Muriel und Gian zu erzählen. Obwohl jeder dieser Wirbel seine eigene Achse hat, verwirbeln wir uns so oft zu einem grossen Wirbel, wirbeln dann wieder auseinander, ein bald eigenwilliger, bald gemeinsamer Wirbeltanz. Die Achsen sind nur virtuell, seelenlose Koordinaten, die wirbelnde Welt um sie, ohne Selbst – das wahre Leben.

Muriel und ich sind Mitwisser von Tuulas Tat. Nur wir drei. Wir werden schweigen. Vexierbild. Wir sind Mittäter. Mitliebende. Der Philosoph, der die Welt nicht nur interpretieren wollte, ist verschwunden, mein Wahlzwilling. Wir die Zurückgebliebenen. Der Revolutionär getötet, Tuulas Mann, der ihre Eltern töten liess, den sie dafür hasst, abgründig, den sie verzweifelt liebt, grundlos.

Ob ich Pietros Tötung durch Tuula missbillige? Nein. Nicht weil ich Pietros Taten und Pläne missbillige, sondern weil ich die Fälle nehme, wie sie fallen. Freie Wahl ist Fiktion. Der Anarchomystiker ist zuerst Anarcho, dann Mystiker. Anarcho heisst nicht, Ordnungen der Gesellschaft beseitigen zu wollen, sondern stete Bereitschaft zum Ungehorsam gegenüber anderen und sich selbst. Was Mystiker heisst, davon will ich schweigen. Der Schwingen Schatten des Schwarzen Kranichs entkommst du nicht, denn kaum näherst du dich des Schattens Grenze, ist dir die Grenze wieder voraus.

Voltaire lässt in seinem Epilog Candide zur Einsicht gelangen, *qu'il vaut mieux vivre modestement en cultivant notre jardin*. Wir hinterbleiben ohne Frage nach dem Sinn, ohne Einsicht. Die Folgen der Revolution: Simona, Sela, des Lebens Geschrei.

Aus der Ferne Flamenco-Musik. Sie kommt näher. Vor meinen Augen tanzen auf einer Spinnennetzspielkarte rotgoldene Buchstaben

> Toda la vida es sueño,
> y los sueños, sueños son.

Weitere Bücher des Autors

antonio cho
Grosser Empfang

Poetisches Vorspiel
zur AnarchoMystik

Reihe: skepsis & leidenschaft / Band 7
skepsis verlag, Zürich 2015
Hardcover Leinen, Fadenbindung
96 Seiten
ISBN 978-3-9521140-4-9

AnarchoMystik – was ist das? Anarchismus? Mystik? Zen? Philosophie? Ein Scherz? Mit dem vorliegenden Gedichtband *Grosser Empfang* präsentiert der Autor zur Einstimmung ein *Poetisches Vorspiel zur AnarchoMystik*. Wer die Verse auf sich wirken lässt, mag vielleicht ein bisschen vom Duft der AnarchoMystik erahnen.

Deiner Augen Blick

In der kleinen Wolke
eine schwarze Pupille
in einer blauen Regenbogenhaut

eigenartig in einer Wolke
diese Farben

dieser Blick
auf mich

antonio cho
außer dem nichts

zur Kunst von Eigensein. des Egoismus Philosophie Theologie Poetik. ein Palimpsest

Reihe: skepsis & leidenschaft / Band 3
skepsis verlag, Zürich 2007
Hardcover Leinen, Fadenbindung
324 Seiten
ISBN 978-3-9521140-2-5

Vor gut 150 Jahren erschien Max Stirners umstrittenes Hauptwerk *Der Einzige und sein Eigentum*. Er war der erste neuzeitliche Philosoph des Egoismus. Der Autor des vorliegenden Buches hat die latente Idee hinter der Figur *des Einzigen* aufgegriffen und ins Bild eines Egoismus ohne Ich und ohne Selbst verwandelt und damit eine ganz eigene Version der Philosophie des Egoismus geschaffen. Kein Tanz um ein Ich, Egoismus vielmehr als Ontologie, als Ethik, als Poetik und als Theologie, nicht des einen Gottes, sondern des Vielen in meiner Augen Blicke.

Philosophie in Verse gefasst. Verse gleich den Spuren in einem Palimpsest. Sie beginnen mit der Frage nach dem Sein, verweisen auf den Ort des Glücks, des Guten und des Schönen und auf den Sinn des Lebens als art pour l'art.

antonio cho
schwarze harfe

Gedichte

Reihe: skepsis & leidenschaft / Band 2
skepsis verlag, Zürich 1998
Taschenbuch, 87 Seiten
Illustrationen von Isidro Fernández-Blasco
ISBN 978-3-9521140-1-8

... was mich für den Autor einnimmt, ist die ganz eigene
Tonart seiner Gedichte, die Sprache eben, die Fülle mit
Knappheit verbindet, den Gedanken in ein Bild bannt...
Anton Krättli in der Aargauer Zeitung

mein übermut will
endlich die wolken
berge umgürten
mit dem fangseil
    aus hirnfäden zusammen
    gedreht
zu mir hinunter
ziehen